詩詞成品
一舉兩得學寫作

自然地理 ✕ 人文歷史 ✕ 生靈萬物 ✕ 衣食住行 ✕ 字詞妙趣
2000 多句詩詞與對應成語，古典作品抵過千言萬語！

張祥斌　著

歷史 ✕ 文化 ✕ 生活 ✕ 語言
以表格結合古詩詞和成語

提高寫作能力、豐富寫作素材，獲取知識又獲得樂趣，可謂一舉兩得！

目錄

目錄

前言

　　古詩詞和成語同為漢語言文化中的精華，其實很多成語都是出自於詩詞，這是二者的天然結合點，也是一個容易被忽視的知識點。本書用表格形式，將古詩詞和成語一目了然、水乳交融的結合起來。表格分兩列，左列是「詩句‧出處」，列出成語的起源詩詞；右列是「對應成語」，詳解成語並舉出寫作例句。本書按照這種體例介紹了 2,000 多句詩詞及其對應的成語，按照主題分組講解，每組 2 ～ 6 對。同時，還可以透過音序索引查找所講解成語，使本書同時兼具了工具書的功能。

　　本書中的詩詞範圍很廣，是廣義上的詩詞，不僅包括歷代詩詞選集中的詩詞曲，也包括古籍、文學作品中的詩詞，以及戲劇中有曲牌的套曲。這樣一來，讀者既學到了成語，同時還知道了起源詩詞、古籍或文學作品。透過寫作例句，知道了成語在寫作中的用法。例句稍加變化，還可以把起源詩詞套用於句中，可提高寫作能力，豐富寫作素材，可謂一舉兩得。

第 **1** 章
自然地理

四季識冷暖

成語之「春」

成語「春來」

詩句・出處	對應成語
樹頭雪過梅猶在，地上春回柳未知。（〈歲杪雨雪連日悶題・其二〉宋・周紫芝）	春回大地：好像充滿溫暖和生機的春天又回到大地，形容溫暖和生機又來到了人間。
	寫作例句：陽春三月，春回大地，萬象更新。
春滿人間不知主，誰言爐冶此中開？（〈班春亭〉宋・曾鞏）	春滿人間：指生機勃勃的春意充滿人間。
	寫作例句：鶯歌燕舞，百花盛開，春滿人間。

成語「春風」

詩句・出處	對應成語
春風得意馬蹄疾，一日看盡長安花。（〈登科後〉唐・孟郊）	春風得意：①在春風輕拂中洋洋自得。舊指讀書人考中後的得意心情。②形容官運亨通或事情辦成功，達到目的時得意洋洋的情態。
	寫作例句：看他春風得意的樣子，一定是獲得了好成績。

詩句·出處	對應成語
滿面春風，一團和氣，發露胸中書與詩。（〈沁園春〉宋·程節齋） 紗巾竹杖過荒陂，滿面東風二月時。（〈寓居劉倉廨〉宋·陳與義）	滿面春風：亦作「春風滿面」。春風指笑容。春風拂面，溫暖宜人，原形容春天美好的景色，後用來比喻人臉上呈現出愉悅和藹的面容。形容人心情愉快，滿臉笑容。
	寫作例句：看你滿面春風的樣子，有什麼喜事啊？
曾記得、春風雨露，玉樓金闕。（〈滿江紅·題驛壁〉宋·王清惠）	春風雨露：像春天的風和雨滴露水那樣滋潤著萬物的生長，舊常用以比喻恩澤，還引申為教育學生的說法。
	寫作例句：泥濘裡的小草需要春風雨露的滋潤。

成語「春光」

詩句·出處	對應成語
侵陵雪色還萱草，漏洩春光有柳條。（〈臘日〉唐·杜甫）	春光漏洩：本義是柳枝泛綠，透露了春天將至的訊息，後用來比喻祕密或男女的私情被洩漏出來。
	寫作例句：他一心保守著這個祕密，沒想到卻春光漏洩了。
九十春光在何處，古人今人留不住。（〈春歸去〉唐·陳陶）	九十春光：九十，90 天；春光，指春天。指整個春天。
	寫作例句：讓我們踏青去吧，不能辜負這九十春光。

韶光開令序，淑氣動芳年。（〈春日玄武門宴群臣〉唐·李世民）	韶光淑氣：韶光，指美好的時光；淑，指美好。春天的美好景象。
	寫作例句：在這個日麗風清、韶光淑氣的日子，我來到了這座美麗的城市。
時遇著春光明媚，人賀豐年，民樂雍熙。（〈鬥鵪鶉·踏青〉元·宋方壺）	春光明媚：明媚，指美好、可愛。形容春天的景物豔麗美好。
	寫作例句：公園內春光明媚，桃紅柳綠，遊客絡繹不絕。

成語「春色」

詩句·出處	對應成語
春色滿園關不住，一枝紅杏出牆來。（〈遊園不值〉宋·葉紹翁）	春色滿園：亦作「滿園春色」。滿園都是春天美麗的景色，比喻欣欣向榮的景象。
	寫作例句：一走進風景區，只見春色滿園，令人目不暇給。
春色惱人眠不得，月移花影上欄杆。（〈春夜〉宋·王安石）	春色惱人：惱，指撩撥、挑逗。春天的景色引起人們的興致。
	寫作例句：我所說的春色惱人，意思並不是春色讓我煩惱，恰恰相反，說的是春色讓我興致勃勃。

桃花爛熳杏花稀，春色撩人不忍違。（〈山園雜詠·其三〉宋·陸游）	春色撩人：撩，指撩撥、挑逗、招惹。春天的景色招引起人們的興致。
	寫作例句：春色撩人，趕快到大自然中去感受美好風光吧！

成語「春天的植物」

詩句·出處	對應成語
誰言寸草心，報得三春暉。（〈遊子吟〉唐·孟郊）	寸草春暉：亦作「春暉寸草」。春暉，指春天的陽光；比喻父母對兒女的慈愛撫養。寸草，指一寸長的小草。比喻子女對父母養育之恩的無限感戴。
	寫作例句：天涯咫尺，寸草春暉，漂流在外的遊子走得再遠，也走不出慈母的關懷。
渭北春天樹，江東日暮雲。（〈春日憶李白〉唐·杜甫）	春樹暮雲：亦作「暮雲春樹」。借雲樹表達思念之情，常作為仰慕、懷念友人之辭。
	寫作例句：清晨起床，一種思念之情油然而生，春樹暮雲，不知道你在他鄉還好嗎？
謝家生日好風煙，柳暖花春二月天。（〈為妻作生日寄意〉唐·李郢）	柳暖花春：指花柳榮茂，春意正濃。
	寫作例句：江南二月，柳暖花春，令人陶醉。

荒林春足雨，新筍迸龍雛。(〈食筍〉宋‧張耒)	雨後春筍：春天下過雨後竹筍長得又快又多，比喻新生事物大量湧現，蓬勃發展。
	寫作例句：新的一年，希望我們的事業像雨後春筍一樣節節高！

成語「春去」

詩句‧出處	對應成語
簾外雨潺潺，春意闌珊。(南唐‧李煜〈浪淘沙〉)	春意闌珊：闌珊，指將盡、將衰。指春天就要過去了。
	寫作例句：春意闌珊的時節，河道旁的樹木枝繁葉茂，鬱鬱蔥蔥，很有一番詩情畫意。
春去秋來年復年，生歌死哭長相守。(〈大堤曲〉明‧劉基)	春去秋來：春天過去，秋天到來。形容時光流逝。
	寫作例句：我們在春風秋雨裡無話不說，卻在春去秋來裡失去了聯絡。

「春」的引申義

詩句·出處	對應成語
俱道適往，著手成春。（《二十四詩品·自然》唐·司空圖）	妙手回春：妙，指絕妙；妙手，指技能高超的人；回春，使春天又重新回來，比喻將接近死亡的人救活。形容醫術高明，能使生命垂危的病人痊癒。
	寫作例句：華佗妙手回春，為人們治好了許多疑難雜症。
	著手成春：著手，指動手。一著手就轉成春天。原指詩歌要自然清新，後比喻醫術高明，剛一動手病情就好轉了。
	寫作例句：他那高明的醫術堪稱著手成春。
春宵一刻值千金，花有清香月有陰。（〈春夜〉宋·蘇軾）	春宵一刻：歡娛難忘的美好時刻。
	寫作例句：隊員們笑稱遊西湖好似春宵一刻。
翰林風月進多才，滿袖春風下玉階。（〈雙調·水仙子〉元·張可久）	滿袖春風：衣袖飄曳生風。形容十分得意。
	寫作例句：她滿袖春風的宣布了自己升職的消息。
紛紛世議何足道，盡付馬耳春風前。（〈徙谷聖燈〉金·元好問）	馬耳春風：比喻把別人的話當作耳邊風。
	寫作例句：不要把別人的忠告當成馬耳春風。

成語之「夏」

詩句・出處	對應成語
坎其擊鼓，宛丘之下。無冬無夏，值其鷺羽。坎其擊缶，宛丘之道。無冬無夏，值其鷺翿。（《詩經・宛丘》）	無冬無夏：不管是冬天還是夏天。指不分寒暑，一年四季從不間斷。
	寫作例句：歲月無聲無息，思念無邊無際，牽掛無冬無夏，祝福無時無刻。
光華閃壁見神鬼，赫赫炎官張火傘。（〈遊青龍寺贈崔太補闕〉唐・韓愈）	火傘高張：火傘，比喻夏天太陽酷烈；張，指展開。形容夏天烈日當空，十分炎熱。
	寫作例句：炎炎夏日，火傘高張，人們都到海灘去游泳、戲水。

成語之「秋」

詩句・出處	對應成語
見一葉落而知歲之將暮。（《淮南子・說山訓》） 山僧不解數甲子，一葉落知天下秋。（〈句〉宋・強幼安）	一葉知秋：看見一片落葉，就知道秋天將臨。比喻發現一點預兆就知道事物將來的發展趨向。
	寫作例句：秋天來了，樹葉開始飄落，真是一葉知秋啊！
百川赴海返潮易，一葉報秋歸樹難。（〈始見二毛〉唐・鮑溶） 一葉隨風忽報秋，縱使君來豈堪折？（〈答韓翃〉唐・柳氏）	一葉報秋：比喻透過個別的細微的跡象，可以看到整個形勢的發展趨向與結果。
	寫作例句：領導人應該具有一葉報秋的敏銳觀察力。

今年歡笑復明年，秋月春風等閒度。（〈琵琶行〉唐・白居易）	秋月春風：指良辰美景。也指美好的歲月。
	寫作例句：相約白頭到老，共度秋月春風。
愛汝玉山草堂靜，高秋爽氣相鮮新。（〈崔氏東山草堂〉唐・杜甫）	秋高氣爽：形容秋季晴空萬里，天氣清爽。
	寫作例句：九月的大草原秋高氣爽，牛羊肥壯。
秋高氣肅，西風又拂盈盈菊。（〈醉落魄〉宋・張掄）	秋高氣肅：形容秋日晴空高朗，氣候涼爽宜人。
	寫作例句：秋高氣肅，山明水秀，秋色真是太美了。
不見浮雲世態紛紛變，秋草人情日日疏，空教我淚灑遍湘江竹。（〈耍孩兒〉元・關漢卿）	秋草人情：形容人情冷漠，如同日益枯黃的秋草一樣。
	寫作例句：你以為他是你的摯友，但是在他看來，你們的交往不過就是秋草人情。

成語「秋水」

詩句・出處	對應成語
蒹葭蒼蒼，白露為霜。所謂伊人，在水一方。（《詩經・蒹葭》）	秋水伊人：指思念中的那個人。
	寫作例句：人人都會遇到物是人非，從而產生秋水伊人的雲樹之思。

你若不去呵，望穿他盈盈秋水，蹙損他淡淡春山。（〈二煞〉元・王實甫）	盈盈秋水：秋水，比喻美女的眼睛像秋天明淨的水波一樣。形容女子眼神飽含感情。
	寫作例句：她眉頭微蹙，眼睛裡像是有一池盈盈秋水。

成語「千秋」

詩句・出處	對應成語
嘉會難再遇，三載為千秋。（〈李少卿與蘇武詩・其二〉漢・無名氏）	各有千秋：千秋，指千年、久遠。各有各的存在價值，藉以比喻各有所長處，各有特色。
	寫作例句：這兩幅作品各有千秋，誰能獲獎很難預料。
百年同謝西山日，千秋萬古北邙塵。（〈公子行〉唐・劉希夷）	千秋萬古：形容歲月長久。
	寫作例句：不論歲月如何變遷，這些意義非凡、直刺時弊的準則將延續千秋萬古。
何窮何通？何得何喪？獨有千秋，斯志必抗。（清・張履〈學箴六首示諸生〉）	獨有千秋：獨具流傳久遠的價值；具有獨特的專長或優點，可以流傳千古。
	寫作例句：蓬萊閣古建築群樓臺殿閣分布得宜，寺廟園林交相輝映，古樸典雅，獨有千秋。

「秋」的引申義

詩句‧出處	對應成語
皇天平分四時兮，竊獨悲此廩秋。(〈九辯〉戰國‧宋玉) 窮秋感平分，新月憐半破。(〈合江亭〉唐‧韓愈)	平分秋色：喻雙方各得一半，不分上下。
	寫作例句：在今天的演講對抗賽中，你們兩隊是平分秋色，各有特點。
佳人未肯回秋波，幼輿欲語防飛梭。輕舟弄水買一笑，醉中蕩槳肩相磨。(〈百步洪‧其二〉宋‧蘇軾)	暗送秋波：古詩文中常用秋波形容女子的眼睛清澈明亮。本指女子暗中以眉目傳情，引申為獻媚取寵，暗中勾結。
	寫作例句：他既不願意放棄本公司的優厚待遇，又向別的公司暗送秋波，待價而沽。

成語之「冬」

詩句‧出處	對應成語
寒冬十二月，晨起踐嚴霜。(〈別詩‧其四〉漢‧蘇武)	寒冬臘月：臘月：指農曆十二月。指一年天氣最冷的時候，泛指寒冷的冬季。
	寫作例句：寒冬臘月，大雪紛飛，漫山遍野一片白色。

見如今天寒地凍，知他共何人陪奉？（〈新水令‧冬怨梅花一‧太平令〉元‧張弘範） 一任天寒地凍，南枝香動，花傍一陽開。（〈南州春色〉元‧汪梅溪）	天寒地凍：天上寒冷，大地封凍，形容天氣極為寒冷。
	寫作例句：儘管天寒地凍，風雪滿天，但我們倆在路上仍談笑自若。
糾糾葛屨，可以履霜？（《詩經‧葛屨》） 葛屨履霜，誚儉嗇之過甚。（《幼學瓊林‧卷二‧衣服類》）	葛屨履霜：冬天穿著夏天的鞋子。比喻過分節儉吝嗇。
	寫作例句：人不能吝嗇到葛屨履霜的程度。

山水有情懷

成語之「山」

詩句‧出處	對應成語
他山之石，可以為錯。（《詩經‧鶴鳴》）	他山攻錯：他山，別處的山，引申泛指山石，也指別處山上的石頭，比喻磨礪自己，幫助自己成就的外力；攻錯，指琢磨玉石，後來比喻借鑑他人的長處，補救自己的短處。比喻拿別人的長處，補救自己的短處。
	寫作例句：我們要兼採眾家之長，海納百川，他山攻錯。
群山萬壑赴荊門，生長明妃尚有村。（〈詠懷古蹟‧其三〉唐‧杜甫）	千山萬壑：壑，指山溝。山巒連綿，高低重迭。
	寫作例句：這一帶千山萬壑，地勢非常險要。
平昔常聞風水洞，重山複水去無窮。（〈風水洞〉宋‧林逋）	重山複水：指山巒重疊，水流盤曲。
	寫作例句：景區內重山複水，引人入勝。
姐姐每鑽冰取火，婆婆每指山賣磨，哥哥每擔雪填河。（〈普天樂‧嘲風情〉元‧無名氏）	指山賣磨：指著山上的石頭當磨來賣。比喻事情還沒有頭緒就過早說出去或答應下來，也指以有名無實的手法進行欺騙。
	寫作例句：我們無論做什麼都必須有一定的把握，而不能做指山賣磨的事。

成語「高山」

詩句・出處	對應成語
高山仰止，景行行止。（《詩經・車轄》）	高山仰止，景行行止：高山，比喻高尚的品德；止，語助詞；景行，指大路，比喻行為正大光明。仰望著高山，效法著大德。比喻對高尚的品德的仰慕。
	寫作例句：高山仰止，景行行止，雖不能至，然心嚮往之。
	高山仰止：高山，比喻高尚的品德。比喻對高尚的品德的仰慕。
	寫作例句：謁中山陵，高山仰止的思想感情油然而生。
	高山景行：比喻行為正大光明。指值得效仿的崇高德行。
	寫作例句：幾位前輩高山景行，晚輩敬佩！
見面今水闊山高，促急裡怎覓鱗鴻。（〈群音類選・清腔類・山坡裡羊一套〉明・胡文煥）	水闊山高：闊，寬、廣闊之意。指有廣闊的水面和高大的山脈隔著，不得相通。
	寫作例句：即使水闊山高，也阻隔不了我對你的思念。

成語「谷」

詩句・出處	對應成語
百川沸騰，山塚崒崩。高岸為谷，深谷為陵。(《詩經・小雅・十月之交》)	岸谷之變：比喻政治上的重大變化。
	寫作例句：1991 年，蘇聯政壇發生了岸谷之變，一個龐大帝國解體成了諸多獨立國家。
	高岸深谷：①指幽僻的處所。②形容幽峭深邃。③比喻事物的極大變化。
	寫作例句：不知有多少美景藏跡在這群山環抱的高岸深谷之中。
	陵谷變遷：陵，指大土山；谷，指兩山之間的夾道。丘陵變山谷，山谷變丘陵，比喻世事變遷，高下易位。
	寫作例句：世異時移，陵谷變遷，今天似乎美景不再。
見滿山滿谷，紅葉黃花。(〈蟾宮曲・夢中作〉元・鄭光祖)	滿山滿谷：到處都是。形容非常多。
	寫作例句：早晨，呼吸著滿山滿谷帶霜的新鮮空氣，感到精神抖擻，渾身是力量。
海桑陵谷又經三百秋，以手摩抄尚如故。(〈玉帶生歌〉清・朱彝尊)	海桑陵谷：滄海變桑田，山陵變深谷，比喻世事變遷極大。
	寫作例句：與世間萬物的海桑陵谷相比，人的一生竟顯得如此短暫和渺小。

成語「丘」

詩句・出處	對應成語
生存華屋處，零落歸山丘。（〈箜篌引〉三國・魏・曹植）	零落山丘：零落，指凋零，比喻死亡。指死後埋葬在山丘上。
	寫作例句：來到古戰場，尋找昔日將士零落山丘之處。
	華屋山丘：壯麗的建築化為土丘。比喻興亡盛衰的迅速。
	寫作例句：這座飽經戰火的古城，歷史上經歷了無數次華屋山丘之變。
吾生此外無他願，飲谷棲丘二十年。（〈口占〉清・吳偉業）	飲谷棲丘：指隱逸山林。
	寫作例句：我很喜歡那種四面八方都是山的感覺，讓我有一種飲谷棲丘的衝動。

成語「嶺」

詩句・出處	對應成語
橫看成嶺側成峰，遠近高低各不同。（〈題西林壁〉宋・蘇軾）	橫峰側嶺：形容山勢縱橫交錯，起伏重疊。
	寫作例句：山脈之中，危峰兀立，橫峰側嶺。
人似巴山越嶺彪，馬跨翻江混海虯。（《單刀會・第二折》元・關漢卿）	巴山越嶺：巴：攀援。攀山過嶺。形容善於登山行走。
	寫作例句：他巴山越嶺幾十公里，終於回家了。

成語「嶂」

詩句‧出處	對應成語
高低向背無遺勢，重巒疊嶂何屏顏。（〈題黃居寀秋山圖〉唐‧徐光溥）	重巒疊嶂：嶂，指形狀像屏障的山峰。形容山嶺重重疊疊，連綿不斷。
	寫作例句：家鄉群山起伏，重巒疊嶂。
身遊萬死一生地，路入千峰百嶂中。（〈晚泊〉宋‧陸游）	千峰百嶂：形容山巒重迭。
	寫作例句：三峽的千峰百嶂使詩人忘卻了世間的煩惱。

成語「壑」

詩句‧出處	對應成語
既窈窕以尋壑，亦崎嶇而經丘。（〈歸去來兮辭〉晉‧陶淵明）	尋壑經丘：尋幽探勝，遊山玩水。
	寫作例句：我們要在尋壑經丘中增長知識，陶冶情操。
古來豪傑少人知，昂霄聳壑寧自期。（〈陵霄花〉宋‧陸游）	昂霄聳壑：高出霄漢，聳立山壑。形容才能傑出，建樹宏大功業。也形容志氣高昂，胸懷廣闊。
	寫作例句：大將軍昂霄聳壑，博學多才。

成語之「水」

詩句・出處	對應成語
盈盈一水間，脈脈不得語。（〈古詩十九首・迢迢牽牛星〉漢）	盈盈一水：比喻相隔不遠。
	寫作例句：上蒼偏偏有意考驗，讓他們隔著盈盈一水。
景昃鳴禽集，水木湛清華。（〈遊西池〉晉・謝混）	水木清華：指園林景色清朗秀麗。
	寫作例句：好一座江南水鄉的夢幻園林，水木清華，如錦似繡。
落花不語空辭樹，流水無情自入池。（〈過元家履信宅〉唐・白居易）	流水無情：流水一去不復返，毫無情意。比喻時光消逝，無意停留。
	寫作例句：落花有意，流水無情，裂痕已難以彌補。
身覺浮雲無所著，心同止水有何情。（〈答元八郎中楊十二博〉唐・白居易）公獨何人，心如止水。（〈祭李侍郎文〉唐・白居易）	心如止水：心裡平靜得像不動的水一樣。形容堅持信念，不受外界影響。
	寫作例句：無人理睬時，堅定執著；萬人羨慕時，心如止水。

成語「水」、「源」

詩句・出處	對應成語
落其實者思其樹，飲其流者懷其源。（〈周五聲調曲・其十九〉南北朝・庾信）	飲水思源：喝水的時候想起水是從哪裡來的。比喻不忘本。
	寫作例句：我今日受你之恩，他日飲水思源，必結草銜環以報。

問渠那得清如許？為有源頭活水來。（〈觀書有感・其一〉宋・朱熹）	源頭活水：比喻事物發展的動力和泉源。
	寫作例句：如果說先秦文學是中華文明源頭活水的話，那麼，先秦寓言就是這博大水域中的一顆明珠。

成語「波」

詩句・出處	對應成語
目極煙波浩渺間，曉烏飛處認鄉關。（〈將歸海東巉山春望〉唐・崔致遠）	煙波浩渺：煙波，指霧靄蒼茫的水面；浩渺，指水面遼闊。形容煙霧籠罩的江湖水面廣闊無邊。
	寫作例句：洞庭湖水煙波浩渺，景色蔚為壯觀。
軒然大波起，宇宙隘而妨。（〈岳陽樓別竇司直〉唐・韓愈）	軒然大波：軒然，指高高的樣子。高高湧起的巨大波濤，比喻大的糾紛或亂子。
	寫作例句：直到事情結束，都沒人知道是誰引發了這場軒然大波。
須知一尺水，日夜增高波。（〈君子勿鬱鬱士有謗毀者作詩以贈之・其一〉唐・孟郊）	尺水丈波：比喻因小事而引起大風波。
	寫作例句：他那些尺水丈波的話，竟然是有根有據的。

流水淘沙不暫停，前波未滅後波生。（〈浪淘沙·其九〉唐·劉禹錫） 波瀾開闔，如在江湖中，一波未平，一波已作。（〈白石道人詩說〉宋·姜夔）	一波未平，一波又起：一個浪頭尚未平復，另一個浪頭又掀起了。比喻事情進行波折很多，一個問題還沒有解決，另一個問題又發生了。
	寫作例句：他原本以為事情可圓滿解決，誰知平地風波，又滋生出許多事端來，真是一波未平，一波又起。
宦海風波實飽經，久將人世寄郵亭。（〈休日感興〉宋·陸游）	宦海風波：宦海，舊指官場。舊指官場沉浮，像海洋中的浪濤和大風，變化莫測；亦指官場中出現的風險和波折。
	寫作例句：無數的宦海風波和人生挫辱鑄鍊了詩人宏大曠達的胸懷。

成語「波瀾」

詩句·出處	對應成語
長恨人心不如水，等閒平地起波瀾。（〈竹枝詞〉唐·劉禹錫）	平地波瀾：波瀾，指波濤。比喻突然發生的事端或變故。
	寫作例句：這種人際關係技巧如庖丁解牛般高超，遊走於平地波瀾之中，為我所用，趨利避害。
毫髮無遺恨，波瀾獨老成。（〈敬贈鄭諫議十韻〉唐·杜甫）	波瀾老成：形容詩文、書法等氣勢雄壯，功力深厚。
	寫作例句：南宋著名婉約派詞人姜夔也是一位書法理論家，其〈楷書帖題跋卷〉運筆遒勁、波瀾老成，不僅能令人一睹其書法風采，也可從中了解他的藝術見解。

成語「浪」

詩句·出處	對應成語
青苔撲地連春雨，白浪掀天盡日風。(〈風雨晚泊〉唐·白居易)	白浪掀天：形容風大浪高。
	寫作例句：一霎時，烏雲密布，狂風大作，刮得河中白浪掀天。
只看後浪催前浪，當悟新人換舊人。(〈過苕溪〉宋·釋文珦)	後浪推前浪：後面的波浪推動前面的波浪不斷前進。多指新事物代替舊事物，永不停息向前發展。
	寫作例句：教壇上人才輩出，大有後浪推前浪之勢。
水呵抵多少長江後浪推前浪，花呵早則一片西飛一片東，歲月匆匆。(《誤入桃源·第二折》元·王子一)	長江後浪推前浪：比喻事物的不斷前進。多指新人新事代替舊人舊事。
	寫作例句：這些人倚老賣老，卻不懂得「人事有代謝，往來成古今」的道理，不懂得「長江後浪推前浪」的自然法則，不懂得安守本分的做人道理。
我聞黃河天上來，驚濤巨浪相喧豗。(〈大風渡黃河歌〉清·李調元)	驚濤巨浪：令人驚懼的大波浪。比喻險惡的環境、遭遇或艱難的考驗。
	寫作例句：只有經過人生路上的驚濤巨浪，我們才能變得更加成熟和勇敢。

成語「波」、「浪」

詩句・出處	對應成語
隨波逐浪到天涯，遷客生還有幾家。(〈浪淘沙・其六〉唐・白居易)	隨波逐浪：①隨著波浪飄蕩。②顛沛貌。③隨波逐流，隨大流。④同行同止。
	寫作例句：他也是身不由己，只能隨波逐浪。
不是我自間闊，趁浪逐波，落落托托。(《魯齋郎・第四折》元・關漢卿)	趁浪逐波：趁，指追逐；逐，指追逐。追逐波浪漂流。比喻沒有一定的主見，隨大流。
	寫作例句：遇事要有主見，絕不能趁浪逐波。

成語「江」

詩句・出處	對應成語
大江東去，浪淘盡，千古風流人物。(〈念奴嬌・赤壁懷古〉宋・蘇軾)	大江東去：長江的水往東奔流而去。多表示陳跡消逝，歷史向前發展。
	寫作例句：時光如大江東去般一往無前，滔滔不息。
江山如畫，一時多少豪傑。(〈念奴嬌・赤壁懷古〉宋・蘇軾)	江山如畫：山川、河流美如畫卷，形容自然風光美麗如圖畫。
	寫作例句：我們的國家江山如畫，讓人讚嘆不已。

鼓怒而走石飛沙，翻江倒海。（〈太白陰經‧祭風伯文〉唐‧李筌） 五更顛風吹急雨，倒海翻江洗殘暑。（〈夜宿陽山磯將曉大雨北風甚勁俄頃行三百餘里〉宋‧陸游）	翻江倒海：亦作「倒海翻江」。原形容雨勢大，後形容力量或聲勢非常壯大。
	寫作例句：我心潮起伏，如翻江倒海一般。
江天一色無纖塵，皎皎空中孤月輪。（〈春江花月夜〉唐‧張若虛）	江天一色：形容江面寬闊，水天相接。
	寫作例句：放眼望去，江天一色，只有幾隻白鷗在水天之間飛來飛去。

成語「河」

詩句‧出處	對應成語
委委佗佗，如山如河，象服是宜。（《詩經‧君子偕老》）	河山之德：形容婦人德容之美。
	寫作例句：尊夫人的河山之德無人可及。
攜手上河梁，遊子暮何之？（〈李少卿與蘇武詩‧其三〉漢‧無名氏）	河梁攜手：河梁，橋之意。指送別。
	寫作例句：長城飲馬，河梁攜手，北人之氣概也；江南草長，洞庭始波，南人之情懷也。
	河梁之誼：河梁，橋之意，指送別之地。指送別時依依不捨的情誼。
	寫作例句：我們曾有河梁之誼，如今卻天各一方。

是諸恆河所有沙數，佛世界如是，寧為多不？（《金剛經‧一體同觀分》） 河沙世界盡空空，一寸寒灰冷燈畔。（〈贈琴棋僧歌〉唐‧張瀛）	河沙世界：指多如恆河沙數的佛世界。
	寫作例句：河沙世界，博大精深，需要很高的佛學造詣才能參透。
百二關河草不橫，十年戎馬暗秦京。（〈岐陽‧其二〉金‧元好問）	百二關河：比喻山河險固之地。
	寫作例句：春住長安，月明赤縣，好畫圖更付與百二關河。
但願得，河清人壽，歸日急翻行成稿，把空名料理傳身後。（〈金縷曲‧寄吳漢槎寧古塔以詞代書時丙辰冬寓京師千佛寺冰雪中作‧其二〉清‧顧貞觀）	河清人壽：古時傳說黃河水千年一清，因以「河清人壽」極言人之長壽。
	寫作例句：盛世修書，要河清人壽、海不揚波、政通人和，才能坐穩了書桌。

成語「江」、「河」

詩句‧出處	對應成語
爾曹身與名俱滅，不廢江河萬古流。（〈戲為六絕句‧其二〉唐‧杜甫）	不廢江河：讚揚作家或其著作流傳不朽。
	寫作例句：儒家經典不廢江河，在海內外擁有重大的影響。

詩句‧出處	對應成語
生就的準繩規矩，養成的河漢江淮。（〈端正好‧壽李如真明府〉明‧黃叔初）	河漢江淮：黃河、漢水、長江與淮河的合稱。比喻胸懷寬廣。
	寫作例句：他的胸懷如河漢江淮一般。

成語「湖」

詩句‧出處	對應成語
落魄江湖載酒行，楚腰纖細掌中輕。（〈遣懷〉唐‧杜牧）	落魄江湖：落魄，指窮困失意。為生活所迫而到處流浪。
	寫作例句：看著別人一個個發達起來，他只是臨淵羨魚，而不退而結網，所以至今仍是落魄江湖。
鼎湖龍去遠，銀海雁飛深。（〈驪山〉唐‧杜甫）	鼎湖龍去：黃帝開採首山的銅，在荊山下鑄造了一口大鼎。鼎鑄好後，一條龍降臨在黃帝面前，黃帝騎上了這條龍，身後跟隨著七十多位臣子和宮女，龍之後也跟隨著黃帝一同飛升而去。後人用這個典故指帝王去世。
	寫作例句：在古代，鼎湖龍去之時，才是太子繼位之日。

成語「海」

詩句・出處	對應成語
曾經滄海難為水，除卻巫山不是雲。（〈離思・其四〉唐・元稹）	曾經滄海：比喻曾經經歷過很大的場面，眼界開闊，經驗豐富，不把平常事物放在眼裡。
	寫作例句：看遍了人間的世態炎涼，驀然回首，他不免有曾經滄海之感。
海枯終見底，人死不知心。（〈感寓〉唐・杜荀鶴）	海枯見底：海枯，指海水乾涸。海水乾涸之後終究可以看見海底，但並非容易事。用以比喻人心難測。
	寫作例句：海枯見底並非不可能，但想徹底了解一個人卻很難。
眾流歸海意，萬國奉君心。（〈長江・其一〉唐・杜甫）	眾流歸海：大小河流同歸於海。比喻眾多分散的事物匯集於一處。
	寫作例句：各地的人聞訊都趕到了這裡，如眾流歸海。
以管窺天，以蠡測海。（《漢書・東方朔傳》）且持蠡測海，況挹酒如澠。（〈贈特進汝陽王二十韻〉唐・杜甫）	持蠡測海：蠡，指瓠瓢，古代舀水用具。指用瓢來測量海水的深淺多少。比喻用淺薄的眼光去看待高深的事物。
	寫作例句：我們對工作中的一些深層次問題，一定要做全面、深入的調查，不要浮光掠影的看到一些表面現象，就來發表持蠡測海、以管窺天的意見。

雲愁海思令人嗟，宮中彩女顏如花。（〈飛龍引·其一〉唐·李白）	雲愁海思：亦作「雲悲海思」。如雲似海的愁思。
	寫作例句：她心中那些雲愁海思，不知何日才能消散。
退之如放逐，李白自矜誇。（〈招文士飲〉唐·孟郊）	愁海無涯：涯，指邊際。憂愁像無邊的大海一樣，形容十分悲愁。
	寫作例句：他身體多病，又加上中年喪妻，真是愁海無涯。

成語「山」、「水」

詩句·出處	對應成語
憭慄兮若在遠行，登山臨水兮送將歸。（〈九辯〉戰國·宋玉）	登山臨水：亦作「臨水登山」。形容旅途遙遠，也指遊山玩水。
	寫作例句：我們一路上登山臨水，大飽眼福。
謾誇書劍無知己，水遠山長步步愁。（〈將為南行陪尚書崔公宴海榴堂〉唐·許渾）	山長水遠：形容山水阻隔，道路遙遠艱險。也指山川壯闊。
	寫作例句：此去山長水遠，願君且行且珍惜。
樓閣高低樹淺深，山光水色暝沉沉。（〈菩提寺上方晚眺〉唐·白居易）	山光水色：水波泛出秀色，山上景物明淨，形容山水景色秀麗。
	寫作例句：中國桂林的山光水色交相輝映，遊人如入仙境。

在山泉水清，出山泉水濁。（〈佳人〉唐・杜甫）	出山泉水：出山，比喻出仕。舊指做了官的人，就不像未做官時那樣清白了。
	寫作例句：出山泉水，近墨者黑，官場就是一個大染缸。
剩水滄江破，殘山碣石開。（〈陪鄭廣文遊何將軍山林〉唐・杜甫）	殘山剩水：亦作「剩水殘山」、「水剩山殘」。多指亡國或經過變亂後國土分裂、山河殘破的景象。
	寫作例句：南宋的統治者面對殘山剩水，不思勵精圖治，而是沉湎於酒色歌舞之中。
眉黛斂秋波，盡湖南、山明水秀。（〈驀山溪・贈衡陽陳湘〉宋・黃庭堅）	山明水秀：亦作「水秀山明」。山光明媚，水色秀麗，形容風景優美。
	寫作例句：那個山明水秀的小山村裡，有我的金色童年，有我美好的夢幻。

成語「山」、「海」

詩句・出處	對應成語
回山轉海不作難，傾情倒意無所惜。（〈憶舊遊寄譙郡元參軍〉唐・李白）	回山轉海：轉動山海。比喻力量強大。
	寫作例句：他的這番話，彷彿有回山轉海的力量。
恩義重如山，情意深如海。（〈卜運算元〉宋・晁端海）	恩山義海：恩愛像高山一樣重，情義像大海一樣深。形容恩惠深，情義重。
	寫作例句：他冒著生命危險把我從死亡線上救過來，恩山義海，永生不忘。

問海約山盟何時，鎮教人、目斷魂飛。（〈解仙佩〉宋·歐陽修）	海約山盟：指著高山和大海發誓，表示要像高山大海一樣永恆不變。多指男女相愛時立下的誓言，愛情要像山和海一樣永恆不變。
	寫作例句：他們海約山盟，相約廝守到老。
病勢初來敵頗強，排山倒海也難當。（〈六月二十四日病起喜雨聞鶯與大兒議秋涼一出遊山〉宋·楊萬里）	排山倒海：推開高山，翻倒大海。形容力量強盛，聲勢浩大。
	寫作例句：我軍以排山倒海的氣勢撲向敵人。
道山學海功非淺，孔思周情文可傳。（〈鳴鳳記·鄒林遊學〉明·無名氏）	道山學海：道、學，指學問。學識比天高比海深。形容學識淵博。
	寫作例句：王教授在工程力學領域道山學海，是一流專家。

兩個成語的出處

山重水複疑無路，柳暗花明又一村。（〈遊山西村〉宋·陸游）	山重水複:山巒重迭，流水迴繞。形容地形複雜。
	寫作例句：山重水複，天高地遠，我最想念的是家鄉，是親人。
	山窮水盡：亦作「山窮水斷」、「山窮水絕」。本義指山和水到了盡頭，比喻走投無路，陷入絕境。
	寫作例句：敵人已山窮水盡，但還在負隅頑抗。

眉黛斂秋波，盡湖南、山明水秀。（〈驀山溪・贈衡陽妓陳湘〉宋・黃庭堅）	山清水秀：形容風景優美。
	寫作例句：我的家鄉山清水秀，民風淳樸。
	秀水明山：山光明媚，水色秀麗。形容風景優美。
	寫作例句：他從小生活在遠離城市的秀水明山的風景名勝之地。

自然多風物

成語之「風」

詩句·出處	對應成語
亂波分披已打岸，弱雲狼藉不禁風。(〈江雨有懷鄭典設詩〉唐·杜甫)	弱不禁風：禁，承受之意。形容身體嬌弱，連風吹都承受不起。
	寫作例句：《紅樓夢》中的林黛玉，是個弱不禁風的小姐。
八月秋高風怒號，卷我屋上三重茅。(〈茅屋為秋風所破歌〉唐·杜甫)	狂風怒號：大風刮得像發怒一樣號叫。
	寫作例句：這裡的天氣變化無常，一會晴空萬里，一會狂風怒號。
音塵絕，西風殘照，漢家陵闕。(〈憶秦娥〉唐·李白)	西風殘照：秋天的風，落日的光。比喻衰敗沒落的景象。多用來襯托國家的殘破和心境的淒涼。
	寫作例句：西風殘照，格外淒涼，她這才覺得有什麼不對勁。
秋風生渭水，落葉滿長安。(〈憶江上吳處士〉唐·賈島)	西風落葉：形容秋天的景象，多比喻人或事物已趨衰落。
	寫作例句：在那個西風落葉的時代，每個人都懷有複雜的心態。

定知一日帆，使得千里風。（〈送崔爽之湖南〉唐·孟郊）	一帆風順：船掛著滿帆順風行駛。比喻非常順利，沒有任何阻礙。
	寫作例句：願你在人生的旅途中一帆風順。
正是和風麗日，幾許繁紅嫩綠，雅稱嬉遊去。（〈西平樂〉宋·柳永）	和風麗日：天氣溫暖而晴朗。
	寫作例句：孩子在愛的陽光下成長，猶如一棵棵小樹盡情享受著和風麗日、細雨清露。

成語「風」、「水」

詩句·出處	對應成語
弟子部中留一色，聽風聽水作霓裳。（〈霓裳詞·其一〉唐·王建）	聽風聽水：相傳龜茲國王與樂人於大山間傾聽風和水聲，感興而制樂。形容善於賞玩自然景色。
	寫作例句：在大自然中聽風聽水，也是人生一大樂趣。
風餐水宿六十里，蛇退猿啼百八盤。（〈上南陵坡〉宋·黃叔達）	風餐水宿：在風中進食，在水上歇宿。形容行旅生活的艱辛。
	寫作例句：地質工作者在野外工作，經常風餐水宿，十分辛苦。
煙波萬里誰為伴，忘機數點白鷗閒，東西沒牽絆，風宿水餐。（〈香囊記·題詩〉明·邵璨）	風宿水餐：在水上進食，在風中歇宿。形容行旅生活的艱辛。
	寫作例句：在我們穿越高原的行程中，風宿水餐，備受艱辛。

成語「風」、「浪」

詩句・出處	對應成語
隨風逐浪年年別，卻笑如期八月槎。（〈商人〉唐・吳融）	隨風逐浪：①奔波，顛沛。②隨大流。
	寫作例句：我的心像一葉孤舟，隨風逐浪，毫無目的的漂流著。
風平浪靜不生紋，水面渾如鏡面新。（〈泊光口〉宋・楊萬里）	風平浪靜：風已平息，浪已安靜。指江河湖海裡沒風浪，顯出一時安閒寧靜的景象。也比喻事情平息，恢復沉靜。
	寫作例句：在大家的幫忙下，這件事總算風平浪靜的過去了。
可憐一對鴛鴦，風吹浪打，直恁的遭強霸。（〈長生殿・埋玉〉清・洪昇）	風吹浪打：狂風猛吹，巨浪拍打。比喻惡劣的環境，險要的遭遇或嚴峻的考驗磨難。
	寫作例句：十年的風吹浪打，練就了他無所畏懼的性格。

成語之「雨」

詩句・出處	對應成語
白帝城中雲出門，白帝城下雨翻盆。（〈白帝〉唐・杜甫）	傾盆大雨：雨大得像盆裡的水直往下倒。形容雨大勢急。
	寫作例句：天上的烏雲越來越重，一陣雷聲過後，立刻下起了傾盆大雨。
何當共剪西窗燭，卻話巴山夜雨時。（〈夜雨寄北〉唐・李商隱）	巴山夜雨：指客居異地又逢夜雨，纏綿而孤寂的情景。
	寫作例句：巴山夜雨，飄灑我的思念；剪燭西窗，送出美好祝願；更盡杯酒，一生情義在心間；西出陽關，故人與君常相伴。
月離于畢，俾滂沱矣。（《詩經・漸漸之石》）	滂沱大雨：滂沱，指大雨的樣子。形容雨下得很大。
	寫作例句：滂沱大雨像開了閘門似的瀉下來，地上射起無數箭頭，房屋上落下千萬條瀑布。
迨天之未陰雨，徹彼桑土，綢繆牖戶。（《詩經・鴟鴞》）	未雨綢繆：趁天還沒下雨，就把窩巢纏捆牢固。比喻事先做好預防、準備工作。
	寫作例句：如何預測這些變化，未雨綢繆，獲得市場的先機，對企業的未來發展有著重大的影響。

乍雨乍晴花自落，閒愁閒悶晝偏長，為誰消瘦損容光。（〈浣溪沙〉宋·歐陽修）	乍雨乍晴：乍，忽然之意。指一會下雨，一會天晴。比喻人心情不定，變化多端，也比喻時局變化莫測。
	寫作例句：乍雨乍晴中，我們迎來了新的一年。
春雨一滴滑如油。（《景德傳燈錄·卷一》宋·釋道原） 春雨貴如油，下得滿街流。滑倒解學士，笑壞一群牛。（〈春雨〉明·解縉）	春雨如油：春雨貴如油。形容春雨可貴。
	寫作例句：開春以後下了一場喜雨，春雨如油，這對莊稼生長大有好處。

成語「細雨」

詩句·出處	對應成語
清風吹麥壠，細雨濯梅林。（〈陪衡陽遊者闇詩〉南北朝·張正見）	和風細雨：和風，指春天的微風；細雨，指小雨。溫和的風，細小的雨。比喻方式方法溫和而不粗暴，多用於批評幫助。
	寫作例句：協助犯錯誤的人，要採取和風細雨的態度，不能像傾盆大雨。
亂雲如獸出山前，細雨和風滿渭川。（〈登咸陽縣樓望雨〉唐·韋莊）	細雨和風：細小的雨，溫和的風。比喻方式方法溫和而不粗暴。
	寫作例句：人們都愛春天，愛它的生機勃勃，愛它的細雨和風，更愛它美麗的景色。

青箬笠，綠蓑衣，斜風細雨不須歸。（〈漁歌子〉唐・張志和）	斜風細雨：形容微風夾著毛毛雨的天氣，比喻用溫和舒緩的語氣批評別人。
	寫作例句：江南的美就是陰雨綿綿，江南的韻就是斜風細雨。

成語之「雲」

詩句・出處	對應成語
上天同雲，雨雪雰雰。（《詩經・信南山》）	彤雲密布：彤雲，指陰雲。陰雲布滿天空，指雨雪前天空的景象。
	寫作例句：大片大片的雪花，從彤雲密布的天空飄落下來。
忽蒙白日回景光，直上青雲生羽翼。（〈駕去溫泉後贈楊山人〉唐・李白）	直上青雲：比喻官運亨通，直登高位。
	寫作例句：他的仕途一帆風順，直上青雲，卻被貪欲吞噬。
大都好物不堅牢，彩雲易散琉璃脆。（〈簡簡吟〉唐・白居易）	彩雲易散：美麗的彩雲容易消散。比喻美滿的姻緣被輕易拆散，也比喻好景不長。
	寫作例句：霽月難逢，彩雲易散，這世上美好的東西，從來沒辦法長久。
翰海闌干百丈冰，愁雲慘澹萬里凝。（〈白雪歌送武判官歸京〉唐・岑參）	愁雲慘澹：原指陰沉沉的雲層遮得天色暗淡無光，也用以形容使人感到憂愁、壓抑的景象或氣氛。
	寫作例句：得知真相後，他愁雲慘澹的內心變成晴空萬里了。

紛紛五代亂離間，一旦雲開復見天。（〈觀盛化詩〉宋‧邵雍）	雲開見天：烏雲消散，重見天日。比喻社會由亂轉治，由黑暗轉向光明。
	寫作例句：隱忍了這麼多年，從一個弱冠青年，等到如今兩鬢霜白，我終於等到了雲開見天的這一天！
山抹微雲，天連衰草，畫角聲斷譙門。（〈滿庭芳〉宋‧秦觀）	山抹微雲：雲朵淡淡的，像是水墨畫中輕抹上去的一般。
	寫作例句：此處風景秀麗，山抹微雲，流水潺潺，美不勝收。

成語「雲」、「泥」

詩句‧出處	對應成語
今日長安道，對面隔雲泥。（〈秦中吟‧傷友〉唐‧白居易）	雲泥分隔：雲泥，意指雲在天，泥在地，高下懸殊。比喻地位高下懸殊，或雙方相隔甚遠，不能相見。
	寫作例句：你與他真是貴賤懸殊，雲泥分隔。
夫子歘通貴，雲泥相望懸。（〈送韋書記赴安西〉唐‧杜甫）	判若雲泥：高低差別就像天上的雲彩和地下的泥土那樣懸殊。
	寫作例句：別看只有一級之差，本質卻是判若雲泥。

成語之「煙」

詩句・出處	對應成語
忽然長逝，火滅煙消。（〈四言雜詩〉晉・傅玄）	火滅煙消：亦作「煙消火滅」。火苗熄滅，煙雲消散。比喻事物消失淨盡，不留一點痕跡。
	寫作例句：昔日一派熱鬧非凡的景象，如今卻火滅煙消了。
羽扇綸巾，談笑間，檣櫓灰飛煙滅。（〈念奴嬌・赤壁懷古〉宋・蘇軾）	灰飛煙滅：灰也飛散了，煙也消失了。比喻人的死亡、事物的消亡。
	寫作例句：遍插和平之旗，讓戰爭的硝煙灰飛煙滅；放飛和平之鴿，讓戰爭的苦痛永遠消失；許下和平之願，願天下和平安康！
小碧闌干四月天，露紅煙紫不勝妍。（〈芍藥廳〉宋・曾鞏）	露紅煙紫：形容花木的色彩鮮豔。
	寫作例句：垂髫稚童正戲蜂追蝶於露紅煙紫間。
濕冥冥，柳煙花霧，黃鶯亂啼蝴蝶舞。（〈落梅風・春晚〉元・張可久）	柳煙花霧：形容春色迷濛的景象。
	寫作例句：追隨春天的腳步，看柳煙花霧，格外賞心悅目。

成語之「雷」

詩句・出處	對應成語
我有親父兄，性行暴如雷。（〈孔雀東南飛〉漢樂府）	暴跳如雷：跳腳怒吼，形容大發脾氣或十分著急的樣子。
	寫作例句：遇到不開心的事，暴跳如雷只能害己，傷不了別人。
平地跳雪山，晴空下霹靂。（〈人日出遊湖上・其一〉宋・楊萬里）正如久蟄龍，青天飛霹靂。（〈四日夜雞未鳴起作〉宋・陸游）	晴天霹靂：霹靂：響雷。晴天打響雷，比喻突然發生意外的、令人震驚的事件。
	寫作例句：這個消息猶如晴天霹靂，驚得他目瞪口呆。

成語之「電」

詩句・出處	對應成語
驅霆策電遍天地，虎驟龍馳倏煙靄。（〈遊獵篇〉明・何景明）	驅霆策電：比喻迅速奔馳。
	寫作例句：高速公路上車輛驅霆策電，轉瞬即逝。
驅雷策電馭水火，碎裂大地分全球。（〈長句贈許仙屏中丞時將歸潮州〉清・丘逢甲）	驅雷策電：比喻神通廣大。
	寫作例句：即使他有驅雷策電的本事，也無力回天了。

成語之「霧」

詩句・出處	對應成語
五言七言信手成，刻霧裁風好飢骨。（〈和丘長孺〉明・袁宏道）	刻霧裁風：比喻擅長山水風光描寫。
	寫作例句：他的作品擅長刻霧裁風，引人入勝。
毒瀧惡霧紛相乘，令我望望心惺惺。（〈登樓嘆〉近代・鄭澤）	毒瀧惡霧：惡劣的雲雨霧氣。比喻暴虐凶殘的黑暗勢力。
	寫作例句：正義的力量一定能掃蕩一切毒瀧惡霧。

成語之「露」

詩句・出處	對應成語
露紅煙綠，盡有狂情斗春早。（〈泛清波摘遍〉宋・晏幾道）	露紅煙綠：形容花木的色彩鮮豔。
	寫作例句：春天來了，處處露紅煙綠，花兒們爭先恐後的開放著。
半含欲吐不勝情，沐露梳風睡明月。（〈郡圃無海棠買數根殖之〉宋・王十朋）	沐露梳風：指受風露輕拂、浸潤。
	寫作例句：這一笑，讓人彷彿沐露梳風，生不起任何的拒絕之心。
露鈔雪纂久愈富，何啻鄴侯三萬軸。（〈題李氏白石山房〉元・黃溍）	露鈔雪纂：勤於收輯抄錄，晝夜寒暑不停。
	寫作例句：晚年的他依然露鈔雪纂，嘗試著用不同的文體進行創作。

詩句・出處	對應成語
雖然形狀不尋常，飲露餐風易隱藏。（《破風詩・第三折》明・無名氏）	飲露餐風：亦作「飲風餐露」。喝的是露水，吃的是風。形容超凡脫俗的生活。
	寫作例句：他隱居山林，過起了飲露餐風的生活。
積露為波江可得，東鄰北里賢相識。（〈題龍堂僧募冊〉明・袁宏道）	積露為波：比喻積少成多。
	寫作例句：你所經歷的每一種體驗都有積露為波的作用。
鬝雪披霜號九尾，餐霞吸露歷千秋。（《蕉帕記・幻形》明・單本）	餐霞吸露：餐食日霞，吸飲沆瀣。指超塵脫俗的仙家生活。
	寫作例句：他隱居在山林中，靜觀雲水，餐霞吸露。

成語之「雪」

詩句・出處	對應成語
可憐今夜鵝毛雪，引得高情鶴氅人。（〈雪夜喜李郎中見訪兼酬所贈〉唐・白居易）	鵝毛大雪：像鵝毛一樣的雪花，形容雪下得大而猛。
	寫作例句：今天早上窗外下起了鵝毛大雪，紛紛揚揚，漫天飛舞，從天而降。

不是雪中須送炭，聊裝風景要詩來。（〈大雪送炭與芥隱〉宋‧范成大）	雪中送炭：在下雪天給人送炭取暖。比喻在別人急需時給予物質上或精神上的幫助。
	寫作例句：我們要為別人雪中送炭，不要落井下石。
戰退玉龍三百萬，敗鱗殘甲滿空飛。（〈詠雪〉宋‧張元）	敗鱗殘甲：龍身上散落的鱗甲，比喻紛飛的雪花。
	寫作例句：大雪紛飛，如敗鱗殘甲，蔚為壯觀。
姐姐每鑽冰取火，婆婆每指山賣磨，哥哥每擔雪填河。（〈普天樂‧嘲風情〉元‧無名氏）	擔雪填河：挑雪去填塞河。比喻徒勞無功。
	寫作例句：這點投資，不過是挑雪填河，不是長久之計啊！

成語之「霜」

詩句‧出處	對應成語
傲雪凌霜，平欺寒力，攙借春光。（〈柳梢青〉宋‧楊無咎）	傲雪凌霜：傲，指傲慢、蔑視。形容不畏霜雪嚴寒，外界條件越艱苦越有精神。比喻經過長期磨練，面對逆境毫不示弱、無所畏懼。
	寫作例句：在眾多的花草中，除了喜歡傲雪凌霜的梅花和高潔映日的荷花外，我還與月季花有著特殊的感情。

難忘，文期酒會，幾孤風月，屢變星霜。（〈玉蝴蝶〉宋·柳永）	屢變星霜：星霜，指星辰運轉，一年循環一次，每年秋季降霜，因此以星霜指代年歲。表示歲月更換。
	寫作例句：每個人的一生都是春秋馳年，屢變星霜。
受了些風吹日炙，雪壓霜欺。（《岳陽樓·第二折》元·馬致遠）	雪壓霜欺：欺，指凌辱。比喻備受凌辱折磨。
	寫作例句：荷花聖潔，在於出淤泥而不染；青松偉岸，在於不怕雪壓霜欺。
一年三百六十日，風刀霜劍嚴相逼。（〈葬花吟〉清·曹雪芹）	風刀霜劍：風如刀，霜似劍。形容氣候寒冷惡劣，也常比喻人情險惡。
	寫作例句：你躲得再遠，難道風刀霜劍、明槍暗箭就不來了？

成語之「冰」

詩句·出處	對應成語
冰雪淨聰明，雷霆走精銳。（〈送樊二十三侍御赴漢中判官〉唐·杜甫）	冰雪聰明：比喻人聰明非凡。
	寫作例句：她是個冰雪聰明的女孩，學業成績也是名列前茅。
洞無畦畛心常坦，凜若冰霜節最高。（〈酬柳國博〉宋·曾鞏）	凜若冰霜：冷得像冰霜一樣。比喻態度嚴肅，不易接近。
	寫作例句：他身上總有一股凜若冰霜的氣息。

炒沙作糜終不飽，鏤冰文章費工巧。（〈送王郎〉宋・黃庭堅）	鏤冰炊礫：比喻徒勞無益。
	寫作例句：你這樣做簡直就是鏤冰炊礫，白費工夫。
忍苦為詩身到此，冰魂雪魄已難招。（〈唐摭言〉五代・王定保）廣寒宮裡長生藥，醫得冰魂雪魄回。（〈北坡梅〉宋・陸游）	冰魂雪魄：形容清白純潔的品質。
	寫作例句：她是個冰魂雪魄的好女孩。

成語之「霞」

詩句・出處	對應成語
海懷結滄洲，霞想遊赤城。（〈秋夕書懷〉唐・李白）	海懷霞想：本義托意仙遊，後指遠遊隱居之思。
	寫作例句：帶著海懷霞想，他來到了這座深山。
金似衣裳玉似身，眼如秋水鬢如雲，霞裙月帔一群群。（〈天仙子〉唐・韋莊）	霞裙月帔：以雲霞為裙，明月為披肩。借指仙女或美女。
	寫作例句：夜色中，一位美麗女子身著霞裙月帔，緩緩走來。
珠廉玉案翡翠屏，霞舒雲卷千娉婷。（〈芙蓉城〉宋・蘇軾）	雲舒霞卷：形容姿態萬千，色彩斑斕。
	寫作例句：黃昏時分，山谷中雲舒霞卷，分外迷人。

數樹青榆延閣東，雲窗霞戶綺玲瓏。（〈是年五月扈從上京宮學紀事絕句·其八〉元·周伯琦）	雲窗霞戶：指華美的居處。
	寫作例句：整座官邸雲窗霞戶，極盡奢華。
服氣餐霞總是空，導引勞形枉費功。（《女真觀·第二折》明·無名氏）	服氣餐霞：服氣，指導引之術，即氣功；餐霞，指不食人間煙火。指修煉道術。
	寫作例句：他在深山中服氣餐霞，潛心修道。

成語之「夜」

詩句·出處	對應成語
愁多知夜長，仰觀眾星列。（〈古詩十九首·孟冬寒氣至〉漢）	愁多夜長：因心情愁悶而夜不成寐，備感時光悠長難遣。
	寫作例句：這種愁多夜長的日子，不知何時才是盡頭。
山高地闊兮見汝無期，更深夜闌兮夢汝來斯。（〈胡笳十八拍〉漢·蔡琰）	更深夜靜：更，舊時夜間計時單位。一夜分五更，每更約兩個小時。夜已很深，沒有一點聲響。形容夜深處於一片寂靜之中。
	寫作例句：已經更深夜靜，她還在燈下讀書。

白日蒼蠅滿飯盤，夜間蟻子又成團。每到更深人靜後，定來頭上咬楊鸞。(〈即事〉唐・楊鸞)	更闌人靜：更，舊時夜間計時單位，一夜分五更，每更約兩小時；闌，將盡之意；人靜，指沒有人的吵雜聲，一片寂靜。夜已很深，沒有人聲，一片寂靜。
	寫作例句：他經常加班到更闌人靜時。
想思不得長相聚，好天良夜，無端惹起，千愁萬緒。(〈女冠子〉宋・柳永)	好天良夜：①美好的時節。②好時光，好日子。
	寫作例句：這樣的好天良夜，怎能虛度？

成語「星」、「電」

詩句・出處	對應成語
腿上無毛嘴有髭，星馳電走不違時。(〈瀟湘雨・楔子〉元・楊顯之)	星馳電走：馳，奔馳之意；走，跑之意。像星疾馳，如電急閃。形容極其迅速。
	寫作例句：救護車星馳電走，不一會就趕到了事故現場。
人世是流星飛電，榮華才轉眼，似車輪下阪，弩箭離弦。(《彩毫記・湘娥訪道》明・屠隆)	流星飛電：比喻迅疾。
	寫作例句：高速列車流星飛電般的行駛在原野上。

成語「光」、「電」

詩句‧出處	對應成語
光陰如電逝難追，百歲開懷能幾回。（〈懷春記‧青銷相窺〉明‧陸采）	光陰如電：光陰，指時間。時間如閃電，迅速流逝。形容時間過得極快。
	寫作例句：光陰如電，歲月如梭，要珍惜時間啊！
迅電流光三載間，再遊勝地百憂刪。（〈過臨平〉近現代‧胡蘊）	迅電流光：比喻光陰像電光迅速的消逝。
	寫作例句：人生短暫，恰如迅電流光，倏忽即逝。

成語「風」、「雨」

詩句‧出處	對應成語
風雨所漂搖，予維音嘵嘵。（《詩經‧鴟鴞》）	風雨飄搖：風雨中飄蕩搖擺，後用以比喻動盪不安。
	寫作例句：雖然局勢風雨飄搖，我們仍應處變不驚。
不如醉裡風吹盡，可忍醒時雨打稀。（〈三絕句‧其一〉唐‧杜甫）	風吹雨打：亦作「雨打風吹」。本指人或物露天承受了風塵的吹拂和雨水的拍打。習慣上多用來比喻承受磨練或嚴峻的考驗；有時也指花木遭受風雨摧殘，或比喻惡勢力對弱勢族群的迫害。
	寫作例句：任憑風吹雨打，我自巋然不動！

闌風長雨秋紛紛，四海八荒同一雲。（〈秋雨嘆·其二〉唐·杜甫）	闌風長雨：闌珊的風，冗多的雨。指夏秋之際的風雨，後亦泛指風雨不已。
	寫作例句：這是一個闌風長雨、電閃雷鳴的夜晚。
前日看花心未足，狂風暴雨忽無憑。（〈惜春三月〉宋·梅堯臣）	狂風暴雨：指大風大雨，比喻猛烈的聲勢或處境險惡。
	寫作例句：這是一場狂風暴雨似的革新。
雨橫風狂三月暮，門掩黃昏，無計留春住。（〈蝶戀花〉宋·歐陽修）	雨橫風狂：又猛又急的大風雨。比喻聲勢浩大，發展急速而猛烈。
	寫作例句：這是一場雨橫風狂似的改革。
甚無情，便下得，雨僝風僽。（〈粉蝶兒·和趙晉臣敷文賦落花〉宋·辛棄疾）	雨僝風僽：風雨交相摧折。
	寫作例句：如果把人生比作變幻莫測的天氣，那麼既會有萬里晴空，也會有雨僝風僽。

成語「雲」、「煙」

詩句·出處	對應成語
煙消雲散，一杯誰共歌歡？（〈天淨沙〉元·張養浩）	煙消雲散：像煙雲消散一樣，比喻事物消失得乾乾淨淨。
	寫作例句：經他一解釋，我心裡的疑團頓時煙消雲散了。

	雲飛煙滅：比喻消逝。
千古事，雲飛煙滅。（〈賀新郎・賦琵琶〉宋・辛棄疾）	寫作例句：這個減肥方法曾一度甚囂塵上，但在熱潮過後即雲飛煙滅。

成語「雲」、「雨」

詩句・出處	對應成語
翻手作雲覆手雨，紛紛輕薄何須數。（唐・杜甫〈貧交行〉）	翻雲覆雨：亦作「雲翻雨覆」。翻覆，指翻轉。翻過去是雲，翻過來是雨。比喻人情世態反覆無常或玩弄權術和手段。
	寫作例句：現如今商場之上翻雲覆雨，人與人之間都是為了利益互相結合。
飲徒歌伴今何在，雨散雲飛盡不回。（〈五年秋病後獨宿香山寺三絕句・其二〉唐・白居易） 劉郎相約事難諧，雨散雲飛自此乖。（〈遊仙・其二〉唐・司空圖）	雨散雲飛：比喻離散。
	寫作例句：上次一別，雨散雲飛，不知何日能再相見。
惆悵年華暗換，點銷魂、雨收雲散。（〈水龍吟・春日遊摩訶池〉宋・陸游）	雨收雲散：比喻某種現象已經消失。
	寫作例句：殘留的暖意全部褪盡，雨收雲散，一切歡樂都成為過去。

雨恨雲愁，江南依舊稱佳麗。（〈點絳唇〉宋・王禹偁） 暗想當初，有多少、幽歡佳會，豈知聚散難期，翻成雨恨雲愁？（〈曲玉管〉宋・柳永）	雨恨雲愁：①感覺上以為可以惹人愁怨的雲和雨。②喻男女間離別之情。
	寫作例句：聚散總無期，翻成幾多雨恨雲愁。
惆悵雲愁雨怨，斷魂何處相尋。（〈何滿子〉宋・孫光憲）	雲愁雨怨：喻指離情別愁。
	寫作例句：見到她的一剎那，所有雲愁雨怨都化為烏有。
雲行雨洽，天臨地持。（〈文武舞歌・文舞階步辭〉隋・無名氏）	雲行雨洽：比喻廣施恩澤。
	寫作例句：他為官一任，雲行雨洽，受到了百姓的愛戴。

成語「煙」、「雨」

詩句・出處	對應成語
一葉飄然任浪吹，雨蓑煙笠肯忘機。（唐・翁洮）	雨蓑煙笠：防雨用的蓑衣笠帽，為漁夫的衣飾。亦借指漁夫。
	寫作例句：他坐在船上，雨蓑煙笠，望著空蕩蕩的漁網。
煙蓑雨笠長林下，老去而今空見畫。（〈書晁說之考牧圖後〉宋・蘇軾）	煙蓑雨笠：指蓑衣斗笠兩種雨具，借指隱者的服裝或隱者優遊自適的生活。
	寫作例句：他寧願歸隱山林，煙蓑雨笠，也不願重返仕途。

豔杏夭桃，垂楊芳草，各斗雨膏煙膩。（〈剔銀燈・仙呂調〉宋・柳永）	雨膏煙膩：指花草樹木在煙雨中顯得肥腴潤澤。
	寫作例句：望著雨膏煙膩的花園，他竟然忘記自己並沒有撐傘。
西湖遊子，慣識雨愁煙恨。（〈隔浦蓮・荷花〉宋・史達祖）	雨愁煙恨：煙雨所引起的人的惆悵哀愁。
	寫作例句：梅雨季節，雨愁煙恨，令她心煩意亂。
只有醉吟寬別恨，不須朝暮促歸程，雨條煙葉繫人情。（〈浣溪沙〉宋・晏殊） 多少雨條煙葉恨，紅淚離筵。（〈浪淘沙〉宋・晏幾道）	雨條煙葉：雨中的柳條，煙霧中的柳葉。形容淒迷的景色，亦比喻情意的纏綿。
	寫作例句：望著她那雨條煙葉中遠去的身影，我也淚如雨下。
瘴雨蠻煙，十年夢、尊前休說。（〈滿江紅・送湯朝美自便歸金壇〉宋・辛棄疾）	瘴雨蠻煙：指中國南方有瘴氣的煙雨。
	寫作例句：富庶的中國江南，昔日曾經處處瘴雨蠻煙。

成語「風」、「雲」

詩句・出處	對應成語
年代殊氓俗，風雲更盛衰。（〈入彭城館詩〉南北朝・庾信）	風雲變幻：像風雲那樣變化不定。比喻時局變化迅速，動向難以預料。
	寫作例句：立身於風雲變幻的世界上，我們遇事要獨立思考，不能隨波逐流，人云亦云。
風流雲散，一別如雨。人生實難，願其弗與。（〈昭明文選・贈蔡子篤詩〉南北朝）	風流雲散：風吹雲散，蹤跡全消，比喻原常相聚的人飄零離散。
	寫作例句：一轉眼十幾年過去，當年的同窗好友早已風流雲散，各奔東西。
風捲寒雲暮雪晴，江煙洗盡柳條輕。（〈霽雪〉唐・戎昱）	風捲殘雲：大風將殘存的雲朵捲走，比喻把殘存的東西一掃而光，也比喻一下子消滅得乾乾淨淨。也可用來形容貪吃，一下子把食物吃完。
	寫作例句：只見剪子上下飛動，三上兩下，如風捲殘雲一般，那隻綿羊身上的毛被剪得乾乾淨淨。
風雲變態，花草精神。（《二十四詩品・形容》唐・司空圖）	風雲變態：變態，指改變常態。風雲改變常態，形容詩文變化多姿。
	寫作例句：他的詩文風雲變態，絢麗多彩。

雲淡風輕近午天，傍花隨柳過前川。(〈春日偶成〉宋·程顥)	雲淡風輕：亦作「風輕雲淡」。微風輕拂，浮雲淡薄，形容天氣晴好。
	寫作例句：我的思緒在古道西風中飄一縷綿長的秋香，在悠然見南山的雲淡風輕中怡然自得。
五領之君，盲風怪雲，毒蛇臻臻，相其不仁。(〈聖宋鐃歌吹曲·時雨霂〉宋·姜夔)	盲風怪雲：指急驟的風雲。
	寫作例句：一陣盲風怪雲之後，天空下起了雨。

成語「風」、「電」

詩句·出處	對應成語
風馳電逝，躡景追飛。(〈四言贈兄秀才入軍詩〉三國·魏·嵇康)	風馳電逝：形容像刮風和閃電那樣迅速。
	寫作例句：飆車雖可享受風馳電逝的快感，一旦發生意外卻得付出慘痛的代價。
鸞旗日行三十里，焉用逐風追電為。(〈題驃裏圖〉宋·秦觀)	逐風追電：追趕迅風和閃電。
	寫作例句：摩托車逐風追電，一會就到達了目的地。
願得側翅附鴻鵠，追風掣電凌太空。(〈為侍郎徐公邦憲賦〉宋·張淏)	追風掣電：追趕迅風和閃電。
	寫作例句：他把車開得追風掣電一般，我坐在車後不免有點害怕。

成語「雲」、「霧」

詩句・出處	對應成語
噴雲泄霧藏半腹，雖有絕頂誰能窮？（〈謁衡嶽廟遂宿嶽寺題門樓〉唐・韓愈）	噴雲泄霧：形容雲靄繚繞山嶽的景象。
	寫作例句：山洞位於半山腰，噴雲泄霧，彷彿仙境。
雲開霧散卻晴霽，清風淅淅無纖塵。（〈王君儀〉宋・陸佃）	雲開霧散：指天氣由陰暗轉為明朗，常用以比喻怨憤、疑慮得以消除。
	寫作例句：相互理解，雲開霧散；相互包容，海闊天空；相互支持，眾志成城；相互尊重，和諧共融；相互關心，真愛永存；相互信任，攜手並進；相互謙讓，心情舒暢。
愁望處，想霧暗雲深，忘卻來時路。（〈摸魚兒・玉林君為遣蛻山中桃花賦〉宋・馮取洽）	霧暗雲深：迷濛渺遠。比喻相距之遙遠。
	寫作例句：自此一別，霧暗雲深，恐怕我們很難見面了。
霧慘雲愁結暮陰，遊方客子正悲吟。（〈仲冬初吉歸途即事〉元・安熙） 諸國將皆來助戰，喊殺處霧慘雲愁。（《馬陵道・第四折》元・無名氏）	霧慘雲愁：指一種悲壯蒼涼的氣氛。
	寫作例句：自從這場悲劇發生後，整個家庭霧慘雲愁。

巴的到綠楊渡口，早則是雲迷霧鎖黃昏後。(《朱砂擔·第二折》元·無名氏)	雲迷霧鎖：形容天氣昏暗，氣氛陰森。
	寫作例句：去年秋天，全球經濟下滑，這家迅速成長的網路貿易公司也將面對雲迷霧鎖。

成語「煙」、「霧」

詩句·出處	對應成語
蠻煙瘴霧雖生處，何必區區憶陋邦。(〈再和〉宋·歐陽修)	蠻煙瘴霧：指中國南方的煙雨瘴氣。借指荒涼地區。
	寫作例句：昔日蠻煙瘴霧之地，如今處處繁華。
蕩洪波不分一個天地，望前程尚隔著霧鎖煙迷。(《隔江鬥智·第二折》元·無名氏)	霧鎖煙迷：為雲霧所掩蔽。
	寫作例句：整個山谷霧鎖煙迷，彷彿仙境。

自然現象

詩句·出處	對應成語
浮光隨日度，漾影逐波深。(〈臨高臺〉唐·褚亮)	浮光掠影：比喻觀察不仔細或印象很不深刻，像水上的反光和一閃而過的影子，一晃就過去了。也比喻景物景象飄忽不定，難以捉摸。
	寫作例句：學問從實地上用功，議論自然確有根據；若浮光掠影，中無成見，自然隨波逐流，無所適從。

忽聞海上有仙山，山在虛無縹緲間。（〈長恨歌〉唐·白居易）	虛無縹緲：虛無，指空虛；縹緲，指隱隱約約，若有若無的樣子。形容空虛渺茫。
	寫作例句：他整天陷在虛無縹緲的幻想中，不能自拔。
旱魃為虐，如惔如焚。（《詩經·雲漢》）	旱魃為虐：旱魃，傳說中造成旱災的鬼神。虐，災害之意。指發生了極為嚴重的旱災。
	寫作例句：連續半年滴雨未降，旱魃為虐，顆粒無收。

兩個成語的出處

詩句·出處	對應成語
風雨瀟瀟，雞鳴膠膠，既見君子，雲胡不瘳。風雨如晦，雞鳴不已，既見君子，雲胡不喜。（《詩經·風雨》）	風雨如晦：①比喻於惡劣環境中而不改變氣節操守。②比喻社會黑暗混亂。
	寫作例句：無論是在陽光燦爛的日子，還是風雨如晦的歲月，同樣有純白色的小船載著天藍色的希冀和夢幻乘風破浪。
	風瀟雨晦：形容風急雨驟，天色昏暗。也比喻形勢險惡。
	寫作例句：在那個風瀟雨晦的時代，很多人冒著生命危險在做這個事情。

餘霞散成綺，澄江淨如練。（〈晚登三山還望景邑〉南北朝‧謝朓）	餘霞成綺：亦作「餘霞散綺」。晚霞像美麗的錦緞一樣，形容晚霞色彩絢麗。
	寫作例句：夕陽西下，餘霞成綺，令人陶醉。
	澄江如練：澄，清澈、明淨之意。練，指潔白的熟絹。清澈的江水，像白練一樣。多指對江景的鳥瞰。
	寫作例句：朗朗月下，澄江如練，靜靜的向遠方流去。
廬山秀出南斗傍，屏風九疊雲錦張。（〈廬山謠寄盧侍御虛舟〉唐‧李白）	屏風九疊：屏風，室內擋風器物，比喻山巒；疊，重疊之意。山巒重重疊疊。
	寫作例句：遠山巍巍，屏風九疊，令人神往。
	九疊雲屏：迭，重迭之意。屏，指屏障。比喻瀑布高遠的氣勢。
	寫作例句：廬山瀑布九疊雲屏，景觀壯麗。

足跡遍神州

「四海」成語

詩句．出處	對應成語
其浸五湖。(《周禮．夏官．職方氏》) 四海之內，皆兄弟也。(《論語．顏淵》) 斗笠為帆扇作舟，五湖四海任遨遊。(〈絕句．其四〉唐．呂岩)	五湖四海：五湖，指中國的五大湖泊（鄱陽湖、洞庭湖、洪澤湖、太湖、巢湖）。泛指四面八方，全國各地，有時也指世界各地。現有時也比喻廣泛的團結。
	寫作例句：現在我們家鄉已有較好的旅遊規畫，歡迎五湖四海的朋友前來觀光遊覽。
九州四海常無事，萬歲千秋樂未央。(〈登封大酺歌．其一〉唐．盧照鄰)	九州四海：亦作「四海九州」。猶言天下。泛指全中國。
	寫作例句：九州四海之內，眼所未見、耳所未聞、蹊蹺古怪的事情，也不知會有多少。
志在四海而尚恭儉，心包宇宙而無驕盈。(〈周五聲調曲．角調曲一〉南北朝．庾信)	志在四海：指有遠大志向，不局限於一地。
	寫作例句：大丈夫當志在四海，怎可以偏安一隅，得過且過？

「城市」成語

詩句・出處	對應成語
漁陽鼙鼓動地來，驚破霓裳羽衣曲。（唐・白居易〈長恨歌〉）	漁陽鼙鼓：漁陽，中國地名，現天津市薊州區，唐時安祿山駐軍在此。鼙鼓，古代軍中用的小鼓。漁陽郡響起了戰鼓，指有戰事發生。
	寫作例句：那穿越千年而來的霓裳羽衣曲和漁陽鼙鼓是否曾觸動過你的心弦呢？
中年許國邯鄲夢，晚歲還家壙埌遊。（〈中年〉宋・王安石）	邯鄲夢：邯鄲，古趙國都城。唐代文學家沈既濟創作的《枕中記》中，描述了一個不得志的士子盧生在道士呂翁的幫助下，做了一個美夢，夢中曾一度享盡榮華富貴，飛黃騰達，而夢醒之時連一頓黃粱飯還尚未煮熟。比喻虛幻不能實現的夢想。
	寫作例句：他猛然醒來，剛才的景象原來是邯鄲夢，他不禁暗笑自己。

「長安」成語

詩句・出處	對應成語
聞道長安似弈棋，百年世事不勝悲。（〈秋興・其四〉唐・杜甫）	長安棋局：長安，中國古都城名。漢高祖七年（西元前 200 年）定都於此。此後東漢獻帝初、西晉湣帝、前趙、前秦、後秦、西魏、北周、隋、唐皆於此定都。西漢末綠林、赤眉，唐末黃巢領導的農民起義軍也曾建都於此。唐末就舊城北部改築新城，即今西安城。唐以後詩文中，常用作都城的通稱。棋局，本義指在棋盤上布子的形勢，在此比喻世局。比喻動盪不定的政局。
	寫作例句：朝廷如長安棋局，天昏地暗，他們卻和家人過著鐘鼓饌玉的生活。
君不見外州客，長安道，一回來，一回老。（〈長安道〉唐・白居易） 長安道上行客，依舊利深名切。（〈賀聖朝〉宋・無名氏）	長安道上：舊喻名利場所。
	寫作例句：長安道上的宦海沉浮，使他早已看破紅塵。

「邊塞」成語

詩句·出處	對應成語
折花逢驛使，寄與隴頭人。江南無所有，聊贈一枝春。（〈贈范曄詩〉南北朝·陸凱）嘆路途千里，日日思親。青梅如豆，難寄隴頭音信。（〈琵琶記·伯喈行路〉元·高明）	隴頭音信：隴頭，隴山，今六盤山，借指邊塞。指寄往或來自遠方的書信。
	寫作例句：隴頭音信，何日送達，何時回覆？
白草黃雲塞上秋，曾隨驃騎出并州。（〈贈老將〉唐·皇甫曾）	白草黃雲：亦作「黃雲白草」。形容秋季時邊塞的荒涼景象。
	寫作例句：將軍望著遠方的白草黃雲，默默整理著自己的思緒。

「陽關」成語

詩句·出處	對應成語
絕域陽關道，胡沙與塞塵。（〈送劉司直赴安西〉唐·王維）	陽關大道：原指古代經過陽關通向西域的大道，後泛指寬闊的長路，也比喻光明的前途。
	寫作例句：前進的道路上，並不全是陽關大道，有時也有困難和失敗。

渭城朝雨浥輕塵，客舍青青柳色新。勸君更盡一杯酒，西出陽關無故人。（〈送元二使安西〉唐・王維） 三疊陽關聲漸杳，斷雨殘雲，只怕巫山曉。（〈蘇幕遮〉宋・無名氏）	陽關三疊：亦作「三疊陽關」，古琴譜，以唐王維〈送元二使安西〉詩為主要歌詞，並引申詩意，增添詞句，抒寫離別之情。因全曲分三段，原詩反覆三次，故稱「三疊」。後泛指送別。
	寫作例句：看一場梁祝奇緣，聽一次陽關三疊，賞一回花落花開，品一杯茗香撲鼻，翻一頁幸福日記，說一段少年往事，問一聲朋友可好？
一曲陽關情幾許，知君欲向秦川去。（〈漁家傲・送張元唐省親秦州〉宋・蘇軾） 一曲陽關，斷腸聲盡，獨自憑蘭橈。（〈少年遊〉宋・柳永）	一曲陽關：陽關，古曲調名，古人在送別時唱。比喻別離。
	寫作例句：那個時代，只要有送行宴，不唱上一曲陽關，好像就顯不出惜別之意。

「齊」地成語

詩句・出處	對應成語
齊紈魯縞車班班，男耕女桑不相失。（〈憶昔・其二〉唐・杜甫）	齊紈魯縞：古代齊國和魯國出產的白色絹。後亦泛指名貴的絲織品。
	寫作例句：絲綢是中國淄博的傳統文化產業，其中以齊紈魯縞為代表的魯錦、魯繡最具影響價值、文化價值和開發價值。

遙望齊州九點煙，一泓海水杯中瀉。（〈夢天〉唐‧李賀）	齊州九點：齊，指中國。俯視九州，小如煙點。
	寫作例句：俯瞰神州大地，齊州九點，遼闊壯觀。
	齊煙九點：俯視九州，小如煙點。
	寫作例句：憑高先一笑，齊煙九點，鬱鬱蔥蔥。

「秦」地成語

詩句‧出處	對應成語
最負他、秦鬟妝鏡，好江山、何事此時遊。（〈一萼紅‧登蓬萊閣有感〉宋‧周密）	秦鬟妝鏡：秦鬟，指浙江的秦望山；妝鏡，指紹興鑑湖。比喻山清水秀的風景區。
	寫作例句：此地景色堪稱秦鬟妝鏡，令人陶醉。
秦歡晉愛成吳越，料今生緣分拙。（〈醉花陰〉元‧向賁）	秦歡晉愛：秦、晉兩國世代通姻，後稱兩姓聯姻的關係為「秦歡晉愛」或稱「秦晉之緣」。形容雙方關係十分和美、親近。
	寫作例句：兩國世代通婚，這種秦歡晉愛已持續上百年了。

「郢」地成語

詩句・出處	對應成語
郢人斤斫無痕跡，仙人衣裳棄刀尺。（〈翰林白二十二學士見寄詩一百篇因以答旣〉唐・劉禹錫）	郢人斤斫：《莊子・徐無鬼》載，楚國都城郢有一個人把白色黏土塗抹在鼻尖上，黏土薄得像蒼蠅的翅膀。他讓一個匠人砍削掉這一小白點。匠人揮動斧子，快得像一陣風的砍過去，削去了鼻尖上的白泥，並且沒有傷到鼻子。比喻成熟、高超的技藝。
	寫作例句：工匠精神起源於中國先秦時期的郢人斤斫，也稱「郢匠揮斤」。
莊子談空惠子聽，郢人斤斧俟忘形。（〈和子瞻濠州七絕・觀魚臺〉宋・蘇轍）	郢人斤斧：同「郢人斤斫」。
	寫作例句：工匠精神是郢人斤斧的昇華。
郢人斫堊元無跡，仙家種玉不論畦。（〈最高樓・次前韻〉元・劉敏中）	郢人斫堊：同「郢人斤斫」。
	寫作例句：隨著時代的發展和社會的進步，郢人斫堊的匠人精神使用範圍不斷擴大，不光單指手工製造業，而是運用於各個領域，各個行業。

「吳」地成語

詩句‧出處	對應成語
並刀如水，吳鹽勝雪，纖手破新橙。（〈少年游〉宋‧周邦彥）	吳鹽勝雪：指的是古時中國江淮一帶所晒製的散末鹽，味淡而雪白，是鹽中的上品。吳地產的鹽粒潔白如雪。多用來形容女子皮膚白皙無瑕。
	寫作例句：用了這款面膜一段時間後，對鏡貼花黃時，她不禁感慨到：真是吳鹽勝雪啊！
喘月吳牛知夜至，嘶風胡馬識秋來。（〈寄王侍御〉唐‧譚用之）	喘月吳牛：吳牛，指產於中國江淮間的水牛。吳地水牛見月疑是日，因懼怕酷熱而不斷喘氣。比喻因受某事物之苦而畏懼其類似者。
	寫作例句：自從上次演講比賽失利後，他只要一上臺，就如喘月吳牛一般，緊張得說不出話來。

「越」地成語

詩句‧出處	對應成語
胡馬依北風，越鳥巢南枝。（〈古詩十九首‧行行重行行〉漢）	越鳥南棲：越，古代國名，今中國浙江一帶。從南方飛來的鳥，築巢時一定築在南邊的樹枝上。比喻難忘故鄉情。
	寫作例句：越鳥南棲，狐死首丘，即使天涯海角，也心繫故鄉。
	越鳥巢南枝：越地的鳥在外地築巢，必用向南的樹枝。比喻不忘故鄉。
	寫作例句：「越鳥巢南枝」，返回先祖故土，找尋先祖足跡，可以說是人類一種最原始、最本質和最普遍的情感。

| 嗟哉閭里遭顛連，越瘠秦視人胡然。（〈海嘯行〉清‧張永銓） | 越瘠秦視：瘠，瘦之意。看待他人的得失，就像秦國人看待越國人的肥瘦一樣。比喻痛癢與己無關。 |
| | 寫作例句：出現問題時，團隊成員之間不能越瘠秦視，更不能互相拆臺。 |

「燕」地成語

詩句‧出處	對應成語
羅襦寶帶為君解，燕歌趙舞為君開。（〈長安古意〉唐‧盧照鄰）	燕歌趙舞：①古燕趙人善歌舞，後以「燕歌趙舞」泛指美妙的歌舞。②用以形容文辭美妙。
	寫作例句：這篇文章文辭美妙，可謂燕歌趙舞。
始知物妙皆可憐，燕昭市駿豈徒然。（〈同鮮于洛陽於畢員外宅觀畫馬歌〉唐‧高適）	燕昭市駿：指戰國時郭隗以古代君王懸賞千金買千里馬為喻，勸說燕昭王真心求賢的事。
	寫作例句：用燕昭市駿的態度求賢，自然天下歸心。

「梁」地成語

詩句・出處	對應成語
朝梁暮晉渾閒事，更捨殘骸與契丹。(〈馮道〉元・劉因)	朝梁暮晉：馮道在五代十國時期歷經四朝十代君王，世稱「十朝元老」，期間還向遼太宗稱臣，始終擔任將相、三公、三師之位，為後世所不齒。比喻人反覆無常，沒有節操。
	寫作例句：在動亂中，最容易看到一些人鑽營謀利、朝梁暮晉的醜態。
君不見中原將相誇男兒，朝梁暮周皆逆旅。(〈王凝妻〉明・李東陽)	朝梁暮周：比喻人反覆無常，沒有節操。
	寫作例句：你對文學是堅貞不渝、之死靡它，還是三心二意、朝梁暮周，透過這一路的荊棘坎坷就大致能弄個八九不離十了。

「楚」地成語

詩句・出處	對應成語
項王軍壁垓下，兵少食盡，漢軍及諸侯兵圍之數重。夜聞漢軍四面皆楚歌，項王乃大驚，曰：「漢皆已得楚乎？是何楚人之多也。」(《史記・項羽本紀》) 帳前滴盡英雄淚，楚歌四起，烏騅漫嘶。(〈慶東原・嘆世・其二〉元・馬致遠)	楚歌四起：劉邦與項羽爭霸，劉邦為使項羽投降，讓四周的士兵唱起楚地民歌，項羽士兵聽後失去鬥志，最後項羽自刎於烏江邊。比喻四面被圍，陷入孤立危急的困境。
	寫作例句：如果再不抓緊時間臥薪嘗膽，對於本就處於風雨飄搖的企業而言，那才將是真正的楚歌四起、十面埋伏。

年華虛度，狠撩人情沾起初，想孤鸞別鶴空調，奈秦樹楚天耽誤。（〈山坡羊・怨秋聲〉明・高瑞南）	秦樹楚天：秦地的樹與楚國的天。形容相距很遠。
	寫作例句：秦樹楚天，千里迢迢，何日能到？
楚管蠻弦愁一概，空城舞罷腰支在。（〈燕臺・冬〉唐・李商隱）	楚管蠻弦：泛指南方的管弦樂器。
	寫作例句：暢遊南國，聽楚管蠻弦之音，別有韻味。

「楚腰」成語

詩句・出處	對應成語
昔者先君靈王好小腰，楚子約食，憑而能立，式而能起。（《戰國策・楚策》） 落魄江湖載酒行，楚腰纖細掌中輕。（〈遣懷〉唐・杜牧）	楚腰纖細：楚腰，稱婦人的細腰。形容美人的細腰，曲線玲瓏。
	寫作例句：但見此女，兩頰帶笑，雙瞳剪水，楚腰纖細，妍姿俏麗，身輕如燕，眉淡如煙。
市南曲陌無秋涼，楚腰衛鬢四時芳。（〈洛姝真珠〉唐・李賀）	楚腰衛鬢：細腰秀髮。借指美女。
	寫作例句：那女子身著淡粉輕裙，儀靜體閒，楚腰衛鬢，相比其他女孩多了分清秀。

	楚腰蠐領：謂腰肢纖細，頸項潔白如蠐螬。形容女子體態之美。
楚腰蠐領團香玉，鬢疊深深綠。（〈虞美人〉唐・閻選）	寫作例句：蛾眉蠐首，楚腰蠐領，粉妝玉琢的小臉上，紅嫩的唇微微上翹，這樣嬌美的女子出現在他的眼前。

「楚」、「吳」成語

詩句・出處	對應成語
故園望斷欲何如，楚水吳山萬里餘。（〈江南送北客因憑寄徐州兄牙書〉唐・白居易）	楚水吳山：楚地的水，吳地的山，指古時吳、楚兩國所屬地域，後用以指長江中下游一帶。
	寫作例句：登山遠眺，楚水吳山，盡收眼底。
雪擁山腰洞口，春回楚尾吳頭。（〈鉛山立春〉宋・朱熹）猿驚鶴怨草三尺，楚尾吳頭天一方。（〈秋日寄舍弟〉宋・王阮）	楚尾吳頭：古豫章一帶位於楚地下游，吳地上游，如首尾相銜接，故稱「楚尾吳頭」，泛指長江中下游一帶地方。
	寫作例句：這兩座山，生在江中，正占著楚尾吳頭，一邊是淮東揚州，一邊是浙西潤州，今時鎮江是也。
楚舞吳歌勸郎酌，紫竹瑤絲相間作。（〈江南樂〉元・薩都剌）	楚舞吳歌：泛指江南的輕歌曼舞。
	寫作例句：這場盛宴，山珍海味，楚舞吳歌，他卻無心享用。

石頭城上，望天低吳楚，眼空無物。（〈念奴嬌·登石頭城次東坡韻〉元·薩都剌）	天低吳楚，眼空無物：吳楚，泛指長江中下游。原指登上南京城，一眼望去，越遠越覺得天下垂，除見蒼天之外，空無所有。現也比喻一無所見。
	寫作例句：他為人自負，是那種「天低吳楚，眼空無物」的人。

成語多礦藏

成語之「金」

詩句‧出處	對應成語
十日代出，流金鑠石些。（《楚辭‧招魂》戰國‧宋玉）	流金鑠石：形容天氣酷熱，好像金石都快要鎔化。
	寫作例句：午後的沙漠流金鑠石，無情的烈日如火焰般毫無遮擋的噴吐到大地上。
黃金無足色，白璧有微瑕。求人不求備，妾願老君家。（〈寄興〉宋‧戴復古）	金無足赤：足赤，成色十足的金子。比喻人不能十全十美。
	寫作例句：金無足赤，人無完人，凡事不能求全責備。
金榜題名墨尚新，今年依舊去年春。（〈寄舊同年〉唐‧何扶） 洞房花燭夜，金榜題名時。（〈喜〉宋‧汪洙）	金榜題名：金榜，科舉時代稱殿試揭曉的榜；題名，即寫上名字。指科舉得中。
	寫作例句：即使名落孫山，也不要輕易言敗，只要努力，總有一天會金榜題名。
唯將舊物表深情，鈿合金釵寄將去。（〈長恨歌〉唐‧白居易）	鈿合金釵：鈿盒和金釵，相傳為唐玄宗與楊貴妃定情之信物。泛指情人之間的信物。
	寫作例句：楊貴妃與唐玄宗靈犀相通，當即便取出鈿合金釵表深情，並立下錚錚誓言。

億萬持衡價，錙銖挾契論。堆時過北斗，積處滿西園。（〈昔事文皇帝三十二韻〉唐·杜牧）	積金至斗：積，聚之意；斗，指北斗星。金子堆積得有北斗星那麼高，形容累積的財物極多。
	寫作例句：他們家積金至斗，怎麼會在乎那幾個小錢呢？
鴛鴦繡了從教看，莫把金針度與人。（〈論詩〉金·元好問）	金針度人：金針，比喻祕法、訣竅；度，通「渡」，越過，引申為傳授。把高明的方法傳授給別人。
	寫作例句：他是聞名全國的畫家，但非常樂意扶助年輕人，經常有金針度人之舉，把自己的作畫技巧毫無保留的傳授給年輕人。

成語「千金」

詩句·出處	對應成語
一顧千金重，何必珠玉錢。（〈詩〉三國·魏·曹植）	一顧千金：顧，看之意。古之善於相馬者伯樂看了馬一眼，良馬的身價便值千金。比喻得到賢者的推薦而使人或事物身價倍增。
	寫作例句：不要傻等伯樂來一顧千金。
卷幌結帷羅玉筵，齊謳秦吹盧女弦，千金顧笑買芳年。（〈代白紵曲·其二〉南北朝·鮑照）	千金買笑：花費千金，買得一笑。指不惜重價，博取美人歡心。
	寫作例句：這群王族公子沒有人生目標，走馬章臺，千金買笑。

詩句‧出處	對應成語
一擲千金渾是膽，家無四壁不知貧。（〈少年行〉唐‧吳象之） 莫惜連船沽美酒，千金一擲買春芳。（〈寄王明府〉唐‧李白）	一擲千金：原指賭博時下賭注極大，後形容生活奢侈，任意揮霍錢財，一花就是一大筆。
	寫作例句：用錢若是一擲千金，毫無節制，縱使有億萬家財，也有用盡的一天。
春宵一刻值千金，花有清香月有陰。（〈春夜〉宋‧蘇軾）	一刻千金：亦作「千金一刻」。一刻時光，價值千金，比喻時光極珍貴。
	寫作例句：我們要珍惜一刻千金的青春時光。
千金敝帚那堪換，我亦淹留豈長算。（〈次韻秦觀秀才見贈秦與孫莘老李公擇甚熟將入京應舉〉宋‧蘇軾）	千金敝帚：比喻東西雖然微賤，卻十分珍惜重視。
	寫作例句：自己寫的文章，總覺得千金敝帚，彌足珍貴。

成語「金」、「酒」

詩句‧出處	對應成語
金龜換酒處，卻憶淚沾巾。（〈對酒憶賀監‧其一〉唐‧李白）	金龜換酒：解下金龜換美酒。形容為人豁達，恣情縱酒。
	寫作例句：祕書監賀知章在長安初遇李白，誦其〈蜀道難〉，竟呼他為「謫仙人」，解下身上的佩飾金龜換酒為樂。

顧我無衣搜藎篋，泥他沽酒拔金釵。（〈遣悲懷‧其一〉唐‧元稹）	金釵換酒：形容貧窮潦倒，落魄失意。
	寫作例句：年輕時，我們可以瀟灑的金釵換酒消愁，到了中年，可要注意身體健康啊！
銀字吹笙，金貂取酒，小小微風弄襟袖。（〈感皇恩‧鎮江待閏〉宋‧毛滂）	金貂取酒：取下冠飾換美酒。形容不拘禮法，恣情縱酒。
	寫作例句：為了招待朋友，他不惜金貂取酒。
金貂貰酒，樂事可為須趁手。（〈減字木蘭花‧勸飲詞〉宋‧韋驤）	金貂貰酒：取下冠飾換美酒。形容不拘禮法，恣情縱酒。
	寫作例句：他不惜金貂貰酒來消愁，然而卻無濟於事。

成語之「銀」

詩句‧出處	對應成語
影落明湖青黛光，金闕前開二峰長，銀河倒掛三石梁。（〈廬山謠寄盧侍御虛舟〉唐‧李白）	銀河倒瀉：像銀河裡的水倒瀉下來。形容雨下得極大，像瀉下來的一樣。
	寫作例句：雨勢大得如同銀河倒瀉，連續下了三天。

詩句・出處	對應成語
火樹銀花合，星橋鐵鎖開。（〈正月十五夜〉唐・蘇味道）	火樹銀花：火樹，火紅的樹，指樹上掛滿燈彩；銀花，銀白色的花，指燈光雪亮。形容張燈結綵或大放焰火的燦爛夜景。
	寫作例句：節日的花燈把城市裝扮得火樹銀花、五彩繽紛。
攬衣推枕起徘徊，珠箔銀屏迤邐開。（〈長恨歌〉唐・白居易）	珠箔銀屏：箔，指簾子；屏，指屏風。珠綴的簾子，銀製的屏風。多形容神仙洞府陳設華美。
	寫作例句：他家裝修得珠箔銀屏，非常時尚。
照他幾許人腸斷，玉兔銀蟾遠不知。（〈中秋月〉唐・白居易）	玉兔銀蟾：蟾，指蟾蜍。月宮中的玉兔和銀蟾，指月亮。
	寫作例句：月宮的玉兔銀蟾真知道人間的心事嗎？

成語「銀瓶」

詩句・出處	對應成語
井底引銀瓶，銀瓶欲上絲繩絕。（〈井底引銀瓶・止淫奔也〉唐・白居易）	井底銀瓶：銀瓶，銀製汲水器。銀瓶掉到井底，比喻前功盡棄。
	寫作例句：所謂的大英帝國已國威墜落，變成井底銀瓶。

寒泉未必能如此，奈有銀瓶素綆何。（〈野井〉宋·陸龜蒙）	銀瓶素綆：銀瓶，指裝水用具；素綆，繫在吊桶上的繩索。指井上汲水用具。
	寫作例句：那口古井上的銀瓶素綆，成了他難忘的童年記憶。

成語之「玉」

詩句·出處	對應成語
彼其之子，美如英。美如英，殊異乎公行。彼汾一曲，言采其藚。彼其之子，美如玉。（《詩經·汾沮洳》）	如花似玉：像花和玉那樣美好，形容女子姿容出眾。
	寫作例句：這些如花似玉的女孩，在舞臺上翩翩起舞了。
王欲玉女，是用大諫。（《詩經·民勞》）	艱難玉成：玉成，敬辭，意為成全，成功。形容經過艱辛的磨練，終於獲得成功。
	寫作例句：環境越是困難，精神越能發奮努力，困難被克服了，就會有出色的成就。這就是所謂「艱難玉成」。
白圭之玷，尚可磨也；斯言之玷，不可為也。（《詩經·抑》）	白圭之玷：玷，指瑕疵。白玉圭上的一個斑點。比喻人、物整體很好，但尚有缺憾。
	寫作例句：他的這點錯誤不過是白圭之玷，可以原諒。

懷瑾握瑜兮，窮不知所示。(《楚辭・九章・懷沙》戰國・屈原)	懷瑾握瑜：亦作「握瑜懷瑾」。懷，懷藏之意；握，手握之意；瑾、瑜，指美玉，比喻美德。比喻人具有純潔高尚的品德。
	寫作例句：她懷瑾握瑜的品德值得每個人學習。
仙人持玉尺，廢君多少才。玉尺不可盡，君才無時休。(〈上清寶鼎詩・其一〉唐・李白)	玉尺量才：玉尺，玉製的尺，舊時比喻選拔人才和評價詩文的標準。用恰當的標準來衡量人才和詩文。
	寫作例句：經過一番玉尺量才般的篩選，他最終脫穎而出。
清風朗月不用一錢買，玉山自倒非人推。(〈襄陽歌〉唐・李白)	玉山自倒：玉山，比喻人的身形美好。比喻喝醉酒後身體搖搖欲墜的樣子。
	寫作例句：你這喜酒喝的，都玉山自倒了。

成語「玉樹」

詩句・出處	對應成語
宗之瀟灑美少年，舉觴白眼望青天，皎如玉樹臨風前。(〈飲中八仙歌〉唐・杜甫)	玉樹臨風：形容人年少才貌出眾，風度瀟灑，秀美多姿。多指男子。
	寫作例句：唐伯虎何許人也？玉樹臨風，才高八斗，江南四大才子之一。

鳳閣龍樓連霄漢，玉樹瓊枝作煙蘿，幾曾識干戈？（〈破陣子〉南唐·李煜）	玉樹瓊枝：①形容樹木華美。②比喻貴家子弟。
	寫作例句：他出身顯赫，玉樹瓊枝。

成語「冰」、「玉」

詩句·出處	對應成語
直如朱絲繩，清如玉壺冰。（〈代白頭吟〉南北朝·鮑照） 洛陽親友如相問，一片冰心在玉壺。（〈芙蓉樓送辛漸·其一〉唐·王昌齡）	冰心玉壺：冰心，比喻心的純潔。玉壺，冰在玉壺之中，進一步比喻人的清廉正直。比喻人純潔清白的情操。
	寫作例句：他一生冰心玉壺，堅守信念。
炯如一段清冰出萬壑，置在迎風寒露之玉壺。（〈入奏行贈西山檢察使寶侍御〉唐·杜甫）	冰壑玉壺：壑，指深溝。像冰那樣清澈的深山溝裡的水，盛在晶瑩的玉壺裡。比喻人節操高尚，品性高潔。
	寫作例句：屈原的品性像冰壑玉壺般高潔。
金鐘大鏞在東序，冰壺玉衡懸清秋。（〈寄裴施州〉唐·杜甫）	冰壺玉衡：冰壺，即冰心玉壺；玉衡，用玉石裝飾的衡器。比喻人品高尚純潔。
	寫作例句：他是一個內心冰壺玉衡的正人君子。

戛玉敲冰聲未停，嫌雲不遏入青冥。(〈聽田順兒歌〉唐·白居易)	戛玉敲冰：戛，敲擊之意。敲打玉器和冰塊。形容聲調有節奏而響亮好聽，也形容人氣節凜然。
	寫作例句：他這句戛玉敲冰的話，撼人心魄。
玉潤冰清不受塵，仙衣裁剪絳紗新。(〈荔枝·其二〉宋·曾鞏)	玉潤冰清：像玉一樣潤澤，像冰一樣清純。常喻人或物形神之美。
	寫作例句：她是個冰清玉潤的女子。
若將玉骨冰姿比，李蔡為人在下中。(〈鷓鴣天〉宋·辛棄疾)	玉骨冰姿：像冰一樣的肌膚，像玉一樣的骨骼。形容女子潔美的體膚。
	寫作例句：她那玉骨冰姿，在他的心中久久揮之不去。

成語「玉」、「人」

詩句・出處	對應成語
萬一禪關砉然破，美人如玉劍如虹。（〈夜坐〉清·龔自珍）	美人如玉：形容女子美潤。
	寫作例句：美人如玉，如玉般優雅、高貴、迷人，站在眾人間，氣質與內在都是別樣存在。
玉堂人物今安在，紙尾題詩一慨然。（〈息軒秋江捕魚圖·其三〉元·元好問）	玉堂人物：泛指顯貴的文士。
	寫作例句：這次你真是幸運，遇見玉堂人物了。
鳴鞭後騎何蹙躑，宮妝襟袖皆仙姿。（〈津陽門詩〉唐·鄭嵎）三千玉貌休自誇，十二金釵獨相向。（〈相和歌辭·宮怨〉唐·長孫佐輔）	仙姿玉貌：形容女子姿態容貌都美。
	寫作例句：橋上走著兩位女子，白衣飄飄，仙姿玉貌，款款而來。
念倚玉偎香，前事頓輕擲。（〈法曲獻仙音·小石調〉宋·柳永）	倚玉偎香：形容與女性親熱暱愛。
	寫作例句：柳永長年縱情聲色，倚玉偎香，也是他科舉落第的重要原因。

成語之「璧」

詩句・出處	對應成語
青蠅一相點，白璧遂成冤。（〈宴胡楚真禁所〉唐·陳子昂）	白璧青蠅：比喻善惡忠佞。
	寫作例句：事實的真相如白璧青蠅，一目了然。

蠻珍分到謫仙家，斷璧殘璋裏絳紗。（〈李茂嘉寄茶·其一〉宋·孫覿）	斷璧殘璋：璧，圓形扁平中間有孔的玉器；璋，像半個圭的玉器。殘缺不全的璋璧。比喻雖然殘缺仍然是很珍貴的東西。
	寫作例句：這些出土文物雖然有些破損，但仍不失為斷璧殘璋。

成語之「銅」

詩句·出處	對應成語
鐵板銅琶唱大江，西來潮氣未全降。（〈十洲春語·評花小詩·杭州繡鳳〉清·二石生）	鐵板銅琶：形容豪邁激越的文章風格。
	寫作例句：他用鐵板銅琶唱蘇軾的〈大江東去〉。
何物充棟汗車牛，混了書香銅臭。（〈桃花扇·逮社〉清·孔尚任）	書香銅臭：書香，讀書的家風；銅臭，銅錢上的臭味。指集書香和銅臭於一體的書商。
	寫作例句：為了利益，這家裝潢考究的書店居然賣起了盜版書，真可謂書香銅臭。

成語「銅壺」

詩句・出處	對應成語
銅壺漏斷夢初覺，寶馬塵高人未知。（〈雞鳴埭曲〉唐・溫庭筠）	銅壺滴漏：銅壺，古代計時的漏器。用銅壺盛水滴漏來計時刻。
	寫作例句：中國古人用銅壺滴漏計時。
	銅壺漏斷：銅壺，古代計時的漏器。用銅壺盛水滴漏來計時刻。指一天時間已經過去，夜已深。
	寫作例句：銅壺漏斷，天色微明，他仍然沒有入睡。
	銅壺刻漏：刻漏，一種古代計時器。用銅壺盛水滴漏來計時刻。指時光正在流逝。
	雖然已是夜裡三更時分，但銅壺刻漏聲響在耳畔卻是如此的清晰。

成語之「鐵」

詩句·出處	對應成語
玉輪顧兔初生魄，鐵網珊瑚未有枝。（〈碧城·其三〉唐·李商隱）	鐵網珊瑚：比喻搜羅珍奇。
	寫作例句：這些貪官搜刮民財，鐵網珊瑚，無所不用其極。
鐵馬金戈睢水上，碧油紅旆海山濱。（〈以舊賜戰袍等贈韓少師·其二〉宋·李綱） 憶當年鐵馬金戈，自桃園，初結義，把尊兄輔佐。（〈中呂粉蝶兒〉元·關漢卿）	鐵馬金戈：①形容威武雄壯的士兵和戰馬。②謂戰事、兵事。
	寫作例句：鐵馬金戈，藩鎮割據；亂世之秋，誰謂英雄？
韋編屢絕鐵硯穿，口誦手鈔那計年？（〈寒夜讀書〉宋·陸游）	鐵硯磨穿：亦作「磨穿鐵硯」。把鐵鑄的硯臺都磨穿了。比喻讀書用功，有恆心。
	寫作例句：他對文化傳承有使命感，一生鑽研，一生傳播，一生堅持，有鐵硯磨穿的精神。
臥薪嚐膽為吞吳，鐵面槍牙是丈夫。（〈詠古·其一〉明·李贄）	鐵面槍牙：比喻堅忍不拔，刻苦自勵。
	寫作例句：他是一個鐵面槍牙的漢子。
棲鴉點上蕭蕭柳，撮幾句、盲辭瞎話，交還他、鐵板歌喉。（〈道情·其七〉清·鄭板橋）	鐵板歌喉：形容豪邁的演唱。
	寫作例句：他的鐵板歌喉，征服了全場觀眾。

成語「珠」、「玉」

詩句‧出處	對應成語
嘈嘈切切錯雜彈，大珠小珠落玉盤。（〈琵琶行〉唐‧白居易）	珠落玉盤：形容樂器彈奏的聲音清脆悅耳，非常動聽。
	寫作例句：這琴聲時而舒緩如流泉，時而激越如飛瀑，時而清脆如珠落玉盤，時而低迴如呢喃細語。
方流涵玉潤，圓折動珠光。（〈詠水詩〉唐‧張文琮）	珠圓玉潤：潤，細膩光滑之意。像珠子一樣圓，像玉石一樣光潤，比喻歌聲宛轉優美，或文字流暢明快。
	寫作例句：她的歌聲珠圓玉潤，美妙動聽。

成語「金」、「玉」

詩句‧出處	對應成語
蝴蝶，蝴蝶，飛上金枝玉葉。（〈調笑令〉唐‧王建）	金枝玉葉：原形容花木枝葉美好，後多指皇族子孫，現也比喻出身高貴或嬌嫩柔弱的人。
	寫作例句：讓一個金枝玉葉的公主來做這重活，你是故意為難她呀！

由來碧落銀河畔，可要金風玉露時。（〈辛未七夕〉唐·李商隱）	金風玉露：原指牛郎織女七夕相會，現多指男女相愛相知相伴相守，泛指秋天的景物。一般用來描寫愛情。
	寫作例句：他遇上她，是一場金風玉露的相逢，還是一闋山河動盪的哀歌？
抽簪脫釧解環佩，堆金疊玉光青熒。（〈華山女〉唐·韓愈）	堆金疊玉：形容財富極多。
	寫作例句：當年的廣州城，堆金疊玉，繁華似錦。
平臺戚里帶崇墉，炊金饌玉待鳴鐘。（〈帝京篇〉唐·駱賓王）	炊金饌玉：炊，指燒火做飯；饌，指飲食、吃。形容豐盛的菜餚。
	寫作例句：幾天沒來店裡的老闆為員工們帶來了一頓炊金饌玉的晚餐，算是對大家辛苦了一天的犒賞。
投泥潑水愈光明，爍玉流金見精悍。（〈石炭〉宋·蘇軾）	爍玉流金：溫度極高，能將金石鎔化。形容酷熱。
	寫作例句：這個夏天已經熱到了爍玉流金的程度。
都道是金玉良姻，俺只念木石前盟。（〈終身誤〉清·曹雪芹）	金玉良緣：原指符合封建秩序的姻緣，後泛指美好的姻緣。
	寫作例句：你們是天生一對，你們是金玉良緣，你們是郎才女貌，你們是舉世無雙。

兩個成語的出處

詩句‧出處	對應成語
樂彼之園，爰有樹檀，其下維谷。它山之石，可以攻玉。(《詩經‧鶴鳴》)	他山之石，可以攻玉：他山之石，指別的山上的石頭，比喻能幫助自己改正缺點的人或意見。既比喻別國的賢才可為本國效力，也比喻能幫助自己改正缺點的人或意見。
	寫作例句：他山之石，可以攻玉，雖然我們不行，但可以借助其他人的力量。
	攻玉以石：攻，加工、製造之意；以，借用之意。加工璞玉須借用他山之石。比喻以他人之長，治自己之短。
	寫作例句：他上網查看了大量關於招商的案例資料，攻玉以石，學習他人經驗。

三光日月星

成語之「日」

詩句·出處	對應成語
穀則異室，死則同穴。謂予不信，有如皦日。（《詩經·大車》）	有如皦日：皦日，白日之意。表示對天發誓，以顯示自己可以信賴和一片誠意。
	寫作例句：他的誓言有如皦日，令人感動。
	誓以皦日：誓同生死，親愛終生。
	寫作例句：他們誓以皦日，共度一生。
歲莫景邁群光絕，安得長繩繫白日。（〈九曲歌〉晉·傅玄）	長繩繫日：用長繩拖住太陽，比喻意欲留住時光。
	寫作例句：他廢寢忘食的工作，恨不能長繩繫日，有更充裕的時間，多做出一些成果。
何人錯憶窮愁日，愁日愁隨一線長。（〈至日遣興奉寄北省舊閣老兩院故人·其一〉唐·杜甫）	日長一線：指冬至以後白晝漸長。
	寫作例句：據科學家測算，冬至之後，日長一線具體的時間應該是在2分鐘以內。

有如風輕日暖好鳥語，夜靜山響春泉鳴。（〈贈沈遵〉宋‧歐陽修）	風輕日暖：微風輕拂，陽光溫暖。
	寫作例句：在藍天白雲、風輕日暖的好天氣下，我們笑得燦爛。
把金湯固守，精誠貫日，衣冠不改，意氣橫秋。（〈沁園春‧十二月十四日為平章呂公壽〉元‧白樸）	精誠貫日：精，指精神、精力；精誠，至誠之意；貫，用繩子穿起來，引申為貫通。形容極端忠誠。
	寫作例句：守軍誓死抵抗，精誠貫日，最後全部壯烈犧牲。

成語「旭日」

詩句‧出處	對應成語
雍雍鳴雁，旭日始旦。（《詩經‧匏有苦葉》）	旭日東昇：旭日，指初升的太陽。早上太陽剛從東方升起，形容充滿活力、生氣蓬勃的氣象。
	寫作例句：人的一生難免有浮沉，不會永遠如旭日東昇，也不會永遠痛苦潦倒。
如月之恆，如日之升。（《詩經‧天保》）	如日方升：比喻事物有廣闊發展前途。
	寫作例句：我們年輕一代如日方升，有著蓬勃的朝氣和遠大的前途。
	日升月恆：旭日冉冉上升，月亮漸漸盈滿。比喻事物興盛發展，後常用為祝頌之詞。
	寫作例句：我們的事業如日升月恆，欣欣向榮。

詩句・出處	對應成語
鳳凰鳴矣，于彼高岡。梧桐生矣，于彼朝陽。（《詩經・卷阿》）李善感直言不諱，竟稱鳴鳳朝陽。（《幼學瓊林・卷一・文臣類》）	鳳鳴朝陽：朝陽，指早晨的太陽。鳳凰在早晨的陽光中鳴叫。比喻有高才的人得到發揮的機會。
	寫作例句：像他這麼有才華的人，終於等到了鳳鳴朝陽之時。
	鳴鳳朝陽：比喻賢臣遇明君時的場景。
	寫作例句：朝堂之上政治清明，鳴鳳朝陽。

成語「夕陽」

詩句・出處	對應成語
古道西風瘦馬，夕陽西下，斷腸人在天涯。（〈天淨沙・秋思〉元・馬致遠）	夕陽古道：夕陽，傍晚的太陽。傍晚的太陽，古老的道路。比喻淒涼愁苦的景象。
	寫作例句：夕陽古道，一個身影緩緩而行，拖著長長的影子在山坡上駐足凝望。
	夕陽西下：指傍晚日落時的景象，也比喻遲暮之年或事物走向衰落。
	寫作例句：夕陽西下，雲兒穿上了美麗的彩裝。

月上柳梢頭，人約黃昏後。（〈生查子〉宋‧歐陽修）	人約黃昏：人在黃昏時約會，指情人約會。
	寫作例句：青梅竹馬，我們可以兩小無猜；月上柳梢，我們可以人約黃昏；相濡以沫，我們不能相忘江湖；舉案齊眉，我們一定相敬如賓。
途窮日暮更何求，白首同拚一死休。（〈群公〉清‧黃遵憲）	途窮日暮：途窮，指路走到了盡頭；日暮，意指天快黑了。比喻接近滅亡。
	寫作例句：這一戰雖然掩伏著自己前所未有甚至途窮日暮的凶險，但也充滿了誘惑。

成語「天」、「日」

詩句‧出處	對應成語
日之方中，在前上處。（《詩經‧簡兮》）	如日中天：好像太陽正在天頂。比喻事物正發展到十分興盛的階段。
	寫作例句：詩歌發展到了唐代，詩人輩出，流派紛呈，如日中天。
佩服瑤草駐容色，舜日堯年歡無極。（〈四時白紵歌‧春白紵〉南北朝‧沈約）	堯天舜日：比喻太平盛世。
	寫作例句：這些文物一定程度上展示了堯天舜日的禮樂文明。

別有豪華稱將相，轉日回天不相讓。（〈長安古意〉唐・盧照鄰）	轉日回天：形容力量大，能扭轉很難挽回的局面。
	寫作例句：他的話有轉日回天的力量。
地迥風彌緊，天長日久遲。（〈早秋登慈恩寺塔〉唐・歐陽詹）	天長日久：天之長，日之久。比喻長期下去，時間久遠。
	寫作例句：讀書寫字的姿勢不正確，天長日久就會影響視力。
六丁搜出嚴家墨，白日青天橫紫蜺。（〈題太和宰卓士直寄新刻山谷快閣詩真跡・其二〉宋・楊萬里）	白日青天：白天。表示強調。
	寫作例句：君子之心，似白日青天，不可使人不知。

成語之「月」

詩句・出處	對應成語
月落烏啼霜滿天，江楓漁火對愁眠。（〈楓橋夜泊〉唐・張繼）	月落烏啼：形容天色將明未明時的景象。
	寫作例句：我們走到江邊，天近拂曉，月落烏啼，備感淒涼。
鏡裡看形見不難，水中捉月爭拈得？（〈永嘉證道歌〉唐・釋元覺）	海底撈月：亦作「海中撈月」、「水中撈月」。比喻去做根本做不到的事，只能白費力氣，根本達不到目的。同時也表示一個由下往上的動作。
	寫作例句：茫茫人海，要找到一個不知姓名、地址的人，真如海底撈月一樣。

俱懷逸興壯思飛，欲上青天攬明月。(〈宣州謝眺樓餞別校書叔雲〉唐‧李白)	九天攬月：九天是古代對天空的一種劃分，古代認為天有九重，所以九天是天空的最高處。到天的最高處去摘月，常形容壯志豪情。
	寫作例句：我們從小就要立下九天攬月的雄心壯志。
今人不見古時月，今月曾經照古人。古人今人若流水，共看明月皆如此。(〈把酒問月〉唐‧李白)	今月古月：指月亮古今如一，而人事代謝無常。
	寫作例句：世事變化莫測，不禁使人有今月古月的感慨。
待月西廂下，迎風戶半開。(〈明月三五夜〉唐‧元稹)	待月西廂：指情人私相約會。
	寫作例句：夜深人靜之時，正是待月西廂之際。
獨上江樓思渺然，月光如水水如天。(〈江樓舊感〉唐‧趙嘏)	月光如水：月光皎潔柔和，如同閃光而緩緩流動的清水。形容月色美好的夜晚。
	寫作例句：月光如水，月光如畫，月光如詩，月光如歌。我愛月光如水般的晶瑩，我愛月光如畫般的美麗，我更愛月光如詩如歌般的雋永。

成語「明月」

詩句‧出處	對應成語
朱城九門門九閨，願逐明月入君懷。(〈代淮南王‧其二〉南北朝‧鮑照)	明月入懷：①明月進入我的胸懷，比喻人心胸開闊明朗。②指生子。
	寫作例句：我佩服您海納百川、明月入懷的氣魄。

詩句・出處	對應成語
美人邁兮音塵闕，隔千里兮共明月。（〈月賦〉南北朝・謝莊）	月明千里：月光普照大地，後多用作友人或戀人相隔遙遠，月夜倍增思念的典故。
	寫作例句：今夜月明千里，思念濃如醇酒。
天下三分明月夜，二分無賴是揚州。（〈憶揚州〉唐・徐凝）	二分明月：原用於形容揚州繁華昌盛的景象，今比喻當地月色格外明朗。
	寫作例句：今天，二分明月不僅讓人想起揚州那迷人的月光，儼然已成為揚州的代稱。

成語「風」、「月」

詩句・出處	對應成語
清風朗月不用一錢買，玉山自倒非人推。（〈襄陽歌〉唐・李白）	清風朗月：只與清風、明月為伴。比喻不隨便結交朋友，也比喻清閒無事。
	寫作例句：那個夜晚，清風朗月，他寫下了這首思念的詩。
借問風前兼月下，不知何客對胡床。（〈洛中逢白監同話遊梁之樂因寄宣武令狐相公〉唐・劉禹錫）	風前月下：指良辰美景。
	寫作例句：風前月下、柳夕花朝之日，你們若能想起我們一起在園中的歲月，我便餘願足矣！

今宵酒醒何處？楊柳岸、曉風殘月。（〈雨霖鈴〉宋‧柳永）	曉風殘月：①謂晨風輕拂，殘月將落，情景冷清。常藉以抒寫離情，也指歌伎的清唱。②「楊柳岸、曉風殘月」為宋代柳永〈雨霖鈴〉詞中名句，後用以指代詞曲。③指婉約的詩詞風格。
	寫作例句：清晨從船艙出來，只見滔滔江水伴著曉風殘月，孤寂之感猛然撲上心頭。
詠月嘲風先要減，登山臨水亦宜稀。（〈將歸渭村先寄舍弟〉唐‧白居易）	弄月嘲風：亦作「詠月嘲風」、「嘲風弄月」。弄，玩賞之意；嘲，嘲笑之意；風、月，泛指各種自然景物。指描寫風雲月露等景象而思想內容貧乏的寫作。
	寫作例句：他的這篇文章不過是弄月嘲風，毫無想法和深度。
光陰有限同歸老，風月無涯可慰顏。（〈世上吟〉宋‧邵雍）	風月無涯：極言風景之佳勝。
	寫作例句：用這樣的筆法描摹西湖的水木明瑟、風月無涯，可謂恰到好處。
向碧岩古洞，完全性命，臨風對月，笑傲希夷。（〈沁園春‧示眾〉金‧丘處機）	臨風對月：面對清風明月，形容所處的景色非常容易引發人的思緒。
	寫作例句：金戈鐵馬之間，風花雪月之餘，歷史所留給我們的除了唏噓不已的慨然長嘆，還有生不逢時的紛紛擾擾，抑或還有臨風對月的千愁萬緒。

成語「花」、「月」

詩句‧出處	對應成語
人意共憐花月滿，花好月圓人又散。（〈木蘭花〉宋‧張先） 莫思身外，且斗樽前，願花長好、人長健、月長圓。（〈行香子〉宋‧晁端禮）	花好月圓：亦作「月圓花好」。花兒正盛開，月亮正圓滿。比喻美好生活，有時用於祝賀人新婚美好。
	寫作例句：花好月圓之夜，他們倆終於相見了。
春花秋月何時了，往事知多少？（〈虞美人〉南唐‧李煜）	春花秋月：亦作「秋月春花」。①春天的花，秋天的月。指春秋佳景或泛指美好的時光。②指歲序更迭。
	寫作例句：回憶我們過去的生活，當時只覺得春花秋月、良辰美景全是為我們而存在的。
月缺花殘莫悵然，花須終發月終圓。（〈和友人傷歌姬〉唐‧溫庭筠）	月缺花殘：形容衰敗零落的景象。也比喻感情破裂，兩相離異。
	寫作例句：人生亦有月缺花殘的時候。
花朝月夜動春心，誰忍相思今不見。（〈別詩〉梁‧蕭繹）	花朝月夜：有鮮花的早晨，有明月的夜晚。指美好的時光和景物。舊時也特指農曆二月十五和八月十五。
	寫作例句：物過人老，花朝月夜，轉眼變成指間沙。

成語「雲」、「月」

詩句・出處	對應成語
停雲，思親友也。(〈停雲詩序〉晉・陶淵明) 落月滿屋梁，猶疑照顏色。(〈夢李白・其一〉唐・杜甫)	停雲落月：表示對親友的懷念，舊時多用在書信裡。
	寫作例句：對你的思念如停雲落月，滿滿的寫在信箋裡。
鏤月成歌扇，裁雲作舞衣。(〈堂堂〉唐・李義府)	鏤月裁雲：雕刻月亮，裁剪雲彩，比喻手藝極精巧。
	寫作例句：這座雕塑真是一個鏤月裁雲的傑作。
雲階月地一相過，未抵經年別恨多。(〈七夕〉唐・杜牧)	雲階月地：以雲為階，以月為地。指天上，亦指仙境。
	寫作例句：每次飛這條航線，他總有一種雲階月地的感覺。

成語「秋月」

詩句・出處	對應成語
布衫漆黑手如龜，未害冰壺貯秋月。(〈贈潘谷〉宋・蘇軾)	冰壺秋月：比喻人品德清白廉潔。
	寫作例句：他的品格如冰壺秋月，令我們十分敬仰。
德人天遊，秋月寒江。(〈贈別李次翁〉宋・黃庭堅)	秋月寒江：比喻有德之人心底清純明淨。
	寫作例句：先生德高望重，襟懷秋月寒江，只要您一宣導，回應的人勢必很多。

成語之「星」

詩句・出處	對應成語
星言夙駕，說于桑田。（《詩經・定之方中》）	星言夙駕：亦作「星陳夙駕」。言，語助詞；夙駕，早起駕車出行。星夜駕車出行。
	寫作例句：聽到這個消息，他星言夙駕，行駛了將近一千公里，第一個趕來了。
曉星正寥落，晨光復泱漭。（〈京路夜發〉南北朝・謝朓） 黃衣道士亦講說，座下寥落如明星。（〈華山女〉唐・韓愈）	寥若晨星：寥，稀疏之意。稀少得好像早晨的星星。指為數極少。
	寫作例句：史上的詩人狠多，但是知名的女詩人卻寥若晨星。
當筵意氣凌九霄，星離雨散不終朝，分飛楚關山水遙。（〈憶舊遊寄譙郡元參軍〉唐・李白）	星離雨散：比喻在一起的人紛紛別離了。
	寫作例句：我高中時代的老同學，早已星離雨散、各奔前程了。
夜來雙月滿，曙後一星孤。（〈奉試明堂火珠〉唐・崔曙）	曙後星孤：曙，破曉時光。舊稱僅遺孤女。
	寫作例句：父母遇車禍身亡後，她可謂曙後星孤。

成語「星」、「斗」

詩句‧出處	對應成語
雷霆馳號令，星斗煥文章。（〈華清宮三十韻〉唐‧杜牧）	滿天星斗：亦作「一天星斗」。星斗，星的總稱。布滿天空的星星。比喻事情多而雜亂，後形容文章華美。
	寫作例句：晴朗的夜空，滿天星斗，總能激起人們不盡的遐想。
月沒參橫，北斗闌干。（〈善哉行〉三國‧魏‧曹植）	參橫斗轉：北斗轉向，參星打橫。指天快亮的時候。
	寫作例句：黎明時分，參橫斗轉，路上行人稀少。
天近月明黃道冷，參回斗轉碧霄空。（〈望江南‧南嶽銓德觀作〉宋‧張孝祥）	參回斗轉：參，指參星；斗，指北斗星。指夜深。
	寫作例句：她常常在參回斗轉之時追憶過去。

成語「星宿」

詩句‧出處	對應成語
人生不相見，動如參與商。（〈贈衛八處士〉唐‧杜甫）	動如參商：參、商，皆星宿名。參星出西方，商星出東方，二星此出彼沒，不同時在天空中出現。比喻長時間的分離難以會面，如參星出西方，商星出東方。
	寫作例句：不想二十年動如參商，不得相會。

押參歷井仰脅息，以手撫膺坐長嘆。（〈蜀道難〉唐・李白）	押參歷井：參、井，皆星宿名，分別為蜀秦分野。指自秦入蜀途中，山勢高峻，可以摸到參、井兩星宿。形容山勢高峻，道路險阻，亦形容世路艱難。
	寫作例句：行走在懸崖峭壁之間，押參歷井，不禁令人膽戰心驚。

成語之「光」

詩句・出處	對應成語
登昆侖兮食玉英，與天地兮同壽，與日月兮同光。（《楚辭・九章・涉江》戰國・屈原）	與日月齊光：和日月一樣有光輝。
	寫作例句：你與日月齊光，名動四方。
問征夫以前路，恨晨光之熹微。（〈歸去來兮辭〉晉・陶淵明）	晨光熹微：熹微，指天色微明。早上天色微明。
	寫作例句：晨光熹微中，我聽到了久違的鳥鳴。
李杜文章在，光焰萬丈長。（〈調張籍〉唐・韓愈）	光芒萬丈：形容光輝燦爛，照耀非常遠。
	寫作例句：文明的光輝像太陽，溫暖明亮，光芒萬丈。

「日」、「月」成語

詩句・出處	對應成語
日居月諸，照臨下土。 (《詩經・日月》)	日居月諸：指歲月流逝。居、諸，語氣助詞。
	寫作例句：日居月諸，暑往寒來，千百年歲月倏忽即過。
今我不樂，日月其除。 (《詩經・蟋蟀》)	日月其除：日月流逝，指光陰不待人。
	寫作例句：韶華不再，吾輩須當惜陰；日月其除，志士正宜待旦。
日就月將，學有緝熙于光明。(《詩經・敬之》)	日就月將：就，成就之意；將，進步之意。每天有成就，每月有進步。形容精進不止，也指日積月累。
	寫作例句：日就月將，堅持不懈，終會達到成功彼岸。
日東月西兮徒相望，不得相隨兮空斷腸。(〈胡笳十八拍〉漢・蔡琰)	日東月西：比喻遠隔兩地，不能相聚。
	寫作例句：雖然日東月西，相隔兩地，卻心心相念。
憂愁費晷景，日月如跳丸。(〈秋懷詩・其九〉唐・韓愈) 一笑五雲溪上舟，跳丸日月十經秋。(〈寄浙東韓八評事〉唐・杜牧)	跳丸日月：亦作「日月跳丸」。跳丸，指跳動的彈丸。形容時間過得極快。
	寫作例句：兔缺烏沉，跳丸日月，不知不覺過了半月有餘。

返照壺天日月，休言塵世風波。（〈西江月〉元·長筌子）	壺天日月：指道家的神仙生活。
	寫作例句：他遠遁山林，過起了壺天日月的道家生活。

「烏」、「兔」成語

詩句·出處	對應成語
金烏長飛玉兔走，青鬢長青古無有。（〈春愁〉唐·韓琮）	兔走烏飛：亦作「烏飛兔走」。古代傳說日中有三足烏，故稱太陽為金烏；古代傳說中月中有玉兔，故稱月亮為玉兔。形容光陰迅速流逝。
	寫作例句：時光如箭，兔走烏飛，一轉眼又是數十年。
天地迢遙自長久，白兔赤烏相趁走。（〈勸酒〉唐·白居易）	白兔赤烏：月亮和太陽的代稱。多借指時間。
	寫作例句：白兔赤烏，暑來寒往，瞬息光陰，不覺三載。
卻思紫陌觥籌地，兔缺烏沉欲半年。（〈冬日寄獻庾員外〉唐·羅鄴）	兔缺烏沉：形容光陰迅速流逝。
	寫作例句：兔缺烏沉，暑往寒來，不覺十幾年飛逝而過。

況禁他，東兔西烏相逐，古古今今不問。（〈瑞鶴仙〉宋・吳潛）	東兔西烏：古代神話傳說中說，月亮裡有玉兔，太陽裡有三足金烏，所以用烏、兔指代日月。月亮東升，太陽西落。表示時光不斷流逝。
	寫作例句：天上東兔西烏，人間古往今來。
茅龍飛去杳無跡，烏踆兔走雙跳丸。（〈題瀛州仙會圖〉元・柳貫）	烏踆兔走：指日月運行。
	寫作例句：話說自此之後，烏踆兔走，瞬息光陰，暑來寒往，不覺七載。
玉走金飛兩曜忙，始聞花發又秋霜。（〈寄白龍洞劉道人〉唐・呂岩）	玉走金飛：玉，玉兔，指月亮。金，金烏，指太陽。指日月如飛，比喻時光易逝。
	寫作例句：玉走金飛，大城、小鎮、孤村都在日晒雨淋中興興廢廢。

「星」、「月」成語

詩句・出處	對應成語
月明星稀，烏鵲南飛。（〈短歌行〉漢・曹操）	月明星稀：月亮明亮時，星星就顯得稀疏了。
	寫作例句：仰望夜空，月明星稀，不時回想起往事。

月沒參橫，北斗闌干。（〈善哉行〉三國・魏・曹植）	月落參橫：亦作「月沒參橫」。參，二十八宿之一。月亮已落，參星橫斜，形容夜深，天色將曉。
	寫作例句：披衣立陽臺，扶欄翹首，月落參橫，北斗闌干。
月落星沉，樓上美人春睡。（〈酒泉子〉唐・韋莊）	月落星沉：月亮落山，星光暗淡了。指天將亮時。
	寫作例句：在幽谷的草坡上休息了一會，轉眼已是月落星沉，東方破曉。
兩章對秋月，一字偕華星。（〈同元使君舂陵行〉唐・杜甫）	華星秋月：如秋月那樣清澈明朗，像星星那樣閃閃發光。形容文章寫得非常出色。
	寫作例句：他文章可謂華星秋月，令人讚嘆不已。
常歡喜星前月下，休等閒間面北眉南。（〈風入松〉元・呂止庵）正好星前月下，恐怕風吹雨打，吃惜了零落天涯。（〈水仙子・贈朱翠英〉元・喬吉）	星前月下：亦作「月下星前」。月夜下的美好情境。
	寫作例句：輕歌一曲，讓快樂翩翩起舞；星前月下，讓柔情頻頻回顧；談笑之間，煩惱都化作虛無。

兩個成語的出處

詩句‧出處	對應成語
維南有箕，不可以簸揚；維北有斗，不可以挹酒漿。(《詩經‧天保》)	南箕北斗：箕，星宿名，形狀像簸箕；斗，星宿名，形狀像酒斗。比喻徒有虛名而無實用。
	寫作例句：有的人名氣很大，但沒有什麼真才實學，不過是南箕北斗，徒有其名而已。
	挹斗揚箕：指徒有虛名。
	寫作例句：一個人要有真才實學，不要挹斗揚箕。
閒雲潭影日悠悠，物換星移幾度秋。(〈滕王閣詩〉唐‧王勃)	物換星移：景物改變了，星辰的位置也移動了。比喻時間的變化。
	寫作例句：由於那場地震，使得這個村落物換星移，人事已非。
	斗轉星移：星斗變動位置。指季節或時間的變化。
	寫作例句：斗轉星移，現在的他不再是當年那個窮光蛋了。

近水樓臺先得月，向陽花木易逢春。（〈句〉宋‧蘇麟）	近水樓臺先得月：水邊的樓臺先得到月光，比喻由於接近某些人或事物而搶先得到某種利益或便利。
	寫作例句：他充分利用了近水樓臺先得月的優勢，搶占了先機。
	得月較先：水邊的樓臺先得到月光。比喻能優先得到利益或便利的某種地位或關係。
	寫作例句：在這場競爭中，他得月較先，捷足先登。

第 **2** 章
人文歷史

三才天地人

成語之「天」

詩句・出處	對應成語
天步艱難，之子不猶。（《詩經·白華》）	天步艱難：天步，指時運。國運艱難。
	寫作例句：局勢對這個國家來講，可謂天步艱難。
曾孫壽考，受天之祜。（《詩經·信南山》）	承天之祜：承，蒙受之意；祜，福之意。蒙受老天的賜福。
	寫作例句：承天之祜，我大病痊癒、轉危為安了。
欲報之德，昊天罔極。（《詩經·蓼莪》）	昊天罔極：原指天空廣大無邊，後比喻父母的恩德極大。
	寫作例句：父母的養育之恩，昊天罔極，難以為報。
胡然而天也，胡然而帝也。（《詩經·君子偕老》）	胡天胡帝：胡，何之意；帝，指天神。什麼是天，什麼是帝。①原形容服飾容貌如同天神，後表示極其崇高尊貴。②用於貶義，形容言語荒唐、行為放肆。
	寫作例句：這麼大的人，別老這麼胡天胡帝的。

別有洞天三十六，水晶臺殿冷層層。（〈對月〉唐·章碣）	別有洞天：洞天，道教稱仙人居住的地方，泛指境界。另有一種境界。形容風景幽雅，引人入勝。
	寫作例句：這裡青山疊翠，碧波蕩漾，怪石嶙峋，別有洞天。
披霄決漢出沆漭，瞥裂左右遺星辰。（〈行路難·其一〉唐·柳宗元）	披霄決漢：衝出霄漢。
	寫作例句：雖然敵強我弱，力量對比懸殊，但空軍仍以披霄決漢的勇氣，與敵人進行殊死搏鬥。

成語「天」、「上」

詩句·出處	對應成語
流水落花春去也，天上人間。（〈浪淘沙〉南唐·李煜）	天上人間：一個在天上，一個在人間，多比喻境遇完全不同。
	寫作例句：他倆一個勤勞致富，一個好吃懶做，如今日子過得可謂天上人間了。
蜀道之難，難於上青天！（〈蜀道難〉唐·李白）	難於上青天：比上天還難。形容極其困難，不易實現。
	寫作例句：有人戲謔說，上班和回家停車，找車位難於上青天，因為停車發生口角甚至打架的事例不在少數。

成語「天」、「下」

詩句・出處	對應成語
溥天之下，莫非王土；率土之濱，莫非王臣。(《詩經・北山》)	普天之下：普，全之意。整個天下，指全國或全世界。
	寫作例句：普天之下，沒有一個人不痛恨奸賊秦檜的。
	率土之濱：率，依循。濱，水邊。指四海之內。
	寫作例句：普天之下，率土之濱，都在懷念這位偉大的君主。
	溥天率土：指整個天下、四海之內。
	寫作例句：他的偉大功績，已鐫刻在普天率土。
令公桃李滿天下，何用堂前更種花。(〈奉和令公綠野堂種花〉唐・白居易)	桃李滿天下：桃李，指桃樹和李樹，比喻老師教的學生。比喻一個人的學生很多，各地都有。
	寫作例句：趙老師辛勤教學三十年，桃李滿天下。

成語「海」、「天」

詩句．出處	對應成語
青鸞脈脈西飛去，海闊天高不知處。（〈暗別離〉唐・劉氏瑤）	海闊天空：亦作「海闊天高」。①形容空間廣闊。②用以形容性格豪放不拘。③比喻說話議論漫無邊際。原形容大自然的廣闊。後常用「海闊天空」比喻想像或說話等無拘無束或漫無邊際。
	寫作例句：這本書，說古道今，海闊天空，很值得一讀。
海北江南零落盡，兩人相見洛陽城。（〈洛中逢韓七中丞之吳興口號・其一〉唐・劉禹錫）	天南海北：亦作「海北天南」。形容萬里之遙，相距極遠，也形容地區各異。
	寫作例句：即使身處天南海北，我們也要互相關心。

成語「天涯」

詩句．出處	對應成語
春生何處暗周遊？海角天涯遍始休。（〈春生〉唐・白居易）	海角天涯：亦作「天涯海角」。天的邊界，海的角落，形容極遠的地方，或相隔極遠，或者事物的盡頭。
	寫作例句：縱然你跑到海角天涯，我也要找到你。

門鎖簾垂月影斜，翠華咫尺隔天涯。（〈宮詞〉唐‧李中）	咫尺天涯：咫，古代長度單位，周制八寸；咫尺，比喻距離很近。比喻距離雖近，但很難相見，像是遠在天邊一樣。
	寫作例句：十多年來，我倆雖說在同一個城市，但卻如同咫尺天涯，一年也見不上幾面。
海內存知己，天涯若比鄰。（〈杜少府之任蜀州〉唐‧王勃）	天涯比鄰：雖然相隔極遠，但近如鄰居一樣。
	寫作例句：網路的神奇之處，不僅僅是它縮短了物理距離，使得天涯比鄰。

成語「天」＋數字

詩句‧出處	對應成語
天保定爾，以莫不興。如山如阜，如岡如陵，如川之方至，以莫不增……如月之恆，如日之升；如南山之壽，不騫不崩；如松柏之茂，無不爾或承。（《詩經‧天保》）	天保九如：《詩經‧天保》中連用了九個「如」字，九如有祝賀福壽延綿不絕之意。舊時祝壽的話，祝賀福壽綿長。
	寫作例句：在這封信中，他送去了天保九如般的祝福。

詩句‧出處	對應成語
良友遠離別，各在天一方。（〈別詩‧其四〉漢‧蘇武）	天各一方：指各在天底下的一個地方。通常指家庭或朋友分住在各處，形容相隔極遠，見面困難。
	寫作例句：他們雖然天各一方，但心卻很近。
會得乾坤融結意，擎天一柱在南州。（〈獨秀山〉唐‧張固） 卿五山鎮地，一柱擎天；氣壓乾坤，量含宇宙。（《唐大詔令集‧賜陳敬瑄鐵券文》）	一柱擎天：擎，托、舉之意。一根柱子頂起了天。比喻能夠獨立承擔重任，也比喻山勢陡峭高聳。
	寫作例句：第二次世界大戰時期，邱吉爾（Churchill）一柱擎天，負起英國安危的重任。

成語之「地」

詩句‧出處	對應成語
一旦公道開，青雲在平地。（〈杏園宴呈同年〉唐‧曹鄴） 渭城朝雨三年別，平地青雲萬里程。（〈送端甫西行〉金‧元好問）	平地青雲：比喻境遇突然變好，順利無阻的一下子達到很高的地位。
	寫作例句：他少年及第，平地青雲，前程無量。
地崩山摧壯士死，然後天梯石棧相鉤連。（〈蜀道難〉唐‧李白）	地崩山摧：土地崩裂，山嶺倒塌。多形容重大變故。
	寫作例句：在地崩山摧般的吼聲之中，敵人潰不成軍。

顧影聽其聲，赬顏汗漸背。(〈朝歸〉唐・韓愈)	汗顏無地：汗顏，臉上出汗。形容極其羞愧，無地自容。
	寫作例句：一場很有把握的球賽讓他們給輸了，連球迷都感到汗顏無地。
長恨人心不如水，等閒平地起波瀾。(〈竹枝詞〉唐・劉禹錫)	平地風波：指平地上起風浪，比喻突然發生意料不到的糾紛或事故。
	寫作例句：說者無心，聽者有意，一句隨隨便便的話卻引起了平地風波。

成語之「人」

詩句・出處	對應成語
彼何人斯，其心孔艱。(《詩經・何人斯》)	彼何人斯：斯，助詞，啊之意。他是什麼人啊？
	寫作例句：彼何人斯？竟敢如此猖狂！
人之多言，亦可畏也。(《詩經・將仲子》)	人言可畏：流言蜚語是可怕的。
	寫作例句：既然知道人言可畏，你最好謹言慎行，別落人口實。
周王壽考，遐不作人。(《詩經・棫樸》)	作育人才：培育人才。
	寫作例句：學堂的任務就是作育人才。

詩句・出處	對應成語
招招舟子，人涉卬否。人涉卬否，卬須我友。（《詩經・匏有苦葉》）	人涉卬否：別人涉水過河，而我獨不渡。比喻自有主張，不隨便附和。
	寫作例句：人涉卬否，我不隨大流，堅持自己的判斷。
人事有代謝，往來成古今。（〈與諸子登峴山〉唐・孟浩然）	人事代謝：代謝，更迭、交替之意。泛指人世間的事新舊交替。
	寫作例句：時移世易、人事代謝，儒學卻能穿越歷史煙雲，與時俱進、生生不息。
掃花坐晚吹，妙語益難忘。（〈次韻文潛同遊王舍人園詩〉宋・黃庭堅）	妙語驚人：有深意或動聽的語言，也指絕妙動聽的語言令人吃驚。
	寫作例句：他國學淵博，數學課上經常妙語驚人，古文、詩詞皆信手拈來，以形容數學的美與嚴謹。

人物成語

詩句・出處	對應成語
揚子解嘲徒自遣，馮唐已老復何論。（〈重酬苑郎中〉唐・王維）	馮唐已老：漢朝馮唐身歷三朝，到武帝時，舉為賢良，但年事已高不能為官。感慨生不逢時或表示年壽老邁。
	寫作例句：誰說馮唐已老，他仍然老驥伏櫪，志在千里。

駿骨鳳毛真可貴，岡頭澤底何足論。（〈去杭州〉唐・元稹）	岡頭澤底：唐代極重視世族，崔、盧、李、鄭為甲門四姓，稱盧氏為岡頭盧，李氏為澤底李。泛稱豪門世族。
	寫作例句：他的出身並非岡頭澤底，因此遭到冷淡對待。
東平為善，司馬稱好。（〈蒙求〉五代・李瀚）	司馬稱好：漢朝時期，司馬徽從不說別人的短處，與人說話時，從來不問別人的好惡，都說好話。喻指老好人是非不分，事理不明。
	寫作例句：我們不能不講原則，事事司馬稱好。
君為北道生張八，我是西州熟魏三。莫惜樽前無笑語，半生半熟未相諳。（〈贈妓張八〉宋・魏野）	生張熟魏：亦作「熟魏生張」。張、魏，都是姓氏，這裡泛指人。泛指認識的或不認識的人。
	寫作例句：他不管生張熟魏，一見面就娓娓的談得十分投機。
君詩高處古無師，島瘦郊寒詎足差。（〈次韻謝劉仲行惠筍・其二〉宋・朱熹）	島瘦郊寒：島、郊，指唐代詩人賈島和孟郊。賈島、孟郊的詩中多淒苦哀婉之詞，故以此指他們的詩歌和風格。亦形容與賈孟相類似詩文的風格與意境。
	寫作例句：他們的文風可謂島瘦郊寒，各有千秋。

	班馬文章：班馬，漢代史學家司馬遷與班固的並稱。泛指可與班固、司馬遷相比美的文章。
夔龍禮樂承先范，班馬文章勘墨鉛。（〈鳴鳳記‧鄒林遊學〉明‧無名氏）	寫作例句：這篇奇文，堪稱班馬文章。

人稱「你我他」

詩句‧出處	對應成語
逝將去女，適彼樂土。（《詩經‧碩鼠》）	逝將去汝：汝，代詞，表示第二人稱，相當於「你」。訣別之辭。
	寫作例句：當「貓」和「老鼠」親如一家以後，投資者就只能唱著「碩鼠碩鼠，無食我黍」的哀歌，「逝將去汝，適彼樂土」了。
父兮母兮，畜我不卒。（《詩經‧日月》）	畜我不卒：畜，養育之意；卒，終之意。指父母對自己的養育之責沒有完成。
	寫作例句：做父母的都不想聽到兒女說畜我不卒這類的話。
自滴階前大梧葉，干君何事動哀吟？（〈齊安郡中偶題‧其二〉唐‧杜牧）	干君何事：干，關涉之意；君，你的尊稱。跟你有什麼關係？指人愛管閒事。
	寫作例句：置於事外的人可以說一句干君何事的風涼話，但處身其中的他卻只有深深的迷茫。

不爭我病勢正昏沉，更那堪苦事難支遣，忙趕上頭裡的喪車不遠，眼見客死他鄉有誰祭奠。（《合同文字·第一折》元·無名氏）	客死他鄉：客死，死在異鄉或國外。死在離家鄉很遙遠的地方。
	寫作例句：如果不能住在你心裡，都是客死他鄉。

成語「人物」

詩句·出處	對應成語
莫遣洪爐曠真宰，九流人物待陶甄。（〈送西川杜司空赴鎮〉唐·薛逢）	九流人物：指社會上的各種人物。
	寫作例句：面對著九流人物，初出茅廬的他不知所措。
虐人害物即豺狼，何必鉤爪鋸牙食人肉？（〈杜陵叟〉唐·白居易）	虐人害物：虐，殘暴、侵害。指殘害百姓。
	寫作例句：敵軍虐人害物，罪行累累，罄竹難書。
大江東去，浪淘盡，千古風流人物。（〈念奴嬌·赤壁懷古〉宋·蘇軾）	風流人物：風流，指英俊的、傑出的。指對一個時代有很大影響的人物，有時也指舉止瀟灑或慣於調情的人。
	寫作例句：不管大江如何東去，淘盡了千古風流人物，歷史上的一些人卻總能與日月爭輝，輝映千古。

節同時異，物是人非，我勞如何。（三國・魏・曹丕〈與吳質書〉） 物是人非事事休，欲語淚先流。（〈武陵春〉宋・李清照）	物是人非：東西還是原來的東西，可是人已不是原來的人了。多用於表達事過境遷，因而懷念故人。
	寫作例句：回到兒時的故鄉，物是人非，我不禁潸然淚下。
人稠物穰景非常，真乃是魚龍變化之鄉。（〈粉蝶兒・題金陵景・魔合羅〉元・胡用和）	人稠物穰：稠，稠密、多。穰，豐盛之意。人口眾多，物產豐盛。形容城市繁榮昌盛的景象。
	寫作例句：江南自古就是人稠物穰之地。
千秋人物三分國，一片山河百戰場。（〈赤壁〉清・趙翼）	千秋人物：名垂後世的人物。
	寫作例句：周瑜可謂是一位千秋人物。

成語「先生」

詩句・出處	對應成語
主司頭腦太冬烘，錯認顏標作魯公。（《唐摭言・卷八》五代・王定寶）	冬烘先生：指昏庸淺陋的知識分子。
	寫作例句：冬烘先生教人讀書，往往咬文嚼字，令人得不到什麼有益的知識。

諸公衮衮登臺省，廣文先生官獨冷。（〈醉時歌〉唐・杜甫）	廣文先生：①唐朝時杜甫稱鄭虔為「廣文先生」。據《新唐書・鄭虔傳》載，玄宗愛鄭虔才，為置廣文館，以之為博士。②泛指清苦閒散的儒學教官。
	寫作例句：他成了儒學館裡的廣文先生。
只不如胡盧兄弟每日相逐趁，到能夠吃肥羊飲巨觥，得便宜是好好先生。（〈水仙子・冬〉元・無名氏）	好好先生：指不堅持原則，對誰也不敢或不願得罪的人。
	寫作例句：在工作中，我們應該堅持原則，而不能當好好先生。

成語「人情」

詩句・出處	對應成語
浮雲遊子意，落日故人情。（〈送友人〉唐・李白）	故人之情：故人，指舊友。指老朋友的情意。
	寫作例句：我也是念及故人之情，才出手相助的。
愛君難得似當時，曲盡人情莫若詩。（〈觀詩吟〉宋・邵雍）	曲盡人情：曲，委婉之意。委婉巧妙的刻劃人的心思。
	寫作例句：這段文字可謂曲盡人情，含蓄雋永。

詩句・出處	對應成語
南畝耕，東山臥，世態人情經歷多。（〈四塊玉・閒適〉元・關漢卿）	世態人情：亦作「世道人情」。社會風尚和為人處世之道。
	寫作例句：唯有身處卑微的人，最有機緣看到世態人情的真相。
俺與那人情世態既相違，披襟散髮最相宜。（〈新水令・填歸去來詞〉明・陳所聞）	人情世態：人世間的情態。多指人與人之間的交往情分。
	寫作例句：這篇小說揭露了人情世態的荒誕與複雜。
人情世故看爛熟，皎不如汗恭勝傲。（〈聞禪〉明・楊基）	人情世故：世故，指處世的經驗。指為人處世的習慣、道理。
	寫作例句：我對於人情世故一竅不通，請多加指教。

成語「佳人」

詩句・出處	對應成語
北方有佳人，絕世而獨立。（〈李延年歌〉漢・李延年） 絕代有佳人，幽居在空谷。（〈佳人〉唐・杜甫）	絕代佳人：亦作「絕世佳人」、「絕色佳人」。絕代，指當代獨一無二；佳人，指美人。當代最美的女人。
	寫作例句：西施、王昭君都是中國歷史上既有非凡容貌，又有過人膽識的絕代佳人。

二八佳人細馬馱，十千美酒渭城歌。(〈李鈐轄座上分題戴花〉宋‧蘇軾)	二八佳人：十五、六歲的美女。「二八」是乘法運算，表示 16。因為古人以虛歲計算年齡，而今人多用足歲，而足歲往往比虛歲大一歲左右。
	寫作例句：臺上的這個組合是五位光彩奪目的二八佳人組成的。
夕陽芳草本無恨，才子佳人空自悲。(〈鷓鴣天〉宋‧晁補之)	才子佳人：泛指有才貌的男女。
	寫作例句：他們夫妻倆是名副其實的才子佳人。
可憐前代汗青史，薄命佳人類如此。(〈書夏政齋欠伸背面美人圖〉元‧洪希文)	薄命佳人：薄命，福薄命苦之意。福薄命苦的美女。
	寫作例句：可嘆這位薄命佳人香消玉殞了。

成語「美人」

詩句‧出處	對應成語
惟草木之零落兮，恐美人之遲暮。(《楚辭‧離騷》戰國‧屈原)	美人遲暮：原意是有作為的人也將逐漸衰老，比喻因日趨衰落而感到悲傷怨恨。
	寫作例句：美人遲暮、英雄末路都是世界上最無可奈何的事。

凌厲中原，顧盼生姿。（〈四言贈兄秀才入軍詩〉三國·魏·嵇康）	顧盼生姿：姿，姿色、姿態之意。回首抬眼之間就有美妙的姿色。形容眉目傳神，姿態動人。
	寫作例句：董小姐顧盼生姿，美麗極了。
口口聲聲，風風韻韻，嫋嫋亭亭。（〈折桂令·酒邊分得卿字韻〉元·張可久）	嫋嫋亭亭：形容女子體態輕盈柔美。
	寫作例句：美麗的空姐嫋嫋亭亭的走來。
醇酒美人堪送老，唯學信陵君。（〈題戴蒼畫陳階之小像和王阮亭韻〉清·宋琬）	醇酒美人：指酒色。
	寫作例句：很多古代帝王終日沉溺於醇酒美人，不理朝政。

成語「美色」

詩句·出處	對應成語
哲夫成城，哲婦傾城。（《詩經·瞻卬》）	傾城傾國：傾，傾覆之意；城，國之意。原指因女色而亡國，後多形容婦女容貌極美。
	寫作例句：我是那多愁多病身，妳是那傾城傾國貌。

北方有佳人，絕世而獨立。（〈李延年歌〉漢·李延年）	絕世獨立：絕世，指當代獨一無二。當世無雙，卓然而立。多用來形容不同凡俗的美貌女子。
	寫作例句：青紗蒙面，遮不住的美，絕世獨立。
碧玉小家女，不敢攀貴德。（〈碧玉歌〉晉·孫綽）	小家碧玉：碧玉原為人名，後稱小戶人家的美貌少女。
	寫作例句：我們這小家碧玉，哪裡比得上貴府的大家閨秀呢？
鮮膚一何潤，秀色若可餐。（〈日出東南隅行〉晉·陸機）	秀色可餐：秀色，指美女姿容或自然美景；餐，吃之意。原形容婦女美貌，後也形容景物秀麗。
	寫作例句：這位女孩太漂亮了，真是秀色可餐。
小憐玉體橫陳夜，已報周師入晉陽。（〈北齊·其一〉唐·李商隱）	玉體橫陳：指美人的身體（或尊貴的身體）橫躺（或橫臥）著。
	寫作例句：馮小憐玉體橫陳，竟然導致亡國之禍。
天生麗質難自棄，一朝選在君王側。（〈長恨歌〉唐·白居易）	天生麗質：麗質，指美麗的姿容。形容女子嫵媚豔麗。
	寫作例句：對於天生麗質的女孩來說，素顏和化妝沒有多大區別。

成語「儀態」

詩句・出處	對應成語
威儀孔時，君子有孝子。（《詩經・既醉》）	威儀孔時：威儀，指莊嚴的儀容和舉止；孔，甚、很之意。儀容嚴肅，舉止莊重，很合時宜。
	寫作例句：看到這位威儀孔時的公子，他心中肅然起敬。
素女為我師，儀態盈萬方。（〈同聲歌〉漢・張衡）	儀態萬方：儀態，指姿態、容貌；萬方，多方面之意。形容容貌、姿態各方面都很美。多指女子而言。
	寫作例句：她天生儀態萬方，亭亭玉立。
褒公鄂公毛髮動，英姿颯爽來酣戰。（〈丹青引贈曹將軍霸〉唐・杜甫）	英姿颯爽：亦作「颯爽英姿」。英姿，指英勇威武的姿態；颯爽，豪邁矯健之意。形容英俊威武、精神煥發的樣子。
	寫作例句：他騎著高頭大馬，氣宇軒昂，英姿颯爽。
娉娉嫋嫋十三餘，豆蔻梢頭二月初。（〈贈別・其一〉唐・杜牧）	娉娉嫋嫋：娉娉，秀美的樣子；嫋嫋，細長柔美的樣子。形容女子苗條俊美，體態輕盈。
	寫作例句：一位娉娉嫋嫋的女子出現在他的面前。

| 你道是河中開府相公家，我道是南海水月觀音現。(《西廂記‧第一本第一折》元‧王實甫) | 水月觀音：佛經謂觀音菩薩有三十三個不同形象的法身，畫作觀水中月影狀的稱水月觀音。後用以喻人物儀容清俊秀逸。 |
| | 寫作例句：他眉清目秀，氣度不凡，彷彿水月觀音一般。 |

成語「英姿」

詩句‧出處	對應成語
遙想公瑾當年，小喬初嫁了，雄姿英發。(〈念奴嬌‧赤壁懷古〉宋‧蘇軾)	雄姿英發：姿容威武雄壯。
	寫作例句：我知道眼前這個雄姿英發的人是位將軍。
	英姿煥發：英姿，指英勇威武姿態；煥發，光彩四射之意。形容英俊威武的樣子。
	寫作例句：其他選手都士氣高昂，英姿煥發。

成語「君子」

詩句‧出處	對應成語
窈窕淑女，君子好逑。(《詩經‧關雎》)	君子好逑：逑，通「仇」，配偶。原指君子的佳偶，後用為男子追求佳偶之套語。
	寫作例句：這位美女堪稱君子好逑。

淑人君子,正是國人。(《詩經·鳲鳩》)	淑人君子:淑,溫和善良之意。君子,古代指地位高,品格高尚的人。指賢慧善良,正直公正、品格高尚的人。
	寫作例句:難得張公子還是位急公好義的淑人君子啊!
豈弟君子,無信讒言。(《詩經·青蠅》)	豈弟君子:和樂平易而厚道的人。
	寫作例句:更難得的是,他還是一位急公好義的豈弟君子。

成語「郎」

詩句·出處	對應成語
種桃道士歸何處?前度劉郎今又來。(〈再遊玄都觀〉唐·劉禹錫)	前度劉郎:度,次、回之意。上次去過的劉郎又到了。泛指去了又來的人。
	寫作例句:王明對公司來說是前度劉郎,三年前他在這裡當過會計主任,這次是經理叫他回來的。
昔為白面書郎去,今作蒼鬚贊善來。(〈重過祕書舊房因題長句〉唐·白居易)	白面書郎:與「白面書生」同義。指只知讀書,閱歷少,見識淺的讀書人。有時含貶義,亦泛指讀書人。
	寫作例句:別看他文縐縐的像個白面書郎,一上足球場勇猛非凡,踢起球來可狠了。

侯門一入深如海，從此蕭郎是路人。（〈贈去婢〉唐・崔郊）	蕭郎陌路：蕭郎，舊時泛指女子所愛戀的男子；陌路，指過路人。比喻女子對原本愛戀的男子視若路人，不願或不能接近。
	寫作例句：昔日的王子和公主從此蕭郎陌路。

成語「男」

詩句・出處	對應成語
十為良月陽將長，一索成男喜可知。（〈賀陳講書謀仲諏璋慶〉宋・王邁）	一索成男：指頭胎生子。
	寫作例句：家有弄璋之喜，且一索成男，他欣喜若狂。
使君自有婦，羅敷自有夫。（〈陌上桑〉漢樂府）	羅敷有夫：指女子已有丈夫。
	寫作例句：既然王小姐已羅敷有夫了，我還能心存什麼奢望呢？

成語「女」

詩句・出處	對應成語
窈窕淑女，君子好逑。（《詩經・關雎》）	窈窕淑女：窈窕，指美好的樣子；淑女，指溫和善良的女子。指美麗而有品行的女子。
	寫作例句：自古以來，窈窕淑女都是眾多男士追求的對象。

吾家有嬌女，皎皎頗白皙。（〈嬌女詩〉晉·左思） 秷氏幼男猶可憫，左家嬌女豈能忘。（〈王十二兄與畏之員外相訪見招小飲時予以悼亡日近不去因寄〉唐·李商隱）	左家嬌女：左，指左思。指美麗可愛的少女。
	寫作例句：王小姐真可稱為左家嬌女，怪不得追求她的人很多。
青女素娥俱耐冷，月中霜裡鬥嬋娟。（〈霜月〉唐·李商隱）	青女素娥：青女，神話中的霜雪之神；素娥為嫦娥。指美女。
	寫作例句：岸邊，隨風飄擺的垂柳悄然而立，像是幾位對著湖鏡梳妝打扮的青女素娥。

成語「男」、「女」

詩句·出處	對應成語
男歡智傾愚，女愛衰避妍。（〈塘上行〉晉·陸機）	男歡女愛：男女間親暱歡愛。
	寫作例句：工作的勞累使這些30歲以上的年輕人沒有心思男歡女愛。
剛可喜，男婚女聘。（〈中呂粉蝶兒〉元·關漢卿）	男婚女聘：指兒女成家。
	寫作例句：對任何時代的父母而言，男婚女聘都是一件大事。

檀郎謝女眠何處，樓臺月明燕夜語。（〈牡丹種曲〉唐‧李賀）	檀郎謝女：檀郎，指晉代潘岳，小名檀奴，姿儀美好；謝女，指晉代謝道蘊，聰慧過人，代指才女。指才貌雙全的夫婦或情侶。
	寫作例句：這對夫妻才貌雙全，可謂檀郎謝女。

成語「童」

詩句‧出處	對應成語
兒童誦君實，走卒知司馬。（〈司馬君實獨樂園〉宋‧蘇軾）	兒童走卒：走卒，指差役。比喻見聞最為淺陋的人。
	寫作例句：他不過是個兒童走卒，卻自以為是。
何者為令之德兮，黃童皓首接手而遊嬉。（〈送伊闕王大夫歌〉宋‧司馬光）	黃童皓首：黃髮兒童，白髮老人。泛指老人與孩子。
	寫作例句：我們到了喜馬拉雅山麓的小村，只見黃童皓首，怡然自得。
花前自笑童心在，更伴群兒竹馬嬉。（〈園中作‧其一〉宋‧陸游）	童心未泯：泯，泯滅之意。年歲雖大但仍有天真之心。形容成年人還有著孩子的天真。
	寫作例句：老作家童心未泯，總喜歡和孩子們交朋友，他的作品也很受廣大青少年兒童的喜愛。

成語「老人」

詩句‧出處	對應成語
漁父莞爾而笑，鼓枻而去。乃歌曰：滄浪之水清兮，可以濯吾纓；滄浪之水濁兮，可以濯吾足。（《楚辭‧漁父》戰國‧屈原）	滄浪老人：指隱者、漁父。
	寫作例句：他最終離開了官場，成為了滄浪老人。
年在桑榆間，影響不能追。（〈贈白馬王彪詩〉三國‧魏‧曹植）願垂薄暮景，照妾桑榆時。（〈擬行行重行行詩〉南北朝‧劉鑠）	桑榆暮景：亦作「暮景桑榆」。桑榆，古人以為是日所入處。夕陽斜照在桑樹和榆樹頂端，一派黃昏景象。比喻晚年的時光。
	寫作例句：我已到桑榆暮景之年，卻一生碌碌無為。
酒債尋常行處有，人生七十古來稀。（〈曲江‧其二〉唐‧杜甫）	古稀之年：指人到七十歲的時候。
	寫作例句：爺爺雖已是古稀之年，但他容光煥發，精神仍然很好。
	人生七十古來稀：七十歲高齡的人從古以來就不多見，形容享高壽不易。
	寫作例句：46歲的杜甫半生貧寒，因欠了酒債而不得不典當春衣，憂鬱苦悶的發出了「人生七十古來稀」之嘆。

成語「貴族」

詩句‧出處	對應成語
崧高維嶽，駿極于天，維嶽降神，生甫及申。(《詩經‧崧高》)	崧生嶽降：亦作「嵩生嶽降」。稱出身高貴的大臣，比喻大人物的出生，或喻天賦特異者。
	寫作例句：他師出名門，崧生嶽降，身懷絕技，是不可多得的人才。
翩翩我公子，機巧忽若神。(〈侍太子坐詩〉三國‧魏‧曹植)	翩翩公子：舊時對風流而有文采的富貴子弟的譽稱。
	寫作例句：只聽得一陣馬蹄聲響後，小院門口從馬上跳下來兩位翩翩公子。
日暮漢宮傳蠟燭，輕煙散入五侯家。(〈寒食〉唐‧韓翃)	五侯蠟燭：舊俗寒食節禁火，而宮中傳燭分火於五侯之家，貴寵可見。後用以形容豪門權勢的顯赫景象。
	寫作例句：即使是大災之年，這些豪門貴族依然錦衣玉食，可謂五侯蠟燭。
閭閻聽小子，談話覓封侯。(〈復愁‧其六〉唐‧杜甫)	談笑封侯：說笑之間就封了侯爵，舊時形容獲得功名十分容易。
	寫作例句：很多人奮鬥一生難以企及的地位，對他來說，不過是談笑封侯。

成語之「福」

詩句‧出處	對應成語
永言配命,自求多福。(《詩經‧文王》)	自求多福:透過自己的努力去尋求更多的幸福。
	寫作例句:新興市場暫時唯有自求多福,改革自強。
福為禍始,禍作福階。(〈贈劉琨詩‧其十八〉晉‧盧諶)利為用本,福為禍先。(李善注引《韓詩外傳》)	福為禍始:亦作「福為禍先」。指福與禍沒有定數,享福太甚就隱伏著禍端。
	寫作例句:任何時候都不能得意忘形,古語有云:「福為禍始。」
	禍作福階:階,憑藉之意。禍與福有相互轉化的可能,災禍過後即可能有福的降臨。
	寫作例句:不要太悲觀,用禍作福階的心態看待這次失敗吧。
他道我福壽年高,著我似松柏齊肩老。(〈仙呂點絳唇〉元‧鄭廷玉)	福壽年高:年高,指年齡大。有福有壽,長命百歲。
	寫作例句:他是一位福壽年高的老人。

成語之「運」

詩句．出處	對應成語
盪海吞江制中國，迴天運斗應南面。（〈鄴城引〉唐・張鼎）	迴天運斗：旋轉乾坤。
	寫作例句：這裡以前是一片荒涼的沙漠，透過植樹造林，有了迴天運斗的大變化。
臺殿風微，山河氣轉，欣逢運開時泰。（〈浣紗記・宴臣〉明・梁辰魚）	運開時泰：時運吉利太平。
	寫作例句：按照傳統的宮廷禮尚，大年三十的晚上，宮中御廚要精心調製「金餃」，皇室在年夜更歲交子時要吃「金餃」，寓意皇家運勢代代相傳、運開時泰。

成語之「愁」

詩句．出處	對應成語
今愁古恨入絲竹，一曲涼州無限情。（〈題靈岩寺〉唐・白居易）	今愁古恨：古今的恨事。形容感慨極多。
	寫作例句：回顧幾十年艱難的生活歷程，今愁古恨一齊湧上心頭。
舊愁新恨知多少，目斷遙天，獨立花前，更聽笙歌滿畫船。（〈採桑子〉南唐・馮延巳）	舊愁新恨：指久積心頭和新近產生的愁怨。
	寫作例句：舊愁新恨一齊湧上心頭，她越發傷心自憐了。

詩句・出處	對應成語
依欲與君子歸去來，千愁萬恨付一杯。（〈行路難〉宋・楊萬里）	千愁萬恨：千、萬，形容多。極言愁苦怨恨之多。
	寫作例句：孩子的笑能化解你心頭的千愁萬恨。
一曲紅窗聲裡怨，如今分作兩愁城。（〈次韻代答劉文潛司業二絕・其二〉宋・范成大）	日坐愁城：愁城，比喻為憂愁所包圍。整天沉浸在愁苦之中。
	寫作例句：在這場經濟危機中，他日坐愁城。
留戀你，別無意，見據鞍上馬，閣不住淚眼愁眉。（《西廂記・第四本第三折》元・王實甫）	淚眼愁眉：帶淚的眼，發愁的眉。形容極為痛苦哀傷的樣子。
	寫作例句：看你淚眼愁眉的，遇到了什麼不順心的事？
待去歌樓作樂，散悶消愁，倦游柳陌煙花。（〈哨遍・嗓淡行院〉元・高安道）	散悶消愁：散，排遣之意。排遣鬱悶，解除憂愁。
	寫作例句：你如果有不順心的事，我可以幫你散悶消愁。

成語之「禍」

詩句・出處	對應成語
病從口入，禍從口出。（〈口銘〉晉・傅玄）	禍從口出：災禍從講話中引出。指說話不慎就會招來災禍。
	寫作例句：常言道「禍從口出」，你說話還是小心點為好。

遭傾遇禍不可救兮，長吟永欷涕究究兮。(《楚辭・九嘆・遠逝》漢・劉向)	遭傾遇禍：遭逢危亡之世而遇禍害。
	寫作例句：亂世之中，遭傾遇禍可謂家常便飯。
莫剛直，休豪邁，於身無益，惹禍招災。(〈普天樂〉元・張養浩)	惹禍招災：給自己引來麻煩。
	寫作例句：倘若執迷不悟，不僅難以自保，甚至惹禍招災。
鄭恆枉自胡來纏，空落得惹禍招愆。(〈崔張十六事・夫婦團圓〉元・關漢卿)	惹禍招愆：給自己引來麻煩。
	寫作例句：他有一個惹禍招愆的兒子，是他的弱點。

成語之「病」

詩句・出處	對應成語
病從口入，禍從口出。(〈口銘〉晉・傅玄)	病從口入：疾病多是由食物傳染。比喻應該注意飲食衛生。
	寫作例句：飲食要注意衛生，當心病從口入。
早是多愁多病，那堪細把，舊約前歡重省。(〈傾杯〉宋・柳永)	多愁多病：舊時形容才子佳人的嬌弱。
	寫作例句：她是一個嬌小的女人，弱不禁風，甚至顯出多愁多病的樣子。

詩句・出處	對應成語
病骨支離紗帽寬，孤臣萬里客江乾。（〈病起書懷〉宋・陸游）	病骨支離：支離，殘缺不全之意，引申為憔悴、衰殘瘦弱的樣子。形容病中體瘦骨露，衰弱無力。
	寫作例句：病骨支離，親人離散，使他的心頭籠罩著陰雲。
百年光景百年心，更歡須嘆息，無病也呻吟。（〈臨江仙〉宋・辛棄疾）	無病呻吟：沒病卻呻吟做作。比喻沒有值得憂傷的事情而嘆息感慨，也比喻文藝作品沒有真實感情，裝腔作勢。
	寫作例句：文學作品最忌矯揉造作，無病呻吟。

成語之「生」

詩句・出處	對應成語
我生不辰，逢天僤怒。（《詩經・桑柔》）	生不逢時：亦作「生不逢辰」、「生不遇時」。比喻時運不濟，遭遇坎坷。
	寫作例句：別總是埋怨自己生不逢時，你能不能認真的想一想，過去自己的工作到底做得怎麼樣？
自生自滅成何事，能逐東風作雨無？（〈嶺上雲〉唐・白居易）	自生自滅：自然的發生，生長，又自然的消滅。形容自然發展，無人過問。
	寫作例句：新生事物，如不關心和培育，就只能是自生自滅。

詩句・出處	對應成語
沙場磧路何為爾，重氣輕生知許國。（〈巡邊在河北作〉唐・張說）	重氣輕生：指看重義氣而輕忽生命。
	寫作例句：他是一位重氣輕生的義士。
歸飛越鳥戀南枝，劫後餘生嘆數奇。（《嶺雲海日樓詩鈔・寄懷許仙屏中丞》清・丘逢甲）	劫後餘生：劫，指災難；餘生，指僥倖保全的生命。經歷災難以後倖存下來的生命。
	寫作例句：劫後餘生的他又開始了新的生活。

成語之「死」

詩句・出處	對應成語
髧彼兩髦，實維我儀，之死矢靡它。（《詩經・柏舟》）	之死靡它：至死沒有二心。原形容貞節的婦女愛情專一，至死不改嫁，後泛指人的意志堅強，至死都不改變。
	寫作例句：作為一個本國人，其愛國情懷之死靡它。
冥冥九泉室，漫漫長夜臺。（〈七哀詩〉漢・阮瑀）	九泉之下：九泉，指地下。死人埋葬的地方，即在陰間。
	寫作例句：墓碑上那熟悉的名字讓我們忍不住潸然淚下，雨與淚連在一起，流向了我們九泉之下那安睡的親人。

一代風流盡，修文地下深。（〈哭李常侍嶧·其一〉唐·杜甫）	修文地下：修文，修明文教。指文人死亡。
	寫作例句：大師雖已修文地下，但精神永存。

成語之「亡」

詩句·出處	對應成語
人之云亡，邦國殄瘁。（《詩經·瞻卬》）	人亡邦瘁：賢者不在位，國家因而衰敗。
	寫作例句：該國人亡邦瘁，不久必將天下大亂。
不弔昊天，不宜空我師。（《詩經·節南山》）	昊天不弔：蒼天不憐憫保佑，後以「昊天不弔」為哀悼死者之辭。
	寫作例句：您英年早逝，昊天不弔，國之大悲啊！
于乎哀哉，維今之人，不尚有舊。（《詩經·召旻》）	嗚呼哀哉：嗚呼，嘆詞；哉，語氣助詞。原為表示哀痛的感嘆語，舊時祭文中常用。現用以指死亡或完蛋。
	寫作例句：敵人的陰謀還沒來得及行動，就嗚呼哀哉了。

寧溘死以流亡兮，余不忍為此態也。(《楚辭‧離騷》戰國‧屈原)	溘然長往：溘，忽然之意。指人突然死亡，常作悼念死者用詞。
	寫作例句：英雄溘然長往，而他的瞬間壯舉卻讓這座城市永遠銘記。
物在人亡空有淚，時殊事變獨傷心。(〈重登蕭相樓〉宋‧曾會)	物在人亡：人死了，東西還在。指因看見遺物而引起對死者的懷念，或因此而引起的感慨。
	寫作例句：想起曾與他在一起工作，現在卻物在人亡，李明心中更添傷感，不覺又潸然淚下。

成語之「國」

詩句‧出處	對應成語
或燕燕居息，或盡瘁事國。(《詩經‧北山》)	盡瘁事國：瘁，勞累之意；盡瘁，指竭盡勞苦；事，服務、效力之意。比喻用盡心思和精力為國家效力。
	寫作例句：他一生追求進步，探索真理，始終與時俱進，盡瘁事國。
一顧傾人城，再顧傾人國。寧不知傾城與傾國？佳人難再得。(〈李延年歌〉漢‧李延年)	傾國傾城：亦作「傾城傾國」。原指因女色而亡國，後多形容婦女容貌極美。
	寫作例句：楊貴妃天生麗質，傾國傾城。

	國步多艱：國步，指國家的命運。國家處於危難的境地。
風騷如線不勝悲，國步多艱即此時。(〈讀前集‧其二〉唐‧鄭谷)	寫作例句：在國步多艱之時，往往會出現能扭轉乾坤的偉大人物。
	金閨國士：指朝廷的傑出才士。
勉求玉體長生訣，留報金閨國士知。(《己亥雜詩‧其二六〇》清‧龔自珍)	寫作例句：祖逖聞雞起舞，後來建功立業，終於成為國家的金閨國士。
	西方淨國：佛教語，指西方淨土。
西方淨國未可到，下筆綺語何漓漓。(〈西郊落花歌〉清‧龔自珍)	寫作例句：唐僧為了心中的西方淨國，寧願歷盡艱辛，跋涉十萬八千里。
	敵國通舟：同船的人都成了敵人。比喻眾叛親離。
敵國通舟今日事，太倉稊米自家身。(〈由輪舟抵天津作〉清‧黃遵憲)	寫作例句：為政者敵國通舟，最後總是落得眾叛親離的下場。

成語之「家」

詩句‧出處	對應成語
	喬木世家：喬木，代指貴族、高官。指貴族世家。
伐木丁丁，鳥鳴嚶嚶。出自幽谷，遷于喬木。(《詩經‧伐木》)	寫作例句：納蘭性德是康熙朝權傾一時的重臣明珠之子，是生於喬木世家的貴冑公子。

詩句・出處	對應成語
桃之夭夭，灼灼其華。之子于歸，宜其室家。桃之夭夭，有蕡其實。之子于歸，宜其家室。（《詩經・桃夭》）	宜室宜家：亦作「宜家宜室」。形容家庭和順，夫妻和睦，帶給夫家和諧美滿的生活。今多用為女子出嫁時的祝賀語。
	寫作例句：夫人宜室宜家，敬老愛幼，一定能成為賢妻良母。
詩禮傳家忝儒裔，先君不幸早傾逝。（《荊釵記・會講》元・柯丹邱）	詩禮傳家：以儒家經典及其道德規範世代相傳。
	寫作例句：他家世代書香，雖然祖上沒有出過什麼高官，卻也是詩禮傳家。
泛宅浮家遊戲去，流行坎止忘懷。（〈臨江仙・送宇文德和被召赴行在所〉宋・張元幹） 老身長子知無憾，泛宅浮家苦未能。（〈書志〉宋・陸游）	泛宅浮家：指以船為家。
	寫作例句：這裡的漁民泛宅浮家，以打魚為生。

成語「國家」

詩句・出處	對應成語
樂只君子，邦家之光。（《詩經・南山有臺》）	邦家之光：邦，指諸侯國；家，指大夫的封地。指國家的光榮。
	寫作例句：您兒子得了世界冠軍，真是邦家之光啊！

卻笑丘墟隋煬帝，破家亡國贐誰人？（〈隋苑〉唐・杜牧）	破家亡國：國家覆滅，家庭毀滅。
	寫作例句：凡是破家亡國的君主，並不是手下沒有忠臣和能臣，是因為君主不能用人。
後人不識前賢意，破國亡家事甚多。（〈詠酒・其一〉唐・汪遵）	破國亡家：國家覆滅，家庭毀滅。
	寫作例句：破國亡家之際，許多愛國人士不惜毀家紓難。

成語「人生」

詩句・出處	對應成語
人生如寄，多憂何為？（〈善哉行〉三國・魏・曹丕）	人生如寄：指人生短促，猶如暫時寄寓世間。
	寫作例句：即使人生如寄，也應當奮發有為。
人生如夢，一尊還酹江月。（〈念奴嬌・赤壁懷古〉宋・蘇軾）	人生如夢：人生如同一場夢。形容世事無定，人生短促。
	寫作例句：人生如夢，歲月無情，驀然回首，才發現人活的是一份心情。
一曲清歌滿樽酒，人生何處不相逢。（〈金柅園〉宋・晏殊）	人生何處不相逢：指人與人分手後總是有機會再見面的。
	寫作例句：面對意想不到的巧遇，他倆都感嘆道：「真是『人生何處不相逢』啊！」

人生自古誰無死，留取丹心照汗青。(〈過零丁洋〉宋・文天祥)	人生自古誰無死：人生自古以來有誰能夠長生不死，但應死得有價值。
	寫作例句：人生自古誰無死，只要死得其所。

成語「不幸」

詩句・出處	對應成語
憯悽增欷兮，薄寒之中人，愴怳懭悢兮，去故而就新。(《楚辭・九辯》戰國・宋玉)	薄寒中人：薄寒，指輕微的寒氣。中人，傷人之意。指輕微的寒氣也能傷害人的身體，也比喻人在衰老或患難之中時，經不住輕微的打擊。
	寫作例句：他已是薄寒中人了，請不要再打擊他了。
閔予小子，遭家不造，嬛嬛在疚。(《詩經・閔予小子》)	遭家不造：本為周成王居父喪時自哀之辭，後泛指家中遭遇不幸。
	寫作例句：他是個孤兒，我在特殊的情況下抱養了這個遭家不造的孩子。
艱難苦恨繁霜鬢，潦倒新停濁酒杯。(〈登高〉唐・杜甫)	窮困潦倒：窮困，指貧窮、困難；潦倒，指失意。生活貧困，失意頹喪。
	寫作例句：由於不思進取，而今他已窮困潦倒了。

盤費全無怎去家，窮愁潦倒駐京華。（〈都門竹枝詞·教官十首〉清·無名氏）	窮愁潦倒：亦作「羈愁潦倒」、「潦倒窮愁」。窮愁，指窮困愁傷。潦倒，指頹喪、失意。形容貧寒困窘，愁苦失意的樣子。
	寫作例句：經過了長途跋涉、顛沛流離、窮愁潦倒的生活，他體會到了風塵苦旅、生死禍福的含義。

成語「生」、「死」

詩句·出處	對應成語
死生契闊，與子成說。（《詩經·擊鼓》）	死生契闊：契闊，指久別的情懷。指生死離合。
	寫作例句：那種死生契闊的愛情，一直是她所嚮往的。
生人作死別，恨恨那可論？（〈孔雀東南飛〉漢樂府） 蓋聞死別長城，生離函谷。（〈擬連珠〉南北朝·庾信）	生離死別：分離好像和死者永別一樣。指很難再見的離別或永久的離別。
	寫作例句：他們經歷了生離死別的考驗，最終有情人終成眷屬。
蘭房一宿還歸去，底死謾生留不住。（〈應天長〉南唐·馮延巳）	底死謾生：底，通「抵」。竭盡全力，想盡辦法。
	寫作例句：我這次考試已經底死謾生了，我真的覺得我不應該落榜。

十生九死到官所，幽居默默如藏逃。（〈八月十五夜贈張功曹〉唐・韓愈）	十生九死：形容歷盡艱險。
	寫作例句：為了完成這次任務，他們風餐露宿，十生九死，終於如願以償。
身遊萬死一生地，路入千峰百嶂中。（〈晚泊〉宋・陸游）	萬死一生：死的可能極大，活的希望極小。比喻冒生命危險。
	寫作例句：這兩人被圍困於火災中，在萬死一生之際，竟然從窗口爬出來，逃出了險境。

成語「天」、「地」

詩句・出處	對應成語
可憐荒壟窮泉骨，曾有驚天動地文。（〈李白墓〉唐・白居易）	驚天動地：驚，驚動之意；動，震撼之意。使天地驚動，形容某個事件的聲勢或意義極大。
	寫作例句：他立志做一番驚天動地的事業。
排空馭氣奔如電，升天入地求之遍。（〈長恨歌〉唐・白居易）	升天入地：上到天上，鑽入地下。
	寫作例句：你就是升天入地，我也要抓到你。
青苔撲地連春雨，白浪掀天盡日風。（〈風雨晚泊〉唐・白居易）	撲地掀天：形容鬧得很凶。
	寫作例句：這些孩子在院子裡撲地掀天，誰都拿他們沒辦法。

桃花流水窅然去，別有天地非人間。（〈山中問答〉唐·李白）	別有天地：天地，指境界。意為另有一番境界，藉以形容風景或藝術創作的境界引人入勝。
	寫作例句：如果你願細細品味這部小說，你將會覺得別有天地。
吾聞馬周昔作新豐客，天荒地老無人識。（〈致酒行〉唐·李賀）	天荒地老：亦作「地老天荒」。比喻時代久遠。
	寫作例句：一世的愛情太少，我要與你天荒地老。
寸地尺天皆入貢，奇祥異瑞爭來送。（〈洗兵馬〉唐·杜甫）	寸地尺天：指一小塊土地和天空。
	寫作例句：雖然寸地尺天，但這裡自古就是我們的領土，堅決不可放棄。

成語之「土」

詩句·出處	對應成語
江東子弟多才俊，捲土重來未可知。（〈題烏江亭〉唐·杜牧）	捲土重來：捲土，指人馬奔跑時塵土飛捲。比喻失敗之後，重新恢復勢力。
	寫作例句：敵人妄圖捲土重來，我們要時刻警惕。
買得山花一兩栽，離鄉別土易摧頹。（〈花栽·其一〉唐·元稹）	離鄉別土：離開家鄉到外地。
	寫作例句：回溯過往，很難想像那些離鄉別土的先民是怎麼在這片土地上開始嶄新的生活的。

半白不羞垂領髮，軟紅猶戀屬車塵。(〈次韻蔣穎叔錢穆父從駕景靈宮‧其一〉宋‧蘇軾)自注：「前輩戲語：『西湖風月，不如京華軟紅香土。』」	軟紅香土：形容都市的繁華。
	寫作例句：沒體驗過軟紅香土的繁華，又怎會期待平淡如水的安穩。
得損不相償，抔土填巨壑。(〈學東坡移居‧其三〉元‧元好問)	抔土巨壑：抔土，指一掬土，形容很少。一抔土填不滿龐大的深溝。形容得少失多，兩者懸殊。
	寫作例句：這點幫助對這個不幸的家庭來說，只不過是抔土巨壑。

成語之「石」

詩句‧出處	對應成語
我心匪石，不可轉也。我心匪席，不可卷也。(《詩經‧邶風‧柏舟》)	匪石匪席：不是石，不是席。意為石可轉而心不可轉，席可卷而心不可卷。比喻意志堅定，永不變心。
	寫作例句：他的匪石匪席，堅定不移。
遨遊八極，枕石漱流飲泉。(〈秋胡行‧其一〉漢‧曹操)	枕石漱流：舊時指隱居生活。
	寫作例句：誰說大山裡就沒高人了？自古以來多得是，可說是枕石漱流各有曲衷。

	石破天驚：亦作「天驚石破」。原形容箜篌的聲音，忽而高亢，忽而低沉，出人意外，有難以形容的奇境。形容樂聲高亢激越，有驚天動地之勢。後多用以比喻某一事物或文章議論新奇驚人。
女媧煉石補天處，石破天驚逗秋雨。（〈李憑箜篌引〉唐・李賀）	寫作例句：他平時沉默寡言，此番石破天驚的話語，令人刮目相看。
黃昏風雨黑如磐，別我不知何處去。（〈句〉唐・貫休）	風雨如磐：磐，指大石頭。形容風雨極大。
	寫作例句：在那風雨如磐的歷史關頭，無數仁人志士挺身而出。
任龍蛇歌怨，桑榆煙盡，山枯石死，畢竟何成。（〈沁園春〉明・劉基）	山枯石死：極言年代久遠。
	寫作例句：很多古生物化石都是經過了億萬年的山枯石死才形成的。

成語「雲」、「石」

詩句・出處	對應成語
君不見古語云，欲知花乳清泠味，須是眠雲臥石人。（〈飲茶歌〉宋・李光）	眠雲臥石：比喻山居生活。
	寫作例句：他是一位眠雲臥石的林業工人。
始知伊呂蕭曹輩，不及餐雲臥石人。（〈隆中偶述〉明・袁宏道）	餐雲臥石：指超脫塵世的隱逸生活。
	寫作例句：辭官之後，他過起了餐雲臥石的隱居生活。

成語「人」、「天」

詩句‧出處	對應成語
人強勝天（《逸周書‧文傳》）歌日人定兮勝天，半壁久無胡日月。（〈襄陽歌〉宋‧劉過）	人定勝天：人定，指人謀。指人力能夠戰勝自然。
	寫作例句：如果過分執著於人定勝天，往往會破壞了大自然的環境。
可須因緣數定，則這人命關天。（《拜月亭》元‧關漢卿）	人命關天：關天，比喻關係重大。事關人命，關係重大。
	寫作例句：此案人命關天，不可草草了結。

兩個成語的出處

詩句	對應成語
早是抱閒怨，時乖運蹇。又添這害相思，月值年災。（《牆頭馬上‧第二折》元‧白樸）	時乖運蹇：蹇，不順利之意。時運不好，命運不佳。這是唯心主義宿命論的觀點。
	寫作例句：你不要總抱怨時乖運蹇，你自己不努力才是根本問題。
	月值年災：時運不濟而遭災禍。
	寫作例句：稅收下跌，國債收益率飆升讓這個國家月值年災。

三個成語的出處

詩句・出處	對應成語
謂天蓋高，不敢不局；謂地蓋厚，不敢不蹐。（《詩經・正月》）	天高地厚：原形容天地的廣大，後形容恩德極深厚，也比喻事情的艱鉅、嚴重，關係的重大。
	寫作例句：你在他面前說那些話，實在是班門弄斧，不知天高地厚。
	蹐天跼地：亦作「跼地蹐天」。跼，小心翼翼之意；蹐，指小步行走。形容戒慎小心。
	寫作例句：在宮中，她蹐天跼地，生怕自己犯錯。
	局天扣地：悲痛訴說的樣子。
	寫作例句：說起這件事，她不禁局天扣地。

身體面面觀

成語之「首」

詩句·出處	對應成語
鳥飛反故鄉兮，狐死必首丘。〈《楚辭·九章·哀郢》戰國·屈原〉 狐死正丘首，仁也。（《禮記·檀弓上》）	首丘之情：首丘，頭向著狐穴所在的土丘。傳說狐狸將死時，頭必朝向出生的山丘。比喻不忘本，也比喻暮年思念故鄉。
	寫作例句：年齡越大，他對故鄉的那份首丘之情就越強烈。
	首丘夙願：夙願，長久以來的心願。比喻久有懷念故鄉或歸葬故土的心願。
	寫作例句：他心中有個首丘夙願，那就是葉落歸根，魂歸故鄉。
自伯之東，首如飛蓬。（《詩經·伯兮》）	首如飛蓬：首，指頭髮；飛蓬，飛散的蓬草。形容頭髮未經修飾，像飛散的蓬草一樣紛亂。
	寫作例句：他剛剛醒來，睡眼惺忪，首如飛蓬。
心之憂矣，疢如疾首。（《詩經·小弁》）	疢如疾首：疢，熱病之意；疾首，頭痛之意。內心煩熱得頭痛腦脹。形容憂傷成疾或心神不寧。
	寫作例句：他一想起這件事就疢如疾首，悶熱的夏天更讓他心煩意亂。

最是不堪回首處，九泉煙冷樹蒼蒼。（〈哭朱放〉唐‧戴叔倫） 小樓昨夜又東風，故國不堪回首月明中。（〈虞美人〉南唐‧李煜）	不堪回首：堪，能、可以之意；回首，指回想、回憶。對過去的事情想起來就會感到痛苦，因而不忍去回憶。
	寫作例句：那一段不堪回首的經歷，現在還提它做什麼？

成語「白首」

詩句‧出處	對應成語
投分寄石友，白首同所歸。（〈金谷集作詩〉晉‧潘岳）	白首同歸：一直到頭髮白了，志趣依然相投。形容友誼長久，始終不渝。後用以表示都是老人而同時去世。
	寫作例句：兩位老人白首同歸，攜手走完了他們的一生，令人悲痛不已。
白首窮經通祕義，青山養老度危時。（〈贈易卜崔江處士〉唐‧韓偓）	白首窮經：亦作「皓首窮經」。窮經，指專心研究經書和古籍。一直到年老頭白之時還在深入鑽研經書和古籍。即活到老，學到老。
	寫作例句：經史子集，要看齊全的話，先別說能力，所花時間精力已堪稱白首窮經。

成語之「頭」

詩句‧出處	對應成語
困騰騰頭昏腦悶，急煎煎意穰心勞，虛飂飂魄散魂消。（〈鬥鵪鶉‧題情〉元‧趙明道）	頭昏腦悶：昏，神志不清楚之意。頭腦發脹、發昏。
	寫作例句：他變得情緒煩躁，晚上不能入睡，白天頭昏腦悶，上課注意力不能集中，學業成績下降。
到處通津，頭角崢嶸，溥渥殊恩。（〈折桂令‧薊門飛雨〉元‧鮮于必仁）	頭角崢嶸：頭角，比喻年輕人顯露出來的才華；崢嶸，特出的樣子。形容年輕有為，才華出眾。
	寫作例句：要在同行競爭中頭角崢嶸，得想辦法出奇制勝才行。
皓齒明眸，粉面油頭，點花牌，行酒令。（〈罵玉郎過感恩採茶歌‧四景〉元‧鍾嗣成）	粉面油頭：臉上撲粉，頭上抹油。形容女子的化妝。
	寫作例句：他後面還跟著一群年輕婦人，一個個粉面油頭的。

成語之「腦」

詩句‧出處	對應成語
思量也勝，看人眉頭眼腦。（〈感皇恩〉宋‧周紫芝）	眉頭眼腦：指眉眼間的神色。
	寫作例句：她眉頭眼腦之間透露出一種靈氣。

勤兒每正鼓腦爭頭，鬥喧呼謝館秦樓。（〈柳營曲・花共酒〉元・無名氏）	鼓腦爭頭：爭著出頭；要冒尖，強出頭。
	寫作例句：鼓腦爭頭的心可以理解，但要選擇時機。

成語之「髮」

詩句・出處	對應成語
張目決眥，髮怒穿冠。（〈鼙舞歌・孟冬篇〉三國・魏・曹植）	髮怒穿冠：毛髮豎起的樣子。形容極度憤怒。
	寫作例句：他做錯了事還滿不在乎的模樣，令在場的人髮怒穿冠。
椒花麗句閒重檢，艾髮衰容惜寸輝。（〈酬復言長慶四年元日郡齋感懷見寄〉唐・元稹）	艾髮衰容：艾，蒼白色之意。灰白色的頭髮，衰老的面容。
	寫作例句：對面走來一位艾髮衰容的老人。
追念朱顏翠髮，曾到處、故地使人嗟。（〈西平樂・小石〉宋・周邦彥）	朱顏翠髮：指青春年少。
	寫作例句：那時候，她還是一個朱顏翠髮的少女。
一髮不可牽，牽之動全身。（〈自春徂秋偶有所觸拉雜書之漫不詮次得・其二〉清・龔自珍）	牽一髮而動全身：比喻動極小的部分就會影響全局。
	寫作例句：關鍵策略是為解決關鍵問題而制定的，在決策過程中具有牽一髮而動全身的作用。

成語「白髮」

詩句・出處	對應成語
白髮三千丈，緣愁似個長。(〈秋浦歌・其十五〉唐・李白)	白髮千丈：形容頭髮既白且長，表示人因愁慮過重而容顏衰老。
	寫作例句：這件事已經讓他焦慮得白髮千丈了。
白髮青衫晚得官，瓊林宴罷酒腸寬。(〈瓊林宴罷作〉宋・徐遘)	白髮青衫：青衫，無功名者之服飾。指年邁而功名未就。
	寫作例句：他科舉考試屢屢不中，白髮青衫，落魄於此。
白髮蒼顏五十三，家人強遣試春衫。(〈和子由除夜元日省宿致齋・其二〉宋・蘇軾)	白髮蒼顏：頭髮已白，臉色灰暗。形容老人的容貌。
	寫作例句：一位白髮蒼顏的老人正步履蹣跚的過馬路。
平生塞北江南，歸來華髮蒼顏。(〈清平樂・獨宿博山王氏庵〉宋・辛棄疾)	華髮蒼顏：顏，容顏之意。頭髮花白，面容蒼老。形容老年人的相貌。
	寫作例句：這位老人華髮蒼顏，但身體還不錯。

成語「鶴髮」

詩句・出處	對應成語
自言非神亦非仙，鶴髮童顏古無比。（〈夢遊羅浮〉唐・田穎）	鶴髮童顏：亦作「童顏鶴髮」。仙鶴羽毛般雪白的頭髮，兒童般紅潤的面色。形容老年人氣色好。
	寫作例句：年逾古稀的張老伯鶴髮童顏，走起路來卻健步如飛。
千章古木散岩谷，鶴髮松姿餘典刑。（〈紫微劉丈山水為濟川賦〉元・元好問）	鶴髮松姿：白色的頭髮，松樹的姿態。形容人雖老猶健。
	寫作例句：這位鶴髮松姿的老爺爺，是來自遠方的客人。

成語之「鬢」

詩句・出處	對應成語
池中水影懸勝鏡，屋裡衣香不如花。（〈春賦〉北周・庾信）彈琴看文君，春風吹鬢影。（〈詠懷〉唐・李賀）	衣香鬢影：形容婦女的衣著穿戴十分華麗（多指人多的場合），借指婦女。
	寫作例句：模特兒選拔賽上衣香鬢影，熱鬧極了。

今日鬢絲禪榻畔，茶煙輕颺落花風。（〈題禪院〉唐·杜牧）	鬢絲禪榻：鬢絲，指年老的人；禪榻，指僧床。形容老人過得像僧人一樣的清靜生活。
	寫作例句：進入鬢絲禪榻之年的老人獨自坐在清靜的天臺上，落日餘暉早已消失不見。
青冥風露非人世，鬢亂釵斜特地寒。（〈題畫扇〉宋·王安石）	釵橫鬢亂：鬢，耳邊的頭髮；釵，婦女的首飾，由兩股合成。耳邊的頭髮散亂，首飾橫在一邊。形容婦女睡眠初醒時未梳妝的樣子。
	寫作例句：她還睡眼惺忪，衣衫不整，釵橫鬢亂。
綠鬢朱顏，道家裝束，長似少年時。（〈少年遊〉宋·晏殊）	綠鬢朱顏：形容年輕美好的容顏，借指年輕女子。
	寫作例句：對面走來了一群綠鬢朱顏的年輕女子。

成語之「鬟」

詩句·出處	對應成語
霧鬟風鬢木葉衣，山川良是昔人非。（〈題毛女真〉宋·蘇軾） 花邊霧鬢風鬟滿，酒畔雲衣月扇香。（〈新作錦亭程詠之提刑賦詩次其韻·其二〉宋·范成大）	雲鬟霧鬢：頭髮像飄浮縈繞的雲霧。形容女子髮美。
	寫作例句：她那雲鬟霧鬢的秀髮間插有一支翡翠蝴蝶簪，端莊優雅的氣質令人折服。

詩句・出處	對應成語
如今憔悴，風鬟霜鬢，怕見夜間出去。（〈永遇樂〉宋・李清照）	風鬟霧鬢：形容女子頭髮的美，也形容女子頭髮蓬鬆散亂。
	寫作例句：這畫上的古代美女風鬟霧鬢，超凡脫俗。
牧羊龍女，恰相逢、雨鬢風鬟。（〈瀟湘逢故人慢・題余氏女子繡柳毅傳書圖為阮亭賦〉清・陳維崧）	雨鬢風鬟：婦女髮髻散亂貌。
	寫作例句：從此以後，縱然是雨鬢風鬟，千難萬險，她也足以承當，不會退卻了。

成語「鬍鬚」

詩句・出處	對應成語
江南別有樓船將，燕頷虯鬚不姓楊。（〈贈李兵馬使〉唐・白居易）	燕頷虯鬚：①形容相貌威武。②借指武將、勇士。
	寫作例句：只見此人豹頭環眼，燕頷虯鬚，霸氣凜然。
身居玉帳臨河魁，紫髯若戟冠崔嵬。（〈司馬將軍歌〉唐・李白）	蒼髯如戟：像長戟又長又硬的青鬚，形容相貌威猛。
	寫作例句：這位將軍蒼髯如戟，令人望而生畏。
卜塚治棺輸我快，染鬚種齒笑人痴。（〈歲晚幽興・其二〉宋・陸游）	染鬚種齒：染鬚髮，鑲假牙。以之掩飾衰老。
	寫作例句：既然老了，就不需要染鬚種齒，假冒年輕了。

放毫誰寫長松圖？鬚眉巾幗南海何。（〈長松山房歌〉現代‧柳亞子）	鬚眉巾幗：鬚眉，指男子；巾幗，指女子。稱女子而有丈夫氣概者。
	寫作例句：花木蘭堪稱鬚眉巾幗。

成語之「臉」

詩句‧出處	對應成語
西眉南臉人中美，或者皆聞無所利。（〈巫山高〉唐‧李咸用）	西眉南臉：西眉，指西施；南臉，指南威。西施、南威都是春秋時的美人，後以「西眉南臉」比喻女子容貌美麗。
	寫作例句：她有西眉南臉之貌，即使未施脂粉，仍舊美得自然脫俗。
杏腮桃臉費鉛華，終慣秋蟾影下。（〈西江月‧賦丹桂〉宋‧辛棄疾）	杏腮桃臉：形容女子容貌美麗。
	寫作例句：看著她的杏腮桃臉，感覺真的很美。
這場災，一時間命運衰，早則解放愁懷，喜笑盈腮。（《蝴蝶夢‧第四折》元‧關漢卿）	喜笑盈腮：盈，充滿之意；腮，指面頰。高興得笑容滿面。
	寫作例句：他喜笑盈腮，喝了不少酒。

成語之「面」

詩句・出處	對應成語
匪面命之，言提其耳。(《詩經・抑》)	耳提面命：對著耳朵告訴，表示教誨的殷勤懇切。多指（長輩對晚輩、上級對下級）懇切的教導。
	寫作例句：老師們的耳提面命，她竟當成馬耳東風，一點也不在意。
凌煙功臣少顏色，將軍下筆開生面。(〈丹青引〉唐・杜甫)	別開生面：生面，指新的面目。原意是凌煙閣裡的功臣畫像本已褪色，經曹將軍重畫之後才顯得有生氣，後比喻另外創出一種新的形式或風格。
	寫作例句：在詩歌發展史上，李白和杜甫都是別開生面的大家。
改頭換面孔，不離舊時人。(《全唐詩》唐・寒山)	改頭換面：原為佛教語，指眾生在輪迴中形變神不變。後指換一副面孔，也比喻只改變形式，不改變內容。
	寫作例句：經過一番改造，小城真的改頭換面了。
聯翩入賀知君意，咫尺威顏不隔霄。(〈和蔡樞密孟夏旦日西府書事〉宋・王安石)	咫尺威顏：比喻離天子容顏極近。亦指天子之顏。
	寫作例句：朝堂之上，咫尺威顏，大臣們個個小心翼翼。

成語之「頰」

詩句・出處	對應成語
先生有道抗浮雲，拄頰看山意最真。（〈次胡經仲知丞贈別韻〉宋・范成大）	拄頰看山：比喻在官有高致。
	寫作例句：他顯示出了拄頰看山的氣魄。
空使犀顱玉頰，長懷髯舅淒然。（〈仲天貺王元直自眉山來見余錢塘留半歲既行作絕句五首送之・其四〉宋・蘇軾）	犀顱玉頰：額角骨突出如犀，臉頰潔白如玉。借指相貌不凡的年輕人。
	寫作例句：他生得犀顱玉頰，氣質不凡。
憐他齒頰生香處，不在枝頭在擔頭。（〈即席分賦得賣花聲・其二〉清・黃景仁）	齒頰生香：嘴邊覺有香氣生出。形容談及之事使人產生美感。
	寫作例句：我們提起唐詩，就有一種齒頰生香的感覺。

成語之「眉」

詩句・出處	對應成語
安能摧眉折腰事權貴，使我不得開心顏。（〈夢遊天姥吟留別〉唐・李白）	摧眉折腰：亦作「低眉折腰」。低眉彎腰，形容卑躬屈膝的媚態。
	寫作例句：陶淵明不肯為五斗米而摧眉折腰。

舊隱每杯空竟夕，愁眉不展幾經春。（〈隨州獻李侍御·其二〉唐·姚鵠）	愁眉不展：亦作「愁眉緊鎖」。由於憂愁而雙眉緊鎖。形容心事重重。
	寫作例句：不知什麼緣故，他最近總是愁眉不展。
掃眉才子於今少，管領春風總不如。（〈寄蜀中薛濤校書〉唐·王建）	掃眉才子：掃眉，婦女畫眉毛之意。指有才華的女子。
	寫作例句：薛濤能詩善文，被詩家譽為掃眉才子。
松根胡僧憩寂寞，龐眉皓首無住著。（〈戲為韋偃雙松圖歌〉唐·杜甫）	龐眉皓首：龐，雜色之意；皓，潔白之意。眉髮花白，形容老人相貌。
	寫作例句：他身邊站立著一個老人，龐眉皓首，鶴髮童顏。
對人前巧語花言，背地裡愁眉淚眼。（《西廂記·第三本第二折》元·王實甫）	愁眉鎖眼：鎖，緊皺之意。愁得緊皺眉頭，瞇起雙眼。形容非常苦惱的樣子。
	寫作例句：她頓時愁眉鎖眼，露出了無限深沉的憂鬱。

成語「蛾眉」

詩句‧出處	對應成語
宛轉蛾眉能幾時？須臾鶴髮亂如絲。(〈代悲白頭翁〉唐‧劉希夷)	宛轉蛾眉：宛轉，指輕而柔的起落；蛾眉，細而長的眉毛，指美麗的眼睛。漂亮的眼眉輕輕揚起，常用作美人的代稱。
	寫作例句：她杏臉桃腮，皓齒明眸，宛轉蛾眉，長長的睫毛一眨一眨的，好似兩把小扇子一般。
卻嫌脂粉汙顏色，淡掃蛾眉朝至尊。(〈集靈臺‧其二〉唐‧張祜)	淡掃蛾眉：輕淡的畫眉。指婦女淡雅的化妝。
	寫作例句：無論濃妝豔抹還是淡掃蛾眉，她都光彩照人。
蛾眉曼睩，目騰光些。(《楚辭‧招魂》戰國‧屈原)	蛾眉曼睩：曼睩，指明亮轉動的眼睛。形容女子的眉目秀美有神。
	寫作例句：她蛾眉曼睩，皓齒青蛾，一顰一笑之間，高貴的神色自然流露，讓人不得不驚嘆於她清雅靈秀的光芒。

成語之「目」

詩句‧出處	對應成語
巧笑倩兮，美目盼兮。（《詩經‧碩人》）	美目盼兮：指美人眼珠黑白分明，非常美麗。
	寫作例句：妳雖和「巧笑倩兮，美目盼兮」的形象有距離，但妳膚色白皙，身材苗條，五官端正而顯得秀氣。
歷歷開元事，分明在眼前。（〈歷歷〉唐‧杜甫）	歷歷在目：歷歷，清楚、分明的樣子。指遠方的景物看得清清楚楚，或過去的事情清清楚楚的重現在眼前。
	寫作例句：儘管離鄉多年了，但家鄉的風景依然歷歷在目。
乾坤含瘡痍，憂虞何時畢？（〈北征〉唐‧杜甫）	滿目瘡痍：亦作「瘡痍滿目」。瘡痍，指創傷。比喻因戰爭或自然災害所造成的破壞，所見全是殘破淒涼的災禍景象。
	寫作例句：在敵軍的踐踏下，那個原本美麗的小村子變得滿目瘡痍。
樂心兒比目連枝，肯意兒新婚燕爾。（〈醉高歌過紅繡鞋‧寄金鶯兒〉元‧賈固）	比目連枝：比喻形影不離的情侶和朋友。
	寫作例句：他二人早已比目連枝，用不著你再去從中撮合。

171

成語「面目」

詩句・出處	對應成語
一任秋霜換鬢毛，本來面目長如故。(〈老人行〉宋・蘇軾)	本來面目：本來，指原本的；面目，面貌之意。原是佛教用語，指人的本性，後比喻人或事物原本的樣子。
	寫作例句：研究歷史，是要弄清楚過去事情的本來面目，才能溫故而知新。
橫看成嶺側成峰，遠近高低各不同。不識廬山真面目，只緣身在此山中。(〈題西林壁〉宋・蘇軾)	不識廬山真面目：廬山，山名，位於中國江西九江市南。比喻事物真相不易弄清楚，或指未能真正了解某人某事。
	寫作例句：近處的花園像是隔著一層薄薄的白紗，模模糊糊的，給人一種不識廬山真面目的神祕感。
	廬山真面目：亦作「廬山面目」。比喻事物的真相或人的本來面目。
	寫作例句：這座雕像幾經破壞，已經難見其廬山真面目了。

成語之「眼」

詩句・出處	對應成語
眼花耳熱後，意氣素霓生。（〈俠客行〉唐・李白）	眼花耳熱：兩眼昏眩，雙耳燥熱。形容飲酒微醉時的感覺。
	寫作例句：落箸碰杯、眼花耳熱的笑語之間，生意居然談成了。
白頭吟處變，青眼望中穿。（〈江樓夜吟元九律詩成三十韻〉唐・白居易） 飢望炊煙眼欲穿，可人最是一青簾。（〈晨炊橫塘橋酒家小窗〉宋・楊萬里）	望眼欲穿：眼睛都要望穿了。形容盼望殷切。
	寫作例句：過了預約時間了，他還遲遲不到，害得大家望眼欲穿。
冷眼靜看真好笑，傾懷與說卻為冤。（〈上盧三拾遺以言見黜〉唐・徐夤）	冷眼靜看：形容從旁冷靜而仔細的觀察。
	寫作例句：遇到事情時不要慌張，要冷眼靜看。
骨重神寒天廟器，一雙瞳人剪秋水。（〈唐兒歌〉唐・李賀）	雙瞳剪水：形容眼睛清澈明亮。後指美女之眼為秋波、秋水，就是用的這個意思。
	寫作例句：看她眉似遠山含黛，又兼雙瞳剪水，真是楚楚動人。

詩句・出處	對應成語
醉眼朦朧覓歸路，松江煙雨晚疏疏。（〈杜介送魚〉宋・蘇軾）	醉眼朦朧：朦朧，模糊不清之意。形容醉後兩眼模糊不清的樣子。
	寫作例句：老劉喝得醉眼朦朧，說話舌頭都有點大，不過酒後吐真言，著實吐出了一些當地的祕聞。
近來別具一隻眼，要踏唐人最上關。（〈送彭元忠縣丞北歸〉宋・楊萬里）	別具隻眼：亦作「獨具隻眼」、「別具慧眼」。具有獨到的眼光和高明的見解。
	寫作例句：作為一個鑑賞家，應該別具隻眼，見到別人見不到的地方。

成語之「眸」

詩句・出處	對應成語
明眸皓齒今何在？血汙遊魂歸不得。（〈哀江頭〉唐・杜甫）	明眸皓齒：也作「皓齒明眸」。眸，指瞳孔，泛指眼睛。皓，潔白之意。明亮的眼睛，潔白的牙齒。形容面容美麗。
	寫作例句：時隔多年，她已出落成明眸皓齒、端莊秀麗的女孩。
守著那皓齒星眸，爭忍的虛白晝。（〈南呂一枝花〉元・馬致遠）	皓齒星眸：皓，形容白的樣子；眸，指眼珠。潔白的牙齒，明亮的眼睛。形容女子容貌美麗，比喻美女。
	寫作例句：近在咫尺，赫然是一個皓齒星眸的少女。

成語之「口」

詩句‧出處	對應成語
無罪無辜，讒口囂囂。（《詩經‧十月之交》）	讒口囂囂：讒，指說別人壞話；囂囂，眾口讒毀的樣子。形容眾人以讒言詆毀人。
	寫作例句：我們的事業是正義的，我們不怕敵人的讒口囂囂。
來日大難，口燥脣乾；今日相樂，皆當喜歡。（〈善哉行〉三國‧魏‧曹植）	口乾舌燥：燥，乾之意。口舌都乾了，形容說話太多。
	寫作例句：講了一天話，講得我口乾舌燥。
	口燥脣乾：亦作「脣乾口燥」。口腔和嘴脣都乾了。形容話說得很多或費盡口舌。
	寫作例句：我苦口婆心的說了大半天，已經口燥脣乾，可是他仍然無動於衷，毫無悔改的表現。
安能以此上論列，願借辯口如懸河。（〈石鼓歌〉唐‧韓愈）	口如懸河：形容能說會辯，說起來沒個完。
	寫作例句：老劉這人別看他講起話來口如懸河，實際上肚子裡並沒有什麼真才實學。
有道難行不如醉，有口難言不如睡。（〈醉睡者〉宋‧蘇軾）	有口難言：言，說之意。雖然有嘴，但話難以說出口。指有話不便說或不敢說。
	寫作例句：如果這事你不主持公道，那我就有口難言了。

成語之「舌」

詩句・出處	對應成語
婦有長舌，唯厲之階。(《詩經・瞻卬》)	長舌之婦：多嘴多舌、喜歡說長道短、搬弄事非的女人。
	寫作例句：我們不當東家長西家短的長舌之婦，我們要成為從容、高雅、知性的魅力女性。
巧言如簧，顏之厚矣。(《詩經・巧言》) 巧舌如簧總莫聽，是非多自愛憎生。(〈誡是非〉唐・劉兼)	巧舌如簧：舌頭靈巧得就像樂器裡的簧片一樣，形容能說會道，善於狡辯。
	寫作例句：巧舌如簧的他以謊言騙取了上司的信任。
筆墨久拋荒，懶勞神雕蟲小技，鼓舌掀簧。(〈貂裘換酒・題聊齋志異〉清・胡泉)	鼓舌掀簧：鼓動舌頭，掀動樂器中的簧片。指用動人的言辭蠱惑人。
	寫作例句：這人品格惡劣，習慣對別人鼓舌掀簧。

成語「口」、「舌」

詩句・出處	對應成語
閉口深藏舌，安身處處牢。(〈舌〉五代・馮道)	閉口藏舌：閉著嘴不說話。形容怕惹事而不輕易開口。
	寫作例句：我知道和他繼續辯論下去也是自討沒趣，乾脆閉口藏舌，不再說話。

	赤口毒舌：亦作「赤口白舌」。赤，指火紅色。形容言語惡毒，出口傷人。
行赤口毒舌，毒蟲頭上卻吃月，不啄殺。（〈月蝕〉唐・盧仝）	寫作例句：對此等刁滑奸詐、赤口毒舌之徒，我們用不著客氣。

成語之「唇」

詩句・出處	對應成語
寶釵翠鬢還相似，朱唇玉面非一行。（〈雜曲・其三〉南北朝・江總）	朱唇玉面：指美女。
	寫作例句：對面走來一位朱唇玉面的美女。
公然抱茅入竹去，唇焦口燥呼不得。（〈茅屋為秋風所破歌〉唐・杜甫）	唇焦口燥：焦，乾之意。形容說話過多而口唇乾燥。
	寫作例句：他說得唇焦口燥，可是沒多少人能聽懂。
誰與你挑唇料嘴，辨別個誰是誰非。（〈鵲踏枝〉元・李致遠）	挑唇料嘴：搖動嘴唇。指吵嘴、爭吵。
	寫作例句：在這個簡單的問題上挑唇料嘴，毫無意義。

成語「舌」、「唇」

詩句‧出處	對應成語
鼓舌揚唇，唱一年家春盡一年家春。(《合汗衫‧第一折》元‧張國賓)	鼓舌揚唇：轉動舌頭，張開嘴唇。形容開口說唱。
	寫作例句：他對舞臺上那些鼓舌揚唇的人毫無興趣。
幾時行通利方，憑著咱鼓舌搖唇，立取他封侯拜將。(《誶范叔‧第二折》元‧高文秀)	鼓舌搖唇：鼓動嘴唇，搖動舌頭。形容利用口才進行煽動或遊說，亦泛指大發議論（多含貶義）。
	寫作例句：別在這裡鼓舌搖唇，沒人對你那一套感興趣。

成語之「齒」

詩句‧出處	對應成語
樂莫斯夜樂，沒齒焉可忘。(〈同聲歌〉漢‧張衡)	沒齒不忘：沒齒終生。一輩子也忘不了。
	寫作例句：這件事給我的教訓，可以說是沒齒不忘，銘刻在心。
臥埋塵葉走風煙，齒豁頭童不記年。(〈宿柴城〉宋‧陳師道)	齒豁頭童：齒缺髮禿。指老態。
	寫作例句：父親已經是一位齒豁頭童的老人了。

想男兒慷慨，嚼穿齦血。（〈滿江紅·代王夫人作〉宋·文天祥）	嚼齒穿齦：齒，指牙齒。穿，咬破之意。齦，指牙齦。緊咬牙齒，竟咬破了牙齦。形容對敵人恨之入骨。
	寫作例句：他們個個嚼齒穿齦，力戰不退，一寸山河一寸血的殺敵報國。
憶昨與君發長安，白齒青眉吐肺肝（〈哭臨漳令王子聲〉明·袁宏道）	白齒青眉：指青少年時期。
	寫作例句：當年他還是一位白齒青眉的少年。
齒如編貝漢東方，不學咿嚘況對揚。（《己亥雜詩·其五十二》清·龔自珍）	齒如編貝：貝，貝殼之意。牙齒潔白，像排列整齊的貝殼。形容牙齒潔白整齊。
	寫作例句：她開口一笑，齒如編貝，十分可愛。

成語「皓齒」

詩句·出處	對應成語
朱唇皓齒，嫭以姱只。（《楚辭·大招》戰國·屈原）	朱唇皓齒：鮮紅的雙唇，雪白的牙齒。形容容貌美麗。
	寫作例句：朱唇皓齒俏佳人，甜蜜的笑臉和曼妙身體一樣重要。
美人勿用傷遲暮，皓齒青蛾寧久微。（〈寄懷倪臣北初度〉清·方文）	皓齒青蛾：皓，形容白的樣子；青蛾，指女子用青黛畫的眉。比喻美女或美好的人才。
	寫作例句：這個皓齒青蛾的女孩，不知是不是他的妹妹。

成語之「牙」

詩句．出處	對應成語
朝避猛虎，夕避長蛇，磨牙吮血，殺人如麻。(〈蜀道難〉唐．李白)	磨牙吮血：磨利牙齒，吮吸鮮血。多形容像野獸一樣嗜殺。
	寫作例句：那聲音卻還在變大，越來越近，仔細聽，如磨牙吮血，上下顎不斷合起牙齒，發出聲響。
牙籤萬軸裏紅綃，王粲書同付火燒。(〈題金樓子後〉南唐．李煜)	牙籤萬軸：形容藏書非常多。
	寫作例句：歷史不僅寫在牙籤萬軸的史書中，不僅沉默在氣勢磅礴的時間畫廊裡，同時也閃爍著星星點點的鮮活片段，生動的呈現在我們的心裡。
峽外六龍獰以凶，矜牙舞爪趺戰攻。(〈題群龍圖〉明．劉基)	矜牙舞爪：矜，通「兢」，動。形容猙獰凶猛。
	寫作例句：這些壞人的末日已到，他們現在矜牙舞爪只不過是垂死的掙扎。

成語之「耳」

詩句．出處	對應成語
匪面命之，言提其耳。(《詩經．抑》)	言提其耳：言，助詞。揪著他耳朵，指懇切的教誨。
	寫作例句：對於師長的言提其耳，我們千萬不能當作馬耳東風，必須要牢記在心。

君子無易由言，耳屬於垣。(《詩經·小弁》)	屬垣有耳：有人靠著牆偷聽。
	寫作例句：說話小聲點，屬垣有耳。
叔兮伯兮，褎如充耳。(《詩經·旄丘》)	充耳不聞：①塞住耳朵故意不聽。形容拒絕聽取別人的意見。②形容專心一致，什麼聲音也聽不見。
	寫作例句：他對老師的話充耳不聞，在犯罪的道路上越走越遠。
	褎如充耳：褎，常帶笑容之意。面帶笑容，塞耳不聞。
	寫作例句：老闆對她的要求褎如充耳，置之不理。
翁言野父何分別，耳聞眼見為君說。(〈連昌宮詞〉唐·元稹)	耳聞眼見：親自聽見和親眼看見的。
	寫作例句：凡事不可輕信傳說或妄加臆斷，而要注重耳聞眼見。
龍攀鳳附不自由，何乃棄君來事仇，危言逆耳誰為謀？(〈太白行〉明·李東陽)	危言逆耳：正直的規勸聽起來不順耳。
	寫作例句：他本來就叛逆性強，更何況危言逆耳，我看你這番話白說了。

成語之「手」

詩句．出處	對應成語
炙手可熱勢絕倫，慎莫近前丞相嗔。（〈麗人行〉唐・杜甫）	炙手可熱：手摸上去感到熱得燙人。比喻權勢大，氣焰盛，使人不敢接近。
	寫作例句：他可是老闆面前炙手可熱的人物。
難將一人手，掩得天下目。（〈讀李斯傳〉唐・曹鄴）	一手遮天：一隻手把天遮住。形容依仗權勢，玩弄手段，蒙蔽群眾。
	寫作例句：此事多人皆可見證，豈容他一手遮天，欺上瞞下？
取之江中，枷脰械手。（〈元和聖德詩〉唐・韓愈）	枷脰械手：枷頸銬手。指拘繫囚犯。
	寫作例句：衙役押解來一位枷脰械手的犯人。
前生子美只君是，信手拈得俱天成。（〈次韻孔毅甫集古人句見贈・其三〉宋・蘇軾）	信手拈來：信手，隨手之意；拈，用指頭夾取東西。隨手拿來。多形容說話寫文章時詞彙或資料例證豐富，選用時顯得輕鬆自如，不必費心尋找。
	寫作例句：此人談吐不俗，引文用典，信手拈來，毫不費力。
自期殞命在春序，屈指數日憐嬰孩。（〈憶昨行和張十一〉唐・韓愈）	屈指可數：形容數目很少，扳著手指頭就能數過來。
	寫作例句：像他這樣具有技術實力的職員，在公司裡屈指可數。

昔君視我，如掌中珠。（〈短歌行〉晉·傅玄）	掌上明珠：①比喻極其珍貴之物。②比喻接受父母疼愛的兒女，特指女兒。
	寫作例句：妹妹從小就是爺爺奶奶的掌上明珠。

成語之「臂」

詩句·出處	對應成語
九折臂而成醫兮，吾至今而知其信然。（《楚辭·九章·惜誦》戰國·屈原）	九折臂：九，泛指多次；折，斷之意。多次折斷胳膊，經過反覆治療而熟知醫理。比喻閱歷多，經驗豐富。
	寫作例句：古人說得好，九折臂而終成良醫，有了叢林探險的經驗，我們這個小隊相互倚靠著，一步步向峽谷深處挪去。
上車著作應來問，折臂三公定送方。（〈祕書山崔少監見示墜馬長句因而和之〉唐·劉禹錫）	折臂三公：晉代的羊祜，曾墜馬折斷手臂，官至三公。指貴官墜馬。
	寫作例句：李將軍笑著對部下說：「不當上幾次折臂三公，怎能指揮騎兵部隊呢？」

成語之「膝」

詩句·出處	對應成語
倚南窗以寄傲，審容膝之易安。（〈歸去來兮辭〉晉·陶淵明）	容膝之地：形容居室的狹窄。
	寫作例句：黃老師住的房屋只有容膝之地，無法招待賓客。

奴顏婢膝真乞丐，反以正直為狂痴。（〈江湖散人歌〉唐・陸龜蒙）	奴顏婢膝：奴顏，指奴才相。婢膝，舊時侍女常屈膝下跪。形容用低三下四的無恥姿態去討好別人。
	寫作例句：奴才在主子面前，總是奴顏婢膝，曲意逢迎。
綺羅紅粉輕於塵，膝行匍伏擎金樽。（〈海鷗小譜・長句〉清・趙執信）	膝行匍伏：伏地爬行。
	寫作例句：戰士們冒著敵人猛烈的炮火膝行匍伏。

成語之「腳」

詩句・出處	對應成語
垂老抱佛腳，教妻讀黃經。（〈讀經〉唐・孟郊）	抱佛腳：原比喻平時沒聯絡，臨時慌忙懇求，後比喻平時沒準備，臨時慌忙應付。
	寫作例句：我們上課時一定要仔細聽講，好好複習，否則等到考試時才臨急抱佛腳，那可就手忙腳亂了。
五眼雞岐山鳴鳳，兩頭蛇南陽臥龍，三腳貓渭水飛熊。（〈水仙子・譏時〉元・張鳴善）	三腳貓：指稀奇的事情。比喻虛有其名而無真本事的人。
	寫作例句：世上沒有全智全能者，他在此領域是高手，在彼領域未必是強項，或許只能充當「三腳貓」。

忽奔走以先後兮，及前王之踵武。（《楚辭‧離騷》戰國‧屈原）	踵武前賢：踵，指腳跟。武，足跡之意。跟隨著前人的腳步走。比喻效法前人。
	寫作例句：他沒有踵武前賢，而是獨創了屬於自己的品牌炸雞。

成語之「足」

詩句‧出處	對應成語
昔人亦有言，刻足以適屨。（〈讀何斯舉黃州秋居雜詠次其韻‧其九〉宋‧陸游）	刻足適屨：屨，指麻製的單底鞋。按照鞋的大小來削自己的腳。比喻主次顛倒。
	寫作例句：為了迎合一些讀者的口味而去寫自己不熟悉的東西，這種刻足適屨的做法是不可取的。
高才疾足長嘆息，御卿無權挽無力。（〈金石客〉宋‧陳杰）	高才疾足：高才，指才能傑出。捷足，指行動迅速。指才能高超、做事敏捷。
	寫作例句：在競爭中，高才疾足的人往往占優勢。
科頭跣足不得稽，要與官長修長堤。（〈築長堤〉宋‧田晝）	科頭跣足：光著頭赤著腳。
	寫作例句：大堤上，一群科頭跣足的人正在抬沙袋。

	摩頂至足：摩，摩擦之意。頂，指頭頂。從頭頂到腳都磨傷了。形容不顧身體受到損傷而捨己助人。
摩頂至足買片言，開胸瀝膽取一顧。(〈行路難・其二〉南北朝・吳均)	
	寫作例句：大火熄滅時，幾乎所有消防隊員都摩頂至足。

成語之「腰」

詩句・出處	對應成語
一旦歸為臣虜，沈腰潘鬢消磨。(〈破陣子〉南唐・李煜)	沈腰潘鬢：亦作「潘鬢沈腰」。沈腰，指沈約因病日瘦，腰帶逐漸寬鬆。潘鬢，指潘岳的鬢髮中年已斑白。沈腰潘鬢比喻男子的身體瘦弱，早生白髮，也特指男子姿態、容貌美好。
	寫作例句：張公子確實是玉樹臨風，沈腰潘鬢。
藥訣棋經思致論，柳腰蓮臉本忘情。(〈頻訪盧秀才〉唐・韓偓)	柳腰蓮臉：腰如柳，臉似蓮。形容女性之美。亦代指美女。
	寫作例句：她是個有著秋水般眸子、柳腰蓮臉、婆娑多姿的嫵媚佳人。
慣憐惜，饒心性，鎮厭厭多病，柳腰花態嬌無力。(〈法曲獻仙音・小石調〉宋・柳永)	柳腰花態：形容女子婀娜嬌美的體態。
	寫作例句：今天巧遇一個柳腰花態的美女。

成語之「胸」

詩句・出處	對應成語
胸中元自有丘壑，盞裡何妨對聖賢。（〈大有詩堂〉唐・厲霆）	胸有丘壑：丘，指山丘；壑，指山溝。指繪畫、作文時，心中已掌握到了深遠的意境。也比喻對事物的判斷處置自有高下。
	寫作例句：他是一個深藏不露、胸有丘壑之人。
有筆頭千字，胸中萬卷。（〈沁園春〉宋・蘇軾）問個裡，待怎麼銷殺，胸中萬卷。（〈聲聲慢・送上饒黃倅職滿赴調〉宋・辛棄疾）	胸中萬卷：讀過大量的書。
	寫作例句：成年後也許你依然兩手空空，但是那時你胸中萬卷，腹下千言，才華橫溢。
匙挑不上個村夫，文墨胸中一點無。（〈自贊〉宋・釋淨全）	胸無點墨：墨，指墨水，比喻學問。肚子裡沒有一點墨水。指人沒有文化。
	寫作例句：似這樣不學無術、胸無點墨之徒如何可以稱得上文化人？
自信胸中磊塊甚，開尊恨不瀉江湖。（〈上巳日柬惟長〉明・袁宏道）	胸中磊塊：指心中鬱積的不平之氣。
	寫作例句：他的這番話讓我消除了胸中磊塊。
驀逢老嫗猶相識，槌胸蹋地說青溪。（〈青溪行〉清・金人瑞）	槌胸蹋地：捶胸頓足。表示極度悲痛或悔恨。
	寫作例句：在監獄裡，他幾次槌胸蹋地，放聲大哭，表示要痛改前非，重新做人。

成語之「肝」

詩句・出處	對應成語
遙望秦川，肝腸斷絕。(〈隴頭歌辭・其三〉南北朝・無名氏)	肝腸斷絕：斷絕，折斷之意。肝臟與腸子好像斷裂了一樣。形容萬分悲痛。
	寫作例句：晴雯之死，使寶玉肝腸斷絕。
勸君韜養待徵招，不用雕琢愁肝腎。(〈贈崔立之評事〉唐・韓愈)	雕肝琢腎：比喻寫作時用盡心思，反覆推敲，刻意求工。
	寫作例句：他苦心孤詣，雕肝琢腎，三年才寫成這部巨作。
雕肝掐腎亦小技，非公所喜非我為。(〈寄丁中丞粵中〉清・馮桂芳)	雕肝掐腎：比喻寫作時用盡心思，反覆推敲，刻意求工。
	寫作例句：他寫作非常認真，簡直就是雕肝掐腎。
坫廷嗜棋二十年，鏤肝鉥腎不論錢。(〈題香石觀室棋譜〉清・吳梅)	鏤肝鉥腎：比喻苦心鑽研。
	寫作例句：他一心在科學研究上努力，一絲不苟，鏤肝鉥腎。

成語之「肺」

詩句・出處	對應成語
維彼不順，自獨俾臧。自有肺腸，俾民卒狂。(《詩經・桑柔》)	自有肺腸：肺腸，比喻心思。指做事有自己的用心。
	寫作例句：他說他做事自有分寸，我看是自有肺腸。
	別有肺腸：亦作「別具肺腸」。指另有打算或企圖。
	寫作例句：在這個問題上，我看他是別有肺腸。
開壚引滿相獻酬，枯腸渴肺忘朝飢。(〈津陽門〉唐・鄭嵎)	枯腸渴肺：枯，指枯竭。形容人十分飢渴。
	寫作例句：跋涉了一整天，我早已是枯腸渴肺。

成語之「腸」

詩句・出處	對應成語
感心動耳，迴腸傷氣。(〈高唐賦〉戰國・宋玉) 女娥長歌，聲協宮商，感心動耳，蕩氣迴腸。(〈大牆上蒿行〉三國・魏・曹丕)	蕩氣迴腸：形容文章、樂曲十分婉轉動人。
	寫作例句：那篇文章讀來令人蕩氣迴腸。

一碗喉吻潤，兩碗破孤悶。三碗搜枯腸，唯有文字五千卷。（〈走筆謝孟諫議寄新茶〉唐・盧仝）	搜索枯腸：搜索，搜查之意；枯腸，比喻才思苦窘。形容寫作時苦思苦想。
	寫作例句：他寫出上聯後，我搜索枯腸也對不出下聯。
	搜腸潤吻：飲茶潤澤喉吻，促進文思。極言飲茶的樂趣。
	寫作例句：飲茶可搜腸潤吻，陶冶情操。
及至厭厭獨自個，卻眼穿腸斷。（〈安公子〉宋・柳永）	眼穿腸斷：眼穿，指望眼欲穿。眼欲望穿，腸欲盼斷。形容盼望、相思之極。
	寫作例句：她眼穿腸斷的盼望著丈夫歸來。

成語「愁腸」

詩句・出處	對應成語
白雲飄飄捨我高翔，青雲徘徊為我愁腸。（〈雲歌〉晉・傅玄） 淚臉千行，愁腸寸斷，端坐橫琴，涕血流襟。（〈遊仙窟〉唐・張鷟）	愁腸寸斷：愁腸，指憂思縈繞的心腸。愁得腸子都斷成一段段的，形容憂愁到了極點。
	寫作例句：笛聲突然變得如泣如訴，讓人愁腸寸斷。

是以腸一日而九回，居則忽忽若有所亡，出則不知其所往。（〈報任少卿書〉漢‧司馬遷） 畫橋春暖清歌夜，肯信愁腸日九回。（〈春日即事〉唐‧崔櫓）	愁腸九回：指悲愁頻頻在腹中縈繞，難於排遣。
	寫作例句：因家中生活困難，他愁腸九回，終日鬱鬱不樂。
愁腸殢酒人千里，淚眼倚樓天四垂。（〈有憶〉唐‧韓偓）	愁腸殢酒：亦作「愁長殢酒」。愁腸，愁悶的心腸；殢，困擾之意。心腸愁悶的人容易病酒。
	寫作例句：家庭遭遇變故之後，他愁腸殢酒，日漸消瘦。
飛鴻過也，百結愁腸無晝夜。（〈減字木蘭花‧題雄州驛〉宋‧蔣興祖女）	百結愁腸：指愁緒如結無法解開。
	寫作例句：在他反覆思量、百結愁腸的時候，卻接到了一則讓他非常意外的消息。
我終日裡愁腸九轉，到如今尺素空傳，越教人中心慘然。（〈香囊記‧得書〉明‧邵璨）	愁腸九轉：謂重重憂愁縈繞心懷。
	寫作例句：這頓酒喝得我倆愁腸九轉。

成語之「膽」

詩句・出處	對應成語
酒腸寬似海，詩膽大於天。（〈自問〉唐・劉叉）	膽大包天：形容膽量極大（多指做壞事）。現多含貶義。
	寫作例句：歹徒竟然在光天化日下當街行搶，真是膽大包天。
仙郎舊有黃金約，瀝膽墮肝更禱祈。（〈冬暮寄裴郎中〉唐・羅隱）	瀝膽墮肝：比喻開誠相見，也形容非常忠誠。
	寫作例句：劉備和關羽、張飛是瀝膽墮肝、同心同德的結義兄弟。
暗自凝睛，不由我不喪膽銷魂忽地驚。（《馮玉蘭・第四折》元・無名氏）	喪膽銷魂：喪、銷，失去之意。形容驚恐到極點。
	寫作例句：三國時期的關羽有勇有謀，常使敵人喪膽銷魂。
殺匈奴亡魂喪膽，保家邦萬載咸寧。（〈破天陣〉明・無名氏）	亡魂喪膽：形容驚慌恐懼到極點。
	寫作例句：一旦有敵來犯，定能望風披靡，使敵人亡魂喪膽。

成語「肝膽」

詩句・出處	對應成語
劇辛樂毅感恩分，輸肝剖膽效英才。（〈行路難・其二〉唐・李白）	輸肝剖膽：比喻對人極為忠誠。
	寫作例句：既然是好朋友，就應該輸肝剖膽，以誠相待。

世人逐勢爭奔走，瀝膽隳肝唯恐後。（〈雜曲歌辭·行路難〉唐·李頎）	瀝膽隳肝：比喻竭盡忠誠。
	寫作例句：雙方既已竭誠論交，就應該瀝膽隳肝，怎可各懷心機呢？
千古忠肝義膽，萬里蠻煙瘴雨，往事莫驚猜。（〈水調歌頭〉宋·辛棄疾）	忠肝義膽：忠心耿耿，仗義行事。
	寫作例句：做大事者，應有忠肝義膽之豪情、捨生取義之本色。
照人肝膽秦時月，百戰風霜劫後旗。（〈送影禪北行〉現代·姜可生）	照人肝膽：比喻以赤誠相見。
	寫作例句：好友難覓，更何況是照人肝膽、可以推心置腹的知己？

成語之「心」

詩句·出處	對應成語
我心匪石，不可轉也。（《詩經·柏舟》）	匪石之心：比喻堅貞不渝。
	寫作例句：〈離騷〉充分反映出屈原憂國憂民的匪石之心。
烈士暮年，壯心不已。（〈龜雖壽〉漢·曹操）	壯心不已：壯心，指宏大的志向；已，停止之意。指有抱負的人到了晚年，雄心壯志仍不衰減。
	寫作例句：老張退休後還去社區大學學英語，真是壯心不已。

始得展身敬，方乃遂心虔。（〈遊鐘山大愛敬寺詩〉南北朝・蕭衍）	竭力虔心：誠心誠意的用全力做某件事情。
	寫作例句：為了辦好這所學校，大家都是竭力虔心的工作著。
捫心無愧畏，騰口有謗讟。（〈和夢遊春詩〉唐・白居易）	捫心無愧：摸著胸口自問，毫無慚愧之處。
	寫作例句：只要你竭盡所能，做到捫心無愧，你的能力一定會提升，你的經驗一定會豐富起來，你的心胸就會變得更加開闊。
	捫心自問：捫，按、摸之意。摸著胸口，自己問自己，指自我反思、醒悟。
	寫作例句：這件事，你捫心自問，看你做得對不對？
利慾薰心，隨人翕張。（〈贈別李次翁〉宋・黃庭堅）	利慾薰心：貪財圖利的欲望迷住了心竅。
	寫作例句：他生性淡泊，絕不是那種利慾薰心的人。
暗室虧心，縱想致富，天意何如？（〈折桂令〉元・張養浩）	暗室虧心：在暗中做見不得人的虧心事。
	寫作例句：你們幾個暗室虧心，天理不容。

成語「心」、「膽」

詩句・出處	對應成語
見他時膽戰心驚，把似你無人處休眠思夢想。(《䳌梅香・第三折》元・鄭光祖)	膽戰心驚：戰，通「顫」，發抖之意。形容十分害怕。
	寫作例句：那次事故中無人受傷，但許多乘客都嚇得膽戰心驚。
智劍剛鋒，百魔剿退，膽驚心顫。(〈永遇樂〉元・王吉昌)	膽驚心顫：驚，驚懼、害怕之意；顫，指發抖。形容非常害怕。
	寫作例句：轟隆隆的雷聲讓人膽驚心顫。

成語「雄心」

詩句・出處	對應成語
雄心壯志兩崢嶸，誰謂中年志不成。(〈蘇才翁挽詩・其二〉宋・歐陽修)	雄心壯志：偉大的理想；宏偉的志願。
	寫作例句：此去前途雖多艱險，但絕難動搖我乘風破浪的雄心壯志。
船中百翁梁溪酒，膽大心雄選鋒手。(〈初聞燈船鼓吹歌〉明・杜睿)	膽大心雄：形容膽子大，有雄心，做事無所畏懼。
	寫作例句：三國時期，出了許多叱吒風雲的人物，他們膽大心雄，有勇有謀。

成語「丹心」

詩句・出處	對應成語
白髮千莖雪，丹心一寸灰。(〈鄭駙馬池臺喜遇鄭廣文同飲〉唐・杜甫)	一寸丹心：丹心，指赤心、忠貞的心。一片赤誠的心。
	寫作例句：但願我的一寸丹心，能為公司爭取更多的利潤。
一片丹心天日下，數行清淚嶺雲南。(〈過嶺寄子由・其一〉宋・蘇軾)	一片丹心：一片赤誠的心。指全部忠誠之心。
	寫作例句：海外的遊子遠別故鄉已久，但仍然對家鄉懷著一片丹心。
人生自古誰無死，留取丹心照汗青。(〈過零丁洋〉宋・文天祥)	留取丹心照汗青：留取這顆赤膽忠心，永遠在史冊中放光芒。
	寫作例句：勇氣是什麼？勇氣是「留取丹心照汗青」的忠義；勇氣是「一蓑煙雨任平生」的瀟灑；勇氣是「病樹前頭萬木春」的樂觀。
	史策丹心：寧死不屈的民族氣節。
	寫作例句：文天祥的史策丹心彪炳史冊。

成語「寸心」

詩句‧出處	對應成語
文章千古事，得失寸心知。(〈偶題〉唐‧杜甫)	寸心千古：千古，指時間久遠。寸心具有千古識力。
	寫作例句：他這次演講用心良苦，真可謂是寸心千古。
飛霜掠面寒壓指，一寸赤心惟報國。(〈江北莊取米到作飯香甚有感〉宋‧陸游)	一寸赤心：赤心，指忠貞的心。一片赤誠的心。
	寫作例句：你對朋友們的一寸赤心，我們都看在眼裡。

成語「甘心」

詩句‧出處	對應成語
行道遲遲，中心有違。不遠伊邇，薄送我畿。誰謂荼苦？其甘如薺。(《詩經‧谷風》)	甘心如薺：事如樂意為之，雖苦亦甜。
	寫作例句：她對公益事業非常熱心，甘心如薺的投入了大量的時間和精力。
願言思伯，甘心首疾。(《詩經‧伯兮》)	甘心首疾：甘心，情願、樂意之意；首，頭之意；疾，病之意，引申為痛。想得頭痛也心甘情願，形容男女之間相互思念的痴情。
	寫作例句：對戀人的思念讓他甘心首疾。

成語「憂心」

詩句・出處	對應成語
憂心如惔，不敢戲談。 （《詩經・節南山》）	憂心如焚：如焚，指像火燒一樣。心裡愁得像火燒一樣，形容非常憂慮焦急。
	寫作例句：所有人都憂心如焚的等待著，希望能得到好消息。
憂心如酲，誰秉國成。 （《詩經・節南山》）	憂心如酲：酲，指酒醉未醒的狀態。心中一憂慮，神智就像喝醉了酒一樣。形容心情十分愁苦壓抑。
	寫作例句：他冒著暴雨，頂著呼嘯而過的寒風，踏著憂心如酲的腳步，毅然前進。
我心憂傷，怒焉如搗。 （《詩經・小弁》）	憂心如搗：憂愁得像有東西在搗心一樣，形容十分焦急。
	寫作例句：媽媽憂心如搗的對我說，過小橋的時候一定要小心。
我心憚暑，憂心如薰。 （《詩經・雲漢》）	憂心如薰：憂慮的心情就像被火薰烤一樣。形容十分焦慮。
	寫作例句：他一個人靜靜的走在小路上，可憐而憂心如薰。
未見君子，憂心忡忡。 （《詩經・草蟲》）	憂心忡忡：忡忡，指憂慮不安的樣子。形容心事重重，非常憂愁。
	寫作例句：他最近總是憂心忡忡，因為他失業了。

憂心悄悄，慍于群小。（《詩經·邶風·柏舟》）	憂心悄悄：憂慮不安的樣子。
	寫作例句：自從兒子走失後，她終日如坐針氈，憂心悄悄。

成語「中心」

詩句·出處	對應成語
行邁靡靡，中心搖搖。（《詩經·黍離》）	中心搖搖：中心，心中之意；搖搖，指心神不安。形容心神恍惚，難以自持。
	寫作例句：一想起這件事，他就中心搖搖。
行邁靡靡，中心如醉。（《詩經·黍離》）	中心如醉：中心，指內心。內心像喝醉了酒一樣。形容憂思哀傷，不能自持。
	寫作例句：正如你所知，這段感情左右著我的一切，使我中心如醉。
行邁靡靡，中心如噎。（《詩經·黍離》）	中心如噎：中心，心中之意；噎，指食物塞住嗓子。心中好像哽咽。形容非常悲哀。
	寫作例句：他望著被大火燒過的廢墟，中心如噎。
謔浪笑敖，中心是悼。（《詩經·終風》）	中心是悼：中心，指內心；悼，傷痛之意。內心極為悲傷。
	寫作例句：我們之間的感情已付之流水，你又何必再為往事而中心是悼呢？

成語「一」、「心」

詩句‧出處	對應成語
洛陽親友如相問，一片冰心在玉壺。（〈芙蓉樓送辛漸〉唐‧王昌齡）	一片冰心：指聖潔的心。形容性情淡薄，不求名利。
	寫作例句：他不為金錢、地位所引誘，始終如一的從事教育工作，可謂一片冰心。
一炷心香洞府開，偃松皺澀半莓苔。（〈仙山〉唐‧韓偓） 祝公壽共詩書久，一瓣心香已敬焚。（〈行可生日〉宋‧王十朋）	一瓣心香：心香，舊時稱心中虔誠，就能感通佛道，和焚香一樣。比喻十分真誠的心意（用在祝願）。
	寫作例句：潔白的雲帶著我的一瓣心香，為你捎去冬日的安詳。

成語「口」、「心」

詩句‧出處	對應成語
不爭你握雨攜雲，常使我提心在口。（〈越調鬥鵪鶉〉元‧王實甫）	提心在口：心提在口，幾乎要跳出來。形容恐懼。
	寫作例句：我們進入北極圈的邊緣，便感到提心在口，渾身顫抖不已。
卻不道口是心苗，不住的頻頻叫。（《梧桐雨‧第四折》元‧白樸）	口是心苗：指言為心聲。
	寫作例句：他言出必行，用實際行動證明著口是心苗的信條。

恨他心不應口,把歡娛翻成僝僽。(〈步步嬌・閨怨〉明・楊德芳)	心不應口:心裡想的和嘴裡說的不一致。指為人虛偽。
	寫作例句:那些達官貴人大都巧言令色,虛偽不堪,心不應口。
刻木為雞啼不得,元來有口卻無心。(〈擬吳儂曲〉明・于謙)	有口無心:嘴上說了,心裡可沒那樣想。指不是有心說的。
	寫作例句:他是個有口無心的人,說完就沒事了,你不必生氣。

成語「心」、「意」

詩句・出處	對應成語
心煩盧亂,不知所從。(《楚辭・卜居》戰國・屈原)	心煩意亂:意,指心思。心思煩亂,不知怎樣才好。
	寫作例句:越是在心煩意亂的時候就越要輕聲細語,這樣才能有大將風範。
原嘗春陵六國時,開心寫意君所知。(〈扶風豪士歌〉唐・李白)	開心寫意:寫,通「瀉」,宣洩。開誠相待,披露心意。
	寫作例句:我們應開心寫意,各抒己見。
稱心如意,剩活人間幾歲。(〈感皇恩〉宋・朱敦儒)	稱心如意:形容心滿意足,事情的發展完全符合心意。
	寫作例句:生活中並非事事都能稱心如意。

不是我心灰意懶，怎陪伴愚眉肉眼。(〈喬夢符小令・玉交枝・頭適二曲〉元・喬吉)	心灰意懶：亦作「意懶心灰」。心、意，指心思、意志；灰、懶，指消沉、消極。灰心失望，意志消沉。
	寫作例句：自從創業失敗後，他便心灰意懶，一蹶不振。
一見了神魂飄蕩，不由我心勞意攘。(〈端正好・香塵暗翠幃屏套・貨郎兒〉元・劉庭信)	心勞意攘：心慌意亂。
	寫作例句：網路上密密麻麻的好多訊息，像蜜蜂、蒼蠅似的，吵得她心勞意攘。

成語之「血」

詩句・出處	對應成語
想男兒慷慨，嚼穿齦血。(〈滿江紅・代王夫人作〉宋・文天祥)	嚼穿齦血：形容十分仇恨。
	寫作例句：人們對喪盡天良的敵軍，無不恨得嚼穿齦血。
艱難重繫君親念，血淚斑斑滿客衣。(〈書懷〉宋・李若水)	血淚斑斑：血與淚俱在的證物。
	寫作例句：這一幅幅血淚斑斑的照片，正控訴著敵軍的殺人暴行。
吾病難將醫藥治，耿耿滿腔熱血，待灑向西風殘月。(〈賀新郎・病中有感〉清・吳偉業)	滿腔熱血：滿腔，指充滿心中。心中充滿為正義而工作的熱情。
	寫作例句：這個男孩年輕氣盛，滿腔熱血。

成語之「腹」

詩句・出處	對應成語
不用撐腸拄腹文字五千卷，但願一甌常及睡足日高時。（〈試院煎茶〉宋・蘇軾）	撐腸拄腹：比喻容受很多。也形容肚子吃得非常飽。
	寫作例句：這頓晚飯足足吃了一個時辰，個個撐腸拄腹。
崢嶸歲月遠秋暮，空腹便便無好句。（〈青玉案〉宋・廖行之）	空腹便便：便便，肥胖的樣子。比喻並無真才實學。
	寫作例句：雖然有的官員學淺才疏，空腹便便，但開會演講有專職祕書，大會小會都有現成的稿子唸。
儉腹高談我用憂，肯肩樸學勝封侯。（《己亥雜詩》清・龔自珍）	儉腹高談：儉腹，腹中空空之意，比喻知識匱乏。腹中知識匱乏，卻喜歡高談闊論。
	寫作例句：他這人儉腹高談，在座的人都對他嗤之以鼻。

成語「滿腹」

詩句・出處	對應成語
一杯寬幕席，五字弄珠璣。(〈新轉南曹未敘朝散初秋暑退出守吳興書此篇以自見志〉唐・杜牧) 只知外貌乏粉澤，誰料滿腹填珠璣。(〈戲王安國〉宋・吳處厚)	滿腹珠璣：形容人富於文才。
	寫作例句：張博士的確是個博古通今，滿腹珠璣的學者，在文學界享有盛譽。
岸巾談笑今誰記，滿腹詩書只自愚。(〈夢與劉韶美夜飲樂甚〉宋・陸游)	滿腹詩書：博學多才，文章寫得好。
	寫作例句：他胸羅萬象，滿腹詩書，是一位學者，更是一位文人和藝術家。
論英雄何必老林泉？滿腹經綸須大展，休負了蒼生之願。(〈題春園・浪裡束煞〉明・馮惟敏)	滿腹經綸：腹，指肚子；經綸，理出絲緒叫經，編絲成繩叫綸。引申為人的才學、本領、謀略等。形容很有學問和才能。
	寫作例句：他學富五車，滿腹經綸。

成語之「肚」

詩句・出處	對應成語
撐腸拄肚礧傀如山丘，自可飽死更不偷。(〈月蝕〉唐・盧仝)	撐腸拄肚：腹中飽滿，比喻容受很多。
	寫作例句：高強度的工作讓人疲憊不堪，那種撐腸拄肚的樣子真可謂狼狽不堪。

為憶小卿，牽腸割肚。（〈伊州遍·其三〉元·白樸）	牽腸割肚：①形容非常想念。②形容內心悲痛如刀割。
	寫作例句：這種刻骨的相思讓她牽腸割肚。
從今，再不去夢裡搜尋，再不去愁中加病，再不去掛肚牽心。（〈雁傳書〉元·王元鼎）	掛肚牽心：牽，牽掛之意。形容憂慮不安的心情。
	寫作例句：兒子的病情令她日夜掛肚牽心。

成語之「肌」

詩句·出處	對應成語
浹髓淪膚都是病，傾困倒廩更無詩。（〈謝江東漕楊廷秀祕監送江東集並索近詩·其二〉宋·范成大）	浹髓淪肌：浸透肌肉，深入骨髓。比喻感受極深。
	寫作例句：我朝深思厚澤，浹髓淪肌，哪個不心悅誠服？
豐肌弱骨自喜，醉暈妝光總宜。（〈園丁折花七品各賦一絕·壽安紅〉宋·范成大）	豐肌弱骨：豐潤的肌膚，柔嫩的骨骼。形容女子或花朵嬌嫩豔麗而有丰韻。
	寫作例句：她那豐肌弱骨的嬌軀輕輕的嫋娜娉婷，儀態萬千，宛如仙女下凡。

	豐肌秀骨：豐潤的肌膚，柔嫩的骨骼。形容女子或花朵嬌嫩豔麗而有丰韻。
霧閣雲窗別有天，豐肌秀骨淨娟娟。（〈山花子·成支使出侍姬次穆季淵韻〉宋·袁去華）	寫作例句：那個女孩身材高駣，豐肌秀骨，走起路來非常優雅迷人。
冰肌玉骨，自清涼無汗，水殿風來暗香滿。（〈洞仙歌〉宋·蘇軾）玉骨冰肌，為誰偏好，特地相宜。（〈柳梢青〉宋·楊無咎）	冰肌玉骨：亦作「玉骨冰肌」。形容女子潔美的體膚瑩潔光滑，多比喻女性儀容秀美或外貌品行高潔。
	寫作例句：發黃的燈光遮擋不住少女的冰肌玉骨，青絲如瀑，蛾眉蠑首。

成語之「膚」

詩句·出處	對應成語
手如柔荑，膚如凝脂。（《詩經·碩人》）	膚如凝脂：形容女子肌膚嫩滑如凝固的油脂。
	寫作例句：她樣貌平平，但膚如凝脂，臉頰透出健康的紅潤。
中有一人字太真，雪膚花貌參差是。（〈長恨歌〉唐·白居易）	雪膚花貌：皮膚潔白如雪，容貌美豔如花。形容女子的美麗。
	寫作例句：那女子身著淡藍色翠煙衫，雪膚花貌，神色淡然。

鶴骨雞膚不耐寒，那堪癬疥更斑爛。(〈病中書懷〉宋·王炎)	鶴骨雞膚：伶仃瘦骨，多皺的皮膚。形容年老。
	寫作例句：一個老態龍鍾、鶴骨雞膚、行將就木的老者在蹣跚的走著。

成語之「骨」

詩句·出處	對應成語
白骨露於野，千里無雞鳴。(〈蒿里行〉漢·曹操)	白骨露野：白骨暴露於野外。形容天災人禍所形成的悲慘景象。
	寫作例句：軍閥割據，混戰連年，乃至於生靈塗炭，白骨露野。
玲瓏骰子安紅豆，入骨相思知不知？(〈南歌子詞·其二〉唐·溫庭筠)	入骨相思：亦作「刻骨相思」。形容思念之深，歷久難移。
	寫作例句：分別多年，他想念她的心情越來越強烈，入骨相思的感覺不斷加深。
憑君莫話封侯事，一將功成萬骨枯。(〈己亥歲·其一〉唐·曹松)	功成骨枯：比喻為了一己私利，讓其他許多人為之付出極大的犧牲。
	寫作例句：哪一場戰爭不是屍骸遍野、功成骨枯呢？
眾毛飛骨，上凌青天。(〈雪讒詩贈友人〉唐·李白)	眾毛飛骨：指眾多輕物能掀起重物。
	寫作例句：每個人都付出一點努力，就能收到眾毛飛骨的效果。

孔丞別我適臨汝，風骨峭峻遺塵埃。（〈感春・其四〉唐・韓愈）	風骨峭峻：風骨，指人的品格、骨氣。峭峻，山又高又陡之意。形容人的品格高尚，很有骨氣，也可比喻藝術風格雄健有力。
	寫作例句：他真是一位風骨峭峻的君子。
瘦如豺。豺，柴也。豺體瘦，故謂之豺。（《埤雅・釋獸》宋・陸佃） 瘦骨如柴痛又酸，兒信問平安。（〈武陵春・因呈子西〉宋・楊萬里）	瘦骨如柴：十分削瘦的樣子。
	寫作例句：我的眼睛因憂愁而昏花，我的身體瘦骨如柴。

成語之「肉」

詩句・出處	對應成語
醫得眼前瘡，剜卻心頭肉。（〈詠田家〉唐・聶夷中）	剜肉補瘡：亦作「剜肉醫瘡」、「挖肉補瘡」。剜出肉來療補瘡瘍，比喻顧此失彼或只圖一時之急，缺乏長遠打算，用有害的方法來救急。
	寫作例句：以犧牲環境來換取經濟發展，這種剜肉補瘡的做法是不可取的。
如何如何，掠脂斡肉。（〈酷吏詞〉唐・貫休）	掠脂斡肉：掠，指掠奪、奪取；斡，旋轉之意。比喻極其殘酷的盤剝、搜刮。
	寫作例句：這幫貪官汙吏糾結在一起，巧立名目，橫徵暴斂，對百姓掠脂斡肉。

這都是神仙骨，不似你肉眼凡夫。（《竹葉舟・第一折》元・范子安）	肉眼凡夫：佛經中說有「天、肉、慧、法、佛」五眼，肉眼為肉身之眼，也泛指俗眼；凡夫，指凡人。指塵世平常的人。
	寫作例句：在藝術上他絕對是一個肉眼凡夫，沒有絲毫審美鑑賞能力。

成語之「身」

詩句・出處	對應成語
既明且哲，以保其身。（《詩經・烝民》）	明哲保身：原指明智的人不參與可能替自己帶來危險的事，以保全自己。後多指生怕有損於自己，迴避原則，與世無爭。
	寫作例句：在大是大非的問題上，我們不能為了個人利益而持明哲保身的態度。
如可贖兮，人百其身。（《詩經・黃鳥》）	百身何贖：拿一百個我，也無法把你換回來了。表示極沉痛的悼念。
	寫作例句：等他趕回家，母親已去世三日，他悲痛至極，真有百身何贖之感。
寧赴湘流，葬於江魚之腹中。（《楚辭・漁父》戰國・屈原）	葬身魚腹：屍體為魚所食。指淹死於水中。
	寫作例句：屈原寧願赴江流而葬身魚腹，也不願蒙受塵世之汙濁。

丈夫貴兼濟，豈獨善一身？（〈新製布裘〉唐·白居易）	獨善一身：善，弄好之意。原指加強其自身的品德修養。現指只要自己好而不關心別人的個人主義處世哲學。
	寫作例句：只知獨善一身的官員不是好官。
放眼古今多少恨，可憐身後識方幹。（《隨園詩話》清·袁枚）	身後識方幹：比喻一個人才，生前無人賞識，死後才被重視。
	寫作例句：在他逝世多年以後，人們終於認識到了他創建的理論的價值，真可謂「身後識方幹」。

成語「心血」

詩句·出處	對應成語
刳肝以為紙，瀝血以書辭。（〈歸彭城〉唐·韓愈）	嘔心瀝血：嘔，吐之意；瀝，滴之意。比喻極度勞心苦思。多用於文藝創作或研究，亦指傾吐真情或懷抱真誠。
	寫作例句：正因為杜詩中的一字一句，都是杜甫嘔心瀝血寫出來的，所以感人肺腑。
萇弘死於蜀，藏其血，三年而化為碧。（《莊子·外物》）孤忠既足明丹心，三年猶須化碧血。（〈汝陽張御史死節歌〉元·鄭元祐）	丹心碧血：丹心，指紅心、忠心。碧血，指血化為碧玉。碧，指青綠色的寶石，表示血的珍貴。赤誠的忠心，寶貴的鮮血。用以讚揚為國捐軀的重大犧牲。
	寫作例句：岳飛丹心碧血，抗金報國，卻被權臣秦檜害死。

成語「心」、「腹」

詩句・出處	對應成語
他有那錦心繡腹，我有那冰肌玉骨。(〈一枝花・冬景題情〉元・湯式)	錦心繡腹：形容優美的文思，華麗的辭藻。
	寫作例句：他這篇散文錦心繡腹，讀者十分喜愛。
怕不你身上知心可腹，爭知他根前似水如魚。(〈折桂令・問黃肇〉元・王曄)	知心可腹：可，合宜之意。彼此了解，情投意合。
	寫作例句：她與同事的關係非常好，一直以來都是知心可腹的知己。

人情分親疏

成語之「情」

詩句・出處	對應成語
歲月如有意，情來不自禁。（〈七夕穿針詩〉南北朝・劉遵）	情不自禁：感情激動，控制不住自己。
	寫作例句：看到足球明星的精彩射門，球迷們情不自禁的歡呼起來。
冷暖俗情諳世路，是非閒論任交親。（〈遷叟〉唐・白居易）	人情冷暖：人情，指社會上的人情世故；冷，冷淡之意；暖，指親熱。泛指人情的變化，也指在別人得勢時就奉承巴結，失勢時就不理不睬。
	寫作例句：老王失業，他的嫂嫂也冷言冷語，人情冷暖，可見一斑。
嶺外音書斷，經冬復歷春。近鄉情更怯，不敢問來人。（〈渡漢江〉唐・宋之問）	近鄉情怯：指遠離家鄉多年，不通音信，一旦返回，離家鄉越近，心情越不平靜，唯恐家鄉發生了什麼不幸的事。用以形容遊子歸鄉時的複雜心情。
	寫作例句：他在國外打拚多年，總算功成名就，在光榮返鄉之時，卻是感到近鄉情怯。

詩句·出處	對應成語
柔情似水，佳期如夢，忍顧鵲橋歸路。（〈鵲橋仙〉宋·秦觀）	柔情似水：比喻情意溫柔纏綿（一般指男女之間）。
	寫作例句：有你的陪伴，我懂得了柔情似水、甜言蜜語。
一夕高唐夢裡狂，雲情雨意兩茫茫，袖間依約去年香。（〈浣溪沙〉宋·袁去華）	雲情雨意：①雲和雨的狀態。②指男女歡會之情。
	寫作例句：收到心上人的回信後，他腦子裡就開始想像雲情雨意之景。
千金縱買相如賦，脈脈此情誰訴？（〈摸魚兒〉宋·辛棄疾） 枉了我情脈脈，恨綿綿。（〈胡十八〉元·關漢卿）	溫情脈脈：脈脈，指默默的用眼神或行動表達情意。形容飽含溫和的感情，很想表露出來的樣子。
	寫作例句：臨行時，妻子溫情脈脈的望著他的背影遠去。

成語之「緣」

詩句·出處	對應成語
著以長相思，緣以結不解。（〈古詩十九首·客從遠方來〉漢）	結不解緣：形容男女熱戀，不能分開。也指兩者有不可分開的緣分。
	寫作例句：願你們比翼雙飛，結不解緣。
	不解之緣：指難以解除的密切關係。
	寫作例句：酷愛寫作的他很早就和文學結下了不解之緣。

分淺緣薄，有上梢沒下梢。（《誤入桃源・第四折》元・王子一）	分淺緣薄：分，情分、緣分。指緣分淺薄。
	寫作例句：她也知道分淺緣薄，各有各生活的天地，彼此已沒什麼指望了。
不必多吁多嘆，恨命薄緣慳，功名恩愛難兩全。（〈焚香記・餞別〉明・王玉峰）	命薄緣慳：命運壞，緣分淺。
	寫作例句：怎奈命薄緣慳，這對戀人終成陌路。
能使南人敬，修持香火緣。（〈送弘志上人歸湖州〉唐・李嘉祐）	香火緣：香火，指供佛敬神時燃點的香和燈火。指彼此契合。
	寫作例句：我覺得你和他之間肯定會有香火緣的。

成語之「同」

詩句・出處	對應成語
豈曰無衣？與子同袍。王于興師，修我戈矛，與子同仇。豈曰無衣？與子同澤。（《詩經・無衣》）	同袍同澤：袍，長衣服的通稱；澤，指內衣。原形容士兵互相友愛，同仇敵愾。比喻共事的關係（多指軍人），也指有交情的友人。
	寫作例句：劉備和關羽、張飛是披肝瀝膽、同袍同澤的結義兄弟。
同是天涯淪落人，相逢何必曾相識？（〈琵琶行〉唐・白居易）	同是天涯淪落人：大家都是有不幸的遭遇的人。
	寫作例句：經理的這番話，讓他感到一種同是天涯淪落人的知遇之感。

成語之「恩」

詩句・出處	對應成語
君恩重泰山，未有毫髮酬。（〈次韻孫少述・其二〉宋・劉攽）	恩重泰山：恩情深厚，比泰山還重。
	寫作例句：父母的養育恩重泰山，當兒女的一生也報答不完。
安知愚下鬼，負德孤恩難制指。（〈閔雨詩〉宋・李覯）	負德孤恩：缺少恩義。
	寫作例句：他性格狂妄自大，負德孤恩，心狠手辣。
唔兩個恩斷義絕，花殘月缺，再誰戀錦帳羅幃！（《任風子・第三折》元・馬致遠）	恩斷義絕：感情破裂。多指夫妻離異。
	寫作例句：你們夫妻間並沒有到恩斷義絕的地步，為什麼要離婚呢？
將人的義海恩山，都做了遠水遙岑。（《西廂記・第三本第四折》元・王實甫）	義海恩山：情深似海，恩重如山。喻恩情道義深厚。
	寫作例句：他對我義海恩山，我會永遠銘記心中，只是愧無以報，覺得心有不安。
孝子不匱，永錫爾類。（《詩經・既醉》）	永錫不匱：錫，通「賜」；匱，指匱乏。永遠賜給，不使缺乏。
	寫作例句：地球上的資源並不是永錫不匱的，我們要注意節約。

成語之「仇」

詩句・出處	對應成語
王于興師，修我長矛，與子同仇。（《詩經・無衣》）	同仇敵愾：亦作「同仇敵慨」、「敵愾同仇」。同仇，指共同對敵；敵，對抗、抵拒之意；愾，憤怒之意。指全體一致痛恨、打擊敵人。
	寫作例句：國人同仇敵愾，打敗了敵軍的侵略。
結交須結遊俠兒，借身報仇心不疑。（〈結交少年場行〉明・高啟）	借身報仇：幫助別人報仇。
	寫作例句：別指望他會借身報仇，他們是一丘之貉。

成語之「恨」

詩句・出處	對應成語
傷今感昔兮三拍成，銜悲畜恨兮何時平。（〈胡笳十八拍〉漢・蔡琰）	銜悲蓄恨：銜，含著。心裡藏著悲痛和仇恨。
	寫作例句：為了竊取重要的情報，她銜悲蓄恨，潛入敵營。
天長地久有時盡，此恨綿綿無絕期。（〈長恨歌〉唐・白居易）	此恨綿綿：綿綿，延續不斷的樣子。這種遺恨纏繞心頭，永遠不能逝去。
	寫作例句：他推開門，看著離別前揮手道別的她的背影，由衷的感到此恨綿綿，難以忘懷。

相逢恨晚，人誰道、早有輕離輕折。（〈念奴嬌〉宋·吳儆）	相逢恨晚：為見面相識太晚而遺憾。形容與新結交的朋友相處十分投合。
	寫作例句：短短的一段路下來，兩人竟都覺得相逢恨晚，簡直都快到了稱兄道弟的地步了。
萬恨千愁人自老，春來依舊生芳草。（〈蝶戀花〉宋·王詵）	萬恨千愁：千、萬，形容多。指憂愁怨恨很多。
	寫作例句：孩子的笑能化解你心頭的萬恨千愁。
舊恨新愁無際，近水遠山都是。（〈如夢令·道人書郡樓〉宋·向滈）	舊恨新愁：新的愁苦和以前未排解的苦悶。
	寫作例句：淒風苦雨中，她思前想後，舊恨新愁都湧上了心頭。

成語之「淚」

詩句·出處	對應成語
莫道詩成無淚下，淚如泉滴亦須乾。（〈憤惋詩·其三〉唐·劉損）	淚如泉湧：眼淚像泉水一樣直往外湧，形容悲痛或害怕之極。
	寫作例句：等丈夫被推進手術室後，她再也無法忍受，淚如泉湧。

玉容寂寞淚闌干，梨花一枝春帶雨。（〈長恨歌〉唐·白居易）	梨花帶雨：原為形容楊貴妃泣下如雨時的姿容，後用以形容女子的嬌豔。
	寫作例句：如果一位如花似玉的弱女子天天哭得梨花帶雨，那真是鐵石心腸的人也沒辦法不心動。
歌罷仰天嘆，四座淚縱橫。（〈羌村·其三〉唐·杜甫）	老淚縱橫：縱橫，指淚流滿面的樣子。老人淚流滿面。形容極度悲傷或激動。
	寫作例句：這位飽經風霜的老人老淚縱橫，久久不能平靜。
我痛著迷不似今番，愁眉淚眼。（〈端正好·憶別〉元·方伯成）	愁眉淚眼：皺著眉頭，掉下眼淚。形容愁苦悲傷的樣子。
	寫作例句：望著那遠去的背影，她愁眉淚眼，心如刀割。

成語之「涕」

詩句·出處	對應成語
寤寐無為，涕泗滂沱。（《詩經·澤陂》）	涕泗滂沱：滂沱，指雨下得很大的樣子。形容哭得很厲害，眼淚鼻涕像下雨一樣。
	寫作例句：回想起四十年前的生離死別，老人仍舊十分悲傷，禁不住涕泗滂沱。

念天地之悠悠，獨愴然而涕下。（〈登幽州臺歌〉唐·陳子昂）	愴然涕下：愴然，指傷感的樣子。傷感的涕淚橫流。
	寫作例句：這首以洞簫、古琴等樂器伴奏的傷感歌曲，聽得在場的人不禁愴然涕下。
路旁老人憶舊事，相與感激皆涕零。（〈平蔡州·其二〉唐·劉禹錫）	感激涕零：涕，指眼淚；零，落之意。意為感激得掉下眼淚，藉以形容極度感動。
	寫作例句：老王感激涕零的向老李道謝：「這次真是多虧你了。」
舉杯聊勸酒，破涕暫為歡。（〈送梓州周司功〉唐·楊炯）	破涕為歡：涕，指眼淚。一下子停止了哭泣而笑了起來。形容轉悲為喜。
	寫作例句：聽了我的話，她才弄清楚了事實經過，轉而破涕為歡了。

成語「涕」、「雨」

詩句·出處	對應成語
瞻望弗及，泣涕如雨。（《詩經·燕燕》）	泣涕如雨：泣，低聲哭之意；涕，指眼淚。眼淚像雨一樣，形容極度悲傷。
	寫作例句：提起爺爺，奶奶就泣涕如雨，淚濕衣衫。
念彼共人，涕零如雨。（《詩經·小明》）	涕零如雨：涕零，流淚之意。眼淚像雨水一樣往下淌，形容思念的感情極深。
	寫作例句：他的神情越來越怪，到最後居然涕零如雨，形容枯槁。

「戀愛」成語

詩句・出處	對應成語
紅豆生南國，春來發幾枝，願君多採擷，此物最相思。（〈相思〉唐・王維）	紅豆相思：紅豆，植物名，又叫相思子，古人常用以象徵愛情。比喻男女相思。
	寫作例句：自從他們二人分離後，書信不斷，每每抒發紅豆相思之情。
心搖漢皋珮，淚墮峴亭碑。（〈代書詩一百韻寄微之〉唐・白居易）	漢皋解珮：漢皋，山名，在中國湖北襄陽西北；珮，同「佩」，飾物。指鄭交甫在漢皋臺遇到兩個女子，女子解寶珠給他。指男女相互愛慕而贈答。
	寫作例句：二人漢皋解珮，最後定下婚約。
老我重來，海乾石爛，那復斷碑殘礎。（〈法曲獻仙音・和朱靜翁青溪詞〉宋・王奕） 海枯石爛兩鴛鴦，只合雙飛便雙死。（〈西樓曲〉金・元好問）	海枯石爛：表示形容歷史久遠，萬物已變。一般用於盟誓，反襯意志堅定，永遠不變。
	寫作例句：我對她的感情，海枯石爛，永不改變。

別淚沒些些，海誓山盟總是賒。（〈南鄉子‧贈妓〉宋‧辛棄疾）	海誓山盟：亦作「山盟海誓」。誓、盟，指發誓、盟約。指著高山和大海發誓，表示要像高山大海一樣永恆不變。多指男女相愛時立下的誓言，愛情要像山和海一樣永恆不變。
	寫作例句：他倆許下海誓山盟，今生今世永不分離。
懊惱人人薄幸，負雲期雨信。（〈品令〉宋‧歐陽修）	雲期雨信：指男女約定約會的日期。
	寫作例句：與心上人剛剛分離，他就開始規劃下一次雲期雨信。

「婚姻」成語

詩句‧出處	對應成語
文王初載，天作之合。（《詩經‧大明》）	天作之合：合，配合之意。本指文王娶太姒為上天所賜，好像是上天給予安排，很完美的配合到一起。後用作稱頌婚姻美滿之詞。
	寫作例句：表哥表嫂郎才女貌，真可謂是天作之合。
百兩彭彭，八鸞鏘鏘，不顯其光。（《詩經‧韓奕》）	百兩爛盈：兩，同「輛」；爛，燦爛之意；盈，充滿之意。指妝奩有一百輛車，光彩奪目。形容婚娶的鋪張奢華。
	寫作例句：他們的婚禮百兩爛盈，極盡奢華。

宴爾新昏，如兄如弟。（《詩經‧谷風》）	新婚燕爾：原為棄婦訴說原夫再娶與新歡作樂，後反其意，用作慶賀新婚之辭。形容新婚時的歡樂。
	寫作例句：他們現在新婚燕爾，你千萬別去打擾。
有女仳離，條其嘯矣。條其嘯矣，遇人之不淑矣。（《詩經‧中谷有蓷》）	遇人不淑：淑，善、美之意。指女子嫁了一個品德不好的丈夫。
	寫作例句：她雖有傾國傾城的容貌，可惜紅顏薄命，遇人不淑。
洞房花燭明，燕餘雙舞輕。（〈和詠舞〉北周‧庾信）	洞房花燭：形容結婚的景象，現多指新婚。
	寫作例句：他倆在洞房花燭之夜，相約要白頭偕老。

兩個「婚姻」成語的出處

詩句‧出處	對應成語
綢繆束薪，三星在天。（《詩經‧綢繆》）	三星在天：指新婚。
	寫作例句：今日三星在天，祝你們白頭偕老。
	三星在戶：表示新婚之喜。
	寫作例句：在你們三星在戶之時，送上我衷心的祝福。

徐州古豐縣，有村日朱陳。……一村唯兩姓，世世為婚姻。（〈朱陳村〉唐·白居易）	朱陳之好：表示兩家結成姻親。
	寫作例句：今天大家前來祝賀你們兩家結為朱陳之好。
	許結朱陳：許，應許之意；朱陳，指結為婚姻。指兩家願意結成婚姻。
	寫作例句：你們兩家既然已經許結朱陳，現在一家遇上困難，另一家解囊相助，也是自然的。

「比翼」雙「飛」

詩句·出處	對應成語
在天願做比翼鳥，在地願為連理枝。（〈長恨歌〉唐·白居易）	比翼連枝：亦作「連枝比翼」。比喻男女成雙作對，夫婦恩愛。
	寫作例句：祝你們愛情比翼連枝，幸福比翼齊飛！
不如池上鴛鴦鳥，雙宿雙飛過一生。（〈雜詩〉唐·無名氏）	雙宿雙飛：本指鳥類雌雄相隨，宿在一起，飛在一起，後用來比喻男女因情深而起居相依，形影不離。
	寫作例句：我原想雙宿雙飛，卻奈何形隻影單。
鳳凰于飛，翽翽其羽，亦集爰止。（《詩經·卷阿》）	于飛之樂：于飛，指比翼齊飛。比喻夫妻間親密和諧。
	寫作例句：你們新婚燕爾，應盡享于飛之樂。

「偕老」婚姻

詩句・出處	對應成語
及爾偕老，老使我怨。（《詩經・氓》）	白頭偕老：亦作「白頭到老」、「白首偕老」。指夫妻恩愛相攜至老。
	寫作例句：願你們愛情之樹常青，白頭偕老！
執子之手，與子偕老。（《詩經・擊鼓》）	與子偕老：和你一起變老。原意用在戰友之間，後用來指夫妻。
	寫作例句：擁有平凡的愛情，執子之手，與子偕老，才是我嚮往的幸福。

成語「夫妻」

詩句・出處	對應成語
結髮為夫妻，恩愛兩不疑。（〈別詩・其三〉漢・蘇武）	結髮夫妻：結髮，指束髮，意即年輕時。年輕時結成的夫妻，指原配夫妻。
	寫作例句：我跟你是結髮夫妻，我們應該相敬如賓才對啊！
	恩愛夫妻：恩，親愛之意。指相親相愛的夫妻。
	寫作例句：中國民間歷來把鴛鴦當作恩愛夫妻的象徵。
誠知此恨人人有，貧賤夫妻百事哀。（〈遣悲懷・其二〉唐・元稹）	患難夫妻：患難，憂慮和災難之意。指承受過困苦考驗，能夠同甘共苦的夫妻。
	寫作例句：我們真是患難夫妻，每次在我最危險的時候，你都能及時出現。

| 恨當初鸞隻鳳單，喜今日夫榮妻顯。（《群音類選》〈玉簪記・闔家重會〉明・胡文煥） | 夫榮妻顯：丈夫有了榮耀的地位，妻子也會隨之顯赫起來。 |
| | 寫作例句：我希望他能功成名就，我能夫榮妻顯，幸福美滿的過一生。 |

生育祝福

詩句・出處	對應成語
維熊維羆，男子之祥。（《詩經・斯干》）	夢熊之喜：夢熊，指生男孩。古人以夢中見熊羆為生男的徵兆。祝賀生男孩之語。
	寫作例句：王先生四十得子，相當高興，同事們也前來祝賀他的夢熊之喜。
	熊羆入夢：舊時用於祝人生子。
	寫作例句：欣聞貴府熊羆入夢，今日前來賀喜。
	熊羆葉夢：熊羆，指猛獸；葉，通「協」；葉夢，符合夢中所見之意。祝賀人生子。
	寫作例句：古人常用熊羆葉夢祝人生子。
	熊羆之祥：熊羆，指猛獸；祥，吉兆之意。生男的吉兆。
	寫作例句：尊夫人頭胎就是熊羆之祥，可喜可賀。

	弄璋之喜：古人把璋給男孩玩，希望他將來有玉一樣的品德。舊時常用以祝賀人家生男孩。
乃生男子，載寢之床，載衣之裳，載弄之璋。（《詩經·斯干》）	寫作例句：他替剛出生的兒子拍了許多照片，準備將弄璋之喜的喜悅，傳遞給遠方的親人們。
乃生女子，載寢之地，載衣之裼，載弄之瓦。（《詩經·斯干》）	弄瓦之喜：亦作「弄瓦之慶」。瓦，指古代婦女紡織用的紡磚；古人把紡瓦給女孩玩，希望她將來能勝任女紅。舊時常用以祝賀人家生女孩。
	寫作例句：聽說您喜得千金，特來恭祝弄瓦之喜。
螽斯羽，詵詵兮，宜爾子孫，振振兮。（《詩經·螽斯》）	螽斯衍慶；螽斯，昆蟲名，產卵極多；衍，延續之意；慶，喜慶之意。舊時用於祝頌子孫眾多。
	寫作例句：希望我們這個家族螽斯衍慶，世代幸福。

兄弟關係

詩句‧出處	對應成語
兄弟鬩於牆,外禦其務。(《詩經‧常棣》)	兄弟鬩牆:鬩,指爭吵。比喻內部紛爭。
	寫作例句:他們的父親留下大筆遺產,結果招致兄弟鬩牆,弄得兩敗俱傷。
	鬩牆禦侮:鬩,指爭吵;鬩牆,指兄弟相爭於內;禦侮,指抵禦外敵。比喻雖有內部爭吵,仍能一致對外。
	寫作例句:兄弟之間要鬩牆禦侮,不能同室操戈。
死喪之威,兄弟孔懷。(《詩經‧常棣》)	兄弟孔懷:孔,意指很;懷,思念之意。兄弟之間非常思念。
	寫作例句:別看他說與你兄弟孔懷,你困難時,他幫忙了嗎?
戚戚兄弟,莫遠具爾。(《詩經‧行葦》)	戚戚具爾:戚戚,互相親愛的樣子。具,俱、都之意。爾,邇、靠近之意。指兄弟友愛。
	寫作例句:他們表面戚戚具爾,暗地裡卻相互算計。

〈七步詩〉中的成語

詩句・出處	對應成語
煮豆持作羹，漉菽以為汁。其在釜下燃，豆在釜中泣。本是同根生，相煎何太急？（〈七步詩〉三國・魏・曹植）	煮豆燃其：其，豆莖。用豆其作燃料煮豆子，比喻兄弟間自相殘殺。
	寫作例句：骨肉相殘，煮豆燃其，只能令親者痛，仇者快。
	豆其燃豆：比喻兄弟相殘。
	寫作例句：我們內部你爭我奪，豆其燃豆，結果讓別人得了好處，這真是鷸蚌相爭，漁翁得利。
	豆其相煎：比喻兄弟相殘。
	寫作例句：希望我們這個家族永遠不要發生豆其相煎的悲劇。
	相煎太急：亦作「相煎何急」。煎煮得為什麼那樣急，形容兄弟或內部之間的殘殺或破壞。
	寫作例句：現在正是公司危機之時，每個部門都要團結一致，何必相煎太急呢？

成語「父母」

詩句・出處	對應成語
恩斯勤斯，鬻子之閔斯。（《詩經・鴟鴞》）	父母恩勤：指父母養育子女的恩惠和辛勞。
	寫作例句：父母恩勤，終生難忘。

哀哀父母，生我劬勞。 （《詩經·蓼莪》）	哀哀父母：哀哉哀哉，我的父母啊！原指古時在暴政下人民終年在外服役，對父母病痛、老死不能照料而悲哀。
	寫作例句：看到破敗的故居，他不禁在心中喊道：「哀哀父母，我終於回來了！」
	生我劬勞：劬勞，勞苦之意。父母生養子女非常辛苦。
	寫作例句：做子女的應該感念父母的生我劬勞之恩。

父母子女

詩句·出處	對應成語
父兮生我，母兮鞠我。 拊我畜我，長我育我。 顧我復我，出入腹我。 （《詩經·蓼莪》）	顧復之恩：顧，指回頭看；復，反覆之意。比喻父母養育的恩德。
	寫作例句：父母對我們的顧復之恩，我們要以一片孝心來回報。
孝子不匱，永錫爾類。 （《詩經·既醉》）	孝思不匱：匱，缺乏之意。指對父母行孝道的心思時刻不忘。
	寫作例句：做兒女的要善待父母，孝思不匱。
不屬於毛，不罹於裡。 （《詩經·小弁》）	屬毛離裡：比喻子女與父母關係的密切。
	寫作例句：父母與兒女的關係可謂屬毛離裡。

爰有寒泉，在浚之下。有子七人，母氏勞苦。（《詩經‧凱風》）	寒泉之思：指子女對母親的思念之情。
	寫作例句：這封信的字裡行間，寄寓著他的寒泉之思。
陟彼岵兮，瞻望父兮。父曰：嗟！予子行役，夙夜無已。上慎旃哉，猶來！無止！陟彼屺兮，瞻望母兮。（《詩經‧陟岵》）	陟岵陟屺：陟，登、升之意；岵，指有草木的山；屺，指無草木的山。指久居在外的人想念父母。
	寫作例句：父母生日之時，就是他陟岵陟屺之日。
	陟岵瞻望：指久居在外的人想念父母。
	寫作例句：每逢佳節，陟岵瞻望，遙祝父母平安。

「友情」成語

詩句‧出處	對應成語
宴爾新昏，如兄如弟。（《詩經‧谷風》）	如兄如弟：情如兄弟。比喻彼此感情好，關係密切。
	寫作例句：為將者與士兵應如兄如弟，如此方可讓士兵與自己同甘共苦。
尚有綈袍贈，應憐范叔寒。（〈詠史〉唐‧高適）	綈袍之義：比喻不忘舊日的交情。
	寫作例句：我們之間的綈袍之義，我是無論如何不能忘記的。

魂來楓林青，魂返關塞黑。（〈夢李白・其一〉唐・杜甫）	青林黑塞：喻指知己朋友所在之處。
	寫作例句：我的知己朋友，你是在青林黑塞之處嗎？
涼風起天末，君子意如何？（〈天末懷李白〉唐・杜甫）	天末涼風：天末，指天的盡頭；涼風，特指初秋的西南風。原指杜甫因秋風起而想到流放在天末的摯友李白。後常比喻觸景生情，思念故人。
	寫作例句：天末涼風之日，就是思念友人之時。
交深季作友，義重伯為兄。（〈餞湖州薛司馬〉唐・宋之問）	季友伯兄：比喻交情深，義氣重。
	寫作例句：我們幾個人是患難之交，季友伯兄。

「感恩」成語

詩句・出處	對應成語
投我以桃，報之以李。（《詩經・抑》）	投桃報李：亦作「桃來李答」。他送給我桃兒，我以李子回贈他。比喻友好往來或互相贈送東西。
	寫作例句：中華民族是禮儀之邦，自古崇尚投桃報李，禮尚往來。

投我以木瓜，報之以瓊琚。匪報也，永以為好也。（《詩經‧木瓜》）	投木報瓊：原指男女相愛互贈禮品，後用以指報答他人對待自己的深情厚誼。
	寫作例句：自古禮尚往來，所以投木報瓊本是應該。

關係密切

詩句‧出處	對應成語
天下雲遊客，氣味偶相投。（〈水調歌頭〉宋‧葛長庚）	氣味相投：氣味，比喻性格和志趣；投，投合之意。指人思想作風、性格情調相同，彼此很合得來。
	寫作例句：他倆有共同的經歷又氣味相投，便成了一對形影不離的好朋友。
叔兮伯兮，倡予和女。（《詩經‧蘀兮》）	一倡一和：亦作「一唱一和」。①一個先唱，一個和聲，形容兩人感情相通。後多比喻兩人相互配合，彼此呼應。②鳴聲相呼應。
	寫作例句：他們倆在晚會上一倡一和，配合得十分有默契。
終風且霾，惠然肯來。（《詩經‧終風》）	惠然肯來：多用作對客人的來臨表示歡迎之詞。
	寫作例句：全國有識之士，惠然肯來，共相商榷。

同居長干里，兩小無嫌猜。（〈長干行・其一〉唐・李白）	兩小無猜：男孩女孩天真無邪，一起玩耍，沒有嫌猜。也形容男女從小感情好，純真的感情。
	寫作例句：小梅和小明青梅竹馬，兩小無猜。
	少小無猜：猜，猜疑之意。指男女幼小時一起玩耍，天真無邪，不避嫌疑。
	寫作例句：我們在同一院子裡長大，少小無猜，怎麼會沒感情？但卻不是你們想像的那樣。

關係平淡

詩句・出處	對應成語
我儀圖之，維仲山甫舉之，愛莫助之。（《詩經・烝民》）	愛莫能助：雖然同情，卻限於條件無從幫助。
	寫作例句：對於他的困難，我們也是愛莫能助。
碧玉小家女，不敢攀貴德。（〈碧玉歌〉晉・孫綽）	不敢高攀：不敢跟社會地位比自己高的人交朋友或結親戚。
	寫作例句：這樣的大戶人家應找門當戶對的大家閨秀，我是窮家小女，可不敢高攀。
佩玉與鏗金，非親亦非故。（〈寄賈島〉唐・馬戴）	非親非故：不是親屬，也不是熟人，表示彼此沒有什麼關係。
	寫作例句：小孩與她非親非故，她卻把他當親生兒子看待。

鷗鳥忘機翻浹洽，交親得路昧平生。(〈贈田叟〉唐・李商隱)	素昧平生：昧，不了解之意；平生，平素、往常之意。彼此一向不了解，指與某人從來不認識。
	寫作例句：我和他素昧平生，但是他卻無私的幫助了我。
似這般割肚牽腸，倒不如義斷恩絕。(《西廂記・第四本第四折》元・王實甫)	義斷恩絕：義，指情誼。恩，指恩情。情義、恩情一概斷絕。
	寫作例句：他兄弟倆暗鬥數載，早已義斷恩絕了。

三個成語的出處

詩句・出處	對應成語
彼采葛兮，一日不見，如三月兮。彼采蕭兮，一日不見，如三秋兮。彼采艾兮，一日不見，如三歲兮。(《詩經・采葛》)	一日三月：形容對人思念殷切。
	寫作例句：才一天沒見，小芳、小王就有一日三月之感。
	一日三秋：三秋，三個季度。意思是一天不見面，就像過了三個季度。比喻分別時間雖短，卻覺得很長。形容思念殷切。
	寫作例句：和她整日廝守在一起沒什麼感覺，但分別後一日三秋的感覺就湧上心頭。
	一日三歲：歲，意指年。意思是一天不見面，就像過了三年。形容對人思念殷切。
	寫作例句：第一次一個人出門在外，非常想家，真是一日三歲，恨不得插翅而歸。

脊令在原，兄弟急難。 （《詩經・常棣》）	急人之難：熱心主動幫助別人解決困難。
	寫作例句：他是一個急人之難、出言必信、鋤強扶弱的豪俠之士。
	鶺鴒在原：比喻兄弟友愛之情。
	寫作例句：兄弟之間有鶺鴒在原之情。
	令原之戚：指兄、弟去世。
	寫作例句：這令原之戚讓他肝腸寸斷。

理想與道德

成語之「志」

詩句‧出處	對應成語
老驥伏櫪，志在千里。(〈龜雖壽〉漢‧曹操)	老驥伏櫪，志在千里：驥，指駿馬、千里馬；櫪，馬槽之意。比喻有志向的人雖然年老，仍有雄心壯志。
	寫作例句：他晚年仍在研究工作中努力鑽研，真是「老驥伏櫪，志在千里」。
	志在千里：形容志向遠大。
	寫作例句：面對新世紀，全體員工豪情萬丈，志在千里。
刑天舞干戚，猛志固常在。(〈讀山海經‧其十〉晉‧陶淵明)	猛志常在：比喻雄心壯志，至死不變。
	寫作例句：他這半生雖受了很多挫折，但猛志常在，遇事仍勇往直前。
出門搔白首，若負平生志。(〈夢李白‧其二〉唐‧杜甫)	平生之志：平生，一生之意。指一生的志向。
	寫作例句：他的平生之志就是要成為一名優秀的醫生。
壯志未酬三尺劍，故鄉空隔萬重山。(〈春日思歸〉唐‧李頻)	壯志未酬：酬，實現之意。舊指潦倒的一生，偉大的志向沒有實現就衰老了。也指偉大的抱負沒有實現就去世了。
	寫作例句：這些感情熾烈的詩篇，抒發了作者壯志未酬的憤懣之情。

成語「志向」

詩句‧出處	對應成語
君當作磐石，妾當作蒲葦。蒲葦紉如絲，磐石無轉移。（〈孔雀東南飛〉漢樂府） 良無磐石固，虛名復何益？（〈古詩十九首‧明月皎夜光〉漢）	堅如磐石：亦作「堅如磐石」。堅，指堅固、結實；磐，指大石頭。像大石頭一樣堅固，比喻不可動搖。 寫作例句：只有明確了堅如磐石的志向，才能不怕任何艱難困苦，為自己的目標奮鬥到底。
長風破浪會有時，直掛雲帆濟滄海。（〈行路難‧其一〉唐‧李白）	長風破浪：喻指遠大的志向，也比喻趁著有利的時機和條件，不怕困難，勇往直前的去實現遠大的志向。 寫作例句：此去前途雖多艱險，但絕難動搖我長風破浪的雄心壯志。
蓋棺事則已，此志常覬豁。（〈自京赴奉先縣詠懷五百字〉唐‧杜甫）	蓋棺事已：蓋，遮蓋之意；已，停止之意。人死了，事情才算完結。泛指終身堅持或追求某種事業。 寫作例句：他一生對國家忠心耿耿，蓋棺事已。
勝敗兵家事不期，包羞忍恥是男兒。（〈題烏江亭〉唐‧杜牧）	包羞忍恥：包，指包容、藏。容忍羞愧與恥辱。 寫作例句：當年句踐為了復國，包羞忍恥，歷盡艱辛。

成語之「勤」

詩句・出處	對應成語
救煩無若靜，補拙莫如勤。（〈自到郡齋僅經旬日方專公務未及宴遊偷閒走筆題二十四韻兼寄常州賈舍人湖州崔郎中仍呈吳中諸客〉唐・白居易）	勤能補拙：勤奮能夠彌補笨拙。
	寫作例句：程度差一點的同學，就靠著勤能補拙，付出加倍的努力。
	將勤補拙：以勤奮彌補笨拙。
	寫作例句：沒有天分也沒關係，只要你刻苦，將勤補拙，一樣能考上好學校。
蓬山此去無多路，青鳥殷勤為探看。（〈無題〉唐・李商隱）	青鳥殷勤：比喻常通訊息，傳遞消息。
	寫作例句：有了你青鳥殷勤的深情，我不寂寞。
宵旰憂虞軫，黎元疾苦駢。（〈秋日夔府詠懷奉寄鄭監李賓客一百韻〉唐・杜甫）	宵旰攻苦：宵，夜之意；旰，天晚之意。早起晚睡，刻苦攻讀。
	寫作例句：她每天宵旰攻苦，筆耕不輟，從無怨言。

成語之「讀」

詩句・出處	對應成語
因知此恨人多積，悔讀南華第二篇。(〈唐詩紀事・溫庭筠〉)	悔讀南華：《南華經》即《莊子》。比喻學識淵博而不為人所容。
	寫作例句：被排擠的孫博士時常感嘆悔讀南華，真叫人痛心。
舊書不厭百回讀，熟讀深思子自知。(〈送安惇秀才失解西歸〉宋・蘇軾)	百讀不厭：形容詩文極好，無論讀多少遍也不覺厭倦。
	寫作例句：這本書寫得真好，讓人百讀不厭。
	熟讀深思：反覆的閱讀，認真的思考。
	寫作例句：《紅樓夢》的特點是它的藝術性和內涵，而這些不熟讀深思是無法體會，無法深入角色，從而也無法演出神韻。

成語之「師」

詩句・出處	對應成語
前村深雪裡，昨夜一枝開。(〈早梅〉唐・齊己) 鄭谷改僧齊己〈早梅〉詩「數枝開」作「一枝開」。齊己下拜，人以谷為一字師。(《唐詩紀事》宋・計有功)	一字之師：改正一個字的老師。有些好詩文，經旁人改換一個字後更為完美，往往稱改字的人為「一字師」或「一字之師」。
	寫作例句：李明是我的同學，又是我的一字之師，我的好多作文都是經他手改的。

別裁偽體親風雅，轉益多師是汝師。(〈戲為六絕句·其六〉唐·杜甫)	轉益多師：廣泛學習前人經驗，不局限於一家，才能開闊眼界，大有裨益。
	寫作例句：張籍在詩歌創作過程中轉益多師，取法他人，最終形成自己的風格。
無師禪自解，有格句堪誇。(〈送賀蘭上人〉唐·賈島)	無師自通：沒有老師的傳授就能通曉。
	寫作例句：我在學校裡沒學過電腦，我現在能夠運用，完全是無師自通。
竟茫茫未曉，只應白髮，是開山祖。(〈水龍吟〉宋·辛棄疾)	開山祖師：開山，指在名山創立寺院；祖師，指第一代創業和尚。原指開創寺院的和尚，後借指某一事業的創始人。
	寫作例句：屈原是楚辭的開山祖師。

成語「切磋」

詩句・出處	對應成語
有匪君子，如切如磋，如琢如磨。（《詩經・淇奧》）	如切如磋，如琢如磨：切、磋、琢、磨是指把骨頭、象牙、玉石、石頭等加工成器物。比喻學習和研究問題時互相討論，取長補短。
	寫作例句：借他山之石攻玉，如切如磋，如琢如磨，兼收並蓄。
	如切如磋：古代把骨頭加工成器物叫「切」，把象牙加工成器物叫「磋」，把玉加工成器物叫「琢」，把石頭加工成器物叫「磨」。比喻互相商量研究，學習長處，糾正缺點。
	寫作例句：不同學派、學問之間，如切如磋，相互砥礪，是件很正常的事。
	以資切磋：資，幫助；切磋，指古代把獸骨、象牙磨製成器物。藉以幫助，共同研究。
	寫作例句：在學術研究方面，我們需要與同行以資切磋，相互交流，從中獲得更多的啟發和進步。

成語之「才」

詩句・出處	對應成語
宓妃愁坐芝田館，用盡陳王八斗才。(〈可嘆〉唐・李商隱)	八斗之才：八斗，指量多；才，指才華。比喻人才學豐富，詩文多而華美。
	寫作例句：此人雖有八斗之才，但卻高傲得很。
小才難大用，典校在祕書。(〈常樂里閒居偶題十六韻兼寄劉十五公輿王十一起呂二炅呂四潁崔十八玄亮元九積劉三十二敦質張十五仲元時為校書郎〉唐・白居易)	小才大用：才，指人才；用，指任用。以小才而任大事。指才能和擔當的職務不相稱。
	寫作例句：讓我擔任這個職位，真是小才大用了。
先生有道出羲黃，先生有才過屈宋。(〈醉時歌〉唐・杜甫)	才過屈宋：屈、宋，指戰國楚文學家屈原和宋玉。比喻文才極高。
	寫作例句：他是一位才過屈宋的詩人。
殊方又喜故人來，重鎮還須濟世才。(〈待嚴大夫詩〉唐・杜甫)	濟世之才：能夠拯救時世，治理國家的人才。
	寫作例句：他雖貌不驚人，卻有濟世之才。

	經濟之才：指治國安民的才能。
	寫作例句：有許多經濟之才都被殘酷的封建制度吞沒了。
古來經濟才，何事獨罕有。（〈上水遣懷〉唐・杜甫）	經世之才：經世，指治理天下。舊時稱治國安民的才能。
	寫作例句：即使是現在，很多經世之才也會因為各種原因而被埋沒掉。

成語「才能」

詩句・出處	對應成語
煮豆持作羹，漉菽以為汁。其在釜下燃，豆在釜中泣。本是同根生，相煎何太急？（〈七步詩〉三國・魏・曹植） 曾無擊缽之音，但愧燃萁之敏。（〈白水縣齋十詠・序〉宋・寧參）	燃萁之敏：比喻文思敏捷。
	寫作例句：在寫作方面，他有燃萁之敏。
空懷濟世安人略，不見男婚女嫁時。（〈哭呂衡州時予方謫居〉唐・劉禹錫）	濟世安人：拯救時世，安定人民。
	寫作例句：貞觀之治的出現離不開李世民那濟世安人的雄才大略。

舉世若能知所寓，超凡入聖弗為難。（〈七言〉唐・呂岩）	超凡入聖：指學識修養超越常人，達到聖人的境界。
	寫作例句：愛和知識引領我超凡入聖。
伯仲之間見伊呂，指揮若定失蕭曹。（〈詠懷古蹟・其五〉唐・杜甫）	指揮若定：形容態度冷靜，考慮周全，指揮起來穩操勝算，就像一切都事先規定好了似的。
	寫作例句：他運籌帷幄，指揮若定，頗有大將風度。
滿腹懷經綸，筆間含露雨。（〈聞師川諫議至漳州作建除字詩十二韻迓之〉宋・洪炎）	經綸滿腹：經綸，原指整理蠶線，理絲為經，編絲為綸，統稱為經綸，引申為規劃治理。比喻人富有治理國家的才能，也形容人很有學問。
	寫作例句：老先生經綸滿腹，堪稱我輩楷模。

成語之「德」

詩句・出處	對應成語
德音莫違，及爾同死。（《詩經・谷風》）	德音莫違：別人的善言不要不聽。
	寫作例句：德音莫違，我們要經常保持清醒的頭腦。

人亦有言，德輶如毛，民鮮克舉之。(《詩經·烝民》)	德輶如毛：輶，輕之意。德輕得像羽毛一樣。指施行仁德並不困難，而在於其志向有否。
	寫作例句：如果統治者都有德輶如毛的意識就好了。
天涵地育王公旦，德備才全范仲淹。(〈入邑道中·其三〉宋·許月卿)	德才兼備：才能和德操都具備。
	寫作例句：破除論資排輩的舊觀念，大膽提拔德才兼備的年輕人。
道德文章傳幾世，到君合上三臺位。(〈漁家傲〉宋·辛棄疾)	道德文章：指思想品德和學識學問。
	寫作例句：他的道德文章，生前影響一時，身後亦譽評有加。

成語「品德」

詩句·出處	對應成語
維仲山甫，柔亦不茹，剛亦不吐，不侮矜寡，不畏彊禦。(《詩經·烝民》)	不吐不茹：形容人正直不阿，不欺軟怕硬。
	寫作例句：他是個鐵面無私、不吐不茹的清官，所以百姓非常敬重他。
翩彼飛鴞，集于泮林，食我桑黮，懷我好音。(《詩經·泮水》)	泮林革音：比喻在好的影響感化下而改變舊習性。
	寫作例句：文化的作用如春風化雨，泮林革音，內化於心，外踐於行。

凡民有喪，匍匐救之。（《詩經‧邶風‧谷風》）	匍匐之救：竭盡全力的救助。
	寫作例句：幸虧有戰友的匍匐之救，否則，他也許不能生還了。
持滿如不盈，有德者能卒。（〈善哉行‧其三〉漢‧曹操）	持滿戒盈：端盛滿之水而留心不外溢。比喻居高位而能警戒自己不驕傲自滿。
	寫作例句：你既然懂得持滿戒盈的道理，就應該時時注意謙虛謹慎。
隨風潛入夜，潤物細無聲。（〈春夜喜雨〉唐‧杜甫）	潤物無聲：本意指初春的毛毛小雨落下時無聲無息，引申指有大胸懷者，做了貢獻而不張揚，默默奉獻。
	寫作例句：母愛就像一場春雨，潤物無聲，綿長深遠。
德尊一代常坎坷，名垂萬古知何用。（〈醉時歌〉唐‧杜甫）	名垂萬古：比喻好名聲永遠流傳。
	寫作例句：這些為國家而犧牲的人，將名垂萬古。

「奮鬥」成語

詩句‧出處	對應成語
黽勉從事，不敢告勞。（《詩經‧十月之交》）	黽勉從事：黽勉，指努力。努力工作。
	寫作例句：無論是勞心還是勞力，大家都當竭盡所能，黽勉從事。

詩句・出處	對應成語
何意百鍊鋼，化為繞指柔。（〈重贈盧諶〉晉・劉琨）	百鍊成鋼：指鐵經過反覆錘鍊才成為堅韌的鋼，比喻經過長期艱苦的鍛鍊，變得非常堅強。
	寫作例句：一次又一次的磨難讓我們百鍊成鋼。
青燈黃卷伴更長，花落銀虹午夜香。（〈書舍寒燈〉元・葉顒）	青燈黃卷：光線青熒的油燈和紙張泛黃的書卷，借指清苦的攻讀生活。也指佛經及佛前供設的燈，形容佛教徒的孤寂生活。
	寫作例句：讀書可以有多種方式，古人青燈黃卷，雪案螢窗，或者一襲長衫，右手端起一本線裝書，左手扣在背後，一邊高聲吟誦，一邊在書房裡踱步。

「治國」成語

詩句・出處	對應成語
勉勉我王，綱紀四方。（《詩經・棫樸》）	綱紀四方：綱紀，治理、管理之意。治理天下。
	寫作例句：曹操是東漢末年偉大的政治家，一個強人，有巧取豪奪的能力，橫衝直撞的勇氣，抑強扶弱的智慧，綱紀四方的雄才大略。

周雖舊邦，其命維新。（《詩經·文王》）	其命維新：命，指天命；維，乃之意。指承受的天命是新的。比喻國運昌盛，氣象一新。
	寫作例句：標新立異、其命維新的進取精神是他堅定不移的學術方向。
訏謨定命，遠猶辰告。（《詩經·抑》）	訏謨定命：訏謨，大計、宏謀之意。胸懷大的謀略來確定政令。指處理軍國大事。
	寫作例句：要是沒有孔明的訏謨定命，劉備哪來爭得三分天下的機會？
豐水有芑，武王豈不仕。詒厥孫謀，以燕翼子。（《詩經·文王有聲》）	詒厥孫謀：詒，通「貽」，遺留；厥，其之意；孫，通「遜」，安順。留下安定天下的謀略。
	寫作例句：君王需要詒厥孫謀，選好接班人。
	燕翼貽謀：燕，安之意；翼，敬之意；貽，遺留之意。原指周武王謀及其孫而安撫其子，後泛指為後嗣做好打算。
	寫作例句：周朝之所以能統治近 800 年，與周武王的燕翼貽謀密不可分。
二三豪俊為時出，整頓乾坤濟時了。（〈洗兵馬〉唐·杜甫）	整頓乾坤：乾坤，指天地、陰陽等。指治理天下，使混亂的局面轉變為安定。
	寫作例句：在這危急關頭，是他整頓乾坤，挽救了局勢。

「變革」成語

詩句・出處	對應成語
變古易俗兮世衰，今之相者兮舉肥。(《楚辭・九辯》戰國・宋玉)	變古易俗：改變傳統的法制和習俗。
	寫作例句：以康有為為首的維新派，主變古易俗。
聖人不凝滯於物，而能與世推移。(《楚辭・漁父》戰國・屈原)	與世推移：隨著世道的變化而變化以合時宜。
	寫作例句：大師不凝滯於物，而能與世推移，又不屑於物，淡泊名利，實乃當世高人。

兩個成語的出處

詩句・出處	對應成語
一噴一醒然，再接再礪乃。(〈鬥雞聯句〉唐・韓愈)	再接再厲：接，指接戰；厲，磨快，引申為奮勉、努力。指公雞相鬥，每次交鋒以前先磨一下嘴。比喻繼續努力，再加一把勁。
	寫作例句：我們應當勝不驕，敗不餒，再接再厲，爭取更大的成功。
	一噴一醒：原指鬥雞用水噴，使之清醒後再鬥。後比喻推動督促，也比喻慎獨戒懼工夫。
	寫作例句：在你一噴一醒式的推動督促之下，我終於堅持到了最後。

舉世皆濁我獨清，眾人皆醉我獨醒。(《楚辭‧漁父》戰國‧屈原)	眾醉獨醒：比喻眾人沉迷糊塗，獨自保持清醒。
	寫作例句：他是一個能夠做到眾醉獨醒的人。
	獨清獨醒：獨自清白，獨自覺醒，不與世俗同流合汙。
	寫作例句：獨清獨醒的人，往往被同世人視為異類。

感慨與情趣

成語之「感」

詩句‧出處	對應成語
忠驅義感即風雷，誰道南方乏武才。（〈題陽人城〉唐‧呂溫）	忠驅義感：為忠心所驅使，為正義所感召。
	寫作例句：他是一位有著強烈忠驅義感的警察，無論工作上還是生活中都始終遵守法紀和道德準則，深受人們的敬重和愛戴。
多情多感自難忘，只有風流共古長。（〈自遣詩‧其三〉唐‧陸龜蒙） 自是休文，多情多感，不干風月。（〈柳梢青〉宋‧蔡伸）	多情多感：感情豐富，容易傷感。
	寫作例句：大概多情多感的人，都會見物思人，觸景生情吧！
	多愁善感：善，容易之意。經常發愁和傷感。形容人思想空虛，感情脆弱。
	寫作例句：多愁善感的她總是一個人默默哭泣。
	多情善感：感情豐富，容易傷感。
	寫作例句：年輕人，有什麼事使你這麼多情善感呀？
嘆離多聚少，感今思昔。（〈滿江紅‧遙壽仲固叔誼〉宋‧劉珙）	感今思昔：對當前的事物有所感觸而懷念過去的人、事物或景物。
	寫作例句：他感今思昔，唏噓之情，不能自已。

成語「慷慨」

詩句・出處	對應成語
慨當以慷，憂思難忘。(〈短歌行〉漢・曹操)	慨當以慷：與「慷慨」意思相同，指充滿正氣，情緒激動。「當以」無實際意義。
	寫作例句：他慨當以慷的態度和言詞，使許多人傾心佩服。
悲意何慷慨，清歌正激揚。(〈李陵錄別詩・其十〉魏晉・無名氏)	慷慨激昂：亦作「激昂慷慨」。精神振奮，情緒激昂，充滿正氣。
	寫作例句：他慷慨激昂的演講令人為之一振。
於是項王乃悲歌慷慨。(《史記・項羽本紀》) 慷慨獨悲歌，鐘期信為賢。(〈怨詩楚調示龐主簿鄧治中〉晉・陶淵明)	慷慨悲歌：情緒激昂的唱歌，以抒發悲壯的胸懷。
	寫作例句：宋朝滅亡後，文天祥慷慨悲歌，寫下了許多激動人心的愛國詩篇。

成語之「言」

詩句・出處	對應成語
發言盈庭，誰敢執其咎。(《詩經・小旻》)	發言盈庭：形容好多人聚在一起議論，意見紛紛，得不出一致的結論。
	寫作例句：他們在這次會議上展開了激烈的爭論，發言盈庭。

魂乎歸來，樂不可言只。（《楚辭·大招》戰國·屈原）	樂不可言：快樂到了極點，無法用語言來表達。
	寫作例句：聽到女兒這學期獲得很大進步，他真是樂不可言。
寧正言不諱，以危身乎？（《楚辭·卜居》戰國·屈原）	正言不諱：說話爽直，毫無忌諱。
	寫作例句：他正言不諱的指出了我的缺點。
相顧無言，唯有淚千行。（〈江城子·乙卯正月二十日夜記夢〉宋·蘇軾）	相顧無言：亦作「相對無言」。指彼此相對說不出話來。
	寫作例句：最淒美的愛，不必呼天搶地，只是相顧無言。
言芳行潔師古人，白玉不肯汙纖塵。（〈贈別周穎侯〉清·方文）	言芳行潔：言行高潔。
	寫作例句：做人一定要表裡如一，言芳行潔。

成語之「語」

詩句·出處	對應成語
為人性僻耽佳句，語不驚人死不休。（〈江上值水如海勢聊短述〉唐·杜甫）	語不驚人：語，言語之意，也指文句。語句平淡，沒有令人震驚的地方。
	寫作例句：他語不驚人，貌不出眾，但做事踏實認真，值得信賴。

吾家令弟才不羈，五言破的人共推。（〈放歌行荅從弟墨卿〉唐・李頎）	一語破的：破的，指射中箭靶。一句話就說中要害。指說話簡潔精練，能抓住本質切中要害。
	寫作例句：你的話真是一語破的，把問題的癥結準確的指出來了。
橫空盤硬語，妥帖力排奡。（〈薦士〉唐・韓愈）	硬語盤空：硬，指遒勁有力的語句；盤，盤旋之意。遒勁有力的語文盤旋在天空中。形容文章的氣勢雄偉，矯健有力。
	寫作例句：張教授的文章硬語盤空，很有氣勢。
好語似珠穿一一，妄心如膜退重重。（〈次韻答子由〉宋・蘇軾）	好語似珠：亦作「好語如珠」。指詩文中警句妙語很多。
	寫作例句：這是一篇優美動人的散文，構思雋永，好語似珠，使人讀後愛不釋卷。
忽蒙佳什譽過庭，語重情深誰敢荷？（〈以《漁洋精華錄》寄琥唐山春榆侍郎有詩見述率賦奉答〉近代・嚴復）	語重情深：懇切話說得誠懇，有分量，情意深長。
	寫作例句：他這些語重情深的話，深深的打動了我的心。

成語「言語」

詩句・出處	對應成語
千言萬語無人會，又逐流鶯過短牆。（〈燕〉唐・鄭谷）	千言萬語：亦作「萬語千言」。形容想說的話很多。
	寫作例句：縱有千言萬語，也難以表達我對母親的感恩之情。
甜言軟語，長記那時，蕭娘叮囑。（〈柳梢青〉宋・趙長卿）	甜言軟語：甜蜜溫柔的話。
	寫作例句：我歷來直言直語，不會察言觀色，更不會說甜言軟語，所以經常得罪人。
別人行甜言美語三冬暖，我根前惡語傷人六月寒。（《西廂記・第三本第二折》元・王實甫）	甜言美語：①說好聽的話。②指好言好語。
	寫作例句：你不要被他的甜言美語哄騙了。

成語之「詞」

詩句・出處	對應成語
官樣詞章惟典雅，心腔理義要深幾。（〈示兒用許廣文韻〉宋・李昴英）	官樣詞章：指堂皇典雅的應試文字，襲用固定格式而內容空虛的文章。
	寫作例句：八股文都是官樣詞章，內容空洞。

但酒醒，硬打捭，強詞奪正，則除是醉時節酒淘真性。(《金線池‧第三折》元‧關漢卿)	強詞奪正：指無理強辯，想說成有理的。
	寫作例句：真正的理論家是不會強詞奪正的。

成語之「吟」

詩句‧出處	對應成語
沉吟不決，遂上升天，歌以言志。(〈秋胡行‧其一〉漢‧曹操)	沉吟不決：亦作「沉吟未決」。沉吟，指深思吟味，引申為猶豫；決，決斷之意。形容人遇到難題時，自言自語的決定不下來。
	寫作例句：大夥等他拿主意，他卻沉吟不決，以至於誤了大事。
為喚狂吟老監，共賦消憂。(〈一萼紅‧登蓬萊閣有感〉宋‧周密)	狂吟老監：狂，指縱情放蕩。唐代大詩人賀知章曾擔任祕書監，晚年自號「四明狂客」，所以有「狂吟老監」之稱。借指狂放的詩人。
	寫作例句：賀知章被人稱為「狂吟老監」，難怪他能和李白成為忘年交了。
爭得似，一扁舟，弄月吟風歸去休。(〈漁父詞‧其四〉元‧管道升)	弄月吟風：賞玩、吟詠風月美景。
	寫作例句：他所寫的文章與尋常弄月吟風的作家不同，很有獨到見解。

扣壺長吟心未厭，惜哉狂豎徒驕盈。（〈題薪禪弟擊壺圖〉清·唐孫華）	扣壺長吟：借指抒發壯懷或不平之氣。
	寫作例句：他自己已經是自身難保了，卻還要為別人扣壺長吟。

成語之「說」

詩句·出處	對應成語
無道人之短，無說己之長。（〈座右銘〉漢·崔瑗）	說長道短：亦作「說短道長」、「說長論短」、「說短論長」。長、短，指是非、好壞。說長處，講短處。指議論別人的好壞是非。
	寫作例句：有些人對新生事物總是指手畫腳、說長道短。
平生不解藏人善，到處逢人說項斯。（〈贈項斯〉唐·楊敬之）	逢人說項：唐朝的楊敬之，非常器重一個叫項斯的人，在別人面前總要講項斯的好話，並且寫詩稱讚他。後用來泛指到處說某人的好話。
	寫作例句：為了他的工作有個適當的安排，我逢人說項，費盡了力氣。
	為人說項：亦作「代人說項」、「代為說項」。替別人說好話。
	寫作例句：不要再為人說項了，談談你自己的看法吧！

| 而今識盡愁滋味，欲說還休。欲說還休，卻道天涼好個秋。（〈醜奴兒・書博山道中壁〉宋・辛棄疾） | 欲說還休：休，停止之意。想說又停下來不說。 |
| | 寫作例句：這部歷史長篇連續劇，讓觀眾在悲喜交集和感慨萬千中，感受到那種欲說還休的濃烈的歷史滄桑感。 |

成語之「談」

詩句・出處	對應成語
龍丘居士亦可憐，談空說有夜不眠。（〈寄吳德仁兼簡陳季常〉宋・蘇軾）	談空說有：泛指閒談、空談。
	寫作例句：多年未見，他們談空說有，徹夜不眠。
談霏玉屑驚人聽，歌和陽春滿坐謠。（〈顯道辭中以詩示教因和韻復之〉宋・歐陽澈）	談霏玉屑：談話時美好的言辭像玉的碎末紛紛灑落一樣。形容言談美妙，滔滔不絕。
	寫作例句：他常常談霏玉屑，有不凡之論。

成語「高談」

詩句・出處	對應成語
光車駿馬遊都城，高談雅步何盈盈。（〈百年歌・其二〉晉・陸機）	高談雅步：高，高超之意；雅，美好之意。指言談高妙，舉止文雅。
	寫作例句：老師的高談雅步為我們帶來了潛移默化的影響。

焦遂五斗方卓然，高談雄辯驚四筵。（〈飲中八仙歌〉唐‧杜甫）	高談雄辯：大發議論，長於說理。形容能言善辯。
	寫作例句：昨天晚上，他們整夜高談雄辯。
高談闊論若無人，可惜明君不遇真。（〈徽宗齋會〉唐‧呂岩）	高談闊論：高，指大聲的；闊，廣闊之意。指志趣高雅、範圍廣泛的談論，多含褒義；也指大發議論或不著邊際的談論，多含貶義。
	寫作例句：我實在無心聽他們高談闊論，找個藉口，抽身離開。
爾汝忘形，高談劇論，莫遣人來促。（〈念奴嬌〉宋‧沈瀛）	高談劇論：劇，劇烈之意。高妙空洞而激烈的議論。
	寫作例句：她在電影院裡高談劇論，旁若無人，實在不像話。

成語之「論」

詩句‧出處	對應成語
同糅玉石兮，一概而相量。（《楚辭‧懷沙》戰國‧屈原） 而作者安可以方古，一概而論得失？（《史通‧敘事》唐‧劉知幾）	一概而論：一概，指同一標準、一律。指處理事情或問題不分性質，不加區別，用同一標準來對待或處理。
	寫作例句：國外的文化有進步的也有落後的，要全面看待，不能一概而論。

人間開口笑樵漁，會談今論古。（〈端正好・漁樂〉元・張可久）	談今論古：亦作「談古論今」、「談古說今」、「論今說古」、「說今道古」。從今到古無所不談，無不評論。
	寫作例句：作為一名文學愛好者，他喜歡在閒暇之餘品讀古典名著，並喜歡以談今論古的方式與朋友交流自己的體會和感悟。

成語之「計」

詩句・出處	對應成語
自彼成康，奄有四方，斤斤其明。（《詩經・執競》）	斤斤計較：斤斤，形容明察，引申為瑣碎細小。只對無關緊要的事過分計較。
	寫作例句：別再為那件小事斤斤計較了。
愁倚畫樓無計奈，亂紅飄過秋塘外。（〈漁家傲〉宋・歐陽修）	無計奈何：無法可施。
	寫作例句：他無計奈何，只好任人擺布。

成語之「古」

詩句‧出處	對應成語
匪且有且，匪今斯今，振古如茲。(《詩經‧載芟》)	振古如茲：振古，指往古、自古。自古以來都是如此。
	寫作例句：這類振古如茲的事，報紙電視臺已報導不少，不必大驚小怪。
前不見古人，後不見來者。(〈登幽州臺歌〉唐‧陳子昂)	前無古人：指以前的人從來沒有做過的或者從沒有過的，也指空前的。
	寫作例句：如此壯舉，實在是前無古人，後無來者，值得名標青史。
孟生江海士，古貌又古心。(〈孟生詩〉唐‧韓愈)	古貌古心：形容外表和內心具有古人的風度。
	寫作例句：他古貌古心，與其他教授不一樣，所以奇特。
泠泠七弦上，靜聽松風寒。古調雖自愛，今人多不彈。(〈彈琴〉唐‧劉長卿)	古調不彈：陳調不再彈。比喻過時的東西不受歡迎。
	寫作例句：時代在發展，我們不能認為古調不彈是如何可惜。
	古調單彈：比喻言行不合時宜。
	寫作例句：他是一個古調單彈、不得其所的人。

千古興亡多少事？悠悠，不盡長江滾滾流。（〈南鄉子・登京口北固亭有懷〉宋・辛棄疾）	千古興亡：千年的興盛衰亡。
	寫作例句：歷史長河中，興盛和衰落交替不斷，千古興亡的背後蘊含著豐富的文化、政治、經濟等方面的內在因素。

成語之「今」

詩句・出處	對應成語
今夕何夕，見此良人。（《詩經・綢繆》）	今夕何夕：指今晚不同於尋常的夜晚，多用作驚喜慶幸之辭，指此是良辰。
	寫作例句：今夕何夕，大家竟可聚在一起，明天，分道揚鑣，又要各自奔忙了。
感今惟昔，口存心想。（〈贈劉琨詩・其四〉晉・盧諶）	感今惟昔：對當前的事物有所感觸而懷念過去的人、事物或景物。
	寫作例句：她是一個感性的人，常常因一些小事而多愁善感、感今惟昔。
實迷途其未遠，覺今是而昨非。（〈歸去來兮辭〉晉・陶淵明）	今是昨非：現在是對的，過去是錯的。指認識過去的錯誤。
	寫作例句：在這快速變化的社會裡，看似平穩的現狀也許在下一刻就會發生翻天覆地的變化，今是昨非的事情時常發生。

成語之「史」

詩句・出處	對應成語
且圖青史垂名穩，從道前賢自滯多。（〈依韻修睦上人山居・其八〉唐・李咸用）	青史垂名：青史，青指竹簡，古代在竹簡上記事，因稱史書。垂，流傳下去之意。指在歷史上留名，永垂不朽。
	寫作例句：諸葛亮鞠躬盡瘁，死而後已的精神青史垂名。
古人日以遠，青史字不泯。（〈贈鄭十八賁〉唐・杜甫）	永垂青史：光輝的事蹟或偉大的精神永遠流傳在歷史上。
	寫作例句：這位傑出的探險家以他輝煌的成就永垂青史。
	功標青史：標，寫明之意；古代在竹簡上記事，因稱史書為青史。功勞記在史書上。指建立了重大功績。
	寫作例句：在北宋歷史上，「聖相」李沆的身後，還有王旦、寇準、范仲淹、包拯、歐陽修、王安石、蘇軾等一個個功標青史的名字。
百年記注無前例，萬事樞機有要津。（〈嶺雲海日樓詩抄〉清・丘逢甲）	史無前例：前例，指以前的事例。歷史上從來沒有過的事。
	寫作例句：這次地震造成了史無前例的傷亡。

成語之「事」

詩句・出處	對應成語
感悟遂晚，事往日遷。（〈雪讒詩贈友人〉唐・李白）	事往日遷：事情和時光都已過去。
	寫作例句：事往日遷，她早已忘記了當年的恩恩怨怨。
鳴雨既過漸細微，映空搖颺如絲飛。（〈雨不絕〉唐・杜甫）	既成事實：既，已經、已然之意。已經形成事實。
	寫作例句：這種結果不管你接受不接受，都是既成事實了。
與余問答既有以，感時撫事增惋傷。（〈觀公孫大娘弟子舞劍器行並序〉唐・杜甫）	感時撫事：感，感觸、感慨之意；撫，指歷數、追憶。因考慮時事而傷感。
	寫作例句：他的詩詞，感時撫事，直抒胸臆，清新俊逸，意境深邃。
鬢毛不覺白毿毿，一事無成百不堪。（〈除夜寄微之〉唐・白居易）	一事無成：連一樣事情也沒有做成。指什麼事情都做不成，形容毫無成就。
	寫作例句：好高騖遠只會讓你一事無成。
更將何面上春臺，百事無成老又催。（〈陪崔大尚書及諸閣老宴杏園〉唐・劉禹錫）	百事無成：什麼事情都沒成功。
	寫作例句：學習上因噎廢食的人終將百事無成。

成語之「物」

詩句‧出處	對應成語
惜乎惠施之才，駘蕩而不得，逐萬物而不反。(《莊子‧天下》) 流俗難悟，逐物不還。(〈贈兄秀才入軍‧其十八〉三國‧魏‧嵇康)	逐物不還：指沉淪於世俗。
	寫作例句：多少人勸他回頭是岸，他卻逐物不還。
識破囂塵，作個逍遙物外人。(〈減字木蘭花‧贈尼師舊角奴也〉宋‧張孝祥)	逍遙物外：指不受外界事物的拘束，自由自在。
	寫作例句：用逍遙物外的心態來生活，才會瀟灑。
死後不知身外物，也隨樽俎伴風流。(〈賦羊腰腎羹〉宋‧劉過)	身外之物：指財物等身體以外的東西，表示無足輕重的意思。
	寫作例句：錢乃身外之物，我們不要把它看得過重。
物眇離鄉貴，材稀審實訐。(〈番禺杖〉元‧王惲)	物離鄉貴：物品離產地越遠越貴重。
	寫作例句：他在異地看到家鄉土特產的價格，不禁感嘆道：「真是物離鄉貴啊！」
物以稀為貴，情因老更慈。(〈小歲日喜談氏外孫女孩滿月〉唐‧白居易)	物以稀為貴：事物因稀少而覺得珍貴。
	寫作例句：古玩訂價的情況相當複雜，但多是依物以稀為貴的規則。

成語之「好」

詩句・出處	對應成語
好景難常占，過眼韶華如箭。（〈梁州令疊韻〉宋・晁補之）	好景不常：美好的光景不能永遠存在。多用於對世事變遷的感嘆。
	寫作例句：你別高興得太早了，只怕這事好景不常，後面潛藏的問題很多。
月圓花好一般春，觸處總堪乘興。（〈御街行〉宋・晁補之）	月圓花好：花兒正盛開，月亮正圓滿。比喻美好圓滿。多用於祝賀人新婚。
	寫作例句：祝你們月圓花好，白頭偕老。
物各有所好，違之傷自然。（〈仰答韋司業垂訪・其一〉唐・蕭穎士）	各有所好：好，指愛好。各人有各人的愛好。指人的愛好出自人的本性，只應聽其自然。
	寫作例句：「龍生九子，各有所好。」兄弟之間也可以有很大的差異。

成語「好事」

詩句・出處	對應成語
驚魂未定，好事多妨。（〈梅花引〉元・吳弘道）	好事多妨：妨，阻礙之意。好事情在實現、成功前常常會經歷許多波折。
	寫作例句：他歷盡千辛萬苦終於成功了，真是好事多妨呀！
常言道好事多慳，陡恁的千難萬難。（〈一枝花・離悶〉元・貫雲石）	好事多慳：慳，缺乏之意。指好的事情在進行的過程中往往要經歷許多波折。
	寫作例句：我們要想成功，必須得有好事多慳的心理準備。

成語之「妙」

詩句・出處	對應成語
公子王孫芳樹下，清歌妙舞落花前。（〈代悲白頭翁〉唐・劉希夷）	清歌妙舞：指清亮的歌聲，美妙的舞蹈。
	寫作例句：今日有詩有酒，的確是難得的佳會，何不配以絲竹管弦，清歌妙舞，好讓諸公盡興。

妙算申帷幄，神謀出廟廷。（〈儀坤廟樂章·安和〉唐·劉知幾） 妙算神機，須通道，國手都無勍敵。（〈念奴嬌〉宋·趙佶）	神機妙算：亦作「妙算神機」。神機，指靈巧的心思達到神奇的程度。算，指策劃計謀。驚人的機智，巧妙的計謀。形容善於預估形勢發展，決定策略。
	寫作例句：諸葛亮的神機妙算，使他常打勝仗。
丹青妙處不可傳，輪扁斲輪如此用。（〈戲題小雀捕飛蟲畫扇〉宋·黃庭堅）	妙處不傳：指精微奧妙的地方不是言語和筆墨所能表達的。
	寫作例句：人體科學精微深湛，妙處不傳，只有在實踐中反覆探討，才能逐步領悟到一些道理。
文章本天成，妙手偶得之。（〈文章〉宋·陸游）	妙手偶得：技術高超的人，偶然間即可得到。也用來形容文學素養很深的人，出於靈感，即可偶然間得到妙語佳作。
	寫作例句：寫文章的最高境界是妙手偶得，自然天成。
個中妙趣誰堪語，最是初醺未醉時。（〈對酒·其二〉宋·陸游）	個中妙趣：其中的奧妙之處和情趣。
	寫作例句：這篇文章寫得好似出水芙蓉般清新，越讀越能領會個中妙趣。

成語之「寶」

詩句・出處	對應成語
易求無價寶，難得有心郎。（〈贈鄰女〉唐・魚玄機）	無價之寶：無法估價的寶物，指極珍貴的東西。
	寫作例句：出土文物不少是無價之寶，我們應當好好的保護。
香輪寶騎競繁華，可憐今夜宿倡家。（〈代女道士王靈妃贈道士李榮〉唐・駱賓王）	香輪寶騎：華麗的車子，珍貴的寶馬。指考究的車騎。
	寫作例句：現在有的人有點錢就香輪寶騎的，看起來俗不可耐，叫人嗤之以鼻。
招財進寶臻佳瑞，闔家無慮保安存。（《降桑椹・第二折》元・劉唐卿）	招財進寶：招引財神進門來發家致富。
	寫作例句：公開徵選優秀人才，就等於替企業招財進寶。

成語之「大」

詩句・出處	對應成語
彼其之子，碩大無朋。（《詩經・椒聊》）	碩大無朋：碩，大之意；朋，比之意。大得沒有可以與之相比的，形容極大。
	寫作例句：天氣悶熱，人彷彿就待在一個碩大無朋的蒸籠中，怎麼也睡不著。

撻彼殷武，奮伐荊楚。(《詩經·殷武》)	大張撻伐：張，施展之意；撻伐，討伐之意。比喻大規模的攻擊或聲討。
	寫作例句：清代中期，漢學形成了獨立的學術派別，與宋學形成了壁壘分明的對立，漢學對宋學大張撻伐。
來日大難，口燥脣乾；今日相樂，皆當喜歡。(〈善哉行〉三國·魏·曹植)	來日大難：本指往日艱難，後亦用以指前途困難重重。
	寫作例句：看他那滿不在乎的樣子，好像不知道來日大難。
大材小用古所嘆，管仲蕭何實流亞。(〈送辛幼安殿撰造朝〉宋·陸游)	大材小用：大器物派小用場，表示使用不當。比喻才能很高的人屈就於下職位，不能充分發揮其才智。亦指人事安排不恰當而屈才。
	寫作例句：他這麼高的教育程度，來做這種事，真是大材小用。

成語之「小」

詩句·出處	對應成語
維此文王，小心翼翼。(《詩經·大明》)	小心翼翼：原形容嚴肅虔敬的樣子，現用來形容言行舉動十分謹慎，絲毫不敢疏忽大意。
	寫作例句：爺爺小心翼翼的擦拭著這個祖傳的瓷盤。

	小姑獨處：指少女還沒有出嫁。
小姑所居，獨處無郎。(〈神弦歌·青溪小姑曲〉魏晉·無名氏)	寫作例句：這樣一個魅力無限的女人居然是小姑獨處，真是令人難以置信。
黃口小兒初學行，唯知日月東西生。(〈題南嶽招仙觀壁上〉唐·許碏)	黃口小兒：黃口，指兒童；小兒，指小孩子。常用以譏諷別人年幼無知。
	寫作例句：你這黃口小兒，不懂事就別亂說話。
莫笑吾家蒼壁小，稜層勢欲摩空。相知惟有主人翁，有心雄泰華，無意巧玲瓏。(〈臨江仙·戲為山園壁解嘲〉宋·辛棄疾)	小巧玲瓏：小巧，小而靈巧之意；玲瓏，精巧細緻之意。形容東西小而精緻。
	寫作例句：這件小巧玲瓏的工藝品花了他很多心血，做工看起來很精緻，讓人愛不釋手。

成語之「新」

詩句·出處	對應成語
桃之夭夭，灼灼其華。之子于歸，宜其室家。(《詩經·桃夭》)	桃夭新婦：桃夭，比喻女性貌美。指年輕貌美的新娘。
	寫作例句：她那種由少女走向成熟的桃夭新婦的女性魅力無人可擋。

清新庾開府，俊逸鮑參軍。(〈春日憶李白〉唐·杜甫)	清新俊逸：清美新穎，不落俗套。
	寫作例句：他的詩詞，感時撫事，直抒胸臆，清新俊逸，意境深邃。
天吳紫鳳繡垂緱，花樣翻新新色嵌。(〈用十五咸全韻〉清·姜葆初)	花樣翻新：從舊的樣式中變化出新的花樣來。
	寫作例句：花樣翻新的顯示器將提供更多的功能，包括顯示先進的圖表、地圖和圖形。

成語之「舊」

詩句·出處	對應成語
舊愁新恨知多少，目斷遙天，獨立花前，更聽笙歌滿畫船。(〈採桑子〉南唐·馮延巳)	舊恨新仇：新仇加舊恨。形容仇恨深。
	寫作例句：對敵軍的舊恨新仇，一齊湧上心頭。
文武氏革舊維新，周公禮百王兼備。(〈范張雞黍〉元·宮大用)	革舊維新：革，廢除之意；維新，指反對舊的，提倡新的。專指政治上的改良。改變舊的，提倡新的。
	寫作例句：人們歡迎的是革舊維新，而不是換湯不換藥。

成語之「老」

詩句・出處	對應成語
中朝大官老於事，詎肯感激徒媕婀。（〈石鼓歌〉唐・韓愈）	老於世故：老，指老練、富有經驗；世故，指處世經驗。指對社會上的一切有很深的閱歷。
	寫作例句：他是一位老於世故的生意人。
望梅閣老無妨渴，畫餅尚書不救飢。（〈每見呂南二郎中新文輒竊有所嘆惜因成長句以詠所懷〉唐・白居易）	望梅閣老：比喻徒有虛名之官。
	寫作例句：別看他名片上的頭銜是董事長，實際上不過是一個望梅閣老而已。

成語之「功」

詩句・出處	對應成語
功名富貴若長在，漢水亦應西北流。（〈江上吟〉唐・李白）	功名富貴：指升官發財。
	寫作例句：為了得到功名富貴，他不顧廉恥，向權勢者搖尾乞憐。
一炷名香經十卷，三千日、行成功滿。（〈夜行船〉金・王哲）	行成功滿：行，道行之意；功，功德之意。指功德修練已成，道行圓滿。
	寫作例句：人生在世，不求行成功滿，但求無愧於心。

| 要行滿功圓，跨鶴兒飛上天。（〈新水令・殿前歡〉元・無名氏） | 行滿功圓：行，道行之意；功，功德之意。指修行期滿，得道成仙。 |
| | 寫作例句：民間流傳，龍母在農曆八月初一吉旦行滿功圓，得道升天，農曆八月初一至初八定為龍母「得道誕」。 |

成語之「憂」

詩句・出處	對應成語
耿耿不寐，如有隱憂。（《詩經・邶風・柏舟》）	如有隱憂：憂，指愁苦、憂愁。好像內心有說不出的憂愁。
	寫作例句：她內心如有隱憂，只有痛哭一番才能緩解痛苦。
惴惴小心，如臨于谷。（《詩經・小宛》）	惴惴不安：惴惴，指恐懼、擔憂的樣子。指擔心害怕。
	寫作例句：看他惴惴不安的樣子，好像出了什麼事。
我心憂傷，怒焉如搗。（《詩經・小弁》）	怒焉如搗：怒焉，指憂思傷痛的樣子。憂思傷痛，心中像有東西撞擊。形容憂傷思念，痛苦難忍。
	寫作例句：一種支離破碎的回憶讓我怒焉如搗。

外望無寸祿，內顧無斗儲。（〈詠史詩‧其八〉晉‧左思）	內顧之憂：舊時形容沒有妻子，身在外又要顧慮家事，現形容有內部的憂慮。
	寫作例句：這次出差，剛好碰上孩子生病，我有內顧之憂啊！
無妄之憂勿藥喜，一善自足禳千災。（〈憶昨行和張十一〉唐‧韓愈）	無妄之憂：平白無故遭災的憂慮。
	寫作例句：講話應該小心謹慎，以免說錯話而招致無妄之憂。
光陰潦草歇繁華，憂患餘生輒自嗟。（〈感懷〉近現代‧沈礪）	憂患餘生：憂患，指困苦患難；餘生，指大災難後僥倖存活的生命。指飽經患難之後僥倖保全下來的生命。
	寫作例句：親人相見，又是憂患餘生，免不了抱頭痛哭，唏噓感慨。

成語之「鬱」

詩句‧出處	對應成語
原假簀以舒憂兮，志紆鬱其難釋。（《楚辭‧九嘆‧憂苦》漢‧劉向）	紆鬱難釋：紆鬱，指愁苦蘊結在胸中；釋，消散之意。愁苦鬱結，難以消釋。
	寫作例句：看到他紆鬱難釋的樣子，我心裡很難過。

思念故鄉，鬱鬱累累。（〈悲歌〉漢樂府）	鬱鬱累累：憂思不絕的樣子。
	寫作例句：她鬱鬱累累，連個談心的人都沒有。
心鬱鬱之憂思兮，獨永嘆乎增傷。（《楚辭・九章・抽思》戰國・屈原）	鬱鬱寡歡：鬱鬱，指發愁的樣子；寡，少之意。形容心裡苦悶，悶悶不樂。
	寫作例句：她鬱鬱寡歡，沉默不語，看樣子像有什麼心事似的。

成語之「喜」

詩句・出處	對應成語
卻看妻子愁何在？漫卷詩書喜欲狂。（〈聞官軍收河南河北〉唐・杜甫）	欣喜若狂：形容高興到了極點。
	寫作例句：敵軍無條件投降的消息傳來，人們奔相走告，欣喜若狂。
解雙眉轉愁為喜，訂芳期歡聲和氣。（〈懷香記・池塘唔語〉明・陸采）	轉愁為喜：亦作「轉憂為喜」。由憂愁轉為歡喜。
	寫作例句：她贏得很順利，可是跟著就大意起來了，對手轉愁為喜。
最怕人情紅白事，知單一到便為難。（〈都門雜詠・時尚門・知單〉清・楊靜亭）	紅白喜事：紅指結婚做壽，白指喪事，併到一起說就是紅白喜事。
	寫作例句：他開了一家小餐館，並承辦紅白喜事的酒席。

成語之「笑」

詩句‧出處	對應成語
漁父莞爾而笑，鼓枻而去。（《楚辭‧漁父》戰國‧屈原）	莞爾而笑：形容微笑的樣子。
	寫作例句：看到滿園姹紫嫣紅的鮮花，她莞爾而笑，臉上多日的陰霾終於一掃而淨了。
謔浪笑敖，中心是悼。（《詩經‧終風》）	謔浪笑敖：形容戲謔笑鬧。
	寫作例句：那群人酒後謔浪笑敖，不堪入目。
笑啼俱不敢，方驗作人難。（〈餞別自解詩〉南北朝‧樂昌公主）殷鮮一相雜，啼笑兩難分。（〈槿花‧其一〉唐‧李商隱）	啼笑皆非：啼，哭之意；皆非，都不是。哭也不是，笑也不是，不知如何才好。形容處境尷尬或既令人難受又令人發笑的行為。
	寫作例句：他的荒誕行為讓我啼笑皆非。
問余何事棲碧山，笑而不答心自閒。（〈山中問答〉唐‧李白）	笑而不答：只是微笑著，不做正面回答。
	寫作例句：無論你怎麼問他，他就是笑而不答。
遇良辰，當美景，追歡買笑。（〈傳花枝〉宋‧柳永）	追歡買笑：追求歡樂。多指狎妓飲酒之類。
	寫作例句：那個浪蕩公子過著追歡買笑的生活。

成語「一笑」

詩句・出處	對應成語
北方有佳人，絕世而獨立。一顧傾人城，再顧傾人國。（〈李延年歌〉漢・李延年）	一笑傾城：形容女子的絕色。
	寫作例句：她是一位一笑傾城，再笑傾國的絕色美人。
回眸一笑百媚生，六宮粉黛無顏色。（〈長恨歌〉唐・白居易）	回眸一笑：眸，指眼珠。轉動眼珠，嫣然一笑。常用以形容女子嫵媚的表情。
	寫作例句：今天上午她突然對我回眸一笑，弄得我心潮翻滾，甚至在晚上時我也無法入睡。
	一笑百媚：形容美人的笑態。
	寫作例句：她們鮮衣麗服，一笑百媚，翩若驚鴻，舞技舞姿更加爐火純青、出神入化。
出處未可必，一笑姑置之。（〈觀水嘆・其一〉宋・楊萬里） 一笑俱置之，浮生固多難。（〈書夢〉宋・陸游）	一笑置之：笑一笑，就把它放在一邊了。表示不當一回事。
	寫作例句：他只是開個玩笑，完全沒有惡意，你就一笑置之吧！

倩人傳語更商量，只得千金一笑、也甘當。（〈虞美人〉宋・張孝祥）	千金一笑：花費千金，買得一笑。指不惜重價，博取美人歡心。
道千金一笑相逢夜，似近藍橋那般歡愜。（《紫釵記・第六出》明・湯顯祖）	寫作例句：褒姒的千金一笑，竟然是亡國徵兆。

成語「談笑」

詩句・出處	對應成語
閭閻聽小子，談話覓封侯。（〈復愁・其六〉唐・杜甫）	談笑封侯：說笑之間就封了侯爵。形容獲得功名十分容易。
	寫作例句：他沒想到竟然贏得這樣輕而易舉，談笑封侯居然不是夢。
遐想後日蛾眉，兩山橫黛，談笑風生頰。（〈念奴嬌・贈夏成玉〉宋・辛棄疾）	談笑風生：形容談話時有說有笑，興致勃勃而有風趣。
	寫作例句：同學們去秋遊，一路上談笑風生。

成語之「哭」

詩句・出處	對應成語
可怎生神嚎鬼哭，霧慘雲昏，白日為幽。（《馬陵道・第二折》元・無名氏）	神號鬼哭：號，哭之意。形容大聲哭叫，聲音淒厲。
	寫作例句：一時之間，整個村莊如人間煉獄，神號鬼哭。

| 遲共疾，俺敢恃尋生替死，自古道見哭興悲。(《玉合記・還玉》明・梅鼎祚) | 見哭興悲：見別人哭泣而引起自己的悲傷，產生同情心。 |
| | 寫作例句：看到他淚流滿面，我不禁見哭興悲。 |

成語之「泣」

詩句・出處	對應成語
柳泣花啼，九街泥重，門外燕飛遲。(〈少年遊〉宋・周邦彥)	柳泣花啼：形容風雨中花柳憔悴、黯淡的情景。
	寫作例句：風雨之中，柳泣花啼，令人觸景生情。
柏壁置人天一笑，楚囚對泣後千年。(〈新亭送客〉宋・楊萬里)	楚囚對泣：楚囚，指被俘到晉國的楚人鍾儀，後比喻處於危難窘迫境地的人；對泣，指相對哭泣。現泛指處於危難窘迫之境的人相對而泣。
	寫作例句：敵軍大舉入侵時，有的人投筆從戎，保家衛國，有的人卻楚囚對泣，束手待斃。
雖然道姻緣不偶，我可一言難就，有多少雨泣雲愁。(《瀟湘雨》元・楊顯之)	雨泣雲愁：淚下如雨，愁多如雲。形容憂愁深重。
	寫作例句：債臺高築的他，天天雨泣雲愁。

| 江淮南北化為魚，鬼泣神嚎天暗黑。（〈行路難〉清·陳夢雷） | 鬼泣神嚎：①形容哭叫悲慘淒厲。②形容聲音大而雜亂，令人驚恐。 |
| | 寫作例句：一時間，整個空間內發出如同鬼泣神嚎般的恐怖聲浪。 |

成語之「夢」

詩句·出處	對應成語
窈窕淑女，寤寐求之。（《詩經·關雎》）	夢寐以求：寐，睡著之意。做夢的時候都在追求，形容迫切的期望著。
	寫作例句：經過層層考試選拔，她獲得了這份夢寐以求的工作。
	寤寐求之：比喻迫切的希望得到某種事物。
	寫作例句：財富是人們寤寐求之的東西，但是需要人們透過合法管道獲得。
思君憶君，魂牽夢縈。（〈醉太平〉宋·劉過）	魂牽夢縈：形容萬分思念。
	寫作例句：故鄉一直是我魂牽夢縈的心靈之地，那裡有我童年的美好回憶。
莫向痴兒說夢，且作山人索價，頗怪鶴書遲。（〈水調歌頭·題晉臣真得歸方是閒二堂〉宋·辛棄疾）	痴兒說夢：痴，呆、傻之意。原指對傻子說夢話而傻子信以為真。比喻憑妄想說不可靠或根本辦不到的話。
	寫作例句：他事前沒有勤加練習，卻誇口聲稱能夠旗開得勝，真是痴兒說夢。

成語「春夢」

詩句・出處	對應成語
倚柱尋思倍惆悵，一場春夢不分明。(〈寄人〉唐・張泌)	一場春夢：比喻過去的一切轉眼成空，也比喻不切實際的想法落了空。
	寫作例句：世事不過一場春夢，何須刻意強求什麼呢？
人似秋鴻來有信，事如春夢了無痕。(〈與潘郭二生出郊尋春〉宋・蘇軾)	春夢無痕：比喻世事多變，如春夜的夢境一樣容易消逝，不留一點痕跡。
	寫作例句：過去那一段生活，如今已是春夢無痕了。

成語「好夢」

詩句・出處	對應成語
尋好夢，夢難成，況誰知我此時情。(〈鷓鴣天・寄李之問〉宋・聶勝瓊)	好夢難成：在睡眠時，要想做個好夢也是不容易的，比喻美好的幻想難以變成現實。
	寫作例句：任憑他挖空心思，機關算盡，花樣翻新，終究好夢難成，法網難逃。
薄設設衾寒枕冷，愁易感好夢難成。(〈雲窗夢〉元・無名氏)	好夢不長：指不切實際的幻想是不能實現的，只能存在於夢幻之中。
	寫作例句：可惜好夢不長，僅僅過了半年，他就被撤職了。

彩雲輕散，好夢難圓。（《紫釵記·劍合釵圓》明·湯顯祖）	好夢難圓：比喻好事難以實現。
	寫作例句：可惜好夢難圓，他剛剛抵達機場，就被海關查扣了。

成語之「氣」

詩句·出處	對應成語
由來意氣合，直取性情真。（〈贈王二十四侍御契四十韻〉唐·杜甫）	意氣相合：意氣，志趣和性格之意。指志趣和性格相同的人彼此投合。
	寫作例句：他們二人意氣相合，無話不談。
匣氣沖牛斗，山形轉轆轤。（〈詠寶劍〉唐·崔融） 雄氣堂堂貫斗牛，誓將直節報君仇。（〈題青泥市蕭寺壁〉宋·岳飛）	氣沖斗牛：氣，氣勢之意；牛、斗，即牽牛星和北斗星，指天空。形容氣勢極盛，上沖天空。
	寫作例句:魯智深聽說鎮關西強占民女，頓時怒目圓睜，氣沖斗牛。
是氣所磅礡，凜烈萬古存。（〈正氣歌〉宋·文天祥）	氣勢磅礡：廣大無邊的樣子。形容氣勢雄偉壯大。
	寫作例句：九曲黃河浩浩蕩蕩，氣勢磅礡的流向大海。
想當年，金戈鐵馬，氣吞萬里如虎。（〈永遇樂·京口北固亭懷古〉宋·辛棄疾）	氣吞萬里：氣，氣勢之意；吞，指吞掉。形容氣魄宏大。
	寫作例句：這首詩大氣磅礡，有氣吞萬里之勢。

成語之「味」

詩句．出處	對應成語
良久有回味，始覺甘如飴。（〈橄欖〉宋．王禹偁）	回味無窮：回味，指吃過東西以後的餘味。比喻回想某一事物，越想越覺得有意思。
	寫作例句：那首詩有如空谷足音，讓人回味無窮。
天下雲遊客，氣味偶相投。（〈水調歌頭〉宋．葛長庚）	氣味相投：氣味，意指思想或志趣；投，合得來之意。指人思想作風相同，彼此很合得來。
	寫作例句：他倆有共同的經歷又氣味相投，便成了一對形影不離的好朋友。
不妨無蟹有監州，臭味喜相投。（〈木蘭花慢．餞公孫倅〉宋．牟巘）	臭味相投：壞味道互相投合。比喻有同樣壞毛病、惡劣習氣的人很合得來。
	寫作例句：這一幫臭味相投的狐朋狗友們，整天在一起不是酗酒，就是賭博。
無花無酒過清明，興味蕭然似野僧。（〈清明〉宋．王禹偁）	興味蕭然：興味，指興趣；蕭然，蕭索冷落的樣子。形容沒有一點興趣。
	寫作例句：這篇文章內容空洞，用語貧乏，讀起來使人興味蕭然。
懷金黛，想玉鬟，舊時風味尚依然。（《金蓮記．外謫》明．陳汝元）	舊時風味：風味，指風度、風采。從前的風采。
	寫作例句：這是一棟別有舊時風味的仿古建築。

成語「滋味」

詩句‧出處	對應成語
剪不斷，理還亂，是離愁，別是一番滋味在盡頭。（〈烏夜啼〉南唐‧李煜）	別有滋味：另有特色，比喻事物具有特殊的風采或味道。
	寫作例句：這是一個祥和的小村莊，在夕陽的餘暉之中，呈現出一種別有滋味的暖意。
個中真味少知音，不是清狂太甚。（〈西江月〉宋‧向子諲）	個中滋味：個中，其中之意；滋味，指味道、情味。其中的味道，指切身體會的甘苦。
	寫作例句：別人都祝賀我這次獲得的成功，其實冷暖自知，個中滋味只有我自己知道。

成語之「苦」

詩句‧出處	對應成語
梔子交加香蓼繁，停辛佇苦留待君。（〈河內詩‧樓上〉唐‧李商隱）	停辛佇苦：停，止息、停留之意；佇，貯積之意。辛勞長期纏身，形容經歷了不少艱難困苦。
	寫作例句：蒙冤二十年，他停辛佇苦，備受艱辛。
善惠謙柔，濟苦憐貧，隨方就圓。（〈沁園春〉元‧侯善淵）	濟苦憐貧：救濟憐惜窮苦的人。
	寫作例句：他不但見義勇為，而且還濟苦憐貧。

成語之「甘」

詩句‧出處	對應成語
鼎鑊甘如飴，求之不可得。（〈正氣歌〉宋‧文天祥）	甘之如飴：甘，甜之意；飴，指麥芽糖漿。感到像糖那樣甜。指為了從事某種工作，甘願承受艱難、痛苦。
	寫作例句：在別人眼裡，這種職業甚苦，他卻甘之如飴。
想著我嚥苦吞甘，十月懷耽，乳哺三年。（《蝴蝶夢‧第三折》元‧關漢卿）	嚥苦吞甘：形容吃盡各種甘苦，極為艱辛。
	寫作例句：這些年來，他嚥苦吞甘，獨立支撐這個家。
受徹了牢獄災，今日個苦盡甘來。（《蝴蝶夢‧第四折》元‧關漢卿）	苦盡甘來：盡，終結之意；甘，甜、美好之意。比喻艱苦的日子已經過去，美好的時光已經到來。
	寫作例句：艱苦的時光終將過去，堅強的人必將苦盡甘來。

成語之「俗」

詩句・出處	對應成語
人瘦尚可肥，士俗不可醫。（〈於潛僧綠筠軒〉宋・蘇軾）	俗不可醫：俗氣已深，不可救藥。
	寫作例句：看她那一身打扮，實在到了俗不可醫的地步。
	士俗不可醫：比喻人若庸俗，則不可救藥。
	寫作例句：有的人有點錢就寶馬香車的，真可謂士俗不可醫，叫人嗤之以鼻。
凡桃俗李爭芬芳，只有老梅心自常。（〈題墨梅圖〉明・王冕）	凡桃俗李：平凡、普通的桃花和李花，比喻庸俗的人或平常的事物。
	寫作例句：即使是凡桃俗李，也可以創造奇蹟。

成語之「影」

詩句・出處	對應成語
喜入山林初息影，厭趨朝市久勞生。（〈重題・其一〉唐・白居易）	息影家園：息影，指退隱閒居。形容退隱家中。
	寫作例句：告別官場後，他息影家園，不參與任何社會活動。

人間天上，喟然俯仰，隻身孤影。（〈水龍吟〉宋・葛長庚）	隻身孤影：亦作「隻影單形」。指孤單一人。
	寫作例句：他沒有朋友，不管去哪裡，他總是踽踽獨行，隻身孤影。
怎知道被禪師神挑鬼弄，做一場捕影拿風。（《東坡夢・第三折》元・吳昌齡）	捕影拿風：風和影子是無法捉摸與束縛的。比喻虛幻無實或無根據的猜疑。
	寫作例句：我們絕不要附和那些捕影拿風的事。
弓影浮杯疑老病，雞聲牽夢動離愁。（〈鄱城歸舟〉明・劉炳）	弓影浮杯：形容疑神疑鬼，自相驚擾。
	寫作例句：黑夜走路，千萬別弓影浮杯，那樣只會自己嚇自己。
飛霜冤，不比黑盆冤，一件件風影敷衍。（《桃花扇・朗丁》清・孔尚任）	風影敷衍：指羅織罪名，捕風捉影，誣賴他人。
	寫作例句：他這個人從不實事求是，慣於風影敷衍，你不要相信他。

成語「形影」

詩句・出處	對應成語
羈旅無儔匹，形影自相親。（〈贈族人秫陵兄弟詩〉南北朝・何遜）	形影相親：形，形體；影，身影。像形體和影子相互不可分離。形容彼此關係密切。
	寫作例句：他們兩個人打得火熱，一天到晚形影相親。
登高回首罷，形影自相隨。（〈江上書懷〉唐・崔峒）	形影相隨：像人或物體與其影子那樣總是在一起。形容關係密切，永不分離。
	寫作例句：那兩隻天鵝形影相隨，如膠似漆的在湖面上嬉戲。
形影相追高羮鳥，心腸併斷北風船。（〈同趙侍御望歸舟〉唐・張說）	形影相追：形，形體；影，身影；追，追隨。像影子離不開形體一樣，一刻也不分離。形容彼此關係密切。
	寫作例句：兩人結婚後，更是恩恩愛愛，形影相追。

成語之「神」

詩句・出處	對應成語
長寄靈嶽，怡志養神。（〈四言贈兄秀才入軍詩〉三國・魏・嵇康）	怡志養神：怡養神志，使之安適愉快。
	寫作例句：這裡環境幽雅恬靜，是一個怡志養神的好地方。

出入銳光八表，算神機莫測，天網難籠。（〈漢宮春‧苦志〉元‧丘處機）	神機莫測：機，心思；測，猜度。神妙的計謀使人難以預料。
	寫作例句：這個默默無聞的年輕人神機莫測的嶄露頭角。
忘寵辱，自得神安氣定。（〈洞仙歌‧示門人〉金‧王丹桂）	神安氣定：神，精神。指內心十分安定。
	寫作例句：唯有他神安氣定的一個人在房間裡彈琴清唱，一副若無其事的樣子。
見幾個婦女向臺兒上坐，又不是迎神賽社，不住的擂鼓篩鑼。（《耍孩兒‧莊家不識構闌》元‧杜仁傑）	迎神賽會：舊俗把神像抬出廟來游行，並舉行祭會，以求消災賜福。
	寫作例句：迎神賽會和其他民俗一樣，是社會發展到一定階段的產物，又隨時代的變化發展而不斷展現出時代色彩。

成語之「鬼」

詩句・出處	對應成語
為鬼為蜮，則不可得。（《詩經・何人斯》）	為鬼為蜮：蜮，傳說中能含沙噴射人影，而使人致病的動物，比喻陰險毒辣的人。指像鬼蜮一樣陰險狠毒，在暗地裡害人的人。
	寫作例句：此人慣於為鬼為蜮，伎倆多多，防不勝防。
	鬼蜮伎倆：鬼，陰險害人之物；蜮，能含沙射人影致病之物；伎倆，指花招、手段。比喻用心險惡，暗中傷人的卑劣手段。
	寫作例句：這夥人的鬼蜮伎倆，已經暴露在光天化日之下。
鬼功神力古未有，地維欲絕還鉤連。（〈趙州石橋〉元・郝經）	鬼功神力：形容事物精妙高超，非人力所能為。
	寫作例句：望著萬仞崖頂上那筆直的松樹，大家不由得讚嘆大自然的鬼功神力。

成語「鬼」、「神」

詩句・出處	對應成語
風生雲起，出鬼而入神。（〈嵩山天門歌〉唐・宋之問）	出鬼入神：指變化多端，不可捉摸。
	寫作例句：孔明道號臥龍先生，有經天緯地之才，出鬼入神之計，真當世之奇士，非可小覷。

截然高周燒四垣，神焦鬼爛無逃門。（〈陸渾山火和皇甫湜用其韻〉唐・韓愈）	神焦鬼爛：亦作「鬼爛神焦」。形容火災慘烈，眾多的人被燒死。
	寫作例句：火災過後，神焦鬼爛，慘不忍睹。
神藏鬼伏能千變，亦勝忘機避要津。（〈漫書・其四〉唐・司空圖）	神藏鬼伏：比喻變化莫測。
	寫作例句：魔術師的表演神藏鬼伏，令我眼花繚亂。
不知天壤此尤物，鬼刻神劖通有幾。（〈雲峽〉元・元好問）	鬼刻神劖：形容藝術技巧高超，不是人力所能達到的。
	寫作例句：你看這尊微雕佛像，真是鬼刻神劖啊！
鬼設神施，渾認作、天限南疆北界。（〈念奴嬌・登多景樓〉宋・陳亮）	鬼設神施：設，籌畫；施，實施。神鬼所設計的，形容安排極為巧妙。
	寫作例句：真是鬼設神施，他怎麼突然跑到這裡來了？
	鬼設神使：天造地設，非人力所能成就。
	寫作例句：著名的石林是世界罕見的風景名勝，是大自然鬼設神使的傑作。

成語之「力」

詩句‧出處	對應成語
羔裘豹飾，孔武有力。(《詩經‧羔裘》)	孔武有力：孔，甚、很。形容人很有力氣。
	寫作例句：這個警察孔武有力，一人就制服了幾個歹徒。
竭知盡忠，而蔽鄣於讒。(《楚辭‧卜居》戰國‧屈原)	盡忠竭力：竭，盡。用盡氣力，竭盡忠誠。
	寫作例句：他已為國家盡忠竭力了。
筋疲力敝不入腹，未議縣官租稅足。(〈道傍田家〉宋‧司馬光)	精疲力竭：竭，盡。精神、力氣消耗已盡。形容非常疲勞。
	寫作例句：這場籃球賽比下來，每個球員都累得精疲力竭。

成語之「時」

詩句‧出處	對應成語
于鑠王師，遵養時晦。(《詩經‧酌》)	遵養時晦：亦作「遵時養晦」。遵，遵循、按照；時，時勢；晦，隱藏。原為頌揚周武王順應時勢，退守待時，後多指暫時隱居，等待時機。
	寫作例句：他已經遵養時晦多年，現在想請他重新出馬，看來得要三顧茅廬。

爾來曾幾時，白髮忽滿鏡。（〈東都遇春〉唐・韓愈） 曾幾何時，故山疑夢還非。（〈新荷葉〉宋・趙彥端）	曾幾何時：曾，曾經；幾何，指若干、多少。才有多少時候。時間過去沒多久。
	寫作例句：曾幾何時，這裡是一片富庶的土地，如今已變得貧瘠荒涼。
人無再少，時無再來。（〈不再吟〉宋・邵雍）	時無再來：時機錯過，不會再來。激勵人要抓緊時機。
	寫作例句：不要總是明日復明日的因循怠惰下去了，要知道時無再來，逝去的歲月就將永遠的逝去了。
我覷這萬水千山，都只在一時半霎。（〈越調鬥鵪鶉〉元・鄭光祖）	一時半霎：一時半刻。
	寫作例句：時間如白駒過隙，一時半霎，眨眼之間一個月就這般悄然而逝。

感慨「時間」

詩句・出處	對應成語
譬如朝露，去日苦多。（〈短歌行〉漢・曹操）	去日苦多：去日，過去的日子；苦，患、苦於之意。已經過去的日子太多了，用於感嘆光陰易逝之語。
	寫作例句：回首過去，他不免感到有些感傷，雖然去日苦多，但他依然堅韌不拔的前行著。

娛樂未終極，白日忽蹉跎。（〈詠懷·其七〉晉·阮籍）	蹉跎歲月：亦作「蹉跎日月」、「日月蹉跎」。蹉跎：時光白白過去。把時光白白的耽誤過去。指虛度光陰。
	寫作例句：每當回憶起那段蹉跎歲月，我心中仍不時泛起陣陣隱痛。
但見時光流似箭，豈知天道曲如弓。（〈關河道中〉唐·韋莊）	光陰似箭：亦作「光陰如箭」。時間如箭，迅速流逝。形容時間消逝得迅速。
	寫作例句：光陰似箭，日月如梭，我們分別已經三年了。
少年不管，流光如箭，因循不覺韶光換。（〈浪淘沙令〉宋·宋祁）	流光易逝：形容時間過得極快。
	寫作例句：流光易逝，媽媽的鬢角已經長滿白髮了。

成語之「年」

詩句·出處	對應成語
于萬斯年，不遐有佐。（《詩經·下武》）	億萬斯年：極言年代的久長。
	寫作例句：自億萬斯年前宇宙大爆炸起，宇宙內部就不斷的膨脹分離。
豈意卒然顛沛，天年不遂，悲痛斷心。（《後漢書·安帝紀》）天年不遂，早就奄昏。（〈雁門太守行〉漢樂府）	天年不遂：指未享天年。
	寫作例句：大家對他天年不遂深感惋惜。

烈士暮年，壯心不已。（〈龜雖壽〉漢·曹操）	烈士暮年，壯心不已：烈士，指志向遠大的英雄。已，停止、衰減之意。英雄到了晚年，壯志雄心並不衰減。
	寫作例句：曹操在詩中慷慨淋漓的表現出他「烈士暮年，壯心不已」的雄心。

感慨「年輕」

詩句·出處	對應成語
妙齡馳譽百夫雄，晚節忘懷大隱中。（〈蘇潛聖挽詞〉宋·蘇軾）	妙齡馳譽：妙齡，指青少年時期；馳譽，馳名之意。年少時就名聲遠揚。
	寫作例句：他乃世家出身，妙齡馳譽，文武雙全，堪稱國家棟梁之材。
金童擎紫藥，玉女獻青蓮。（〈幸白鹿觀應制〉唐·徐彥伯） 金童玉女意投機，才子佳人世罕稀。（《張生煮海·第一折》元·李好古）	金童玉女：道家指侍奉仙人的童男童女，後泛指天真無邪的男孩女孩。
	寫作例句：他們成了別人眼裡的一對金童玉女，一切都是那麼和諧。
多病多愁心自知，行年未老髮先衰。（〈嘆髮落〉唐·白居易）	未老先衰：年紀還不大就衰老了，多指由於精神或體力負擔過重而導致過早衰老。
	寫作例句：李經理工作過度勞累，給人一種未老先衰的感覺。

感慨「年老」

詩句・出處	對應成語
交結慚時輩，龍鍾似老翁。（〈贈薛戴〉唐・李端）	老態龍鍾：形容年老體衰，行動不靈便。
	寫作例句：你別看她老態龍鍾，她的歌聲仍然那樣優美。
天涯萬里情懷惡，年華垂暮猶離索。（〈蘆川詞・醉落魄〉宋・張元幹）	年華垂暮：垂，將、快要；暮，晚、老年。快要到老年。
	寫作例句：今天的他，已經是一個年華垂暮的老頭了。
	垂暮之年：快要到老年。
	寫作例句：老人家雖已到了垂暮之年，卻仍惦記著做一點有益的工作。

成語「年華」

詩句・出處	對應成語
芳年有華月，佳人無還期。（〈擬行行重行行詩〉南北朝・劉鑠）	芳年華月：芳年，妙齡之意。指美好的年華。
	寫作例句：他們正值芳年華月，富有朝氣。
錦瑟無端五十弦，一弦一柱思華年。（〈錦瑟〉唐・李商隱）	錦瑟年華：亦作「錦瑟華年」。比喻青春時代。
	寫作例句：冬天沒有損害她的容顏，也沒有影響他的錦瑟年華。

娉娉嫋嫋十三餘，豆蔻梢頭二月初。（〈贈別·其一〉唐·杜牧）	豆蔻年華：豆蔻，多年生草本植物，比喻女孩子。指女子十三、四歲時的青春年華。
	寫作例句：她還只是一個豆蔻年華的少女。
誰能腰鼓催花信，快打涼州百面雷。（〈元夕後連陰〉宋·范成大）	花信年華：花信，開花時期、花期。指女子的年齡到了 24 歲，也泛指女子正處年輕貌美之時。
	寫作例句：花信年華的她，分外迷人。
十年提倡受思身，慘綠年華記憶真（〈己卯自春徂夏在京師作·其七〉清·龔自珍）	慘綠年華：指風華正茂的年輕時期。
	寫作例句：正值慘綠年華的她渴望母女間有一種推心置腹的交談。

成語「度日」

詩句·出處	對應成語
迢遞望極關山，波穿千里，度日如歲難到。（〈霜葉飛·大石〉宋·周邦彥）	度日如歲：過一天像過一年那樣長。形容日子很不好過。
	寫作例句：有時候光陰如箭，而有時候則度日如歲。
孤館度日如年，風露漸變，悄悄至更闌。（〈戚氏〉宋·柳永）	度日如年：過一天像過一年那樣長。形容日子很不好過。
	寫作例句：他覺得時間過得太慢了，簡直度日如年。

成語「輾轉」

詩句・出處	對應成語
悠哉悠哉，輾轉反側。(《詩經・關雎》)	輾轉反側：翻來覆去，睡不著覺。形容心裡有所思念或心事重重。
	寫作例句：為了白天的事，他憂心忡忡，輾轉反側。
寤寐無為，輾轉伏枕。(《詩經・澤陂》)	輾轉伏枕：輾轉，形容心有所思，臥不安席的樣子；伏枕，指伏臥在枕頭上。形容思緒過多，不能入睡。
	寫作例句：躺在床上，他輾轉伏枕，無法入睡。

成語「邂逅」

詩句・出處	對應成語
邂逅相遇，適我願兮。(《詩經・野有蔓草》)	邂逅相遇：邂逅，未約而相逢。指無意中相遇。
	寫作例句：這位老校友，我尋訪多年，都沒有下落，不想今日在火車上邂逅相遇，使我喜出望外。
長記那回時，邂逅相逢，郊外駐油壁。(〈應天長〉宋・周邦彥)	邂逅相逢：不期而遇。
	寫作例句：在街上，想不到能和分別十多年的老同學邂逅相逢，真是太巧了！

成語「崢嶸」

詩句‧出處	對應成語
劍閣崢嶸而崔嵬，一夫當關，萬夫莫開。（〈蜀道難〉唐‧李白）	崢嶸崔嵬：崢嶸，山勢高峻的樣子；崔嵬，高聳而參差不齊的樣子。形容山勢高峻險惡。
	寫作例句：懸空觀景，只見山中奇峰匯聚，峭壁千仞，拔地擎天，崢嶸崔嵬。
算如今蹉過，崢嶸歲月，分陰可惜，一日三秋。（〈沁園春‧和蘇宣教韻〉宋‧廖行之）	崢嶸歲月：崢嶸，山勢高峻的樣子，引申為不平常、特別。形容不平凡的歲月。
	寫作例句：光陰似箭，日月如梭，50 年崢嶸歲月融入歷史長河。

感慨「人物」

詩句‧出處	對應成語
優哉游哉，亦是戾矣。（《詩經‧采菽》）	優哉游哉：形容從容自得，悠閒自在。
	寫作例句：他們只想優哉游哉，無羈無絆，逍遙自在的過日子。
歸去來兮，田園將蕪胡不歸？（〈歸去來兮辭〉晉‧陶淵明）	歸去來兮：來，語助詞，無義。回去吧。
	寫作例句：考試一過，大家都歸心似箭，高喊歸去來兮，準備回家過年了。

詩句‧出處	對應成語
擇佛燒好香，揀僧歸供養。（〈詩〉唐‧寒山）	揀佛燒香：選擇自己要祈求的菩薩燒香禮拜，比喻出於某種需求而對某人進行拜訪饋贈，看人行事或待人有厚薄。
	寫作例句：他這人圓滑得很，調到這裡後，揀佛燒香，很快就巴結上了那幾個有權有勢的主管。
無可奈何花落去，似曾相識燕歸來。（〈浣溪沙〉宋‧晏殊）	似曾相識：好像曾經見過，形容見過的事物再度出現。
	寫作例句：他漫不經心的散著步，突然發現前面有個似曾相識的年輕女孩。

感慨「事物」

詩句‧出處	對應成語
求之不得，寤寐思服。（《詩經‧關雎》）	求之不得：追求或尋找不到。本指不遂所欲，後多用於意外的遂願。
	寫作例句：這樣的好事正是我求之不得的。
我視謀猶，伊于胡底。（《詩經‧小旻》）	伊于胡底：伊，句首助詞；於，到；胡，何、哪裡；底，盡頭。到什麼地步為止（對不好的現象表示感嘆）。
	寫作例句：這場糾紛幸而和平了結了，否則，發展下去真不知道伊于胡底了。

瑣兮尾兮，流離之子。(《詩經·旄丘》)	流離瑣尾：比喻處境由順利轉為艱難。
	寫作例句：沒想到事態的發展竟然流離瑣尾了。
獨寐寤言，永矢弗諼。(《詩經·考槃》)	永矢弗諼：決心永遠牢記著。
	寫作例句：那段美好的感情，他永矢弗諼，把她埋在心靈最深處。
豈意青州六從事，化為烏有一先生。(〈章質夫送酒六壺書至而酒不達戲作小詩問之〉宋·蘇軾)	化為烏有：烏，虛幻、不存在。變得什麼都沒有。指全部消失或完全落空。
	寫作例句：大火四起，那間小木屋頓時化為烏有。
我勸天公重抖擻，不拘一格降人才。(《己亥雜詩》清·龔自珍)	不拘一格：拘，限制；格，規格、方式。不局限於一種規格或一個格局。
	寫作例句：這款汽車的設計不拘一格，既美觀大方，又舒適。

「遊玩」感慨

詩句·出處	對應成語
善戲謔兮，不為虐兮。(《詩經·淇奧》)	謔而不虐：謔，開玩笑。開玩笑而不使人難堪。
	寫作例句：他謔而不虐、語重心長的說：「走這條路的人，沒有不後悔的。」

晝短苦夜長，何不秉燭遊。（〈古詩十九首．生年不滿百〉漢）	秉燭夜遊：拿著點燃的蠟燭在夜間遊玩，指及時行樂。
	寫作例句：遊覽燈會與古人的秉燭夜遊有天壤之別。
為樂當及時，何能待來茲？（〈古詩十九首．生年不滿百〉漢）	及時行樂：抓緊時機尋歡作樂。
	寫作例句：那種視人生如流水、及時行樂的人生觀是不可取的。
誰知不離簪纓內，長得逍遙自在心。（〈菩提寺上方晚眺〉唐．白居易）	逍遙自在：逍遙，悠閒自得的樣子。形容悠然自得，自由自在。
	寫作例句：他像神仙一樣逍遙自在。
白髮滿頭歸得也，詩情酒興漸闌珊。（〈詠懷〉唐．白居易）	意興闌珊：闌珊，指衰落。形容一個人興致已失，沒有興趣的樣子。
	寫作例句：球員在下半場的時候變得意興闌珊。

感慨「自我」

詩句．出處	對應成語
心之憂矣，自詒伊戚。（《詩經．小明》）	自詒伊戚：詒，遺留；伊，此；戚，憂愁、悲哀。比喻自尋煩惱，自招憂患。
	寫作例句：凡事總往壞處想，那是自詒伊戚。

佇立望故鄉，顧影淒自憐。（〈赴洛道中作〉晉·陸機）	顧影自憐：回頭看看自己的影子，憐惜起自己來。多用於形容女子孤獨失意的樣子。
	寫作例句：她虛度青春二十載，常常顧影自憐，感到寂寞。
燭蛾誰救護，蠶繭自纏縈。（〈江州赴忠州至江陵已來舟中示舍弟五十韻〉唐·白居易）	作繭自縛：蠶老吐絲結繭，將自己包在其中。比喻弄巧成拙，自作自受。
	寫作例句：面對新形勢，我們應該打破陳規，與時俱進，不能作繭自縛。
且欲近尋彭澤宰，陶然共醉菊花杯。（〈九日登望仙臺〉唐·崔曙）	自我陶醉：陶醉，指沉醉於某種事物或境界裡，以求得內心的安慰。指盲目的自我欣賞。
	寫作例句：她動情的唱著這首歌，簡直有些自我陶醉了。
應念嶺海經年，孤光自照，肝肺皆冰雪。（〈念奴嬌·過洞庭〉宋·張孝祥）	孤芳自賞：泛指自命清高，自我欣賞的人。也指脫離群眾，自以為了不起。
	寫作例句：一味孤芳自賞的人經常是孤掌難鳴，懂得放下身段的人往往能抬高身價。

成語「風流」

詩句‧出處	對應成語
風流才子多春思，腸斷蕭娘一紙書。（〈崔娘詩〉唐‧楊巨源）	風流才子：舊指灑脫不拘，富有才學的人。
	寫作例句：唐伯虎不愧為一代風流才子。
一代風流盡，修文地下深。（〈哭李常侍嶧‧其一〉唐‧杜甫） 一代風流盡，三師禮數崇。（〈丞相溫公挽詞‧其一〉宋‧陳師道）	一代風流：指創立風尚、為當時景仰的人物。
	寫作例句：在那個時代，柳永不愧為一代風流。
英雄割據雖已矣，文采風流今尚存。（〈丹青引贈曹將軍霸〉唐‧杜甫）	文采風流：橫溢的才華與瀟灑的風度，也指才華橫溢與風度瀟灑的人物。
	寫作例句：這位年輕詩人文采風流，十分引人注目。
田園活計渾閒在，詩酒風流屬老成。（〈鷓鴣天〉金‧元好問）	詩酒風流：作詩飲酒。古人以此為風流韻事，故稱。
	寫作例句：此人正是詩酒風流、名動京華的翰林院學士，「詩仙」李白。

成語「反思」

詩句・出處	對應成語
欲覺聞晨鐘，令人發深省。（〈遊龍門奉先寺〉唐・杜甫）	發人深省：啟發人深刻思考，使有所醒悟。
	寫作例句：兩位智者的這段對話很有深意，足以發人深省。
早知文字多辛苦，悔不當初學冶銀。（〈謝銀工〉唐・薛昭緯）	悔不當初：因今日的不幸結果，後悔不在當初採取另一種行動。
	寫作例句：等事情發展到這種程度，他才有悔不當初的感覺。

「退隱」成語

詩句・出處	對應成語
悲時俗之迫阨兮，願輕舉而遠遊。（〈遠遊〉戰國・屈原）	輕舉遠遊：指避世隱居。
	寫作例句：他平生之志難酬，漸生輕舉遠遊之意。
歸去來兮，請息交以絕遊。（〈歸去來兮辭〉晉・陶淵明）	息交絕遊：屏絕交遊活動；隱居。
	寫作例句：最近困在家中，反而能息交絕遊，專心創作。

科頭箕踞長松下，白眼看他世上人。（〈與盧員外象過崔處士興宗林亭〉唐・王維）	科頭箕踞：科頭，不戴帽子；箕踞：兩腿分開而坐。不戴帽子，席地而坐。比喻舒適的隱居生活。
	寫作例句：他告別官場，過起了科頭箕踞的生活。
我材與世不相當，戢鱗委翅無復望。（〈贈鄭兵曹〉唐・韓愈）	戢鱗委翅：亦作「戢鱗委翼」、「戢鱗潛翼」。戢，收斂；潛，隱居。魚兒收斂鱗甲，鳥兒收起翅膀。比喻人退出官場，歸隱山林或蓄志待時。
	寫作例句：陶淵明一心戢鱗委翅，成為著名的田園派詩人。
火色上騰雖有數，急流勇退豈無人。（〈贈善相程傑〉宋・蘇軾）	急流勇退：亦作「激流勇退」。在急流中勇敢的立即退卻，比喻做官的人在得意時為了避禍而及時引退。
	寫作例句：居於高位的自豪感是如此強烈，急流勇退變得難以實現。
不如歸去語，亦自古來傳。（〈杜鵑〉宋・梅堯臣）	不如歸去：杜鵑的鳴聲很像人言「不如歸去」，舊時常用以作思歸或催人歸去之辭。也表示消極求退。
	寫作例句：事情弄到這步田地，不如歸去，實在不好辦了。

讚頌與批判

成語「讚頌」

詩句‧出處	對應成語
之死矢靡它，母也天只，不諒人只！（《詩經‧鄘風‧柏舟》）	至死靡他：至，到；靡，沒有；它，別的。到死也不變心。形容愛情專一，至死不變。
	寫作例句：她至死靡他要嫁給那個才貌一般的男人。
夫尺有所短，寸有所長。（〈卜居〉戰國‧屈原）	寸有所長：寸比尺短，但用於更短處即顯其長。比喻平平常常的人或事物，也會有其長處。
	寫作例句：我們看人要全面，不能憑藉主觀臆斷來評論一個人的能力，不管任何人都是寸有所長的。
膃膃膊膊雞初鳴，磊磊落落向曙星。（〈古兩頭纖纖詩〉漢樂府）	磊磊落落：一一分明的樣子。也形容胸懷坦蕩。
	寫作例句：大丈夫行事，當磊磊落落，如日月皎然。
捐軀赴國難，視死忽如歸。（〈白馬篇〉三國‧魏‧曹植）	捐軀赴難：軀，身體。指捨棄生命，奔赴國難。
	寫作例句：他捐軀赴難的英雄氣概使敵人大為震驚。

見素抱樸，少私寡欲。(《老子》) 傲然自足，抱樸含真。(〈勸農〉晉·陶淵明)	抱樸含真：抱，保；樸，樸素；真，純真、自然。道家主張人應保持並蘊含樸素、純真的自然天性，不要沾染虛偽、狡詐而玷汙、損傷人的天性。
	寫作例句：他捨棄一切時髦的東西而抱樸含真。
若菩薩在乾土山中經行，土不著足，隨嵐風來，吹破土山，令散為塵，乃至一塵不著佛身。(《法苑珠林》唐·釋道世) 一塵不染香到骨，姑射仙人風露身。(〈臘初小雪後圃梅開·其二〉宋·張耒)	一塵不染：亦作「纖塵不染」。原指佛教徒修行時，排除物欲，保持心地潔淨。現泛指絲毫不受壞習慣，壞風氣的影響。也用來形容非常清潔、乾淨。
	寫作例句：我當了二十多年的公務員，自信一直是廉潔奉公，一塵不染。

批判他人

詩句·出處	對應成語
不自為政，卒勞百姓。(《詩經·節南山》)	各自為政：為政，管理政事、行事。意為各自按自己的主張辦事，不互相配合。藉以比喻不考慮全局，各做一套。
	寫作例句：春秋戰國時期，諸侯各自為政，天下擾攘，長達五百餘年。

痛飲狂歌空度日，飛揚跋扈為誰雄？（〈贈李白〉唐·杜甫）	飛揚跋扈：飛揚，放縱；跋扈，蠻橫、霸道。原指舉止放蕩高傲，現在多用於形容驕橫放縱，目中無人。
	寫作例句：見他如此飛揚跋扈，我們都不再理他了。
隔岸紅塵忙似火，當軒青嶂冷如冰。（〈投謁齊已〉五代·乾康）	隔岸觀火：站在對岸看火。比喻對別人的危難不加以幫助，而採取觀望的態度。有時也表示不是身臨其境，對情況了解不深。
	寫作例句：他準備隔岸觀火，讓雙方惡鬥下去，好坐收漁翁之利。
鳴聲相呼和，無理只取鬧。（〈答柳柳州食蝦蟆〉唐·韓愈）	無理取鬧：鬧，吵鬧、搗亂。沒有道理的故意吵鬧、搗亂。
	寫作例句：這裡是公共場所，你別在這裡無理取鬧。
最是倉皇辭廟日，教坊猶奏別離歌。（〈破陣子〉南唐·李煜）	倉皇出逃：慌慌張張往外逃跑。
	寫作例句：當警方正準備實施抓捕時，犯罪嫌疑人已經倉皇出逃。
猖狂戰國古神仙，曳尾泥塗老更安。（〈和子瞻濠州七絕·逍遙堂〉宋·蘇轍）	曳尾泥塗：比喻卑鄙齷齪的行為。
	寫作例句：你只會做些曳尾泥塗的事情，見不得做好事的人受表揚。

否定事物

詩句・出處	對應成語
不愆不忘，率由舊章。（《詩經・假樂》）	率由舊章：率由，遵循、沿襲。原意是典章制度取法前代，後為泛指完全按老規矩辦事，不更新。
	寫作例句：年輕的董事長上任後，公司的事務率由舊章，不敢輕易改動。
世溷濁而不分兮，好蔽美而嫉妒。（〈離騷〉戰國・屈原）	舉世混濁：舉，全。混濁，指不清明。世上所有的人都不清不白。比喻世道昏暗。
	寫作例句：屈原感覺舉世混濁唯他獨清，世人皆醉唯他獨醒，便抱著一塊石頭投河自盡了。
固時俗之工巧兮，偭規矩而改錯。（〈離騷〉戰國・屈原）	偭規越矩：偭，違背；越，逾越；規、矩，指一定的標準、法則和習慣。違反正常的法則。
	寫作例句：在工作中不要做偭規越矩的事情。
大人馭曆，重規遝矩。（〈元會大饗歌・皇夏〉隋・無名氏）	重規遝矩：指前後相合，合乎同樣的規矩法度。亦比喻因襲、重複。
	寫作例句：他制定的規章制度，重規遝矩之處很多。

長吏明知不申破，急斂暴征求考課。（〈杜陵叟〉唐·白居易）	急斂暴征：嚴急而苛猛的賦稅。
	寫作例句：五代十國時期，是一個急斂暴征的時代。
燃臍易盡嗟何及，遺臭無窮古未聞。（〈即事〉元·元好問）	遺臭無窮：指壞名聲永遠流傳下去，而無窮盡之日。
	寫作例句：像他這樣倒行逆施，違背天理，真不怕遺臭無窮？

兩個成語的出處

詩句·出處	對應成語
巧言如簧，顏之厚矣。（《詩經·巧言》）	厚顏無恥：顏，臉面。指人臉皮厚，不知羞恥。
	寫作例句：主人已經下了逐客令了，他還在厚顏無恥的說個不停。
	巧言如簧：形容花言巧語，能說會道。
	寫作例句：騙子巧言如簧，我們差點上了他的當。

戰爭與兵器

成語「戰爭」

詩句・出處	對應成語
我車既攻,我馬既同。(《詩經・車攻》)	車攻馬同:攻,堅固精緻;同,齊聚。戰車堅固,戰馬整齊。形容軍容極盛。
	寫作例句:營盤之中,來往的軍士車攻馬同,氣勢如虹。
朝避猛虎,夕避長蛇,磨牙吮血,殺人如麻。(〈蜀道難〉唐・李白)	殺人如麻:殺死的人像亂麻一樣數不清,形容殺人極多。
	寫作例句:敵軍所到之處,殺人如麻,血流成河。
射人先射馬,擒賊先擒王。(〈前出塞・其六〉唐・杜甫)	擒賊擒王:作戰要先抓主要敵手。比喻做事要抓住要害。
	寫作例句:本次戰鬥的作戰目標,就是擒賊擒王。
醉裡挑燈看劍,夢回吹角連營。(〈破陣子・為陳同甫賦壯語以寄〉宋・辛棄疾)	吹角連營:角,古代軍中所吹之樂器。指整個軍營響著進攻的號角。
	寫作例句:十萬大軍挖壕立寨,刁斗林立,吹角連營。

成語之「軍」

詩句・出處	對應成語
名軍大將莫自牢，千兵萬馬避白袍。（〈洛陽童謠〉隋・無名氏）	千軍萬馬：形容人很多，勢力強大。
	寫作例句：戰爭年代裡，老將軍指揮千軍萬馬馳騁疆場，至今身上還留有多處槍傷。
詞源倒流三峽水，筆陣獨掃千人軍。（〈醉歌行〉唐・杜甫）	橫掃千軍：橫掃，掃蕩、掃除。把大量敵軍像掃地似的一舉掃除掉。
	寫作例句：蒙古鐵騎以橫掃千軍之勢，幾乎踏平了歐洲。
陡恁的千軍易得，一將難求。（《漢宮秋・第二折》元・馬致遠）	千軍易得，一將難求：指將才難得。
	寫作例句：俗話說千軍易得，一將難求，我們要尊重人才。
想我那撞陣衝軍，百戰功名百戰身。（《駐馬聽》元・尚仲賢）	撞陣衝軍：撞開敵陣地，衝向敵軍。形容作戰勇猛。
	寫作例句：戰士們冒著槍林彈雨，撞陣衝軍，英勇殺敵。

成語之「師」

詩句・出處	對應成語
方叔率止，鉦人伐鼓，陳師鞠旅。（《詩經・采芑》）	陳師鞠旅：陳，陳列；鞠，告；師、旅，指軍隊。出征之前，集合軍隊發布動員令。
	寫作例句：敵軍已經陳師鞠旅，顯然是要有大動作。
出師未捷身先死，長使英雄淚滿襟。（〈蜀相〉唐・杜甫）	出師未捷：出兵打仗而沒有成功。
	寫作例句：我軍雖然出師未捷，但將士們仍然充滿必勝的信心。

成語之「戰」

詩句・出處	對應成語
血戰乾坤赤，氛迷日月黃。（〈送靈州李判官〉唐・杜甫）	血戰到底：血戰，非常激烈的拚死戰鬥。指激烈戰鬥到最後時刻。
	寫作例句：我們有與自己的敵人血戰到底的氣概。
龍爭虎戰分中土，人無主，桃葉江南渡。（〈河傳〉宋・孫光憲）	龍爭虎戰：龍與虎之間的爭鬥。形容爭鬥或競賽十分激烈緊張。
	寫作例句：操場上，100 公尺短跑比賽龍爭虎戰，高潮迭起。

315

成語「烽火」

詩句‧出處	對應成語
偃武修文九圍泰，沉烽靜柝八荒寧。（〈明堂樂章‧舒和〉唐‧褚亮）	沉烽靜柝：烽火熄滅，柝聲寂靜。比喻邊疆無戰事。
	寫作例句：邊疆已沉烽靜柝多年，經濟在慢慢恢復。
那堪回首東南地，烽火連年警報聞。（〈登大牢山〉元‧戴良）	烽火連年：烽火，古時邊防報警的煙火，比喻戰火或戰爭。指戰火連年不斷。
	寫作例句：越是烽火連年、兵荒馬亂之際，越是英雄豪傑輩出的年代。
待何如，你星霜滿鬢當戎虜，似這等烽火連天各路衢？（《牡丹亭‧移鎮》明‧湯顯祖）	烽火連天：烽火，古代邊境示警時點起的煙火。到處都在打仗，戰火燃遍各地。
	寫作例句：這部電影中烽火連天、民不聊生的情景，拍攝得十分逼真。

成語之「刀」

詩句‧出處	對應成語
利傍有倚刀，貪人還自賊。（〈古詩源‧其二〉漢）	利傍倚刀：倚，靠著。「利」的偏旁是刀字，意指追求私利猶如倚在刀口上。比喻貪利常得禍。
	寫作例句：須知利傍倚刀，切不可貪圖小利而走上犯罪的道路。

男兒大丈夫，一刀兩段截。（《全唐詩》唐·寒山）	一刀兩斷：比喻堅決斷絕一切關係。
	寫作例句：我跟她已一刀兩斷，早已兩無瓜葛。
抽刀斷水水更流，舉杯銷愁愁更愁。（〈宣州謝朓樓餞別校書叔雲〉唐·李白）	抽刀斷水：抽刀，拔出刀來。水，流水。抽出刀來要斬斷流水。比喻不僅無濟於事，反會加速事態的發展。
	寫作例句：你這個辦法無異於抽刀斷水，無濟於事，而且激化矛盾。
君不見李義府之輩笑欣欣，笑中有刀潛殺人。（〈天可度·惡詐人也〉唐·白居易）	笑中有刀：形容對人外表和氣，內心卻十分陰險毒辣。
	寫作例句：別看這傢伙表面友善，實際上是笑中有刀，不懷好意。
三川頓使氣象清，賣刀買犢消憂患。（〈兵行褒斜谷作〉唐·武元衡）	賣刀買犢：刀，武器；犢，牛犢。指賣掉武器，從事農業生產。
	寫作例句：這項政策讓割據軍閥們紛紛賣刀買犢，從此天下太平。
讀遍牙籤三萬軸，卻來小邑試牛刀。（〈送歐陽主簿赴官韋城〉宋·蘇軾）	牛刀小試：牛刀，宰牛的刀；小試，稍微用一下，初顯身手。比喻有大本領的人，先在小事情上略展才能。也比喻有能力的人剛開始工作就表現出色。
	寫作例句：做這點事情，對他來說真是牛刀小試。

「心」中有「刀」

詩句・出處	對應成語
眼睜睜俺子母各天涯，想起來我心如刀割，題起來我淚似懸麻。（《趙禮讓肥・第一折》元・秦簡夫）	心如刀割：內心痛苦得像刀割一樣。形容極其痛苦難過。
	寫作例句：聽到他說的這些沒良心的話，我是心如刀割，都不知道說什麼好了。
每日家悶懨懨如痴似醉魂暗消，額似錐剜，心如刀攪，無語寂寥。（《賽鴻秋北》元・湯舜民）	心如刀攪：形容極其痛苦難過。
	寫作例句：看見兒子受了傷，母親感到心如刀攪。
病魔，心如刀銼，對青銅知鬢皤。（《蝶戀花・迷》元・周文質）	心如刀銼：形容極其痛苦難過。
	寫作例句：每當經過事發現場，他就心如刀銼，痛苦萬分。

成語之「槍」

詩句・出處	對應成語
兵散弓殘挫虎威，單槍匹馬突重圍。（〈烏江〉唐・汪遵）	單槍匹馬：亦作「匹馬單槍」、「單兵獨馬」、「單人匹馬」。①作戰時單身上陣，冒險直進。②比喻做事單獨行動，沒有人幫助。
	寫作例句：這件事單槍匹馬是做不成功的，必須大家齊心協力才行。

憑著我唇槍舌劍定江山，見如今河清海晏，黎庶寬安。（《澠池會·一折》元·高文秀）	唇槍舌劍：舌如劍，唇像槍。形容辯論激烈，言詞鋒利，像槍劍交鋒一樣。
	寫作例句：別看他倆在辯論會上唇槍舌劍，誰也不讓誰，可下來又是一對親密無間的好朋友。

成語之「劍」

詩句·出處	對應成語
十年磨一劍，霜刃未曾試。（〈劍客〉唐·賈島）	十年磨劍：比喻多年刻苦磨練。
	寫作例句：寒來暑往，十年磨劍，用我們自己的智慧成就夢想。
彈劍作歌奏苦聲，曳裾王門不稱情。（〈行路難·其二〉唐·李白）	彈劍作歌：比喻懷才不遇。
	寫作例句：他這匹千里馬一直沒有遇到伯樂，只能在家中彈劍作歌了。
小榻琴心展，長纓劍膽舒。（〈歲晚恍然有懷〉元·吳萊）	劍膽琴心：亦作「劍膽琴心」。比喻剛柔相濟，任俠儒雅，既有情致，又有膽識。
	寫作例句：此人劍膽琴心，氣質不凡。
歸來好向林泉下，買牛賣劍，求田問舍，學圃耘瓜。（〈青杏子·歸隱〉元·朱庭玉）	買牛賣劍：賣掉刀劍，買進耕牛。形容改業歸農，也形容離開戰鬥生活，從事生產勞動。
	寫作例句：和平條約簽訂之後，雙方軍隊買牛賣劍，互不侵犯。

成語「刀」、「劍」

詩句・出處	對應成語
劍光夜揮電，馬汗晝成泥。（〈古意詩・其一〉南北朝・吳均） 刀含四尺影，劍抱七星文。（〈邊城將詩・其一〉南北朝・吳均）	刀光劍影：刀的閃光，劍的投影。表示拿刀持劍的人將要動手，顯出殺氣騰騰的樣子。現用於壞人就要行凶、做壞事，也形容激烈打鬥的場面。
	寫作例句：雙方刀光劍影，一時打得難分難解，不分勝負。
刀頭劍首度冬春，欲殺何當有百身。（〈苕上吳子德興作丁丑紀聞詩六首蓋悲余之逮繫而喜其獄之漸解也感而和之・其五〉清・錢謙益）	刀頭劍首：比喻危險的境遇。
	寫作例句：這些間諜在刀頭劍首上活動，隨時都有暴露身分的可能。

成語之「戟」

詩句・出處	對應成語
折戟沉沙鐵未銷，自將磨洗認前朝。（〈赤壁〉唐・杜牧）	折戟沉沙：戟，古代的一種兵器。戟被折斷沉沒在泥沙裡，形容失敗得十分慘重。
	寫作例句：我們的球隊在預選賽中折戟沉沙，竟然連第一輪都沒過。
無錢的可要親近，則除是驢生戟角甕生根。（《金線池・第一折》元・關漢卿）	驢生戟角：驢子長出像戟一樣的角。比喻不可能發生的事。
	寫作例句：這簡直就是驢生戟角的怪事。

成語之「斧」

詩句・出處	對應成語
伐柯如何？匪斧不克。（《詩經・伐柯》）	操斧伐柯：伐，砍伐；柯，斧柄。手執斧頭要砍製斧柄，長短只要照手中舊的斧柄就行了。比喻取鑑前人，可就近取法。
	寫作例句：想要製作合適的配件並不難，可以操斧伐柯啊！
既破我斧，又缺我斨。（《詩經・破斧》）	破斧缺斨：斨，一種方孔的斧頭。斧、斨在這裡泛指兵器。形容戰爭中必須付出的代價。
	寫作例句：戰後清點兵器，雖然破斧缺斨，但整體損失並不大。

成語之「弓」

詩句・出處	對應成語
載戢干戈，載櫜弓矢。（《詩經・時邁》）	櫜弓戢戈：亦作「櫜弓戢矢」。收藏干戈弓矢，表示停息戰事。
	寫作例句：這兩支軍隊櫜弓戢戈，握手言和。
將軍欲以巧伏人，盤馬彎弓惜不發。（〈雉帶箭〉唐・韓愈）	盤馬彎弓：亦作「躍馬彎弓」。馳馬盤旋，張弓要射。形容擺開架勢，準備作戰。後比喻故做驚人的姿態，實際上並不立即行動。
	寫作例句：他原以為對方調兵遣將，不過是盤馬彎弓，虛張聲勢，豈料戰火真的燒起來了。

成語之「箭」

詩句·出處	對應成語
東南之美，有會稽之竹箭；西南之美，有華山之金石。（《爾雅·釋地第九·九府》） 空羨良朋盡高價，可憐東箭與南金。（〈秋夜寄進士顧榮〉唐·羅隱）	東箭南金：東方的竹箭，南方的銅，古時都認為是上品。比喻寶貴的人才。
	寫作例句：徐先生如東箭南金，令人景仰。
似箭穿雁口，沒個人敢咳嗽。（《漢宮秋》元·馬致遠）	箭穿雁口：箭，弓箭；穿，通過，穿通。比喻閉嘴不出聲。
	寫作例句：這時候他們都沉默了，彷彿箭穿雁口一般。

成語之「戈」

詩句·出處	對應成語
載戢干戈，載櫜弓矢。（《詩經·時邁》）	載戢干戈：亦作「干戈載戢」。干戈，古代兵器，代指武器；載，虛詞；戢，聚藏。把武器收藏起來，比喻不再進行戰爭動用武力了。
	寫作例句：還望貴軍能載戢干戈，就此罷手。

魯陽何德，駐景揮戈？（〈日出入行〉唐·李白）	駐景揮戈：駐，停留；景，同「影」，日光；戈，古代的一種兵器。揮舞長戈使太陽停止運行。比喻留住逝去的光陰。
	寫作例句：青春已逝，即使駐景揮戈，也無濟於事。
太守下牛，買牛息戈。（〈雁門太守行〉明·何景明）	買牛息戈：形容改業歸農，也形容離開戰鬥生活，從事生產勞動。
	寫作例句：他征戰一生，如今讓他買牛息戈，難免想不通。

兩個成語的出處

射人先射馬，擒賊先擒王。（〈前出塞·其六〉唐·杜甫）	射人先射馬：比喻做事要抓住要害。
	寫作例句：解決這樣的難題要先找到突破的關鍵，正所謂「射人先射馬」。
	擒賊先擒王：指作戰要先抓主要敵手，也比喻做事首先要抓到關鍵。
	寫作例句：正所謂擒賊先擒王，如果把他們帶頭的給控制住，這群人就不戰自敗了。

三個成語的出處

詩句‧出處	對應成語
赳赳武夫，公侯干城。（《詩經‧兔罝》）	赳赳武夫：赳赳，勇武矯健的樣子。武夫，指武人，從軍之人。勇武矯健的軍人。後多含貶義，意指雖身強體壯，卻頭腦簡單的軍士。
	寫作例句：他是一個偉大的策略家，絕非赳赳武夫可比擬。
	干城之將：干城，禦敵的武器和工具。比喻捍衛者，指保衛國家的大將。
	寫作例句：秦國進軍趙國，趙國無干城之將，屢屢敗退。
	國之干城：干城，禦敵的武器和工具，這裡比喻捍衛者。國家主權的捍衛者。
	寫作例句：將軍乃國之干城，無人可替代。

三百六十行

「寫作」成語

詩句‧出處	對應成語
繡衣貂裘明積雪，飛書走檄如飄風。（〈送程劉二侍郎兼獨孤判官赴安西幕府〉唐‧李白）	飛書走檄：迅速的書寫文件。
	寫作例句：他時而飛書走檄，時而擱筆凝思。
興來灑素壁，揮筆如流星。（〈贈張旭〉唐‧李頎）	揮灑自如：揮，揮筆；灑，灑墨。形容畫畫、寫字、作文，運筆能隨心所欲。
	寫作例句：他拿起筆揮灑自如，沒多久，一篇優美的文章就完成了。
李杜泛浩浩，韓柳摩蒼蒼。（〈冬至日寄小姪阿宜詩〉唐‧杜牧）	泛浩摩蒼：形容文詞博大高深。
	寫作例句：這篇文章可謂泛浩摩蒼，值得一讀。
貧家何以娛客，但知抹月批風。（〈和何長官六言次韻‧其四〉宋‧蘇軾）	批風抹月：指詩人以風花雪月為吟誦的題材以狀其閒適。
	寫作例句：他那些詩文不過是在批風抹月，思想並不深刻。
新詩如彈丸，脫手不暫停。（〈次韻答參寥〉宋‧蘇軾）	彈丸脫手：比喻作詩圓潤精美、敏捷流暢。
	寫作例句：他在考場上奮筆疾書，如彈丸脫手，作文獲得了滿分。

跳出少陵窠臼外，丈夫志氣本沖天。（〈學詩〉宋‧吳可）	不落窠臼：窠，鳥獸或昆蟲的巢穴；臼，搗米的器具。意為有獨創風格，不落俗套，藉以比喻不為陳舊格式所束縛，具有獨創性。
	寫作例句：寫詩作文要富有創造，剪裁得體，妙在用心，不落窠臼。

成語之「詩」

詩句‧出處	對應成語
流水何太急，深宮盡日閒。殷勤謝紅葉，好去到人間。（〈題紅葉〉唐‧宣宗宮人）	紅葉題詩：唐代宮女良緣巧合的故事。比喻姻緣的巧合。
	寫作例句：紅葉題詩、御溝流水，承載的不僅僅是那一片片樹葉，更是宮女們渴望獲得自身拯救的宣言和吶喊。
寒窗呵筆尋詩句，一片飛來紙上銷。（〈雪〉唐‧羅隱）	呵筆尋詩：呵筆，吹熱氣解凍筆；尋詩，尋覓詩句。形容冬日苦吟。
	寫作例句：很多詩人都有呵筆尋詩的經歷。
寸截金為句，雙雕玉作聯。（〈江樓夜吟元九律詩成三十韻〉唐‧白居易）	雕玉雙聯：雕玉，用玉雕成，形容華美、工巧；雙聯，律詩中相對偶的兩句。形容屬對極為精巧。
	寫作例句：這兩句詩可謂雕玉雙聯，成為千古名句。

詩句・出處	對應成語
詩情畫意，只在闌干外。(〈清平樂・橫玉亭秋倚〉宋・周密)	詩情畫意：亦作「畫意詩情」。原指詩歌繪畫所蘊含的情感、意境，也用來形容美好的自然景物。
	寫作例句：春天像一位作家，他的文章到處充滿詩情畫意，令人回味無窮。
詩家三昧忽見前，屈賈在眼元歷歷。(〈九月一日夜讀詩稿有感走筆作歌〉宋・陸游)	詩家三昧：作詩的訣竅。
	寫作例句：曹雪芹深諳詩家三昧，讓《紅樓夢》中的詩詞成為一道獨特的風景。
沈詩任筆俱忘盡，酒戶新來卻少增。(〈親舊書來多問近況以詩答之〉宋・陸游)	沈詩任筆：筆，指無韻之文，用以泛指詩文。南朝梁沈約以詩著稱，任昉以表、奏、書、啟諸體散文擅名，時人稱為「沈詩任筆」。
	寫作例句：二位大家的文章可謂沈詩任筆，各領風騷。

成語之「篇」

詩句・出處	對應成語
李白一斗詩百篇，長安市上酒家眠。(〈飲中八仙歌〉唐・杜甫)	斗酒百篇：飲一斗酒，作百篇詩。形容才思敏捷。
	寫作例句：唐代著名詩人李白，每詩必酒，每酒必詩，且酒後才情豪放，詩意倍濃，故有斗酒百篇之美稱。

| 連篇累幀真難竟，引睡能消字幾行。（〈重陽後二日〉清 · 周亮工） | 連篇累幀：幀，指書畫、書刊的裝潢設計。指採用過多的篇幅敘述一件事，形容文辭冗長。 |
| | 寫作例句：這只是個簡單的論點，你卻寫得連篇累幀，只怕讀者不想看。 |

成語之「章」

詩句 · 出處	對應成語
其容不改，出言有章。（《詩經 · 都人士》）	出口成章：脫口而出的話都成文章。形容談吐風雅，文思敏捷。
	寫作例句：王老師知識淵博，出口成章。
公昔騎龍白雲鄉，手抉雲漢分天章，天孫為織雲錦裳。（〈潮州韓文公廟碑〉宋 · 蘇軾）	雲錦天章：雲錦，神話傳說中織女用彩雲織出的錦緞。天章，彩雲組合成的花紋。比喻文章極為高雅、華美。
	寫作例句：這首詩真是雲錦天章，妙不可言。
刻章琢句獻天子，釣取薄祿歡庭闈。（〈憶昨詩示諸外弟〉宋 · 王安石）	刻章琢句：修飾琢磨文章的細節。
	寫作例句：經過一番刻章琢句，他終於完成了這篇作文。

成語之「詞」

詩句・出處	對應成語
不薄今人愛古人，清詞麗句必為鄰。（〈戲為六絕句・其五〉唐・杜甫）	清詞麗句：亦作「麗句清詞」。指清新美麗的詞句。
	寫作例句：李商隱以清詞麗句來表達自己的情感，並形成一種特殊的美感境界，在唐末詩壇上具有重要意義。
待使君、絕妙好辭成，須彈壓。（〈滿江紅・玉簪次班彥功韻〉元・張雨）	絕妙好辭：絕，極、最之意。指極其美妙的文辭。
	寫作例句：散文是井然有序的文字，詩是井然有序的絕妙好辭。
詞清訟簡，陶情詩與酒。（《尋親記・發配》明・范受益）	詞清訟簡：詞訟清簡。指獄訟稀少，政事清閒。
	寫作例句：在他當政期間，這個縣詞清訟簡，政通人和，百姓因此視他為父母官。

成語之「文」

詩句・出處	對應成語
言而無文行之不遠，義而無立勤則無成。（〈周五聲調曲・角調曲一〉南北朝・庾信）	言而無文，行之不遠：文章沒有文采，就不能流傳很遠。
	寫作例句：寫作文時，文采很重要，正所謂言而無文，行之不遠。

本賣文為活，翻令室倒懸。(〈聞斛斯六官未歸〉唐·杜甫)	賣文為生：指以出賣詩文所得來維持生計。
	寫作例句：對一位賣文為生的作家來說，兩三年的光景，能有這麼一筆收入，還是很了不起的。
文江學海思濟航，萬邦考績臣所詳。(〈景龍四年正月五日移仗蓬萊宮御大明殿會吐蕃騎馬之戲因重為柏梁體聯句〉唐·李顯)	文江學海：比喻文章和學問似長江、大海般的深廣博大。
	寫作例句：文江學海，浩瀚無邊，同學們不要稍有成就後就沾沾自喜。
難忘，文期酒會，幾孤風月，屢變星霜。(〈玉蝴蝶〉宋·柳永)	文期酒會：舊時文人定期舉行的詩酒集會。
	寫作例句：下次文期酒會，您這位大作家可一定參加啊！

成語「文字」

詩句·出處	對應成語
含宮泛微，咬文嚼字，誰敢嗑牙兒。(〈小桃紅·贈劉牙兒〉元·喬吉)	咬文嚼字：指過分推敲字句，或譏諷迂腐不達事物、尋章弄句的人。
	寫作例句：他寫這篇自傳時，真是咬文嚼字，一點也不敢馬虎。
避席畏聞文字獄，著書都為稻粱謀。(〈詠史〉清·龔自珍)	文字獄：統治者從作者的詩文中摘取字句，羅織罪名而成的冤獄。
	寫作例句：在大興「文字獄」的封建時代，有識之士也只好鉗口結舌，不置一詞。

成語「文章」

詩句‧出處	對應成語
文章憎命達，魑魅喜人過。（〈天末懷李白〉唐‧杜甫）	文章憎命：憎，惡。文章厭惡命運好的人。形容有才能的人遭遇不好。
	寫作例句：杜甫的「文章憎命」，韓愈的「不平則鳴」，歐陽修的「詩窮而後工」，都被後人津津樂道。
云是東京才子，文章鉅公。（〈高軒過〉唐‧李賀）	文章鉅公：指文章大家。
	寫作例句：他苦學一生，最終成為文章鉅公。
韓愈文章蓋世，謝安才貌風流。（〈西江月〉宋‧尹詞客）	文章蓋世：蓋世，超過世人。指文章好得無與倫比，誰都趕不上。
	寫作例句：他一生著作等身，文章蓋世，為人謙遜，治學嚴謹。
更詩書萬卷，文章星斗。（〈滿江紅‧為雙溪丞相壽〉元‧魏初）	文章星斗：是文章之冠首，形容人文章寫得漂亮，超群出眾。
	寫作例句：大家都對他這位文章星斗敬重有加。
秀才是文章魁首，姐姐是仕女班頭。（《西廂記‧第四本第三折》元‧王實甫）	文章魁首：魁首，為首的，這裡指名列第一。形容文章寫得最好，文才極高。
	寫作例句：他是完全有資格可稱作文章魁首的詩人。

| 他憑著滿腹文章七步才，管情取日轉千階。(《牆頭馬上・第二折》元・白樸) | 滿腹文章：比喻文章極好，很有才華。 |
| | 寫作例句：我的老師是個滿腹文章的人。 |

成語「文」、「武」

詩句・出處	對應成語
好著囊韀莫惆悵，出文入武是全才。(〈寄毗陵楊給事・其一〉唐・劉禹錫)	出文入武：文武兼備。
	寫作例句：他是一個出文入武的全才。
紅葩豔豔交童星，左文右武憐君榮，白銅鞮上慚清明。(〈遠公亭牡丹〉唐・李咸用)	左文右武：指文武並用。
	寫作例句：身為統帥的他很注重左文右武，因此百戰百勝。
正當海晏河清日，便是修文偃武時。(〈九日曲池游眺〉唐・薛逢)	修文偃武：提倡文教，停息武備。
	寫作例句：此時的宋朝積弊已深，並逐漸形成了修文偃武、諱言用兵的風氣。
得無虺其間，不文亦不武。(〈瀧吏〉唐・韓愈)	不文不武：既不能文，又不會武。後用以諷刺人無能。
	寫作例句：那人穿戴，不文不武，騎在馬上，搖晃不定，明顯不是軍中將士。

成語「官職」

詩句・出處	對應成語
座中泣下誰最多？江州司馬青衫濕。（〈琵琶引〉唐・白居易）	司馬青衫：亦作「青衫司馬」。司馬，古代官名。喻指失意官吏。
	寫作例句：失業數年，吃盡用盡，我已經是司馬青衫，一貧如洗了。
司空見慣渾閒事，斷盡蘇州刺史腸。（〈贈李司空妓〉唐・劉禹錫）	司空見慣：司空，古代官名。指某事物常見，不覺得奇怪。
	寫作例句：如此司空見慣的事，大家怎會感興趣？

成語之「畫」

詩句・出處	對應成語
畫蛇著足無處用，兩鬢霜白趨埃塵。（〈感春・其四〉唐・韓愈）	畫蛇著足：同「畫蛇添足」。比喻做了多餘的事，非但無益，反而不合適。
	寫作例句：做事情要適可而止，不能畫蛇著足。
寬綽綽羅幃繡檻，鬱巍巍畫梁雕棟。（《誤入桃源》元・王子一）	畫梁雕棟：雕，用彩畫裝飾；棟，房屋的正梁。有雕刻和彩畫裝飾的棟梁。形容豪華的宮室。
	寫作例句：畫梁雕棟的樓閣宮殿連綿起伏，一望無際。

東箭南金誰國士，畫龍刻鵠半虛名。（〈送吳振西北遊〉清·唐孫華）	畫龍刻鵠：比喻好高騖遠，終無成就。
	寫作例句：不要把你的未來建立在空想上，不要畫龍刻鵠。

成語「丹青」

詩句·出處	對應成語
丹青著明誓，永世不相忘。（〈詠懷·其十六〉晉·阮籍）李善注：「丹青不渝，故以方誓。」	丹青不渝：丹、青，指丹砂、青臒，是古代繪畫中常用的兩種顏料，不易褪色。始終不渝，光明顯著。
	寫作例句：偉大的事業需要丹青不渝的精神。
世間無限丹青手，一片傷心畫不成。（〈金陵晚望〉唐·高蟾）	丹青妙手：丹青，原指丹砂和青臒兩種可製顏料的礦砂，後泛指繪畫的顏色。善於運用色彩的巧妙的手，多指國畫大師。
	寫作例句：畫這些壁畫的人肯定是個丹青妙手，把這女人日常的繁雜瑣事、喜怒哀樂刻劃得淋漓盡致。

成語之「棋」

詩句·出處	對應成語
安常棋劣於玄，是日玄懼，便為敵手而又不勝。（《晉書·謝安傳》）有時逢敵手，當局到深更。（〈觀棋〉唐·杜荀鶴）	棋逢對手：比喻爭鬥的雙方本領不相上下。
	寫作例句：這是一場棋逢對手的對決，每支隊伍都很強。

事免傷心否，棋逢敵手無。（〈懷陸龜蒙處士〉唐‧尚顏）	棋逢敵手：比喻彼此本領不相上下。
	寫作例句：賽場上，棋逢敵手的雙方拚得難分難解。

成語之「耕」

詩句‧出處	對應成語
女曰雞鳴，士曰昧旦。（《詩經‧女曰雞鳴》） 同我婦子，饁彼南畝，田畯至喜。（《詩經‧七月》）	雞鳴饁耕：比喻婦女勤儉治家。
	寫作例句：她在村子裡過著雞鳴饁耕的生活。
黃塵初起此留連，火耨刀耕六七年。（〈別池陽所居〉唐‧羅隱）	火耨刀耕：耨，除草。指比較原始的耕作方法。
	寫作例句：我們終於告別了火耨刀耕，翻開了農業技術革命新的一頁。

成語之「樵」

詩句‧出處	對應成語
昨日樵村漁浦，今日瓊川銀渚。（〈昭君怨‧雪〉金‧完顏亮）	樵村漁浦：山村水鄉。泛指鄉村。
	寫作例句：今日，前人描摹繪就的桃花源已成旅遊勝地，而一江之隔的漁村仍保持著部分樵村漁浦、鑿飲耕食的傳統面貌。

漁海樵山過此生，向平兒女未忘情。（〈留別馬倩若兼訂毗陵之遊〉清・方文）	漁海樵山：入海打魚，上山砍柴。借指隱居生活。
	寫作例句：他辭官之後過起了漁海樵山的生活。
冠櫛懶施高枕，樵蘇失爨清淡。（〈偶成・其十二〉清・吳偉業）	樵蘇失爨：雖有柴草，卻無米為炊。指非常貧困。
	寫作例句：被裁員後，他過著樵蘇失爨般的生活。

成語「芻蕘」

詩句・出處	對應成語
先民有言，詢於芻蕘。（《詩經・板》）	芻蕘之見：亦作「芻蕘之言」。芻蕘，指割草打柴的人。自謙之詞，認為自己的意見很淺陋。
	寫作例句：本文旨在針對現行個人所得稅制的若干主要不足，提出對個人所得稅稅制改革的芻蕘之見。
	詢於芻蕘：與樵夫商議事情，意謂不恥下問。
	寫作例句：連古代帝王都能詢於芻蕘，不恥下問，我們還有什麼拉不下面子的呢？

成語之「屠」

詩句‧出處	對應成語
呂望之鼓刀兮，遭周文而得舉。（〈離騷〉戰國‧屈原）	鼓刀屠者：鼓刀，動刀。宰殺牲畜的屠夫。指社會地位低下的人。
	寫作例句：他本來是一位鼓刀屠者，最後逆襲成為一名大將軍。
訪古頹垣荒塹里，覓交屠狗賣漿中。（〈野飲〉宋‧陸游）	屠狗賣漿：屠，宰殺；漿，酒。以賣酒殺狗為業。指從事低賤職業的階層。
	寫作例句：四人兄弟相稱，無家無室，擊築賣唱，屠狗賣漿為生。
別來落魄吳楚間，飯牛屠狗俱無顏。（〈酬吳次尾〉明‧陳子龍）	飯牛屠狗：①喻指從事低賤之事。②指從事賤業者。
	寫作例句：樊噲原本只是一個飯牛屠狗之徒，後來成了劉邦手下的一員猛將。

成語之「醫」

詩句‧出處	對應成語
三折肱，知為良醫。（《左傳‧定公十三年》） 九折臂而成醫兮，吾至今而知其信然。（《楚辭‧九章‧惜誦》戰國‧屈原）	久病成醫：病久了對醫理就熟悉了。比喻對某方面的事見識多了，就能成為這方面的行家。
	寫作例句：還真的是久病成醫，他這個老病號，現在各科的醫藥護理知識都懂一點了。

337

雖不會法灸神針，更勝似救苦難觀世音。(《西廂記・第三本第四折》元・王實甫)	法灸神針：神奇的針灸技術。
	寫作例句：老中醫的法灸神針，拯救了無數病人。

成語之「工」

詩句・出處	對應成語
人間巧藝奪天工，煉藥燃燈清晝同。(〈贈放煙火者〉元・趙孟頫)	巧奪天工：人工的精巧勝過天然，形容技藝巧妙。
	寫作例句：這座園林設計精美，可謂巧奪天工。
已知仙客意相親，更覺良工心獨苦。(〈題李尊師松樹障子歌〉唐・杜甫)	良工心苦：良工，手藝高明的工匠。形容優秀藝術家的作品，在創作過程中都費盡心思。
	寫作例句：這篇文章構思巧妙，結構精緻，確實是良工心苦，值得細細品味。
年來巖底采無餘，鬼斧神工多得髓。(〈端州訪研歌和諸公〉清・屈大均)	鬼斧神工：像是鬼神所為。形容技藝精湛高超，幾乎不為人力所及。
	寫作例句：遠處的山連綿起伏，有高有低，錯落有致，怎能不讓人讚嘆大自然的鬼斧神工呢！

「商業」成語

詩句·出處	對應成語
氓之蚩蚩，抱布貿絲。（《詩經·氓》）	抱布貿絲：以物易物，商品交換的一種形式。
	寫作例句：抱布貿絲生動的刻劃了早期的中華「商人」的形象，說明中華民族的文明較之其他文明更成熟。
詔謂將軍拂絹素，意匠慘澹經營中。（〈丹青引贈曹將軍霸〉唐·杜甫）	慘澹經營：慘澹，苦費心思；經營，籌畫。費盡心思、辛辛苦苦的經營籌畫，後指在困難境況中艱苦的從事某種事業。
	寫作例句：經過幾年的慘澹經營，我們工廠終於有了起色。

「戲曲」成語

詩句·出處	對應成語
胡部笙歌西殿頭，梨園弟子和涼州。（〈殿前曲·其二〉唐·王昌齡） 梨園弟子白髮新，椒房阿監青娥老。（〈長恨歌〉唐·白居易）	梨園弟子：原指唐玄宗培訓的歌伶舞伎，後泛指戲劇演員。
	寫作例句：安祿山攻入長安，數百名梨園弟子皆被俘虜，雷海青擲樂器於池，以示抗拒，被殺。

休論插科打諢，也不尋宮數調，只看子孝與妻賢。(《琵琶記‧水調歌頭》明‧高明)	插科打諢：科，指古典戲曲中的表情動作；諢，詼諧逗趣的話。指穿插在戲曲表演中能使觀眾發笑的表演與道白，亦泛指引人發笑的動作與言談。
	寫作例句：我們在談正經事，你不要來插科打諢。
矮人看戲何曾見，都是隨人說短長。(〈詩論‧其三〉清‧趙翼)	矮子看戲：比喻只知道附和別人，自己沒有主見，也比喻見識不廣。
	寫作例句：矮子看戲雖然落下了人云亦云的笑話，卻也增加了票房收入。

兩個成語的出處

詩句‧出處	對應成語
奇文共欣賞，疑義相與析。(〈移居‧其一〉晉‧陶淵明)	奇文共賞：①奇妙的文章共同欣賞。②現常指對內容荒謬怪誕的文章，大家來共同評斷研究。
	寫作例句：我這裡有一封檢舉信，不妨拿出來給大家看看，也算是奇文共賞。
	賞奇析疑：欣賞奇文而析其疑義。
	寫作例句：這篇文章驚世駭俗，大家一起來賞奇析疑吧！

高摘屈宋豔，濃薰班馬香。（〈冬至日寄小姪阿宜詩〉唐・杜牧）	摘豔薰香：形容文辭華美。
	寫作例句：這首詩摘豔薰香，令人陶醉。
	屈豔班香：屈，指屈原；班，指班固。像《楚辭》、漢賦那樣詞藻豔麗，情味濃郁。稱讚詩文優美。
	寫作例句：他們二人的文章可謂屈豔班香，各有千秋。

成語弦外音

成語之「聲」

詩句‧出處	對應成語
上天之載，無聲無臭。（《詩經‧文王》）	無聲無臭：臭，氣味。沒有聲音，沒有氣味，比喻沒有名聲，不被人知道。
	寫作例句：一粒種子，可以躺在泥土裡無聲無臭的腐爛掉，也可以成長為參天的大樹。
東船西舫悄無言，唯見江心秋月白。（〈琵琶行〉唐‧白居易）	悄然無聲：悄然，寂靜無聲的樣子。靜悄悄的，聽不到一點聲音。
	寫作例句：寂靜的夜裡，除了桌上的鬧鐘在滴答作響，四周悄然無聲。
百囀千聲隨意移，山花紅紫樹高低。（〈畫眉鳥〉宋‧歐陽修）	百囀千聲：形容鳥鳴聲婉轉多樣。
	寫作例句：耳邊不時的傳來一陣陣鳥鳴，百囀千聲，卻看不到牠們玲瓏的身影。
鳳銜金榜出雲來，平地一聲雷。（〈喜遷鶯〉唐‧韋莊）	平地一聲雷：比喻突然發生的重大變動，突然發生的震驚事件。
	寫作例句：他的話猶如平地一聲雷，頓時場邊如炸開的油鍋一樣，竊竊私語。
偶學念奴聲調，有時高遏行雲。（〈山亭柳‧贈歌者〉宋‧晏殊）	高遏行雲：形容歌聲高亢嘹亮。
	寫作例句：他的歌聲高遏行雲，震撼人心。

成語之「音」

詩句・出處	對應成語
皎皎白駒，在彼空谷。生芻一束，其人如玉。毋金玉爾音，而有遐心。(《詩經・白駒》)	空谷足音：在寂靜的山谷裡聽到腳步聲，比喻極難得到音訊、言論或來訪。
	寫作例句：那首詩有如空谷足音，讓人回味無窮。
鶴鳴於九皋，聲聞於野。(《詩經・鶴鳴》)	養音九皋：比喻賢才隱居修德。
	寫作例句：辭官之後，他隱居山林，養音九皋。
知音識曲，善為樂方。(〈秋胡行・其二〉三國・魏・曹丕)	知音識曲：指通曉音樂。
	寫作例句：他是一個知音識曲的歌手。

成語「音」、「信」

詩句・出處	對應成語
驚鴻去後，輕拋素襪，杳無音信。(〈水龍吟〉宋・黃孝邁)	杳無音信：杳，不見蹤影，沒有跡象；音信，消息、回信。形容訊息斷絕，了解不到對方的情況。
	寫作例句：自從十年前一別，他就杳無音信。
音稀信杳，莫不是負卻盟言。(〈字字錦〉元・無名氏)	音稀信杳：杳，深遠，無影無聲。音訊一點也得不到。
	寫作例句：哥哥外出工作半年了，始終音稀信杳，家裡人都很著急。

| 光陰瞬息如駒過，盼前程音信杳無。(《運甓記・剪髮延賓》明・無名氏) | 音信杳無：沒有一點消息。 |
| | 寫作例句：十幾年前遠走他鄉的叔叔，至今仍是音信杳無。 |

成語之「鳴」

詩句・出處	對應成語
鶴鳴於九皋，聲聞于野。(《詩經・鶴鳴》)	鶴鳴九皋：九皋，深澤。鶴鳴於湖澤的深處，牠的聲音很遠都能聽見。比喻賢士身隱名著。
	寫作例句：您雖然隱居山林，但鶴鳴九皋，您的大名，世人無不知曉。
戛玉敲冰聲未停，嫌雲不遏入青冥。(〈聽田順兒歌〉唐・白居易)	戛玉鳴金：戛，敲擊。敲打玉器和金器。形容聲調有節奏而響亮好聽，也形容人的氣節凜然。
	寫作例句：他的每句話都是戛玉鳴金，震撼人心。
繡柱璿題粉壁映，鏘金鳴玉王侯盛。(〈帝京篇〉唐・駱賓王)	鏘金鳴玉：金玉相撞而發聲。比喻音節響亮，詩句優美。
	寫作例句：這首詩鏘金鳴玉，令人陶醉。
正穿詰曲崎嶇路，更聽鉤輈格磔聲。(〈九子坡聞鷓鴣〉唐・李群玉)	鉤輈格磔：鷓鴣的叫聲。
	寫作例句：密林深處傳來鉤輈格磔的鷓鴣叫聲。

成語之「歌」

詩句・出處	對應成語
對酒當歌，人生幾何？（〈短歌行〉漢・曹操）	對酒當歌：對著美酒應該放聲高唱。原意是人生時間有限，不是叫人及時行樂，而是要及時的建功立業，應該有所作為。後也用來指及時行樂。
	寫作例句：中秋節來了，我們正好對酒當歌，把盞賞月。
痛飲狂歌空度日，飛揚跋扈為誰雄？（〈贈李白〉唐・杜甫）	痛飲狂歌：痛，指痛快、盡情；狂，指越出常度。歡暢飲酒，縱情唱歌。形容喜悅的心情。
	寫作例句：我們一見如故，稱兄道弟，痛飲狂歌，意氣相投。
白日放歌須縱酒，青春作伴好還鄉。（〈聞官軍收河南河北〉唐・杜甫）	放歌縱酒：放歌，高聲歌唱；縱酒，任意飲酒，不加節制。盡情歌唱，放量的飲酒。形容開懷暢飲盡興歡樂。
	寫作例句：在縱情狂歡的夜裡，人們放歌縱酒，秉燭夜遊，通宵達旦。
忍把浮名，換了淺斟低唱。（〈鶴沖天〉宋・柳永）	淺斟低唱：慢慢的喝酒，低低的歌唱，形容封建時代的士大夫消閒享樂的情狀。
	寫作例句：約幾個好友淺斟低唱，也別有一番風味。

成語之「舞」

詩句・出處	對應成語
翩翩舞廣袖，似鳥海東來。(〈高句麗〉唐・李白)	翩翩起舞：輕捷飄逸的跳起舞來。
	寫作例句：姐姐跳舞的姿勢就像一隻翩翩起舞的天鵝一般優美。
日麗風和薰協氣，鶯吟燕舞皆歡意。(〈滿江紅・賀趙縣丞〉宋・盧炳)	鶯吟燕舞：黃鶯在歌唱，小燕子在飛舞。形容春天鳥兒喧鬧活躍的景象，現常比喻蓬勃興旺的景象。
	寫作例句：春天到了，林子裡到處鶯吟燕舞。
龍盤鳳舞到錢塘，瑞煙回起。(〈西河・錢塘〉宋・方千里)	龍盤鳳舞：比喻山川雄踞蜿蜒，有王者氣象。
	寫作例句：綿綿不絕的山脈縱橫交錯，龍盤鳳舞，自亙古以來便如一條沉睡著的盤龍一般，靜靜的橫臥在那裡。
任雞鳴起舞，鄉關何在，憑高目盡孤鴻去。(〈薄幸・送安伯弟〉宋・韓元吉)	雞鳴起舞：指胸懷大志、及時奮發的豪壯氣概。
	寫作例句：有志者，每見燈火伏案，每聞雞鳴起舞，便不讓流年虛度。

成語「歌」、「舞」

詩句・出處	對應成語
緩歌慢舞凝絲竹，盡日君王看不足。（〈長恨歌〉唐・白居易）	緩歌慢舞：緩，柔軟。指輕快的音樂和柔美的舞蹈。
	寫作例句：宴會上的緩歌慢舞，讓他如醉如痴。
煙紅露綠曉風香，燕舞鶯啼春日長。（〈錦被亭〉宋・蘇軾）	鶯歌燕舞：亦作「歌鶯舞燕」。黃鶯歌唱，燕子飛舞，形容大好春光或比喻大好形勢。
	寫作例句：四月的中國江南，到處繁花生樹，鶯歌燕舞，吸引著八方遊客。
桂子蘭孫，鳳歌鸞舞，介我公眉壽。（〈醉蓬萊・壽司馬大監生日〉宋・趙善括）	鳳歌鸞舞：神鳥歌舞。比喻美妙的歌舞。
	寫作例句：鳳歌鸞舞，百花盛開，春滿人間。
想應妙舞清歌罷，又還對、秋色嗟咨。（〈一叢花〉宋・秦觀）	妙舞清歌：美妙的舞蹈，清越的歌聲。
	寫作例句：雖然妙舞清歌，佳麗當前，他卻無心鑑賞。
選歌試舞，連宵戀醉珍叢。（〈露華・次張雲韻〉宋・周密）	選歌試舞：指放蕩的生活方式。
	寫作例句:宋徽宗每日在宮中選歌試舞，最終大難臨頭。

	選舞徵歌：指放蕩的生活方式。
布衣天子哭荒陵，選舞徵歌好中興。（〈讀桃花扇傳奇偶題〉清・張問陶）	寫作例句：越王見夫差納了西施，每日選舞徵歌，朝歡暮樂，心知妙計已成，又忙派人送去了錦羅綢緞，更加討得吳王歡喜。

成語之「琴」

詩句・出處	對應成語
吹竹彈絲誰不愛，焚琴煮鶴人何肯？（〈滿江紅〉宋・洪適）	焚琴煮鶴：把琴當柴燒，把鶴煮了吃。比喻糟蹋美好的事物。
	寫作例句：發展旅遊，建飯店，無可厚非，但絕不能焚琴煮鶴，任意破壞植被、水源和野外文物。
以琴心挑之（《史記・司馬相如列傳》西漢・司馬遷）又不是琴心相挑，一意願詠桃夭，諧白髮附青霄。（《曇花記》明・屠隆）	琴心相挑：挑，挑逗。指用琴聲表達心意與愛慕之情。
	寫作例句：二人琴心相挑，成為伴侶。
琴劍飄零西復東，舊遊清興幾時同？（〈贈周歧鳳〉明・錢曄）	琴劍飄零：琴是古時文人常攜帶的。舊指潦倒失意，流落他鄉。
	寫作例句：我只不過是一個琴劍飄零的落魄文人罷了。

賣劍買琴，鬥瓦輸銅。（〈能令公少年行〉清·龔自珍）	賣劍買琴：指沒有功名意識，志在歸隱。
	寫作例句：我對仕途沒有興趣，寧可賣劍買琴。

成語「琴瑟」

詩句·出處	對應成語
窈窕淑女，琴瑟友之。（《詩經·關雎》） 妻子好合，如鼓瑟琴。（《詩經·常棣》）	琴瑟之好：琴瑟，兩種絃樂器名。比喻夫妻間感情和諧。
	寫作例句：他們倆海誓山盟，願永結琴瑟之好。
再不趁蝶使蜂媒廝斷送，再不信怪友狂朋廝搬弄，但能夠魚水相逢琴瑟和同。（《揚州夢·第二折》元·喬吉）	琴瑟和同：琴瑟合奏時聲音非常和諧，比喻夫妻關係和諧。
	寫作例句：他們在網路上聊得很投機，你唱我和，很有點琴瑟和同的味道。
夫妻和順從今定，這段姻緣夙世成，琴瑟和諧樂萬春。（《三元記·團圓》明·沈受先）	琴瑟和諧：比喻夫妻關係和諧。
	寫作例句：願你們夫妻恩愛，琴瑟和諧。

四個「琴瑟」成語的出處

詩句・出處	對應成語
妻子好合，如鼓瑟琴。(《詩經・常棣》)	和如琴瑟：比喻夫妻相親相愛。
	寫作例句：在他對我說了那些話後，我再也無法與他和如琴瑟。
	琴瑟相調：比喻夫妻恩愛，感情融洽。
	寫作例句：他們結婚後相當幸福，琴瑟相調。
	瑟弄琴調：比喻夫婦感情融洽。
	寫作例句：他倆瑟弄琴調，奏出了愛的交響曲。
	瑟調琴弄：比喻夫婦感情融洽。
	寫作例句：兩人雖相差了十餘歲，卻日久情濃、瑟調琴弄，真是一對羨煞旁人的佳偶。

成語之「弦」

詩句・出處	對應成語
麟角鳳觜世莫識，煎膠續弦奇自見。(〈病後遇過王倚飲贈歌〉唐・杜甫)	煎膠續弦：比喻交情密切或再續舊情。
	寫作例句：二人雖然離婚了，但經過了幾年的煎膠續弦，又重婚了。

江梅冷豔酒清光，急拍繁弦醉畫堂。（〈醉送〉唐·李郢）	急拍繁弦：形容各種樂器同時演奏的熱鬧情景。
	寫作例句：我聽了一場急拍繁弦的音樂會。
兩首新詩百字餘，朱弦玉磬韻難如。（〈令狐相公見示河中楊少尹贈答兼命繼之〉唐·劉禹錫）	朱弦玉磬：弦，樂器上的絲弦；磬，古代一種打擊樂器。指用絃樂器和打擊樂器合奏的優美音樂。
	寫作例句：宴會上朱弦玉磬齊鳴，令人陶醉。
一處處秋千院，一行行品竹調弦。（《玉壺春·第一折》元·武漢臣）	品竹調弦：亦作「品竹調絲」。泛指吹彈管弦樂器。
	寫作例句：她聰明伶俐，多才多藝，品竹調弦樣樣都會。
玉陛舒奇抱，看璅尾啼飢眾紛擾，惟改柱張弦，掄才訪道。（《金蓮記·射策》明·陳汝元）	改柱張弦：改換琴柱，另張琴弦。比喻改革制度或變更方法。
	寫作例句：王安石為挽救北宋危亡，毅然改柱張弦，實行新政。

成語「管」、「弦」

詩句・出處	對應成語
修蛾慢臉燈下醉，急管繁弦頭上催。（〈憶舊遊〉唐・白居易）	急管繁弦：急，快；繁，雜。形容各種樂器同時演奏的熱鬧情景。
	寫作例句：燈樓前，急管繁弦、笙歌沸騰，眾人也非常配合著發出驚呼聲。
調弦弄管，持觴舉杯；吟風詠月，朝東暮西。（《玉環記・玉簫嘆懷》明・楊柔勝）	調弦弄管：弦，絃樂器；管，管樂器。彈撥吹奏樂器。
	寫作例句：他每日調弦弄管於茶坊酒肆，揮金如土。

成語「絲」、「竹」

詩句・出處	對應成語
酒肉如山又一時，初筵哀絲動豪竹。（〈醉為馬墜諸公攜酒相看〉唐・杜甫）	哀絲豪竹：絲、竹，弦樂、管樂的通稱；豪竹，以粗大的竹管製成的樂器。形容管弦樂聲的悲壯動人。
	寫作例句：整個歌劇的演出，情節曲折，感人肺腑，哀絲豪竹，扣人心弦。
樂莫樂於新相知，美人一笑回春姿。（〈東津〉宋・陸游）	豪竹哀絲：指管弦樂。
	寫作例句：詩人灌注在詩中的感情旋律極其悲慨激盪，但那旋律既不是豪竹哀絲，也不是急管繁弦，而是像小提琴奏出的小夜曲或夢幻曲，含蘊著雋永情韻。

急竹繁絲互催逼，吳娘嬌濃玉無力。（〈白紵詞〉宋‧翁卷）	急竹繁絲：形容各種樂器同時演奏的熱鬧情景。
	寫作例句：宴會伴隨著急竹繁絲，好不熱鬧。
又不會賣風流弄粉調脂，又不會按宮商品竹彈絲。（《貨郎擔‧第四折》元‧無名氏）	品竹彈絲：品，吹弄樂器；竹，指簫笛之類管樂器；絲，指琵琶、二胡之類絃樂器。指吹彈樂器。
	寫作例句：幽王召樂工鳴鐘擊鼓，品竹彈絲，宮人歌舞進臨，褒姒全無悅色。
論文時芸窗下摘句尋章，論武時柳營內調絲弄竹。（〈贈人〉元‧湯式）	調絲弄竹：絲，絃樂器；竹，管樂器。彈撥吹奏樂器。
	寫作例句：他從小就擅長調絲弄竹，後來成為一位著名的音樂家。

成語之「簫」

詩句‧出處	對應成語
少年擊劍更吹簫，劍氣簫心一例消。（《己亥雜詩》清‧龔自珍）	劍氣簫心：比喻剛柔相濟，任俠儒雅，既有情致，又有膽識。
	寫作例句：龔自珍一生都處於劍氣簫心的矛盾中，既有濟世抱負，又有避世想法。
一樓初上一閣逢，玉簫金琯東山東。（〈能令公少年行〉清‧龔自珍）	玉簫金琯：泛指雕飾華美的管樂器。
	寫作例句：不是有玉簫金琯就能演奏出優美的樂曲。

成語「簫」、「管」

詩句‧出處	對應成語
木蘭之枻沙棠舟，玉簫金管坐兩頭。(〈江上吟〉唐‧李白) 玉簫金管，不共美人遊。(〈鶯山溪〉宋‧周邦彥)	玉簫金管：泛指雕飾華美的管樂器。
	寫作例句：玉簫金管是指中國古代民間音樂器樂中的一對樂器，由一根長約30公分的玉笛，和一根金管組成。
鳳簫龍管穿雲去，錦纜牙檣映日月。(〈龍衣舟行〉清‧黃永)	鳳簫龍管：指笙簫一類管樂的吹奏聲。
	寫作例句：鳳簫龍管作為中國傳統樂器之一，具有獨特的音色和造型，適合演奏多種曲目。

成語之「笙」

詩句‧出處	對應成語
鼓鐘欽欽，鼓瑟鼓琴，笙磬同音。(《詩經‧鼓鐘》)	笙磬同音：比喻人事協調，關係和睦。
	寫作例句：房、杜二人不同的性格特色與智慧特長，如笙磬同音，協調互補，完善著初唐政壇。
歌兒舞女朝朝醉，鳳管鶯笙步步隨。(《獅吼記‧訪友》明‧汪廷訥)	鳳管鶯笙：笙簫之樂的美稱。
	寫作例句：古代樂器是中華文化的重要組成部分，其中鳳管鶯笙是一種非常有代表性的樂器。

成語「琵琶」

詩句‧出處	對應成語
千載琵琶作胡語，分明怨恨曲中論。(〈詠懷古蹟‧其三〉唐‧杜甫)	琵琶胡語：表示對外屈辱求和之意。
	寫作例句：漢初對匈奴的和親政策是一種恥辱，後人習慣用琵琶胡語來指代。
門前冷落鞍馬稀，老大嫁作商人婦。(〈琵琶行〉唐‧白居易) 千呼萬喚始出來，猶抱琵琶半遮面。(〈琵琶行〉唐‧白居易)	琵琶別抱：亦作「琵琶別弄」。指婦女改嫁。
	寫作例句：在舊社會，婦女一旦琵琶別抱，就會為人們所輕視。
輕攏慢撚抹復挑，初為霓裳後六么。(〈琵琶行〉唐‧白居易)	輕攏慢撚：攏，叩弦；撚，揉弦。原指演奏琵琶，現形容從容的彈奏樂器。
	寫作例句：女子端坐撫琴，輕攏慢撚，奏出一曲〈妝臺秋思〉。

成語之「鐘」

詩句‧出處	對應成語
黃鐘毀棄，瓦釜雷鳴。讒人高張，賢士無名。(〈卜居〉戰國‧屈原)	黃鐘毀棄：黃鐘，黃銅鑄的鐘，中國古代音樂有十二律，陰陽各六，黃鐘為陽六律的第一律；毀，毀壞；棄，拋棄。比喻賢人遭受擯斥。
	寫作例句：一個公司如果不選拔賢才，而是黃鐘毀棄，壓抑人才，那前途一定不妙。
	黃鐘瓦釜：瓦釜，泥土燒成的大鍋，用作樂器，音調最為低。比喻高雅優秀的或庸俗低劣的，賢才和庸才。
	寫作例句：二人相比，簡直就是黃鐘瓦釜，立見高下。
鐘鼎山林都是夢，人間寵辱休驚。(〈臨江仙〉宋‧辛棄疾) 疏雨梧桐，微雲河漢，鐘鼎山林無限悲。(〈沁園春〉宋‧劉過)	鐘鼎山林：比喻富貴和隱逸。
	寫作例句：我們的人生際遇不同，鐘鼎山林，各有所歸。

成語之「鼓」

詩句・出處	對應成語
早來到北邙前面，猛聽的鑼鼓喧天。(《單鞭奪槊・第四折》元・尚仲賢)	鑼鼓喧天：喧，聲音大。鑼鼓震天響。原指作戰時敲鑼擊鼓指揮進退，後多形容喜慶、歡樂的景象。
	寫作例句：一會是鑼鼓喧天，緊接著就是鞭炮齊鳴，真是熱鬧。
統雄兵劈面相持，驅貔虎扯鼓奪旗。(《伊尹耕莘・第三折》元・鄭光祖)	扯鼓奪旗：形容作戰勇敢。
	寫作例句：他身先士卒，扯鼓奪旗，屢立奇功。

成語「鐘」、「鼓」

詩句・出處	對應成語
鐘鼓饌玉不足貴，但願長醉不願醒。(〈將進酒〉唐・李白)	鐘鼓饌玉：鳴鐘鼓，食珍饈。形容富貴豪華的生活。
	寫作例句：作為公子哥，他一直過著鐘鼓饌玉的生活。
朝鐘暮鼓不到耳，明月孤雲長掛情。(〈山中〉唐・李咸用) 百年鼎鼎世共悲，晨鐘暮鼓無休時。(〈短歌行〉宋・陸游)	晨鐘暮鼓：亦作「暮鼓晨鐘」、「朝鐘暮鼓」。佛寺中晨撞鐘暮擊鼓以報時，後指僧人們孤寂生活，比喻令人警醒的言語。
	寫作例句：他隱居寺院後，歲月就隨著晨鐘暮鼓而一天天消逝了。

成語「塤」、「篪」

詩句．出處	對應成語
伯氏吹塤，仲氏吹篪。(《詩經．何人斯》)	伯塤仲篪：伯、仲，兄弟排行的次第，伯為大，仲次之；塤，陶土燒製的樂器；篪，竹製的樂器。塤篪合奏，樂音和諧。舊時讚美兄弟和睦。
	寫作例句：這是一個尊老愛幼、伯塤仲篪的模範家庭。
	塤篪相和：舊時比喻兄弟和睦。
	寫作例句：他們兄弟倆塤篪相和，傳為佳話。
天之牖民，如塤如篪，如璋如圭，如取如攜。(《詩經．板》)	如塤如篪：塤、篪，樂器名。這兩種樂器合奏時，塤唱而篪和，用以比喻兩物之回應、應和。
	寫作例句：二人配合得如塤如篪，效率很高。

兩個成語的出處

詩句．出處	對應成語
聲色狗馬外，其餘一無知。(〈悲哉行〉唐．白居易)	聲色狗馬：聲色，歌舞和女色；狗馬，養狗和騎馬。形容剝削階級荒淫無恥的生活方式。
	寫作例句：隋朝末年，隋煬帝縱情於聲色狗馬，加深對人民的剝削，終於激起了全國性的農民起義。
	一無所知：一，都、全之意。什麼都不知道、不懂。
	寫作例句：對你指責的事，我真的是一無所知，並非想要推卸責任。

第 **3** 章
生靈萬物

成語動物園

成語之「鳥」

詩句・出處	對應成語
如鳥斯革，如翬斯飛。（《詩經・斯干》）	鳥革翬飛：革，鳥張翅；翬，羽毛五彩的野雞。如同鳥兒張開雙翼，野雞展翅飛翔一般。舊時形容宮室華麗。
	寫作例句：中國許昌關帝廟重修之後鳥革翬飛，金碧煥然。
瑣兮尾兮，流離之子。（《詩經・旄丘》）	瑣尾流離：瑣尾，細小時美好；流離，鴞的別名。鴞細小時可愛，長大後卻非常醜惡，比喻處境由順利轉為艱難。
	寫作例句：逆境中的他彷彿瑣尾流離一般。
雲無心以出岫，鳥倦飛而知還。（〈歸去來辭〉晉・陶淵明）	倦鳥知還：疲倦的鳥知道飛回自己的巢。比喻辭官後歸隱田園，也比喻從旅居之地返回故鄉。
	寫作例句：倦鳥知還，在外奔波了幾十年，如今老了，他更加想念家鄉。
其間旦暮聞何物？杜鵑啼血猿哀鳴。（〈琵琶行〉唐・白居易）	杜鵑啼血：傳說杜鵑晝夜悲鳴，啼至血出乃止。常用來形容哀痛之極。
	寫作例句：他的遺書字字彷彿杜鵑啼血，令人悲傷至極。

成語之「鳳」

詩句‧出處	對應成語
鳳凰鳴矣，于彼高岡。梧桐生矣，于彼朝陽。(《詩經‧卷阿》)	丹鳳朝陽：鳳凰在太陽初升時鳴叫，比喻稀有的吉兆，也比喻有高才的人得到發揮的機會。
	寫作例句：張總這次能得到提拔，真可謂丹鳳朝陽，蛟龍得水啊！
麟角鳳觜世莫識，煎膠續弦奇自見。(〈病後遇過王倚飲贈歌〉唐‧杜甫)	麟角鳳觜：觜，鳥嘴。麒麟的角，鳳凰的嘴，比喻稀罕名貴的東西。
	寫作例句：一件很普通的東西，卻享受到了麟角鳳觜的待遇。
桐花萬里關山路，雛鳳清於老鳳聲。(〈韓冬郎即席為詩相送〉唐‧李商隱)	雛鳳清聲：雛鳳，比喻優秀子弟；清聲，清越的鳴聲。比喻後代子孫更有才華。
	寫作例句：別看這孩子年紀小，繪畫卻是雛鳳清聲。
清澄有餘幽素香，鰥魚渴鳳真珠房。(〈李夫人歌‧其三〉唐‧李商隱)	鰥魚渴鳳：比喻獨身的男子急於求得配偶。
	寫作例句：最近他經常去婚姻介紹所，可謂鰥魚渴鳳。

成語「鳳凰」

詩句・出處	對應成語
鳳凰于飛，翽翽其羽，亦集爰止。（《詩經・卷阿》）	鳳凰于飛：原意為鳳與凰在空中相偕而飛，比喻夫妻相親相愛，一般用來祝福婚姻新人的生活幸福美滿。
	寫作例句：你們夫妻二人鳳凰于飛，真是天作之合啊！
鳳皇在笯兮，雞鶩翔舞。（〈懷沙〉戰國・屈原）	鳳凰在笯：笯，鳥籠。鳳凰被關在籠中，比喻有才能者不能施展抱負。
	寫作例句：一個奇才，卻遭遇鳳凰在笯的命運。
意廝投門廝對戶廝當，成就了隻鳳孤凰。（《㑇梅香・第三折》元・鄭光祖）	隻鳳孤凰：隻，獨、單之意。沒有配偶，孤零的一人。
	寫作例句：回到家中，想起自己已是隻鳳孤凰，他不禁黯然淚下。

成語之「燕」

詩句・出處	對應成語
燕燕于飛，差池其羽。之子于歸，遠送于野。（《詩經・燕燕》）	燕燕于飛：女子出嫁。
	寫作例句：今天是妳燕燕于飛的大喜日子，祝妳一生幸福。

出處榮枯一笑空，十年社燕與秋鴻。（〈遊寶雲寺得唐彥猷為杭州日送客舟中手書一絕〉宋·蘇軾） 憶昔錢塘話別，十年社燕秋鴻。（〈西江月〉宋·無名氏）	社燕秋鴻：燕子和大雁都是候鳥，但在同一季節裡飛的方向不同。比喻剛見面又離別。
	寫作例句：這次見面，終究是社燕秋鴻，稍縱即逝。
幾口氣抬舉他偌大，恰便似燕子銜食。（《凍蘇秦·第二折》元·無名氏）	燕子銜食：比喻育子之艱辛。
	寫作例句：這些動物界的母親燕子銜食般的把幼崽養大。
指點官衙蔥茜間，似舊燕歸巢雙語簷前。（《青衫記·裴興歸衙》明·顧大典）	舊燕歸巢：從前的燕子又飛回老窩。比喻遊子喜歸故里。
	寫作例句：回到家鄉，有一種舊燕歸巢之感。
池魚幕燕依棲淺，軒鶴冠猴寵渥新。（〈驛傳杭臺消息石末公有詩見寄次韻奉和並寓悲感·其一〉明·劉基）	池魚幕燕：比喻處境危險極易遭殃的人。
	寫作例句：難道你還意識不到，你已經是池魚幕燕了？

成語「勞燕」

詩句・出處	對應成語
東飛伯勞西飛燕，黃姑織女時相見。（〈東飛伯勞歌〉南北朝・蕭衍）	勞燕分飛：「勞燕」代指伯勞和燕子兩種鳥類，「勞」是伯勞的簡稱，和「辛勞」無關。「勞」和「燕」分別朝不同的方向飛去，比喻到了分開的時候了。
	寫作例句：這對年輕的夫婦為了各自的前途，被迫勞燕分飛。
	東勞西燕：勞，伯勞，鳥名。①比喻情侶、朋友離別。②比喻來自不同方向的同路人。
	寫作例句：畢業後，這對戀人就東勞西燕了。
	伯勞飛燕：借指離別的親人或朋友。
	寫作例句：父親去世後，他們夫妻不得不伯勞飛燕，各奔前程。

成語之「鶯」

詩句・出處	對應成語
柳嚲鶯嬌花復殷，紅亭綠酒送君還。（〈暮春虢州東亭送李司馬歸扶風別廬〉唐・岑參）	柳嚲鶯嬌：柳絲垂，鶯聲嬌。形容春景之美。
	寫作例句：公園裡柳嚲鶯嬌，春色迷人。
絳羅深護奇葩小，不許蜂識鶯猜。（《琵琶記・牛相教女》元・高明）	蜂識鶯猜：比喻男子對女子的思慕。
	寫作例句：對於男孩蜂識鶯猜的心思，女孩自然知曉。

成語「鶯」、「燕」

詩句‧出處	對應成語
鶯啼燕語報新年，馬邑龍堆路幾千？（〈春思〉唐‧皇甫冉）	鶯啼燕語：亦作「燕語鶯啼」。形容春光明媚，也比喻女子悅耳的說話聲。
	寫作例句：時值三月，陽光和煦，鶯啼燕語，繁花似錦。
燕舞鶯歌晝景永，簾幕無人門宇靜。（〈春日行〉宋‧朱淑真）	燕舞鶯歌：燕子在飛舞，黃鶯在鳴叫。形容春光明媚。
	寫作例句：春天的公園，花紅柳綠，燕舞鶯歌。
海棠一株春一國，燕燕鶯鶯作寒食，千古萬古開元日。（〈題商孟卿家明皇合曲圖〉元‧元好問）	燕燕鶯鶯：比喻嬌妻美妾或年輕女子。
	寫作例句：樓下情侶燕燕鶯鶯，樓上的單身年輕人長吁短嘆。
語若流鶯聲似燕，丹青，燕語鶯聲怎畫成？（《金線池‧楔子》元‧關漢卿）	燕語鶯聲：亦作「鶯聲燕語」。燕子的語音，黃鶯的歌聲。原形容美好的春光，後形容女子聲音宛轉動聽。
	寫作例句：春天的中國江南到處是燕語鶯聲。
你自有鶯儔燕侶，我從今萬事不關心。（《魯齋郎‧第三折》元‧關漢卿）	鶯儔燕侶：鶯、燕，比喻女子；儔，伴侶。指男子的妻室或情侶。
	寫作例句：一對鶯儔燕侶正在林間散步。

算年年、鶯猜燕妒，仙緣知在何處？（〈摸魚子〉清·王鵬運）	鶯猜燕妒：比喻遭人猜忌。
	寫作例句：面對這些鶯猜燕妒，他一笑了之。

成語之「鴻」

詩句·出處	對應成語
鴻雁于飛，集于中澤。（《詩經·鴻雁》） 鴻雁于飛，哀鳴嗷嗷。（《詩經·鴻雁》）	哀鴻遍野：哀鴻，哀鳴的鴻雁，比喻啼飢號寒的災民。在天災人禍中到處都是流離失所、呻吟呼號的災民。
	寫作例句：這幾天的股市可謂哀鴻遍野，慘不忍睹。
魚網之設，鴻則離之。燕婉之求，得此戚施。（《詩經·新臺》）	魚網鴻離：鴻，鴻雁；離，遭受。張網捕魚，捉到的是鴻雁，比喻得到的不是自己想要的。
	寫作例句：一番努力，結果卻是魚網鴻離，陰差陽錯。
人生到處知何似？應似飛鴻踏雪泥。泥上偶然留指爪，鴻飛那復計東西。（〈和子由澠池懷舊〉宋·蘇軾）	雪泥鴻爪：亦作「鴻爪雪泥」。鴻雁在雪地上走過時留下的腳印。後比喻事情過後遺留下的痕跡。
	寫作例句：他經常寫日記，好為浮生經歷留些雪泥鴻爪。
	飛鴻踏雪：亦作「飛鴻印雪」。比喻事情經過所留下的痕跡。
	寫作例句：人之一生，恰似飛鴻踏雪，白駒過隙。

問誰知、幾者動之微，望飛鴻冥冥天際。(〈哨遍〉宋‧辛棄疾)	飛鴻冥冥：鴻，鴻雁；冥冥，高遠。大雁飛向遠空。比喻隱者遠走高飛，全身避害。
	寫作例句：面對這樣的變故，他只能飛鴻冥冥，一走了之。
來鴻去燕江乾路，露宿風飛各朝暮。(〈稚存從新安歸作此寄之〉清‧黃景仁)	來鴻去燕：比喻行蹤漂泊不定的人。
	寫作例句：這些工人猶如來鴻去燕，流動性極強。

成語之「雁」

詩句‧出處	對應成語
鴻雁于飛，哀鳴嗷嗷。(《詩經‧鴻雁》)	鴻雁哀鳴：哀，悲哀。比喻流離失所的災民生活淒慘。
	寫作例句：火山爆發區附近，一片鴻雁哀鳴的淒慘景象。
巫峽啼猿數行淚，衡陽歸雁幾封書。(〈送李少府貶峽中王少府貶長沙〉唐‧高適)	衡陽雁斷：衡山南峰有回雁峰，相傳雁來去以此為界。比喻音訊不通。
	寫作例句：烽火連天，衡陽雁斷，難得有家中的消息。
我居北海君南海，寄雁傳書謝不能。(〈寄黃幾復〉宋‧黃庭堅)	寄雁傳書：指傳遞書信。
	寫作例句：大學期間，二人頻繁寄雁傳書，關係非常密切。

成語之「鵠」

詩句・出處	對應成語
緣鵠飾玉，後帝是饗。（〈天問〉戰國・屈原）	緣鵠飾玉：鵠，天鵝；緣鵠，因某種機緣把鵠鳥做成羹，獻給對方吃；飾玉，修飾玉鼎，造成美觀的效果，讓對方看了高興。指因緣際會而登上高位。
	寫作例句：在仕途上，他一路緣鵠飾玉，步步高升。
看他眉兒秀，額兒嶢，鵠峙鸞停一俊髦。（《四賢記・會母》明・無名氏）	鵠峙鸞停：形容人儀態端莊，姿容秀美。
	寫作例句：他的言談舉止好似鵠峙鸞停。
弄君筆頭隨意之丹青，使我鳩形鵠面生光瑩。（〈尹六丈為我作雲峰閣圖歌以為贈〉清・黃景仁）	鳩形鵠面：鳩，斑鳩；鵠，天鵝。像斑鳩的形體（腹部低陷，胸骨空出），像黃鵠的臉面（蒼黃而瘦削）。形容身體瘦削，面容憔悴。
	寫作例句：這人長得鳩形鵠面，讓人印象深刻。
鳶肩鵠頸作詩苦，寒不能衣飢不煮。（〈雜詠・其三〉近代・李涵秋）	鳶肩鵠頸：如鳶之聳肩，如鵠之伸頸。形容伏案苦思的樣子。
	寫作例句：他在書桌前鳶肩鵠頸，直到深夜。

成語「鴻鵠」

詩句・出處	對應成語
鴻鵠高飛，一舉千里。(〈鴻鵠歌〉漢・劉邦)	鴻鵠高飛，一舉千里：鴻鵠，天鵝。天鵝高高飛翔，一飛千里。指人有雄才大略。
	寫作例句：我相信你們之中的一些人一定會鴻鵠高飛，一舉千里，有遠大的前程。
向日蠶桑動，忽相逢孤鴻寡鵠。(《鳴鳳記・鄒慰夏孤》明・無名氏)	孤鴻寡鵠：孤，孤單；鴻，鴻雁；寡，喪偶的婦人；鵠，天鵝。孤獨失伴的天鵝。比喻失去配偶的男女。
	寫作例句：戰爭造成了無數個孤鴻寡鵠的家庭。

成語之「魚」

詩句・出處	對應成語
鳶飛戾天，魚躍於淵。(《詩經・旱麓》)	鳶飛魚躍：亦作「魚躍鳶飛」。鳶，老鷹。鷹在天空飛翔，魚在水中騰躍，形容萬物各得其所。
	寫作例句：春天來了，鳶飛魚躍，鳥語花香。

魴魚赬尾，王室如燬。（《詩經‧汝墳》）	魴魚赬尾：魴，魚名，體似鯿魚；赬，赤色；赬尾，紅色的尾巴。魴魚的尾巴紅了。比喻人們憂勞國事，非常辛苦，就像魴魚尾巴累紅了一樣。
	寫作例句：為了國事，這些大臣們已經魴魚赬尾了。
客從遠方來，遺我雙鯉魚。呼兒烹鯉魚，中有尺素書。（〈飲馬長城窟行〉漢樂府）	魚傳尺素：尺，古代用絹帛書寫，通常長一尺，因以此稱書信。指傳遞書信。
	寫作例句：當人們用電子郵件、視訊跨越了整個地球村，似乎失去了魚傳尺素的期待與盼望。
夢入神山教神嫗，老魚跳波瘦蛟舞。（〈李憑箜篌引〉唐‧李賀）	老魚跳波：魚隨著樂聲跳躍。比喻音律精妙絕倫。
	寫作例句：他的琴聲有老魚跳波之妙。
爾雅注蟲魚，定非磊落人。（〈讀皇甫湜公安園池詩書其後‧其一〉唐‧韓愈）	蟲魚之學：指繁瑣的考據訂正。
	寫作例句：研究蟲魚之學沒有意義。
門堪羅雀仍未害，釜欲生魚當奈何？（〈寄西溪相禪師〉元‧元好問）	釜中生魚：比喻生活困難，斷炊已久。
	寫作例句：我家已經窮得釜中生魚了。

成語「魚」、「雁」

詩句・出處	對應成語
魚沉雁杳天涯路，始信人間別離苦。（〈相思曲〉唐・戴叔倫）	魚沉雁杳：比喻書信不通，音訊斷絕。
	寫作例句：他這一去，如斷線風箏，魚沉雁杳。
魚腸雁足望緘封，地遠三江嶺萬重。（〈逾嶺嶠止荒陬抵高要〉唐・李紳）	魚腸雁足：泛指書信。
	寫作例句：他在網路上認識了很多朋友，一時間魚腸雁足，玉照紛飛。
空接，魚書雁帖，反教人添哽咽。（〈絳都春序・題情〉明・高濂）盼征鴻在天外，行列，煩寄卻魚書雁帖。（〈絳都春序・四時閨怨〉明・王九思）	魚書雁帖：泛指書信。
	寫作例句：兩人相約要保持聯絡，魚書雁帖不斷。
淚痕一線羅裙繡裾，相思兩字魚箋雁書。（〈醉羅歌・題情〉明・史叔考）	魚箋雁書：泛指書信。
	寫作例句：從此以後，兩位具有特別情愫的老朋友就魚箋雁書不間斷。

成語之「鳩」

詩句・出處	對應成語
鳲鳩在桑，其子七兮。淑人君子，其儀一兮。其儀一兮，心如結兮。(《詩經・鳲鳩》)	尸鳩之平：亦作「尸鳩之仁」。尸鳩，亦作「鳲鳩」，即布穀鳥，傳說牠哺育群雛時能平均如一。比喻一視同仁，喻指君主公平對待臣民。
	寫作例句：擁有尸鳩之平是一個皇帝的基本素養。
莫笑鳩巢計拙，葫蘆提一向裝呆。(〈風入松〉元・馬致遠)	鳩巢計拙：鳩，布穀鳥；拙，笨。形容人不善經營，拙於生計。
	寫作例句：他是個鳩巢計拙之人，做生意怎能不賠錢。

成語之「鵲」

詩句・出處	對應成語
維鵲有巢，維鳩居之。(《詩經・鵲巢》)	鵲巢鳩占：亦作「鳩占鵲巢」。比喻強占他人的居處或霸占別人的財產。
	寫作例句：本來是留給老李的職位，怎知董事長的親戚來了個鵲巢鳩占，可把老李氣壞了。
	鵲巢鳩居：本喻女子出嫁，住在夫家，後比喻強占別人的房屋、土地、妻室等。
	寫作例句：這幫強盜明火執仗，巧取豪奪，鵲巢鳩居，殺人越貨，無惡不作。

月明星稀，烏鵲南飛。繞樹三匝，何枝可依？（〈短歌行〉漢・曹操）	魏鵲無枝：比喻賢才無所依存。
	寫作例句：雖然滿腹經綸，但如果沒有伯樂，也照樣魏鵲無枝。

成語之「雀」

詩句・出處	對應成語
誰謂雀無角？何以穿我屋？誰謂女無家？何以速我獄？雖速我獄，室家不足！誰謂鼠無牙？何以穿我墉？（《詩經・行露》）	雀角鼠牙：亦作「鼠牙雀角」。雀、，比喻強暴者。原意是因為強暴者的欺凌而引起爭訟，後比喻打官司的事。
	寫作例句：因為打官司的成本太高，所以多數人對雀角鼠牙的事感興趣。
	雀角之忿：指雀和鼠都能毀人們的房子，就如同打官司一樣。比喻打官司帶來的煩惱。
	寫作例句：法院開庭之後，你就得忍受雀角之忿了。
燕雀烏鵲，巢堂壇兮。（《楚辭・九章・涉江》戰國・屈原）	燕雀烏鵲：比喻讒佞小人。
	寫作例句：當今朝堂之上，奸臣當道，燕雀烏鵲橫行。
孔雀東南飛，五里一徘徊。（〈孔雀東南飛〉漢樂府）	東南雀飛：比喻夫妻分離。
	寫作例句：夫妻二人最終東南雀飛了。

楊生黃雀，毛子白龜。（〈蒙求〉唐·李瀚）	楊生黃雀：南朝梁吳均《續齊諧記》載，東漢弘農人楊寶少時救了一隻黃雀，後有一黃衣童子送白環四枚相報，謂當使其子孫顯貴，位登三公。後人以此為報恩典實。
	寫作例句：楊生黃雀的故事告訴我們，做人要知道感恩。

成語之「猿」

詩句·出處	對應成語
河潰蟻孔端，山壞由猿穴。（〈臨終詩〉漢·孔融）	猿穴壞山：比喻小事不注意，就會造成大災禍。
	寫作例句：別以為小孩子有點小毛病沒什麼大不了的，要知道猿穴壞山。
心猿不定，意馬四馳。（《參同契·注》漢·魏伯陽）機盡心猿伏，神閒意馬行。（〈題杜居士〉唐·許渾）	心猿意馬：心意好像猴子跳、馬奔跑一樣控制不住。形容心裡東想西想，安靜不下來。
	寫作例句：我們做事要腳踏實地，不能心猿意馬。
籠鳥檻猿俱未死，人間相見是何年？（〈山中與元九書因題書後〉唐·白居易）	籠鳥檻猿：籠中鳥檻中猿，比喻受拘禁沒有自由的人。
	寫作例句：回到京城之後，他就失去了自由，成為籠鳥檻猿了。

鏡裡拈花，水中捉月，覷著無由得近伊。（〈沁園春〉宋·黃庭堅）	猿猴取月：比喻愚昧無知，也比喻白費力氣。
	寫作例句：你不要白費力氣了，這種猿猴取月的事，何必去做？
猿驚鶴怨草三尺，楚尾吳頭天一方。（〈秋日寄舍弟〉宋·王阮）	猿驚鶴怨：猿和鶴淒厲的啼叫。
	寫作例句：林中猿驚鶴怨，讓他更加悲傷。

成語之「鶴」

詩句·出處	對應成語
孤雲將野鶴，豈向人間住？（〈送上人〉唐·劉長卿）	孤雲野鶴：空中獨自飄動的浮雲，曠野任意漫遊的仙鶴，比喻隱居者或生活清閒、無拘無束的人。
	寫作例句：這些人中，獨有妙玉如孤雲野鶴，無拘無束。
閉門足病非高士，勞作雲心鶴眼看。（〈酬楊八〉唐·白居易）	雲心鶴眼：比喻高遠的處世態度。
	寫作例句：您有雲心鶴眼，自然左右逢源。
自從煮鶴燒琴後，背卻青山臥月明。（〈戲題盱眙邵明府壁〉唐·韋鵬翼）	煮鶴燒琴：把琴當柴燒，把鶴煮了吃。比喻糟蹋美好的事物。
	寫作例句：我們要保護文物，千萬不能做煮鶴燒琴的傻事。

蜂腰鶴膝嘲希逸，春蚓秋蛇病子雲。（〈和孔密州五絕·和流杯石上草書小詩〉宋·蘇軾）	蜂腰鶴膝：指詩歌聲律八病中的兩種。泛指詩歌聲律上的毛病。
	寫作例句：你的詩中普遍存在蜂腰鶴膝的問題。
三徑初成，鶴怨猿驚，稼軒未來。（〈沁園春·帶湖新居將成〉宋·辛棄疾）	鶴怨猿驚：形容對官場厭倦，有意歸隱的心情。
	寫作例句：他厭倦了官場生活，鶴怨猿驚，決心歸隱山林。

成語之「鸞」

詩句·出處	對應成語
才披尺許目增明，鸞跂鴻驚欲飛逝。（〈題河南王氏所藏子敬帖〉宋·黃伯思）	鸞跂鴻驚：鸞，鳳凰一類的鳥。比喻書法筆勢飛舉之態。
	寫作例句：他的書法鸞跂鴻驚，蒼勁有力。
我無鵲返鸞回字，我無金章玉句子。（〈謝鬍子遠郎中惠蒲大韶墨報以龍涎心字香〉宋·楊萬里）	鵲返鸞回：形容字寫得神采飛動，如盤旋往復的鵲鳥和鸞鳥。
	寫作例句：老書法家運筆瀟灑自如，寫出的字如鵲返鸞回。
看他眉兒秀，額兒嶢，鵠峙鸞停一俊髦。（《四賢記·會母》明·無名氏）	鵠峙鸞停：形容人儀態端莊，姿容秀美。
	寫作例句：她那鵠峙鸞停的氣質令人難忘。

成語「鸞」、「鳳」

詩句‧出處	對應成語
鸞鳳分飛海樹秋，忍聽鐘鼓越王樓。（〈寄妾趙氏〉唐‧房千里）	鸞鳳分飛：比喻夫妻或情侶離散。
	寫作例句：這對年輕夫婦為了各自的前途，被迫鸞鳳分飛。
鸞翔鳳翥眾仙下，珊瑚碧樹交枝柯。（〈石鼓歌〉唐‧韓愈）	鸞翔鳳翥：亦作「鸞翔鳳翥」。翔，盤旋而飛；翥，高飛。比喻書法筆勢飛動舒展。
	寫作例句：您的筆法鸞翔鳳翥，真不愧為當今著名書法家呀！
曾宴桃源深洞，一曲舞鸞歌鳳。（〈憶仙姿〉唐‧李存勗）	舞鸞歌鳳：比喻男女間情愛深切。
	寫作例句：這對戀人舞鸞歌鳳，情意綿綿。
風引寶衣疑欲舞，鸞回鳳翥堪驚。（〈臨江仙〉五代‧牛希濟）	鸞回鳳翥：形容舞姿優美。
	寫作例句：她的舞姿鸞回鳳翥，贏得一片喝彩。
他那裡思不窮，我這裡意已通，嬌鸞雛鳳失雌雄。（《西廂記‧第二本第五折》元‧王實甫）	嬌鸞雛鳳：幼小的鸞鳳。比喻青春年少的情侶。
	寫作例句：由於未成年，這對嬌鸞雛鳳的情侶最終在父母的壓力下分手了。
誰知道，天不容，兩三年間拋鸞拆鳳。（〈壽陽曲‧思舊〉元‧邦哲）	拋鸞拆鳳：指夫妻或情侶分離或拆散。
	寫作例句：你這種拋鸞拆鳳的行為，是違反婚姻法的。

成語「鸞」、「鶴」

詩句・出處	對應成語
鸞音鶴信杳難回，鳳駕龍車早晚來。(〈淮南高駢所造迎仙樓〉唐・羅隱)	鸞音鶴信：比喻仙界的音訊。
	寫作例句：來自天上的鸞音鶴信告訴我，要下雨了。
王昭楚妃，千里別鶴。(〈琴賦〉三國・魏・稽康) 上弦驚別鶴，下弦操孤鸞。(〈擬古・其五〉晉・陶淵明)	別鶴孤鸞：離別的鶴，孤單的鸞。比喻遠離的夫妻。
	寫作例句：一對恩愛夫妻，現在已成別鶴孤鸞。

成語之「雞」

詩句・出處	對應成語
寧與黃鵠比翼乎？將與雞鶩爭食乎？(〈卜居〉戰國・屈原)	雞鶩爭食：亦作「雞鶩相爭」。雞鶩，比喻平庸的人。舊指小人互爭名利。
	寫作例句：玲子看不慣那些人為薪水、職稱、住房而雞鶩爭食，總是遠遠的避開他們。
雞蟲得失無了時，注目寒江倚山閣。(〈縛雞行〉唐・杜甫)	雞蟲得失：像雞啄蟲、人縛雞那樣的得失。比喻微小的得失，無關緊要。
	寫作例句：即使我們胸懷天下，並不計較這點雞蟲得失，有些東西也未免讓人耿耿於懷。

| 人言嫁雞逐雞飛，安知嫁鳩被鳩逐。（〈代鳩婦言〉宋・歐陽修） | 嫁雞逐雞：比喻女子出嫁後只能順從丈夫。 |
| | 寫作例句：某大學教授在網路上發表對「女德」的看法，告誡學生要「嫁雞逐雞」、「女子無才便是德」，令人瞠目結舌。 |

成語之「鴨」

詩句・出處	對應成語
莫打鴨，打鴨驚鴛鴦。（〈打鴨〉宋・梅堯臣）	打鴨驚鴛鴦：比喻打甲驚乙，也比喻株連無罪的人。
	寫作例句：警方守候多日，卻是打鴨驚鴛鴦，讓歹徒溜了。
我覷不的你梢寬也那褶下，肚迭胸高，鴨步鵝行。（《東堂老・第二折》元・秦簡夫）	鴨行鵝步：步，走。像鵝和鴨子那樣的走路，比喻步行緩慢。
	寫作例句：專家說，這種走路姿態，往往稱「鴨行鵝步」，是個很典型的病症。

成語之「鵝」

詩句・出處	對應成語
千里鵝毛意不輕，氈衣腥膩北歸客。（〈謝陳適用惠送吳南雄所贈紙〉宋・黃庭堅） 且同千里寄鵝毛，何用孜孜飲麋鹿。（〈揚州以土物寄少遊〉宋・蘇軾） 鵝毛贈千里，所重以其人。（〈梅聖俞寄銀杏〉宋・歐陽修）	千里送鵝毛：簡作「千里鵝毛」。據《路史》記載，雲南俗傳，古代土官緬氏派遣緬伯高送天鵝給唐朝，過沔陽湖，鵝飛去，墜一翎。緬伯高只好將一翎貢上，並說：「禮輕人意重，千里送鵝毛。」後用以比喻禮物微薄而情意深重。
	寫作例句：千里送鵝毛，寄去一點心意，祝我遠方的朋友一切都好！
你休等的我恩斷意絕，眉南眼北，恁時節水盡鵝飛。（《望江亭・第二折》元・關漢卿）	水盡鵝飛：比喻恩情斷絕，各走各的路。也比喻精光，一點也不剩。
	寫作例句：這件事你要仔細研究，動動腦筋，否則水盡鵝飛，後悔莫及。

成語之「狗」

詩句‧出處	對應成語
天上浮雲如白衣，斯須變幻如蒼狗。（〈可嘆〉唐‧杜甫）	白雲蒼狗：蒼狗，黑狗。天上的白雲頃刻間變成烏雲，像黑狗一樣。比喻世事變幻無常。
	寫作例句：國際形勢如白雲蒼狗，變幻莫測。
	白衣蒼狗：浮雲像白衣裳，頃刻又變得像黑狗，比喻事物變幻莫測。
	寫作例句：風雲變幻無常，白衣蒼狗，世事難料。
再誰想泥豬疥狗生涯苦，玉兔金烏死限拘。（《任鳳子‧第二折》元‧馬致遠）	泥豬疥狗：比喻卑賤或粗鄙的人。
	寫作例句：他不過是泥豬疥狗之輩罷了，不值一提。
咱若不是扶劉鋤項，逐著那狐群狗黨，兀良怎顯得咱這黥面當王。（《氣英布‧第四折》元‧尚仲賢）	狐群狗黨：與狐、狗結群為黨。比喻勾結在一起的壞人。
	寫作例句：讓人氣憤的是，他們這夥狐群狗黨整天吃喝玩樂，滋事生非。
踴躍之懷，瞻望反側，不勝犬馬戀主之情。（〈上責躬應詔詩表〉三國‧魏‧曹植） 狐兔懷窟志，犬馬戀主情。（〈從臨海王上荊初發新渚詩〉南北朝‧鮑照）	犬馬戀主：比喻臣下眷懷君上。
	寫作例句：「犬馬戀主」這個卑微到塵埃裡的詞語，用於形容君臣關係，其實極盛於清代，尤其是乾隆皇帝以後。

成語「雞」、「狗」

詩句‧出處	對應成語
人言嫁雞逐雞飛，安知嫁鳩被鳩逐。（〈代鳩婦言〉宋‧歐陽修） 嫁狗逐狗雞逐雞，耿耿不寐輾轉思。（〈古別離〉宋‧趙汝燧）	嫁雞隨雞，嫁狗隨狗：古禮認為女子出嫁後，不論遇到何種情況，都要與丈夫和諧共處，樸樸實實，恪守婦道。
	寫作例句：她的想法很簡單，嫁雞隨雞嫁狗隨狗，不管好還是壞，夫妻關係都要維持下去。
狗盜雞鳴皆有用，鶴長鳧短果如何？（〈示懷祖〉金‧元好問）	狗盜雞鳴：①比喻具有微末技能。②比喻偷偷摸摸。
	寫作例句：他們長期混跡地下廣場，時常做些狗盜雞鳴的營生，偷些店中的香菸換錢。

成語之「兔」

詩句‧出處	對應成語
雄兔腳撲朔，雌兔眼迷離。雙兔傍地走，安能辨我是雄雌！（〈木蘭詩〉北朝民歌）	撲朔迷離：亦作「迷離撲朔」。撲朔，兔腳搔爬；迷離，兔眼半閉。原指難辨兔的雄雌，比喻辨認不清是男是女。後來形容事情錯綜複雜，不容易看清真相。
	寫作例句：這件事的發生讓案情更加撲朔迷離。

攻如餓鴟叫，勢若脫兔急。(〈雜諷・其二〉唐・陸龜蒙)	勢若脫兔：勢，攻勢。脫，脫逃。對敵人攻擊的速度極快，就像脫逃的兔子奔跑那樣。
	寫作例句：看他們精瘦的雙腿，勢若脫兔、跳如蚱蜢。
鄙高位羊質虎皮，見非辜兔死狐悲。(〈折桂令・歸隱〉元・汪元亨)	兔死狐悲：兔子死了，狐狸很悲傷。比喻因同類遭遇不幸而悲痛傷感。
	寫作例句：看到同伴失手被警察抓住了，另外一名小偷心裡湧起了兔死狐悲的感覺。

成語之「狐」

詩句・出處	對應成語
狐裘蒙戎，匪車不東。(《詩經・旄丘》)	狐裘蒙戎：狐裘的皮毛凌亂。比喻國政混亂。
	寫作例句：現在朝政一片混亂，可謂狐裘蒙戎。
心猶豫而狐疑兮，欲自適而不可。(〈離騷〉戰國・屈原)	猶豫狐疑：猶豫，遲疑不定；狐疑，狐狸多疑，因以此指猶疑不決。遲疑不決。
	寫作例句：妹妹的話讓他再度猶豫狐疑起來。

鳥飛反故鄉兮，狐死必首丘。(《楚辭‧九章‧哀郢》戰國‧屈原) 狐死正丘首，仁也。(《禮記‧檀弓上》)	狐死首丘：首丘，頭向著狐穴所在的土丘。傳說狐狸將死時，頭必朝向出生的山丘。比喻不忘本。也比喻暮年思念故鄉。
	寫作例句：葉落歸根，狐死首丘，我怎能不思念故鄉呢？
狐鳴梟噪爭署置，賜睒跳踉相嫵媚。(〈永貞行〉唐‧韓愈)	狐鳴梟噪：比喻小人囂張。
	寫作例句：他趾高氣揚，不可一世，其實不過是狐鳴梟噪，沾沾自喜罷了！
巨蠹推窮付囹圄，社鼠城狐掃巢穴。(〈八月十一日次茶陵縣入湖南界有感〉宋‧李綱)	社鼠城狐：社，土地廟。城牆上的狐狸，社廟裡的老鼠。比喻依仗權勢做惡，一時難以驅除的小人。
	寫作例句：就算他不是壞人，也是社鼠城狐，必須多加小心。

成語之「龍」

詩句‧出處	對應成語
四朝憂國鬢如絲，龍馬精神海鶴姿。(〈上裴晉公〉唐‧李郢)	龍馬精神：龍馬，傳說中形狀像龍的馬，也指駿馬。比喻人的精神健旺。
	寫作例句：我們要發揚龍馬精神，追趕新世紀。

三十骨骼成，乃一龍一豬。（〈符讀書城南〉唐・韓愈）	一龍一豬：比喻兩個人高下相差極大。
	寫作例句：他們二人一龍一豬，根本無法相提並論。
誰言萬方聲一概，鼉憤龍愁為余變。（〈過江夜行武昌山上聞黃州鼓角〉宋・蘇軾）	鼉憤龍愁：鼉，揚子鰐。如鼉憤怒，如龍憂愁。比喻樂曲的情調悲憤。
	寫作例句：這首曲子傳達了鼉憤龍愁之情。

成語之「虎」

詩句・出處	對應成語
不敢暴虎，不敢馮河。（《詩經・小旻》） 暴虎馮河，死而無悔者，吾不與也。必也臨事而懼，好謀而成者也。（《論語・述而》）	暴虎馮河：比喻冒險行事，有勇無謀。
	寫作例句：敵眾我寡還要硬拚，簡直是暴虎馮河。
	一虎不河：原指空手搏虎，徒步渡河，比喻有勇無謀，冒險行事。後在元劇中比喻不顧一切。
	寫作例句：你這完全是一虎不河，憑你一個人的力量，怎麼打得贏那些地痞流氓？

取彼譖人，投畀豺虎。 （《詩經‧巷伯》）	投畀豺虎：畀，給與。原指那種好搬弄是非的人，要把他扔出去餵豺狼虎豹。形容人民群眾對壞人的憤恨。
	寫作例句：我真恨不得把這個賣國賊投畀豺虎。
維師尚父，時維鷹揚。 （《詩經‧大明》） 虎視耽耽，其欲逐逐。 （《周易‧頤》）	鷹揚虎視：像鷹那樣飛翔，如虎一般雄視。形容十分威武。
	寫作例句：他生得身形魁梧，鷹揚虎視，讓人望而生畏。
虎豹九關，啄害下人些。（〈招魂〉戰國‧屈原）	九關虎豹：比喻凶殘的權臣。
	寫作例句：一些權臣猶如九關虎豹，殘害忠良。
府中從事杜與李，麟角虎翅相過摩。（〈安平公詩〉唐‧李商隱）	麟角虎翅：麟之角，虎之翅。比喻世間不可多得的人才。
	寫作例句：您真是難得的人才，可謂麟角虎翅。

成語「騎虎」

詩句・出處	對應成語
今之事勢，義無旋踵，騎猛獸安可中下哉。（《晉書・溫嶠傳》） 騎虎不敢下，攀龍忽墮天。（〈留別廣陵諸公〉唐・李白）	騎虎難下：騎在老虎背上不能下來。比喻做一件事情進行下去有困難，但情況又不允許中途停止，陷於進退兩難的境地。
	寫作例句：投資方的突然撤資，使得這個專案騎虎難下。
	勢成騎虎：騎在老虎背上，要下來不能下來。比喻事情中途遇到困難，但迫於形勢，想停止也停止不了。
	寫作例句：既然勢成騎虎，我就一不做二不休。

成語「魚龍」

詩句・出處	對應成語
風攪長空浪攪風，魚龍混雜一川中。（〈和漁父詞〉唐・無名氏）	魚龍混雜：比喻壞人和好人混在一起。
	寫作例句：來參加面試的人很多，免不了魚龍混雜。
任蛙蟆勝負，魚龍變化，儂方在、華胥國。（〈水龍吟〉宋・劉克莊）	魚龍變化：指魚變化為龍，比喻世事或人的根本性變化。
	寫作例句：對比今昔，他真可謂是魚龍變化，脫胎換骨。

成語「龍」、「虎」

詩句·出處	對應成語
暗石疑藏虎,盤根似臥龍。(〈同會河陽公新造山地聊得寓目〉南北朝·庾信)	臥虎藏龍:亦作「藏龍臥虎」。比喻潛藏著沒有被發現的人才,也指深藏不露的人才。
	寫作例句:這所大學臥虎藏龍,人才濟濟。
龍吟虎嘯一時發,萬籟百泉相與秋。(〈聽安萬善吹觱篥歌〉唐·李頎)	龍吟虎嘯:吟,鳴、叫;嘯,獸類長聲吼叫。像龍一樣長鳴,像虎一樣咆哮。原比喻同類事物互相感應,現多比喻吟誦的聲音抑揚頓挫。也用以形容響聲洪大,氣勢盛大。
	寫作例句:河水奔流的聲音猶如龍吟虎嘯。
湯武偶相逢,風虎雲龍,興王只在談笑中。(〈浪淘沙令〉宋·王安石)	風虎雲龍:虎嘯生風,龍起生雲。指同類事物相互感應。舊時也比喻聖主得賢臣,賢臣遇明君。
	寫作例句:魏延在《三國演義》裡首次登場,乃是真正風虎雲龍之時——曹操百萬大軍排山倒海而來,劉備殘軍拉著大隊百姓殺到襄陽,蔡瑁拒絕開城。
虎踞龍蟠何處是,只有興亡滿目。(〈念奴嬌·登建康賞心亭呈史致道留守〉宋·辛棄疾)	虎踞龍蟠:亦作「虎踞龍盤」。形容地勢雄偉險要。
	寫作例句:金陵虎踞龍蟠,山川形勝,被稱為千古帝王之州,但實質上卻是帝王絕命之地。

| 虎擲龍拏不兩存，當年曾此賭乾坤。(〈楚漢戰處〉元・元好問) | 虎擲龍拏：擲，掙扎跳躍。指龍虎互相爭鬥。比喻激烈的搏鬥。 |
| | 寫作例句：這兩個拳擊手來回打好幾個回合，虎擲龍拏，勢均力敵。 |

成語「龍」、「鳳」

詩句・出處	對應成語
烹龍炮鳳玉脂泣，羅幃繡幕圍香風。(〈將進酒〉唐・李賀)	烹龍炮鳳：亦作「烹龍庖鳳」、「炮鳳烹龍」。烹，煮。炮，燒烤。比喻珍奇名貴的菜餚，也比喻烹調珍奇名貴的菜餚。
	寫作例句：晚餐雖非烹龍炮鳳，倒也是山珍海味，格外豐盛。
舞鳳飛龍五百年，盡將錦繡裹山川。(〈鷓鴣天・贈餞橫州子山〉宋・張孝祥)	舞鳳飛龍：氣勢奔放雄壯的樣子。
	寫作例句：這篇草書寫得真是舞鳳飛龍，氣勢非凡。
九重天，二十年，龍樓鳳閣都曾見。(〈撥不斷〉元・馬致遠)	龍樓鳳閣：①帝王的宮殿、樓閣。②喻指封建統治者的巢穴。
	寫作例句：儘管幾經毀損和重建，中國故宮仍然保持著瑰麗奇偉的龍樓鳳閣。
龍攀鳳附不自由，何乃棄君來事讎，危言逆耳誰為謀？(〈太白行〉明・李東陽)	龍攀鳳附：比喻巴結或投靠有權勢聲望的人。
	寫作例句：他使盡一切手段龍攀鳳附，難怪官運亨通，扶搖直上。

| 猶誇天目山，龍翔而鳳翥。（〈杭州〉明·顧炎武） | 龍翔鳳翥：①比喻瀑布飛瀉奔騰。②比喻神采飛揚。 |
| | 寫作例句：高聳入雲的尖頂石塔，龍翔鳳翥，那是天堂的方向。 |

成語之「龜」

詩句·出處	對應成語
我龜既厭，不我告猶。（《詩經·小旻》）	龜厭不告：謂屢加龜卜，致使龜靈厭惡，不再以吉凶告人。比喻很有效的東西，過度使用也會失靈。
	寫作例句：耍這種小聰明可能短期內會有一些效果，但時間長了就會龜厭不告。
水文浮枕簟，瓦影蔭龜魚。（〈奉和虢州劉給事使君三堂新題二十一詠·新亭〉唐·韓愈）	瓦影龜魚：瓦影，屋瓦的倒影。比喻挑別人的毛病。
	寫作例句：不要用瓦影龜魚的態度待人，應該寬容大度。

成語之「蛇」

詩句・出處	對應成語
巴蛇食象，三歲而出其骨。（《山海經・海內南經》）靈蛇吞象，厥大何如？（〈天問〉戰國・屈原）	蛇欲吞象：蛇想吞下大象。比喻貪欲極大。
	寫作例句：蛇欲吞象，得隴望蜀的人最終結果是交不到好朋友。
	人心不足蛇吞象：比喻人貪心不足，就像蛇想吞食大象一樣。
	寫作例句：人心不足蛇吞象，野心太大，有時候真的不是好事。
怳怳如聞神鬼驚，時時只見龍蛇走。（〈草書歌行〉唐・李白）胸中翻錦繡，筆下走龍蛇。（〈送元大〉宋・高登）	筆走龍蛇：形容書法生動而有氣勢。
	寫作例句：當今學寫毛筆字的人已很少，筆走龍蛇的書法家更不多見。

成語之「鼠」

詩句・出處	對應成語
相鼠有皮，人而無儀。（《詩經・相鼠》）	相鼠有皮：相，視。看看老鼠尚且還有皮。舊指人須知廉恥，要講禮義。
	寫作例句：相鼠有皮，人怎麼能不講禮義廉恥呢？

官倉老鼠大如斗，見人開倉亦不走。（〈官倉鼠〉唐‧曹鄴）	官倉老鼠：官倉，放公糧的地方。比喻有所依恃的惡人。
	寫作例句：對貪腐分子不僅要嚴格捕抓，還要有嚴密的制度安排，這樣還會有官倉老鼠大如斗嗎？
狼貪鼠竊去復來，不解偷生求速死。（〈出塞〉明‧于謙）	狼貪鼠竊：如狼那樣貪狠，似鼠那樣慣竊。常形容敵人貪狠卑鄙。
	寫作例句：他將面對一群狼貪鼠竊的敵人。
丈丈翁，得錢歸，鼠心狼肺，側目吞肥，千謀萬算伏危機。（〈後孤兒行〉清‧鄭板橋）	鼠心狼肺：形容心腸陰險狠毒。
	寫作例句：他鼠心狼肺，一定會遭到報應的。
鼠臂蟣肝更何有，從今一一聽天工。（〈仙壇唱和詩〉清‧錢謙益）	鼠臂蟣肝：或為鼠臂或為蟣肝，指人世變化無常。
	寫作例句：人生變化無常，如鼠臂蟣肝。

成語之「牛」

詩句‧出處	對應成語
敦彼行葦，牛羊勿踐履，方苞方體，維葉泥泥。（《詩經‧行葦》）	牛羊勿踐：勿使牛羊踐踏。比喻愛護。
	寫作例句：他守護著這片田地，努力做到牛羊勿踐。

桀為酒池，可以運舟，糟丘足以道望十里，一鼓而牛飲者三千人。(《韓詩外傳・第四卷》漢・韓嬰) 左相日興費萬錢，飲如長鯨吸百川，銜杯樂聖稱避賢。(〈飲中八仙歌〉唐・杜甫)	鯨吸牛飲：鯨吸，像鯨魚吸水一樣。如鯨吸百川，似牛飲池水。比喻放量狂飲。
	寫作例句：他酒量極大，簡直就是鯨吸牛飲。
椎牛釃酒，英雄千古誰弔。(〈酹江月・過淮陰〉元・薩都剌)	椎牛釃酒：殺牛濾酒。準備酒肉招待客人。
	寫作例句：他下令椎牛釃酒，招待貴客。
男兒漢壯氣吞牛，丈夫志豈困荒丘？(《琴心記》明・孫梅錫)	壯氣吞牛：形容氣勢雄壯遠大。
	寫作例句：文天祥在就義前寫下了壯氣吞牛的詩篇。
楚俗紛紛竟淫祀，蛇神牛鬼爭媿婀。(〈謁浮山禹次昌黎石鼓韻作歌〉清・李必恆)	蛇神牛鬼：牛頭的鬼，蛇身的神。形容作品虛幻怪誕，也比喻形形色色的壞人。
	寫作例句：街市上那幫蛇神牛鬼，又在興風作浪。

成語之「馬」

詩句‧出處	對應成語
人語馬嘶聽不得，更堪長路在雲中。（〈送韋判官得雨中山〉唐‧盧綸）	人喊馬嘶：亦作「人語馬嘶」。人喊叫，馬嘶鳴。形容紛亂擾攘或熱鬧歡騰的情景。
	寫作例句：勝利的球隊進入了小山村，整個小村頓時人喊馬嘶。
眾峰來自天目山，勢若駿馬奔平川。（〈遊徑山〉宋‧蘇軾）	一馬平川：能縱馬奔馳的廣闊平坦的地面。
	寫作例句：遼闊的大草原一馬平川。
馬上功成不喜文，叔孫綿蕝共經綸。（〈嘲叔孫通〉宋‧王安石）	馬上功成：指憑武功建國。
	寫作例句：很多馬上功成的王朝，最後都毀於文化衰落。
倚鞍思駿骨，撫轡念綠駬。（〈感興〉宋‧石介）	見鞍思馬：見到馬鞍就想起了馬，喻指看見死去或離別的人留下的東西就想起了這個人。比喻見物思人或傷情，亦可比喻一個人身處異地的思鄉情切，常與「睹物思人」連用。
	寫作例句：見鞍思馬，睹物思人，這些老照片使他想起了很多傷心的往事。
他恰才萬馬千軍擺下戰場，則見他們把門旗放，顯出那棄印封金有智量。（《千里獨行‧第四折》元‧無名氏）	萬馬千軍：形容兵馬眾多或聲勢浩大。
	寫作例句：這部電影的場面很壯觀，攻擊時萬馬千軍一擁而上，扣人心弦。

詩句·出處	對應成語
九州生氣恃風雷，萬馬齊暗究可哀。（《己亥雜詩》清·龔自珍）	萬馬齊暗：暗，啞之意。所有的馬都沉寂無聲。舊時形容人民不敢講話，現也比喻沉悶的政治局面。
	寫作例句：岳飛被害，韓世忠被罷免，忠勇之士莫不灰心喪氣，一時萬馬齊暗。

成語之「駒」

詩句·出處	對應成語
老馬反為駒，不顧其後。（《詩經·角弓》）	老馬為駒：駕馭老馬像駕馭馬駒一樣。比喻把老人當作孩童輕慢對待。
	寫作例句：我們切不可用老馬為駒的態度對待老人。
皎皎白駒，在彼空谷。（《詩經·白駒》）	白駒空谷：白駒，白色駿馬，喻賢者。賢能之士於野而不能出仕，後也比喻賢能者出仕而谷空。
	寫作例句：這樣一位奇才，最後的命運是白駒空谷，是有著深深的時代烙印的。
	空谷白駒：駒，小壯的馬。很好的一匹壯馬，卻放在山谷裡不用，比喻不能任用賢能。
	寫作例句：這樣的賢臣成了空谷白駒，讓人不免扼腕嘆息。
	駒留空谷：比喻賢人在野。
	寫作例句：如果人才不被及時發現，最後很容易落得駒留空谷的命運。

成語之「驥」

詩句・出處	對應成語
老驥伏櫪，志在千里。(〈龜雖壽〉漢・曹操)	老驥伏櫪：驥，良馬，千里馬；櫪，指馬槽，養馬的地方。比喻有志向的人雖然年老，仍有雄心壯志。
	寫作例句：72 歲高齡的陳教授本來應該退休了，但老驥伏櫪的她卻接下了醫院交派的新任務。
道遠知驥，世偽知賢。(〈矯志詩〉三國・魏・曹植)	道遠知驥：路遠才知道馬的好壞。
	寫作例句：我們要以龍馬精神的昂揚、道遠知驥的耐性，一步一個腳印的向夢想進發。

成語之「犀」

詩句・出處	對應成語
身無彩鳳雙飛翼，心有靈犀一點通。(〈無題〉唐・李商隱)	心有靈犀：靈犀，古人說犀牛是一種靈獸，牠的角上有條白紋從角尖通向頭腦，感應靈敏，所以稱靈犀。比喻戀愛著的男女雙方心心相印。現多比喻雙方對彼此的心思都能心領神會。
	寫作例句：《紅樓夢》中的賈寶玉和林黛玉心有靈犀，彼此都能領會對方的心意。
	一點靈犀：①指犀角上有紋，兩頭感應通靈，故比喻心心相印。②指聰敏。
	寫作例句：緣分帶來愛的甜蜜，感動拉近愛的距離，寬容加深愛的情意，真情造就一點靈犀。

成語之「蟲」

詩句・出處	對應成語
喓喓草蟲，趯趯阜螽。(《詩經・草蟲》)	蟲鳴螽躍：螽，螽斯，昆蟲名。草蟲鳴叫螽斯跳。
	寫作例句：尋你的路上，荒無人煙，蟲鳴螽躍。
豈殊蠹書蟲，生死文字間。(〈雜詩〉唐・韓愈)	蠹書蟲：蛀書的蟲子。比喻讀死書的人。
	寫作例句：別看他上了那麼多年的學，其實不過一條蠹書蟲而已。

成語「昆蟲」

詩句・出處	對應成語
螓首蛾眉，巧笑倩兮，美目盼兮。(《詩經・碩人》)	螓首蛾眉：螓，蟬的一種。螓首，額廣而方；蛾眉，眉細而長。寬寬的額頭，彎彎的眉毛。形容女子貌美。
	寫作例句：這個女孩螓首蛾眉，雙瞳剪水，猶如一朵清純的百合花。
如蜩如螗，如沸如羹。(《詩經・蕩》)	蜩螗沸羹：蜩，蟬；螗，蟬的一種，體小，背青綠色，鳴聲清圓；沸，指開水翻騰。像蟬的叫，像沸湯的翻滾。形容社會動亂。
	寫作例句：百姓、士兵們紛擾不寧，蜩螗沸羹，紛紛逃離。

穿花蛺蝶深深見，點水蜻蜓款款飛。（〈曲江‧其二〉唐‧杜甫）	蜻蜓點水：指蜻蜓在水面飛行時用尾部輕觸水面的動作，比喻做事膚淺不深入。
	寫作例句：做學問要靜下心來深入研究鑽研，蜻蜓點水是不會有所收穫的。
記得當時心醉處，蛛網塵封。（《隨園詩話補遺‧卷三》清‧袁枚）	蛛網塵封：形容居室、器物等長期封存而無人過問。
	寫作例句：老宅已年久失修，僅剩圍牆，蛛網塵封，斑駁累累。

成語之「蠶」

詩句‧出處	對應成語
春蠶到死絲方盡，蠟炬成灰淚始乾。（〈無題〉唐‧李商隱）	春蠶到死絲方盡：絲，雙關語，「思」的諧音。比喻情深誼長，至死不渝。
	寫作例句：教師是春蠶，春蠶到死絲方盡；教師是園丁，一年四季勤耕耘；教師是燈塔，照亮學生人生路；教師是太陽，溫暖天下孩子心。
老蠶作繭何時脫，夢想至人空激烈。（〈石芝並引〉宋‧蘇軾）	老蠶作繭：老蠶吐絲作繭，把自己包在裡面。比喻自己束縛自己。
	寫作例句：面對新形勢，我們應該打破陳規，與時俱進，不能老蠶作繭。

成語之「蟬」

詩句‧出處	對應成語
蟬衫麟帶壓愁香，偷得鶯簧鎖金縷。（〈舞衣曲〉唐‧溫庭筠）	蟬衫麟帶：蟬衫，像蟬翼一樣薄的紗衫；麟帶，有文采的衣帶。形容華麗輕柔的衣服。
	寫作例句：那個蟬衫麟帶的舞女正朝李先生走去。
蟬喘雷乾冰井融，些子清風有何益。（〈苦熱寄赤松道者〉唐‧貫休）	蟬喘雷乾：蟬，昆蟲名，知了；乾，意指空。蟬喘息，雷聲淨。形容酷熱乾旱。
	寫作例句：夏天是一個蟬喘雷乾的季節。
他待顯耀雄豪，亂下風雹。天也，我幾時能夠金蟬脫殼？（《任風子‧第四折》元‧馬致遠）	金蟬脫殼：金蟬，金黃色的知了；殼，堅硬的外皮。蟬變為成蟲時脫去原本的外殼。比喻用計脫身，使對方不能及時發覺。
	寫作例句：張三欠下這麼多債務，小心他來個金蟬脫殼，一走了之。
蛙鳴蟬噪，魂繞神勞。（《青衫記‧裴興私嘆》明‧顧大典）	蛙鳴蟬噪：蛙聲和蟬聲，使人聽了厭煩。比喻拙劣的議論或文章。
	寫作例句：這篇文章不過是蛙鳴蟬噪而已。

成語之「蜂」

詩句・出處	對應成語
撩蜂剔蠍，打草驚蛇，壞了咱牆頭上傳情簡帖。（《牆頭馬上》元・白樸）	撩蜂剔蠍：比喻招惹惡人，自討苦吃。
	寫作例句：離那些人遠點，以免撩蜂剔蠍。
一朝闖寇掠鄉部，蜂營蟻隊來無涯。（〈次劉經歷韻詩〉明・宋濂）	蜂營蟻隊：比喻烏合之眾。
	寫作例句：你們簡直就是蜂營蟻隊，打什麼仗呢？
蟻聚蜂屯已入城，持矛瞋目呼狂賊。（〈雁門尚書行〉清・吳偉業）	蟻聚蜂屯：屯，聚集。像螞蟻、螽斯一般集聚。比喻集結者之眾多。
	寫作例句：宵小之輩，縱然蟻聚蜂屯，又何足為慮？

成語之「蝶」

詩句・出處	對應成語
鶯歌蝶舞韶光長，紅爐煮茗松花香。（〈惜花吟〉唐・鮑君徽）	鶯歌蝶舞：黃鶯歌唱，蝴蝶飛舞，形容大好春光或比喻大好形勢。
	寫作例句：桃花開得正豔，地上的草也正青，鶯歌蝶舞，一片祥和。

| 蝶怨蛩淒書不盡，只封將淚點教君寄。(〈金縷曲・定庵將歸托寄家書賦此送別〉清・孫麟趾) | 蝶怨蛩淒：蛩，蟋蟀；淒，悲傷。比喻哀怨淒涼的思念之情。 |
| | 寫作例句：纏綿的簫聲，蝶怨蛩淒，讓人潸然淚下。 |

成語「蜂」、「蝶」

詩句・出處	對應成語
風恬日暖蕩春光，戲蝶遊蜂亂入房。(〈山房春事・其一〉唐・岑參)	遊蜂戲蝶：亦作「戲蝶遊蜂」。飛舞遊戲的蝴蝶和蜜蜂，後用以比喻浪蕩子弟。
	寫作例句：他自負有點才氣，平日遊蜂戲蝶，很不討人喜歡。
蝶使蜂媒傳客恨，鶯梭柳線織春愁。(〈恨春・其四〉宋・朱淑真)	蝶使蜂媒：使，使者；媒，媒人。比喻傳遞訊息者或媒人。
	寫作例句：婚姻介紹所是現代社會的蝶使蜂媒，幫助人們結成伴侶共同生活。
多情為誰追惜？但蜂媒蝶使，時叩窗隔。(〈六醜・落花〉宋・周邦彥) 偏是你瘦影疏枝，不受那蜂媒蝶使。(《張天師・第三折》元・吳昌齡)	蜂媒蝶使：花間飛舞的蜂蝶。比喻為男女雙方居間撮合或傳遞書信的人。
	寫作例句：他一開始就當了他們的蜂媒蝶使。

不許蜂迷蝶猜，笑瑣窗多少玉人無賴。(《琵琶記‧丞相教女》明‧高明)	蜂迷蝶猜：比喻男子對女子的思慕。
	寫作例句：他在給心愛女孩的信中，寫滿了蜂迷蝶猜。
知否，算蝶戀蜂狂，少不得為韶光一逗溜。(《灌園記‧太史賞花》明‧張鳳翼)	蝶戀蜂狂：指留戀繁花似錦的春光。
	寫作例句：這裡的春天很短，卻讓人蝶戀蜂狂。

成語之「蚊」

詩句‧出處	對應成語
朝蠅不須驅，暮蚊不可拍。(〈雜詩‧其一〉唐‧韓愈)	朝蠅暮蚊：早上的蒼蠅，晚上的蚊子。比喻壞人橫行。
	寫作例句：當今朝廷，奸臣當道，朝蠅暮蚊。
世故紛紜，但蚊虻過耳。(〈醉蓬萊‧為老人壽〉宋‧張孝祥)	蚊虻過耳：蚊虻，吸血的昆蟲。比喻倏然已過，不足掛懷。
	寫作例句：你不要把父母對你苦口婆心的勸說當成蚊虻過耳，繼續走下坡路。

成語之「蠅」

詩句・出處	對應成語
營營青蠅，止于樊。豈弟君子，無信讒言。(《詩經・青蠅》) 萋兮斐兮，成是貝錦。彼譖人者，亦已大甚。(《詩經・巷伯》)	營蠅斐錦：比喻讒人顛倒黑白，誹謗誣陷，入人於罪。
	寫作例句：亂世中，很多忠臣良將都遭遇了營蠅斐錦的命運。
青蠅一相點，白璧遂成冤。(〈宴胡楚真禁所〉唐・陳子昂)	蠅糞點玉：比喻完美的事物遭到玷汙或壞人誣陷好人。
	寫作例句：這個謠言雖然荒謬，卻產生了蠅糞點玉的效果。
蝸角虛名，蠅頭微利，算來著甚乾忙？(〈滿庭芳〉宋・蘇軾)	蝸角虛名，蠅頭微利：簡作「蝸名蠅利」、「蠅利蝸名」、「蠅名蝸利」。形容微不足道的空名和利益。蠅頭：蒼蠅的頭。
	寫作例句：為了這點蝸角虛名，蠅頭微利，卻身敗名裂，你認為值得嗎？

成語之「蚌」

詩句・出處	對應成語
金環乘穴真堪信，老蚌珠胎倍可欣。(〈香亭得雄於其去歲所失小郎有再生之徵一詩為賀兼以識異〉清・姚鼐)	老蚌珠胎：指老婦人得子。
	寫作例句：聽說尊夫人老蚌珠胎，可喜可賀。

嗟哉蚌病乃生珠，詩漸可讀消雄圖。(〈題蔡哲夫所繪沈孝則《冰雪廬圖》即步哲夫韻〉近現代‧高燮)	蚌病生珠：比喻因不得志而寫出好文章來。
	寫作例句：我們不妨也學學蚌病生珠，把不幸的傷病變成自強不息的動力。

兩個成語的出處

詩句‧出處	對應成語
魚游沸鼎知無日，鳥覆危巢豈待風。(〈行次昭應縣道上送戶部李郎中充昭義攻討〉唐‧李商隱)	魚游沸鼎：比喻身處險境，危在旦夕。
	寫作例句：城裡兵力薄弱，魚游沸鼎。
	鳥覆危巢：鳥巢因建於弱枝而傾覆。比喻處境極端危險。
	寫作例句：你已經處在鳥覆危巢的險境中了。
蝸角虛名，蠅頭微利，算來著甚乾忙？(〈滿庭芳〉宋‧蘇軾)	蝸角虛名：蝸角，蝸牛的角，比喻細微。微小而沒有作用的名聲。
	寫作例句：我們不為蝸角虛名而爭執，不為蠅頭微利而煩惱，不為風花雪月而傷感，不為一人一事而改變。
	蠅頭微利：亦作「蠅頭小利」。如同蒼蠅頭那樣的小利，比喻非常微小的利潤。
	寫作例句：我們做小販的，終年辛苦，所得亦不過蠅頭微利，發達可談不上。

三個成語的出處

詩句·出處	對應成語
狼跋其胡，載疐其尾。公孫碩膚，赤舄幾幾。狼疐其尾，載跋其胡。公孫碩膚，德音不瑕？（《詩經·狼跋》）	前跋後疐：比喻進退兩難。
	寫作例句：這邊不滿意，那邊有意見，弄得我前跋後疐，不知如何是好了。
	跋胡疐尾：比喻進退兩難。
	寫作例句：他現在正處於跋胡疐尾的境地。
	進退跋疐：比喻進退兩難。
	寫作例句：登山到半山腰時突然下起了雨，這真讓我們進退跋疐。

成語植物館

成語之「花」

詩句・出處	對應成語
雖漸老圃秋容淡，且看寒花晚節香。（〈九日水閣〉宋・韓琦）	寒花晚節：亦作「黃花晚節」、「晚節黃花」。寒花，寒天的花；晚節，晚年的節操。比喻人晚節高尚。
	寫作例句：這種高尚的寒花晚節，受到社會各界的讚揚。
憑君細數東州客，誰在花花綠綠間？（〈又解嘲・其一〉元・元好問）	花花綠綠：原指花草樹木鮮豔多彩，後形容顏色鮮明多彩。
	寫作例句：店裡擺滿了花花綠綠的玩具，聽說都是一個民俗技藝達人用手工做成的。
浪蕊浮花不辨春，歸來方識歲寒人。（〈次韻王廷老退居見寄〉宋・蘇軾）	浪蕊浮花：指尋常花草。
	寫作例句：他那些盆景不過是一些浪蕊浮花罷了。

成語之「草」

詩句‧出處	對應成語
踧踧周道，鞫為茂草。（《詩經‧小弁》）	鞫為茂草：鞫，阻塞、充塞。雜草塞道。形容衰敗荒蕪的景象。
	寫作例句：這條路早已是鞫為茂草，難以行進。
及輔氏之役，顆見老人結草以亢杜回，杜回躓而顛，故獲之。（《左傳‧宣公十五年》）莫學銜環雀，崎嶇謾報恩。（〈贖雞〉唐‧白居易）	銜環結草：草，把草結成繩子，搭救恩人；銜環，嘴裡銜著玉環。舊時比喻感恩報德，至死不忘。
	寫作例句：弟受吾兄厚恩大德，銜環結草也難相報。
顧不得宗社丘墟，銅駝草莽。（《種玉記‧促晤》明‧汪廷訥）	銅駝草莽：銅駝，銅製的駱駝，古代置於宮門外。形容國土淪陷後殘破的景象。
	寫作例句：徽欽二帝不理朝政，只落得銅駝草莽，禾黍故宮的下場。

成語「花」、「草」

詩句‧出處	對應成語
前程漸覺風光好，琪花片片粘瑤草。（〈夢仙謠‧其一〉唐‧王轂）	琪花瑤草：琪、瑤，美玉。原為古人想像中仙境的花草，後也形容晶瑩美麗的花草。
	寫作例句：地上全是琪花瑤草，美麗極了。

野草閒花不當春，杜鵑卻是舊知聞。（〈定風波〉宋・辛棄疾）	野草閒花：野生的花草。比喻男子在妻子以外所玩弄的女子。
	寫作例句：這人對野草閒花特別有興趣，朋友們都擔心他妻子知道。

成語之「樹」

詩句・出處	對應成語
庶使孝子心，皆無風樹悲。（〈贈友・其五〉唐・白居易）	風樹悲：指喪父母的悲傷。
	寫作例句：風樹悲是孝子的悲哀。
渭北春天樹，江東日暮雲。（〈春日憶李白〉唐・杜甫）	雲樹之思：比喻朋友闊別後的相思之情。
	寫作例句：看到了畢業照，我不禁生起雲樹之思。
	江雲渭樹：比喻深厚的離情別意。
	寫作例句：江雲渭樹代表我對摯友的思念。
孔明廟前有老柏，柯如青銅根如石。霜皮溜雨四十圍，黛色參天二千尺。（〈古柏行〉唐・杜甫）	古木參天：古老的樹木枝繁葉茂，高入雲天。
	寫作例句：走進原始森林，身旁古木參天，鳥語花香，樹隙中透來縷縷陽光，讓人流連忘返。

成語「芙蓉」

詩句・出處	對應成語
俱飛蛺蝶元相逐，並蒂芙蓉本自雙。（〈進艇〉唐・杜甫）	並蒂芙蓉：蒂，花或瓜果跟枝莖相連的部分；芙蓉，荷花別名。兩朵荷花並生一蒂，比喻夫妻相親相愛，也比喻兩者可以相互媲美。
	寫作例句：這兩個女子雙鬟高髻，並肩而立，手神綽約，宛如並蒂芙蓉。
清水出芙蓉，天然去雕飾。（〈經亂離後天恩流夜郎憶舊遊書懷贈江夏韋太守良宰〉唐・李白）	清水出芙蓉：芙蓉，荷花的別稱。形容詩文清麗，猶如出水的芙蓉一樣清新。
	寫作例句：這篇文章寫得清新自然，可謂清水出芙蓉。

成語「桃花」

詩句・出處	對應成語
去年今日此門中，人面桃花相映紅。人面不知何處去，桃花依舊笑春風。（〈題都城南莊〉唐・崔護）	人面桃花：形容男女邂逅鍾情，隨即分離之後，男子追念舊事的情形。
	寫作例句：去年的這個時候，他遇見了那個女孩，只可惜如今人面桃花，不知去處。

桃花流水窅然去，別有天地非人間。（〈山中問答〉唐・李白）	桃花流水：亦作「流水桃花」。形容春天的優美景色，也比喻男女愛情。
	寫作例句：有她在的地方，就算走在兵荒馬亂的世間也能如陌上花開緩緩歸，心中自有桃花流水。
桃花潭水深千尺，不及汪倫送我情。（〈贈汪倫〉唐・李白）	桃花潭水：比喻友情深厚。
	寫作例句：我們的友情可謂桃花潭水，深厚至極。
	情深潭水：比喻友情深厚。
	寫作例句：我們是情深潭水的摯友。

成語「梅花」

詩句・出處	對應成語
折花逢驛使，寄與隴頭人。江南無所有，聊贈一枝春。（〈贈范曄詩〉南北朝・陸凱）	驛寄梅花：請郵差寄送梅花。比喻向遠方友人表達思念之情。
	寫作例句：琴聲悠揚，也能驛寄梅花，鴻雁傳書。
官橋楊柳和愁折，驛路梅花帶雪看。（〈送范啟東還京〉唐・牟融）	驛路梅花：表示對親友的問候及思念。
	寫作例句：向你寄去驛路梅花，表達深深的思念。

成語之「蘭」

詩句．出處	對應成語
溱與洧，方渙渙兮。士與女，方秉蕑兮。女曰觀乎？士曰既且。且往觀乎！洧之外，洵訏且樂。維士與女，伊其相謔，贈之以芍藥。（《詩經．溱洧》）	采蘭贈芍：男女互贈禮物以示愛慕。
	寫作例句：他們采蘭贈芍，早已以心相許了。
沅有芷兮澧有蘭，思公子兮未敢言。（《楚辭．九歌．湘夫人》戰國．屈原）	沅芷澧蘭：亦作「澧蘭沅芷」、「沅茝澧蘭」。沅、澧，都是水名；蘭、芷，都是香草。比喻高潔的人品或高尚的事物。
	寫作例句：品節高尚的人，彷彿沅芷澧蘭。
願嬭嬭、蘭心蕙性，枕前言下，表余心意。（〈玉女搖仙佩．佳人〉宋．柳永）	蘭心蕙性：比喻人品高尚，舉止文雅。
	寫作例句：她有傾國傾城的容貌，也有著一顆蘭心蕙性的玲瓏心。

成語之「竹」

詩句．出處	對應成語
孰知其不合兮，若竹柏之異心。（〈七諫．初放〉漢．東方朔）	竹柏異心：比喻志向不合或表象不同。
	寫作例句：曾經一對熱戀的情侶，如今卻竹柏異心。

君向楚，我歸秦，便分路、青竹丹楓。（〈醉思仙·淮陰與楊道孚〉宋·朱敦儒）	青竹丹楓：青竹生南方，丹楓長北地，因此以「青竹丹楓」借指南北。
	寫作例句：南北兩派的畫風，可謂是青竹丹楓，各顯風流。

成語之「菊」

詩句·出處	對應成語
春蘭兮秋菊，長無絕兮終古。（〈九歌·禮魂〉戰國·屈原）	春蘭秋菊：春天的蘭花和秋天的菊花。多比喻物擅其長，各具其美。
	寫作例句：兩美女這一笑，宛如春蘭秋菊，各擅勝場，整個車廂都為之一亮。
辜負卻桃嬌柳嫩三春景，捱盡了菊老荷枯幾度秋。（《千金記·通報》明·沈采）	菊老荷枯：菊花凋零，荷花枯萎。比喻女子容顏衰老。
	寫作例句：這些女子，由於生活的艱難，年過三十，就漸漸露出菊老荷枯、翠消紅減的模樣來。

成語「黃花」

詩句・出處	對應成語
相逢不用忙歸去，明日黃花蝶也愁。（〈九日次韻王鞏〉宋・蘇軾） 萬事到頭都是夢，休休！明日黃花蝶也愁。（〈南鄉子・重九涵輝樓呈徐君猷〉宋・蘇軾）	明日黃花：亦作「過時黃花」。黃花，菊花。重陽節後的菊花，比喻過了時的或失去意義的事物。
	寫作例句：你這篇文章必須馬上發表，否則將成為明日黃花，無人欣賞了。
雖慚老圃秋容淡，且看黃花晚節香。（〈九日小閣〉宋・韓琦）	黃花晚節：亦作「晚節黃花」。黃花，菊花；晚節，晚年的節操。比喻人晚節高尚。
	寫作例句：老先生能在經濟大潮的衝擊下安心做學問，黃花晚節，令我敬佩。

成語之「香」

詩句・出處	對應成語
國色朝酣酒，天香夜染衣。（〈牡丹詩〉唐・李正封）	國色天香：亦作「天香國色」。原形容顏色和香氣不同於一般花卉的牡丹花，後也形容女子的美麗。
	寫作例句：這些模特兒，雖稱不上國色天香，卻也風姿綽約。

桂子月中落，天香雲外飄。(〈靈隱寺〉唐·宋之問)	桂子飄香：指中秋前後桂花綻放，散發濃香。
	寫作例句：中秋時節，桂子飄香，景色宜人。
疏影橫斜水清淺，暗香浮動月黃昏。(〈山園小梅〉宋·林逋)	疏影暗香：亦作「暗香疏影」。梅花的代稱。
	寫作例句：梅花雖寥寥數枝，而疏影暗香已極盡其致。

成語之「蕊」

詩句·出處	對應成語
浮花浪蕊鎮長有，才開還落瘴霧中。(〈杏花〉唐·韓愈)	浮花浪蕊：指尋常的花草。比喻輕浮的人。
	寫作例句：因為愛上的是一個浮花浪蕊的女人，讓他痛苦不堪。
十八年來墮世間，吹花嚼蕊弄冰弦，多情情寄阿誰邊。(〈浣溪沙〉清·納蘭性德)	吹花嚼蕊：①指吹奏、歌唱。②引申指反覆推敲聲律、詞藻。
	寫作例句：他坐在書房裡吹花嚼蕊，吟詩作賦。

成語「落花」

詩句‧出處	對應成語
落花無言，人淡如菊。（〈典雅〉唐‧司空圖）	落花無言：原本比喻詩的風格典雅。後比喻遭受失敗而無怨忿。
	寫作例句：這位飽學儒流的老者，一生性氣剛直，但又是一個落花無言之人。
蘭浦蒼蒼春欲暮，落花流水怨離琴。（〈奉和張舍人送秦煉師歸岑公山〉唐‧李群玉） 流水落花春去也，天上人間。（〈浪淘沙〉南唐‧李煜）	落花流水：亦作「流水落花」。原形容暮春景色衰敗，後常用來比喻被打得大敗。
	寫作例句：我軍居高臨下，把敵人打得落花流水。

成語之「楊」

詩句‧出處	對應成語
園中草木春無數，只有黃楊厄閏年。（〈監洞霄宮俞康直郎中所居四詠‧退圃〉宋‧蘇軾）	黃楊厄閏：黃楊，樹木名；厄，困苦；閏，閏年。舊時傳說，黃楊木難長，遇到閏年，非但不長，反而會縮短。比喻境遇困難。
	寫作例句：就像黃楊厄閏一樣，今年我也是流年不利，沒有一件事不碰釘子、不出差錯的。

| 恰便似風裡楊花，水上幻泡。（《降桑椹·第二折》元·劉唐卿） | 風裡楊花：像風中的楊樹花漂浮不定。比喻事物或事情的發展變化不定。 |
| | 寫作例句：事態的發展猶如風裡楊花，讓人始料不及。 |

成語之「柳」

詩句·出處	對應成語
桃紅復含宿雨，柳綠更帶朝煙。（〈田園·其六〉唐·王維）	桃紅柳綠：桃花嫣紅，柳枝碧綠。形容花木繁盛、色彩鮮豔的春景。
	寫作例句：公園內春光明媚，桃紅柳綠，遊客絡繹不絕。
柳門竹巷依依在，野草青苔日日多。（〈傷愚溪·其三〉唐·劉禹錫）	柳門竹巷：指幽靜儉樸的住宅。
	寫作例句：我所住的地方不過柳門竹巷罷了。
桃蹊柳陌好經過，燈下妝成月下歌。（〈踏歌詞·其二〉唐·劉禹錫）	桃蹊柳陌：亦作「桃蹊柳曲」。指春景豔麗的地方。
	寫作例句：園林裡的桃蹊柳陌風景秀麗，分外迷人。

成語「楊柳」

詩句・出處	對應成語
昔我往矣，楊柳依依。（《詩經・采薇》）	楊柳依依：楊柳，古詩文中楊柳通用，泛指柳樹。依依，輕柔的樣子。古人送行，折柳相贈，表示依依惜別。比喻依依不捨的惜別之情。
	寫作例句：在中國最早的詩歌總集《詩經》中，詩人用楊柳依依開啟了以柳送別的先河。加之「柳」與「留」諧音，所以折柳贈別、折柳寄遠、柳詩相贈也就成為了一種送別風俗。
章臺柳，章臺柳，顏色青青今在否？縱使長條似舊垂，也應攀折他人手。（〈寄柳氏〉唐・韓翃）	章臺楊柳：比喻窈窕美麗的女子。
	寫作例句：她就是她，章臺楊柳，世無其二。
楊柳宮眉，桃花人面，是平生未了緣。（〈朝天子・同文子方鄧永年泛洞庭湖宿鳳凰臺下〉元・劉致）	楊柳宮眉：細長秀美如柳葉的宮妝畫眉。借指美女。
	寫作例句：她俊秀臉上的楊柳宮眉，分外妖嬈。

成語「花」、「柳」

詩句‧出處	對應成語
花紅柳綠間晴空，蝶舞雙雙影。（〈生查子〉唐‧魏承班）	花紅柳綠：亦作「柳綠花紅」。形容明媚的春天景象，也形容顏色鮮豔紛繁。
	寫作例句：姑娘們一個個打扮得花紅柳綠。
柳暗百花明，春深五鳳城。（〈早朝‧其二〉唐‧王維） 柳暗花明池上山，高樓歌灑換離顏。（〈摩訶池送李侍御之鳳翔〉唐‧武元衡）	柳暗花明：形容柳樹成蔭，繁花似錦的春天景象，也比喻在困難中遇到轉機。
	寫作例句：失業半年，眼看無法生活下去，想不到柳暗花明，竟獲得這件好工作。
雲淡風輕近午天，傍花隨柳過前川。（〈春日偶成〉宋‧程顥）	傍花隨柳：形容春遊的快樂。
	寫作例句：我們到了那仙境般的幽谷，傍花隨柳，走到谷底，只見溪水淙淙。

成語之「松」

詩句‧出處	對應成語
鶴骨松筋風貌殊，不言名姓絕榮枯。（〈遇道者〉唐‧貫休）	鶴骨松筋：指修道者的形貌氣質。
	寫作例句：李爺爺年近九十，依然鶴骨松筋，身體硬朗。

	石枯松老：枯，乾枯。石頭乾裂，松樹老朽。形容歷時極為久遠。
吟詠從佗，海移山變，石枯松老。（〈水龍吟・道運〉宋・丘處機）	
	寫作例句：我願隱居在這座山中，直到石枯松老。
	鶴骨松姿：清奇不凡的氣質。多指修道者的形貌。
鶴骨松姿又一奇，化身千億更無疑。（〈普照范煉師寫真・其三〉元・元好問）	
	寫作例句：這位鶴骨松姿的老人每天清晨都會準時來這裡鍛鍊。

成語「松」、「竹」

詩句・出處	對應成語
	竹苞松茂：亦作「松茂竹苞」。苞，茂盛。松竹繁茂。比喻家門興盛，也用於祝人新屋落成。
如竹苞矣，如松茂矣。（《詩經・斯干》）	
	寫作例句：「公安三袁」力挽復古頹靡之氣，開一代文學之新風，使得袁家門楣如竹苞松茂一般興盛。
	竹清松瘦：形容人的外貌清瘦有神。
席上看君，竹清松瘦，待與青春鬥長久。（〈感皇恩・滁州為范倅壽〉宋・辛棄疾）	
	寫作例句：這位老人竹清松瘦，精神矍鑠。

成語之「柏」

詩句‧出處	對應成語
桂宮柏寢擬天居，朱爵文窗韜綺疏。（〈代白紵舞歌詞‧其二〉南北朝‧鮑照）	桂宮柏寢：桂宮，漢代宮名，借指豪華宮殿；寢，內堂、臥室。指壯麗的宮室。
	寫作例句：皇城內，桂宮柏寢比比皆是。
如松柏之茂，無不爾或承。（《詩經‧天保》）	松柏之茂：比喻長青不衰。
	寫作例句：願您如松柏之茂，長命百歲。
貞松勁柏四時春，霽月光風一色新。（〈題石裕卿郎中所居四詠‧雪岩〉元‧元好問）	貞松勁柏：以松柏的堅貞勁直，比喻人的高尚節操。
	寫作例句：您的節操如貞松勁柏，令人景仰。

成語「甘棠」

詩句‧出處	對應成語
蔽芾甘棠，勿剪勿伐，召伯所茇。蔽芾甘棠，勿剪勿敗，召伯所憩。蔽芾甘棠，勿剪勿拜，召伯所說。（《詩經‧甘棠》）聞說天臺有遺愛，人將琪樹比甘棠。（〈答衢州徐使君〉唐‧劉禹錫）	甘棠之愛：甘棠，木名，即棠梨。指對官吏的愛戴。
	寫作例句：百姓對父母官的甘棠之愛是發自內心的。
	甘棠遺愛：甘棠，棠梨樹。對離去之人的懷念，或讚頌離去官員的政績。
	寫作例句：以民為本的官員，甘棠遺愛稱頌千秋。

成語之「桑」

詩句‧出處	對應成語
迨天之未陰雨,徹彼桑土,綢繆牖戶。(《詩經‧鴟鴞》)	桑土綢繆:桑土,宜於植桑的土地。比喻勤於經營,防患未然。
	寫作例句:做事應該桑土綢繆,居安思危,這樣在危險突然降臨時,才不至於手忙腳亂。
期我乎桑中,要我乎上宮,送我乎淇之上矣。(《詩經‧桑中》)	桑中之約:桑中,桑林之間。指男女幽會的的密約。
	寫作例句:這對戀人共赴桑中之約。

成語之「萍」

詩句‧出處	對應成語
飄萍斷梗無根柢,愁喚羸童理破轍。(〈再和文叔〉宋‧周行己)	飄萍斷梗:隨波逐流的浮萍和植物的斷莖。比喻飄泊無定的身世。
	寫作例句:家庭、事業均告失敗,自此他便有如飄萍斷梗,在外過了二十多年的流浪生活。
只為他孤身去梗泛萍漂,撇的俺三口兒夢斷魂勞。(《羅李郎‧第二折》元‧張國賓)	梗泛萍漂:亦作「梗泛萍飄」。斷梗、浮萍在水中漂浮。比喻漂泊流離。
	寫作例句:在那梗泛萍漂的日子裡,他始終無法忘記家鄉的親人。

想歸海樓船未有期，夢與飄風會，似斷梗飄萍誰可繫。（《玉合記·祝發》明·梅鼎祚）	斷梗飄萍：比喻漂泊不定。
	寫作例句：誰會在乎黃昏中這樣一個斷梗飄萍般的女子？

成語「浮萍」

詩句·出處	對應成語
酒盡歌終問後期，泛萍浮梗不勝悲。（〈別〉唐·徐夤）	泛萍浮梗：浮動在水面的萍草和樹根。比喻蹤跡漂泊不定。
	寫作例句：他如泛萍浮梗，奔走於不同城市之間。
人生百齡同臂伸，斷梗流萍暫相親。（〈別賈耘老〉宋·秦觀）	斷梗浮萍：亦作「斷梗流萍」。比喻漂泊不定。
	寫作例句：有誰願意拋妻離子，斷梗浮萍一般，這是不得已啊！
博著個甚功名，教俺做浮萍浪梗，因此上意懶出豫章城。（《揚州夢》元·喬吉）	浮萍浪梗：浮萍，浮在水上的萍草；浪梗，浪裡的草木莖。比喻漂泊無定的人。
	寫作例句：他很小就背井離鄉，過起了浮萍浪梗的生活。

成語「萍蹤」

詩句・出處	對應成語
恨匆匆，萍蹤浪影，風剪了玉芙蓉。（《牡丹亭・鬧殤》明・湯顯祖）	萍蹤浪影：像浮萍、波浪一樣無定所。比喻到處漂泊，蹤跡無定。
	寫作例句：萍蹤浪影的生活雖然讓他過早的白了雙鬢，但也讓他明白了生活的真諦。
空揮淚，萍蹤梗跡將安寄，此生何濟？（《玉玦記・報信》明・鄭若庸）	萍蹤梗跡：萍，浮萍；梗，草木的直莖。像浮萍在水中，飄泊不定。比喻行蹤無定。
	寫作例句：經歷了一段萍蹤梗跡的生活後，他們終於回到了闊別二十年的故鄉。

成語「蒹葭」

詩句・出處	對應成語
蒹葭蒼蒼，白露為霜。所謂伊人，在水一方。（《詩經・蒹葭》）	蒹葭伊人：蒹葭，初生的蘆葦；伊人，那個人。指一心尋求思戀而不曾會面的人。
	寫作例句：你就是我心中的蒹葭伊人。
	蒹葭之思：指戀人的思念之情。
	寫作例句：無法見面，只能用祝福表達我的蒹葭之思。
	蒹葭秋水：蒹，同「蒹」。比喻思慕的人。
	寫作例句：蒹葭秋水代表著我對你的思念。

成語「葑菲」

詩句・出處	對應成語
采葑采菲，無以下體？（《詩經・邶風・谷風》）	采葑采菲：葑，蔓青，葉和根、莖都可食，但味苦；菲，蕪菁類植物。比喻不因其所短而捨其所長。
	寫作例句：管理者對於人才應采葑采菲，一視同仁。
	葑菲之采：不可因葑菲根莖味苦而連葉也不采。原比喻夫妻相處，應以德為重，不可因女子容顏衰退而遺棄。後常用作請人有所採用的謙詞。
	寫作例句：如果您發現我的優點並重用我，那可真是葑菲之采。
	采及葑菲：別人徵求自己意見時表示謙虛的說法。
	寫作例句：既然您采及葑菲，那我就暢所欲言了。

成語「莊稼」

詩句・出處	對應成語
彼黍離離，彼稷之苗。(《詩經・黍離》) 麥秀漸漸兮，禾黍油油。(〈麥秀歌〉先秦・無名氏)	黍離麥秀：哀傷亡國之辭。
	寫作例句：黍離麥秀代表我的亡國之痛。
葵藿傾太陽，物性固莫奪。(〈自京赴奉先縣詠懷五百字〉唐・杜甫)	葵藿傾陽：葵，葵花。藿，豆類植物的葉子。葵花和豆類植物的葉子傾向太陽。比喻一心嚮往所仰慕的人或下級對上級的忠心。
	寫作例句：忠臣良將都有葵藿傾陽之心。
禾頭生耳黍穗黑，農夫田婦無消息。(〈秋雨嘆・其二〉唐・杜甫)	禾頭生耳：耳，耳狀物。禾頭長出牙蘗，莊稼就報廢，指災年的象徵。
	寫作例句：古諺有「秋雨甲子，禾頭生耳」之說。

四個成語的出處

詩句‧出處	對應成語
伐木丁丁，鳥鳴嚶嚶。出自幽谷，遷于喬木。(《詩經‧伐木》)	喬遷之喜：祝賀他人升官或遷居的賀詞。
	寫作例句：聽說你買了新房，應該慶賀一下你的喬遷之喜。
	遷於喬木：遷，遷移。喬木，高樹。原指鳥兒從幽深的山谷遷移到高樹上去，現比喻喬遷新居。
	寫作例句：老張遷於喬木，不可不賀。
	鳴於喬木：比喻仕進達於高位。
	寫作例句：他是仕途上一路鳴於喬木，順風順水。
	出谷遷喬：亦作「出幽遷喬」。從幽深的溪谷出來，遷上了高大的喬木。指從低處移到高處，比喻遷居或官職高升，常用於祝頌之詞。
	寫作例句：你既然幸運的落到這個位置上了，那麼必然能出谷遷喬，登上高位。

動物與植物

「馬」＋植物

詩句‧出處	對應成語
春風得意馬蹄疾，一日看盡長安花。（〈登科後〉唐‧孟郊）	走馬觀花：走馬，騎著馬跑。騎在奔跑的馬上看花。原形容事情如意，心境愉快，後多指匆忙的、大略的觀察一下。
	寫作例句：做任何事情都不能走馬觀花，草草了事。
郎騎竹馬來，繞床弄青梅。同居長干里，兩小無嫌猜。（〈長干行‧其一〉唐‧李白）	青梅竹馬：形容男女兒童之間兩小無猜的情狀，借指自幼相好的年輕男女。
	寫作例句：他們以前是青梅竹馬，現在是終身的伴侶。
	竹馬之交：竹馬，指小孩當馬騎著的竹竿。指童年時代就很要好的朋友。
	寫作例句：你我已相識數十載，是竹馬之交。

「花」＋動物

詩句・出處	對應成語
穿花蛺蝶深深見，點水蜻蜓款款飛。（〈曲江・其二〉唐・杜甫）	穿花蛺蝶：穿，穿越；蛺蝶，蝴蝶。穿戲花叢的蝴蝶，比喻沉迷於女色。
	寫作例句：他是一個過著穿花蛺蝶生活的浪蕩公子。
鳥語花香變夕陰，稍聞復恐病相尋。（〈庵居〉宋・呂本中）	鳥語花香：亦作「花香鳥語」。鳥語，鳥鳴如同講話一般。花飄散著清香，鳥唱著悅耳的歌曲，形容大自然的美好風光，多指春光明媚。
	寫作例句：春天的太白山，山清水秀，鳥語花香，充滿著詩情畫意，是旅遊度假休閒的好去處。
青山隱居心自遠，放浪他柳鶯花燕。（〈落梅風・閒居〉元・張可久）	柳鶯花燕：指柳上鶯歌，花間燕語。指美好的春景。
	寫作例句：春天到公園裡踏青，身處柳鶯花燕的境界，別有一番樂趣。

樹木＋動物

詩句・出處	對應成語
鳳皇鳴矣，于彼高岡。梧桐生矣，于彼朝陽。（《詩經・卷阿》）	梧鳳之鳴：比喻政教和諧、天下太平。
	寫作例句：這道旨意如梧鳳之鳴，不久天下大治。

毋教猱升木，如塗塗附。(《詩經·角弓》)	教猱升木：猱，獼猴，天生擅長攀爬樹木。現在多比喻指使壞人做壞事。
	寫作例句：請你不要充當教猱升木的角色。
寒日經簷短，窮猿失木悲。(〈寄杜位〉唐·杜甫)	窮猿失木：猿猴失去了棲身的樹木。比喻人漂泊流浪。
	寫作例句：我流浪在異鄉，窮猿失木。

三個成語的出處

詩句·出處	對應成語
蚍蜉撼大樹，可笑不自量。(〈調張籍〉唐·韓愈)	蚍蜉撼樹：撼，搖動。蚍蜉，大螞蟻。螞蟻想搖動大樹，比喻狂妄、不自量力。
	寫作例句：儒家學說自有長處，不是他蚍蜉撼樹所能動搖的。
	撼樹蚍蜉：想把大樹搖動的大螞蟻。比喻自不量力者。
	寫作例句：不要自不量力，去當撼樹蚍蜉。
	蚍蜉撼大樹：蚍蜉，很大的螞蟻。螞蟻想搖動大樹，比喻其力量很小，卻妄想動搖強大的事物，不自量力。
	寫作例句：儘管蚍蜉撼大樹有些荒謬，但水滴石穿還是可能的。

429

第**4**章
衣食住行

家居風貌展

成語之「衣」

詩句・出處	對應成語
振衣千仞岡，濯足萬里流。（〈詠史・其五〉晉・左思）	振衣濯足：濯足，洗腳。抖掉衣服上的灰塵，洗去腳上的汙垢。形容放棄世俗生活的榮華富貴，立志在山中隱居。
	寫作例句：我很喜歡這種四面八方都是山的感覺，讓我有一種振衣濯足的衝動。
沉吟放撥插弦中，整頓衣裳起斂容。（〈琵琶行〉唐・白居易）	整衣斂容：整理衣裳，端正儀容。
	寫作例句：他連忙整衣斂容，往帥帳處置軍務文書去了。
飯囊衣架，塞滿長安亂似麻。（《主入桃源・第一折》元・王子一）	衣架飯囊：裝飯的口袋，掛衣的架子。比喻沒有能力，做不了什麼事的人。
	寫作例句：禰衡冷笑著，把曹操的文臣武將貶得一無是處，都是衣架飯囊，酒桶肉袋。
碩人其頎，衣錦褧衣。（《詩經・碩人》）裳錦褧裳，衣錦褧衣。（《詩經・豐》）	衣錦褧衣：錦衣外面再加上麻紗單罩衣，以掩蓋其華麗。比喻不炫耀於人。
	寫作例句：他在這件事上必須低調，採取衣錦褧衣的態度。
一字字更長漏永，一聲聲衣寬帶鬆。（《西廂記・第二本第四折》元・王實甫）	衣寬帶鬆：形容人消瘦。
	寫作例句：這時，從門外進來一位衣寬帶鬆的老婦人。

成語「衣裳」

詩句·出處	對應成語
東方未明，顛倒衣裳。 （《詩經·東方未明》）	顛倒衣裳：衣裳上下倒穿，形容匆忙失序的樣子。比喻寵幸姬妾，貴賤顛倒。
	寫作例句：皇帝顛倒衣裳，後宮就會天翻地覆，進而波及朝政。
我覯之子，袞衣繡裳。 （《詩經·九罭》）	袞衣繡裳：古代天子祭祀時所穿的繡有龍的禮服，形容衣著華麗奢華。
	寫作例句：來者個個都是袞衣繡裳，穿金帶玉，彰顯著身家的不凡。

成語之「服」

詩句·出處	對應成語
余幼好此奇服兮，年既老而不衰。 （〈九章·涉江〉戰國·屈原）	奇裝異服：比一般人衣著樣式特異的服裝（多含貶義）。
	寫作例句：這幾個人，穿著奇裝異服，招搖過市，得意洋洋。
雙臉斷紅初卻坐，亂頭粗服總傾城。 （〈個人〉明·王彥泓）	亂頭粗服：頭髮蓬亂，衣著隨便。形容不愛修飾。
	寫作例句：朱自清筆下亂頭粗服的船娘早已成過往。

| 二月梅江波灩灩，黃冠野服期許劍。（〈冷圃曲〉近現代・古直） | 黃冠野服：粗劣的衣著。借指平民百姓，有時指草野高逸。 |
| | 寫作例句：他一生粗茶淡飯，黃冠野服，生活極為簡樸。 |

成語之「冠」

詩句・出處	對應成語
新沐者必彈冠，新浴者必振衣。（〈漁父〉戰國・屈原）	新沐彈冠：沐，洗頭髮；彈冠，彈去帽子上的灰塵。剛沐浴的人一定會把衣帽整理乾淨，比喻品格高潔的人不肯屈身於汙穢之地。
	寫作例句：除了禮儀方面的意義外，新沐彈冠還蘊含著一種精神力量。
	彈冠振衣：亦作「彈冠振衿」。整潔衣冠，後多比喻將欲出仕。
	寫作例句：現在正是您彈冠振衣、拂去浮塵的好時機。
君子防未然，不處嫌疑間。瓜田不納履，李下不正冠。（〈君子行〉三國・魏・曹植）	正冠李下：在李樹下不整帽子，以避免偷李的嫌疑。比喻做容易引起懷疑的事。
	寫作例句：為了避嫌，我們還是不要去做正冠李下的事。

成語「衣冠」

詩句・出處	對應成語
衣冠濟楚龐兒俊，可知道引動俺鶯鶯。（《西廂記・第二本第二折》元・王實甫）	衣冠濟楚：冠，帽子。衣帽穿戴得很整齊，很漂亮。
	寫作例句：王老師西裝革履，衣冠濟楚的向會場走去。
丹墀下玉皋星聯，綺席上衣冠雲集。（《玉合記・還玉》明・梅鼎祚）	衣冠雲集：衣冠，指士人階層以上的人。達官顯宦聚集在一起。
	寫作例句：你衣衫襤褸，怎能登上衣冠雲集的大雅之堂？

「顏色」＋「衣」

詩句・出處	對應成語
翩翩兩騎來是誰？黃衣使者白衫兒。（〈賣炭翁〉唐・白居易）	黃衣使者：指出使宮市的太監。
	寫作例句：執法者的這副嘴臉，讓人想起白居易〈賣炭翁〉裡描寫的黃衣使者。
誰不願衣紫腰黃，還須慮同袍中傷。（《四喜記・帝闕辭榮》明・謝讜）	衣紫腰黃：身穿紫袍，腰佩金銀魚袋。大官裝束，亦指當大官。
	寫作例句：祝公子衣紫腰黃，青雲直上。

「動物」＋「衣」

詩句・出處	對應成語
蒼狗白衣俱昨夢，長庚孤月自青天。（〈送鄉人余文明勸之以歸〉宋・楊萬里）	蒼狗白衣：比喻世事變化無常。
	寫作例句：蒼狗白衣，世事無常，悠悠時光看似漫長，不過是白駒過隙。
厭襟裾馬牛，笑衣冠沐猴。（〈朝天子・歸隱〉元・汪元亨）	衣冠沐猴：沐猴，獼猴。穿衣戴帽的獼猴，比喻人虛有其表而人品低下。
	寫作例句：這個賣國賊居然大談保家衛國人人有責，其實他不過是衣冠沐猴而已。

「馬」＋「衣」

詩句・出處	對應成語
乘肥馬，衣輕裘。（《論語・雍也》） 同學少年多不賤，五陵衣馬自輕肥。（〈秋興・其三〉唐・杜甫）	衣馬輕肥：穿著輕暖的皮袍，坐著由肥馬駕的車。形容生活的豪華。
	寫作例句:這個落魄公子也曾錦衣玉食，揮金如土，鐘鳴鼎食，衣馬輕肥。
故將移住南山邊，短衣匹馬隨李廣，看射猛虎終殘年。（〈曲江三章章五句・其三〉唐・杜甫）	短衣匹馬：短衣，短裝。古代為平民、士兵等服裝。穿著短衣，騎一匹駿馬。形容士兵英姿矯健的樣子。
	寫作例句：士兵們個個短衣匹馬，孔武有力。

	裘馬清狂:指生活富裕,放逸不羈。
放蕩齊趙間,裘馬頗清狂。(〈壯遊〉唐·杜甫)	寫作例句:每個人都希望腰纏萬貫,裘馬清狂,可那不是輕易能辦到的。

「牛」+「衣」

詩句·出處	對應成語
人不通古今,馬牛而襟裾。(〈符讀書城南〉唐·韓愈)	襟裾馬牛:亦作「襟裾馬牛」、「襟馬裾牛」。襟、裾,泛指人的衣服。馬、牛穿著人衣。比喻人不懂得禮節。也比喻衣冠禽獸。
	寫作例句:這人道貌岸然,本質上卻是襟裾馬牛。
便羊裘歸去,難留嚴子,牛衣病臥,肯泣王章?(〈沁園春·再和〉宋·劉克莊)	牛衣病臥:形容貧病交迫。
	寫作例句:我怎忍心將他兒子發生車禍的消息,告訴給這位風燭殘年,牛衣病臥的老人,讓他整日痛哭流涕呢?
織屨辟纑終古事,牛衣歲月即羲皇。(〈送妹夫王五歸·其四〉清·曾國藩)	牛衣歲月:指貧困的生活。
	寫作例句:想起過去那段歲月,夫妻倆不禁掉下淚來。

成語之「錦」

詩句‧出處	對應成語
萋兮斐兮，成是貝錦。（《詩經‧巷伯》）	貝錦萋菲：貝錦，指錦文，比喻誣陷人的讒言；萋菲，通「萋斐」，文采相錯雜。比喻讒言。
	寫作例句：古代一些昏君聽信奸臣那些貝錦萋菲的讒言，殺害了許多忠良。
秦城樓閣煙花裡，漢主山河錦繡中。（〈清明‧其二〉唐‧杜甫）	錦繡山河：亦作「錦繡河山」。高山和河流就像精美鮮豔的絲織品一樣，形容美好的國土。
	寫作例句：古往今來，有多少烈士為保衛國家的錦繡山河而獻出生命。
又要涪翁作頌，且圖錦上添花。（〈了了庵頌〉宋‧黃庭堅）	錦上添花：錦，有彩色花紋的絲織品。在錦上再繡花，比喻好上加好，美上添美。
	寫作例句：要明白錦上添花當然好，雪中送炭更重要。

成語之「袖」

詩句‧出處	對應成語
城中好高髻，四方高一尺。城中好廣眉，四方且半額。城中好大袖，四方全匹帛。（〈城中謠〉漢樂府）	廣袖高髻：寬大的衣袖，高聳的髮髻。形容風俗奢靡。
	寫作例句：當時的統治者一味的增加農民的賦稅，以滿足他們廣袖高髻的生活。
兩袖清風身欲飄，杖藜隨月步長橋。（〈次韻吳江道中〉元‧陳基）	兩袖清風：衣袖中除清風外，別無所有，比喻做官廉潔，也比喻窮得一無所有。現多比喻為官清廉、不貪贓枉法、嚴於律己的人。
	寫作例句：王市長任內，奉公守法，兩袖清風，值得敬佩。

成語之「鞋」

詩句‧出處	對應成語
吾獨胡為在泥滓，青鞋布襪從此始。（〈奉先劉少府新畫山水障歌〉唐‧杜甫）	青鞋布襪：原指平民的服裝。舊時比喻隱士的生活。
	寫作例句：只見這位隱者青鞋布襪，精神矍鑠。
芒鞋竹杖寒凍時，玉霄忽去非有期。（〈寒月送玄士入天臺〉唐‧貫休）	芒鞋竹杖：亦作「竹杖芒鞋」。芒鞋，草鞋。穿著草鞋，拿著竹杖。
	寫作例句：他就是憑藉芒鞋竹杖，走遍了中國的大好河山。

成語之「履」

詩句‧出處	對應成語
君子防未然，不處嫌疑間。瓜田不納履，李下不正冠。（〈君子行〉三國‧魏‧曹植）	整冠納履：比喻易招惹嫌疑的行動。
	寫作例句：為了避嫌，我們還是少做一些整冠納履的事。
不同珠履三千客，別欲論交一片心。（〈江上贈竇長史〉唐‧李白）	珠履三千：珠履，綴有珠玉的鞋子。形容貴賓眾多。
	寫作例句：來客珠履三千，好不熱鬧。
遺簪墮履應留念，門客如今只下僚。（〈得宣州竇尚書書因投寄‧其二〉唐‧羅隱）臣幸沐遺簪墮履之恩，好生養志之德。（〈讓右丞相第二表〉唐‧張說）	遺簪墮履：比喻舊物或故情。
	寫作例句：既然已經決定分手，那就不要遺簪墮履的牽扯不清。
天鈞鳴響亮，天祿行蹣跚。（〈太湖詩‧上真觀〉唐‧皮日休）	步履蹣跚：蹣跚，走路一瘸一拐的樣子。形容走路行動不方便，歪歪倒倒的樣子。
	寫作例句：老人步履蹣跚的走在馬路上。

成語之「扇」

詩句・出處	對應成語
裁為合歡扇，團團似月明。出入君懷袖，動搖微風發。常恐秋節至，涼飆奪炎熱。棄捐篋笥中，恩情中道絕。(〈怨歌行〉漢・班婕妤)	秋扇見捐：見，被；捐，棄。秋涼以後，扇子就被拋在一邊不用了。舊時比喻婦女遭丈夫遺棄。
	寫作例句：自從丈夫當上大官後，作為妻子的她害怕自己一旦色衰就秋扇見捐。
羽扇綸巾，談笑間，檣櫓灰飛煙滅。(〈念奴嬌・赤壁懷古〉宋・蘇軾)	羽扇綸巾：拿著羽毛扇子，戴著青絲綬的頭巾。形容態度從容。
	寫作例句：戲臺上諸葛亮的打扮，少不了羽扇綸巾。
經卷藥爐新活計，舞衫歌扇舊因緣。(〈朝雲詩並引〉宋・蘇軾)	舞衫歌扇：舞衫，跳舞的人所穿的衣服；歌扇，唱歌的人所拿的扇子。歌舞的裝束、用具，即指歌舞。也指能歌善舞的人。
	寫作例句：廟會上每數十步間就有一座戲臺，北調南腔，舞衫歌扇。
東園槌鼓賞新醅，喚取舞裙歌扇、探春回。(〈南歌子・譙園作〉宋・晁補之)	舞裙歌扇：歌舞的裝束、用具，即指歌舞。也指能歌善舞的人。
	寫作例句：這場宴會舞裙歌扇，好不熱鬧。

成語之「鏡」

詩句‧出處	對應成語
鏡與人俱去，鏡歸人未歸。無復嫦娥影，空留明月輝。（〈破鏡詩〉南北朝‧徐德言） 唯將舊物表深情，鈿合金釵寄將去。釵留一股合一扇，釵擘黃金合分鈿。（〈長恨歌〉唐‧白居易）	鏡破釵分：比喻夫妻失散、離異。
	寫作例句：一場戰爭不知會使得多少夫妻被逼得鏡破釵分。
破鏡重圓，分釵合鈿，重尋繡戶珠箔。（〈碧牡丹〉宋‧李致遠）	破鏡重圓：比喻夫妻失散後重新團聚或決裂後重新和好。
	寫作例句：歷經千辛萬苦，這對戰火鴛鴦終於破鏡重圓了。
殷鑑不遠，在夏后之世。（《詩經‧蕩》）	殷鑑不遠：鑑，本義是鏡子，引申為觀察、審視。指周朝子孫應以商的滅亡為鑑戒，後泛指前人的教訓就在眼前。
	寫作例句：去年颱風造成的災情殷鑑不遠，今年千萬不可掉以輕心。
	鑑往知來：來，未來。意為審查以往，便可推知未來。
	寫作例句：你已不只上過一回當了，鑑往知來，不要重蹈覆轍了。

成語之「粉」

詩句・出處	對應成語
粉白黛黑,施芳澤只。(〈大招〉戰國・屈原)	粉白黛黑:粉白,在臉上擦粉,使臉更白;黛黑,畫眉毛,使眉毛更黑。泛指女子的妝飾。
	寫作例句:妳人長得漂亮,無論粉白黛黑,都分外迷人。
	粉白黛綠:泛指女子的妝飾。
	寫作例句:牆邊一排一排的板凳上,坐著粉白黛綠、花枝招展的婦女們,笑語盈盈不休。
何處拂胸資蝶粉,幾時塗額藉蜂黃。(〈酬崔八早梅有贈兼示之作〉唐・李商隱)	蝶粉蜂黃:指古代婦女粉面額黃,妝扮美容。
	寫作例句:不管她如何蝶粉蜂黃,都掩飾不住她的生理缺陷。
調朱弄粉總無心,瘦覺寬餘纏臂金。(〈恨別〉宋・朱淑真)	調朱弄粉:調弄脂粉,打扮妝飾。
	寫作例句:學生打扮要樸素大方,不可調朱弄粉。

成語之「珠」

詩句・出處	對應成語
魚鱗屋兮龍堂，紫貝闕兮朱宮。（〈九歌・河伯〉戰國・屈原）	珠宮貝闕：亦作「貝闕珠宮」。用珍珠寶貝做成的宮殿。形容房屋華麗。
	寫作例句：一層層深閣瓊樓，一進進珠宮貝闕，說不盡那靜室幽居。
洞門深鎖碧窗寒，滴露研朱點周易。（〈雜歌謠辭・步虛詞〉唐・高駢）	滴露研珠：亦作「滴露研朱」，指滴水磨墨。
	寫作例句：他回到書桌前滴露研珠，完成了這幅偉大的書法作品。
冶葉倡條俱相識，仍慣見、珠歌翠舞。（〈尉遲杯・離恨〉宋・周邦彥）	珠歌翠舞：指聲色美妙的歌舞。
	寫作例句：他無心欣賞宴會上的珠歌翠舞，心裡一直琢磨這件事。

成語之「簪」

詩句・出處	對應成語
空餘老賓客，身上愧簪纓。（〈八哀詩・贈左僕射鄭國公嚴公武〉唐・杜甫）	簪纓世族：簪、纓，古時達官貴人的冠飾，用來把冠固著在頭上。舊時指世代作官的人家。
	寫作例句：他雖然出身於簪纓世族，但一生卻沒有做過官，不過讀了不少書，遊歷過不少地方，是有名的飽學之士。

向路傍往往，遺簪墜珥，珠翠縱橫。（〈木蘭花慢〉宋·柳永）	遺簪墜珥：指遺落、丟棄簪子珥瑙。亦指遺棄的簪珥。
	寫作例句：後宮失火後，遍地遺簪墜珥。

衣著穿戴

詩句·出處	對應成語
之子于歸，皇駁其馬，親結其縭，九十其儀。（《詩經·東山》）	施衿結褵：本指古代女子出嫁，母親將五彩絲繩和佩巾結於其身，後比喻父母對子女的教訓。
	寫作例句：父母對我的施衿結褵，永生難忘。
風為裳，水為佩。（〈蘇小小墓〉唐·李賀）	水佩風裳：以水作佩飾，以風為衣裳。本寫美人的妝飾，後用以形容荷葉荷花之狀貌。
	寫作例句：一旁的荷花池觀景區內，水佩風裳，早已是一派江南水鄉的模樣。

成語之「燈」

詩句·出處	對應成語
燈火萬家城四畔，星河一道水中央。（〈江樓夕望招客〉唐·白居易）	萬家燈火：亦作「燈火萬家」。千家萬戶的燈光，形容城鎮燈光四處閃爍的夜景。
	寫作例句：每到夜晚，黃埔江畔總是萬家燈火。

	黃卷青燈：黃卷，古代書籍用黃紙繕寫，因以此指書籍；青燈，油燈發出青色的燈光，指油燈。燈光映照著書籍。形容深夜苦讀，或修行學佛的孤寂生活。
蒼顏白髮入衰境，黃卷青燈空苦心。（〈客愁〉宋·陸游）	寫作例句：人類一直在與讀書為伴，無論是結繩記事，刻字甲骨，還是黃卷青燈，線上遨遊，讀書與人類進步總是如此親密，與事業成敗總是如此相連。
方信道：「人心未易知，燈臺不自照。」（《李逵負荊·第三折》元·康進之）	燈臺不自照：照，光線射到。比喻人難明自己的短處。
	寫作例句：請貴公司加強自身監督，切實解決好燈臺不自照的問題。
遙聞長官高堂上，紅燈綠酒歡未足。（〈鄰婦嘆〉清·黃遵憲）	紅燈綠酒：指歡樂的生活。形容奢侈糜爛的生活。
	寫作例句：中國江南並未因為寒冬的來臨而沉寂，街旁依舊紅燈綠酒，繁弦急管。

成語之「燭」

詩句·出處	對應成語
百年未幾時，奄若風吹燭。（〈怨詩行〉漢樂府）	風燭殘年：像風中的蠟燭，隨時可能熄滅。比喻臨近死亡的晚年。
	寫作例句：畫中的老人雖然已是風燭殘年，眼睛裡卻充滿了對生活的熱愛。

詩句‧出處	對應成語
何當共剪西窗燭，卻話巴山夜雨時。（〈夜雨寄北〉唐‧李商隱）	剪燭西窗：亦作「西窗剪燭」。原指思念遠方妻子，盼望相聚秉燭長談離別之情。後泛指親友相聚暢談。
	寫作例句：我們談詩、說文，如剪燭西窗，相見恨晚。
蜣蜋轉丸賤蘇合，飛蛾赴燭甘死禍。（〈演雅〉宋‧黃庭堅）	飛蛾赴燭：比喻自找死路、自取滅亡。
	寫作例句：他這樣做猶如飛蛾赴燭，自取滅亡。
火燭銀花觸目紅，揭天鼓吹鬧春風。（〈元夜‧其三〉宋‧朱淑真）	火燭銀花：形容張燈結綵或大放焰火的燦爛夜景。
	寫作例句：元宵之夜，處處火燭銀花。

成語之「床」

詩句‧出處	對應成語
寧知風雪夜，復此對床眠。（〈示全真元常〉唐‧韋應物）	風雨對床：指兄弟或親友久別重逢，共處一室傾心交談的歡樂之情。
	寫作例句：久別重逢之夜，我們風雨對床，一直聊到天亮。

詩句・出處	對應成語
能來同宿否，聽雨對床眠。（〈雨中招張司業宿〉唐・白居易）	對床夜雨：指親友或兄弟久別重逢，在一起親切交談，也指朋友間的親密關係。
	寫作例句：多年未見的兩兄弟以手抵足，對床夜雨。
君不見床頭黃金盡，壯士無顏色。（〈行路難〉唐・張籍）	床頭金盡：身邊錢財耗盡，陷於貧困境地。
	寫作例句：對不起，到月底我也是床頭金盡，囊中羞澀，哪有錢借給你？
一床兩好世間無，好女如何得好夫。（〈催妝詩〉宋・成郎中）	一床兩好：亦作「一雙兩好」。比喻夫婦兩人情投意合。
	寫作例句：夫妻二人和和睦睦、一床兩好的過了聊以卒歲的四十年生涯。

成語之「榻」

詩句・出處	對應成語
賓至下塵榻，憂來命綠樽。（〈酬謝宣城朓詩〉南北朝・沈約）	下榻留賓：下榻，住宿。泛指留賓客住宿。
	寫作例句：旅館今天開業，可以下榻留賓了。

詩句·出處	對應成語
小憐玉體橫陳夜，已報周師入晉陽。(〈北齊·其一〉唐·李商隱)	一榻橫陳：形容人在床上橫躺著。
	寫作例句：黃老闆正在按摩房間裡一榻橫陳。

成語之「枕」

詩句·出處	對應成語
分明是一枕槐安，怎麼的倒做了兩下離愁。(《竹葉舟·第二折》元·范康)	一枕槐安：泛指夢境，也比喻一場空歡喜。
	寫作例句：對於一個不想進取的人，理想再大也是一枕槐安。
睡不著如翻掌，少可有一萬聲長吁短嘆，五千遍搗枕捶床。(《西廂記·第一本第二折》元·王實甫)	搗枕捶床：搗，撞擊；捶，拳擊。形容難以入睡，輾轉反側。
	寫作例句：夜深了，我搗枕捶床，難以入睡。

成語「衾」、「枕」

詩句·出處	對應成語
便枕冷衾寒，鳳隻鸞孤。(〈甜水令〉元·王實甫)	枕冷衾寒：枕被俱冷，形容獨眠的孤寂淒涼。
	寫作例句：每到夜深，想起當初的甜蜜恩愛、海誓山盟，今朝的枕冷衾寒、孤情寡意，我恨不得一頭撞在牆上。

枕穩衾溫夢乍回，閒居不怕漏聲催。（〈早起戲作〉宋·樓鑰）	枕穩衾溫：形容生活舒適安逸。
	寫作例句：他在飯店裡度過了枕穩衾溫的一週。
親年邁，且自溫衾扇枕，隨分度朝昏。（《荊釵記·會講》元·柯丹邱）	溫衾扇枕：指侍奉父母無微不至。
	寫作例句：二十四孝故事中為父母溫衾扇枕的黃香，死後就埋葬在中國禹州，他的孝行在當地廣為傳頌。

成語「蓑」、「笠」

詩句·出處	對應成語
青箬笠，綠蓑衣，斜風細雨不須歸。（〈漁歌子〉唐·張志和）	綠蓑青笠：綠草編的蓑衣，青竹編的斗笠。形容漁翁的打扮。
	寫作例句：竹筏上站著一個綠蓑青笠的漁夫。
把雪裘霜帽，絕交楚徼，雨蓑風笠，投老吳磯。（〈沁園春·丙辰歸里和八窗叔韻〉宋·李曾伯）	雨蓑風笠：防雨用的蓑衣笠帽，為漁夫的衣飾。亦借指漁夫。
	寫作例句：艙裡的雨蓑風笠顯示，這是一艘漁船。
念丹霞秋冷，風巾霧屨，五湖春暖，雨笠煙蓑。（〈沁園春·詠別〉宋·劉過）	雨笠煙蓑：防雨用的蓑衣笠帽，為漁夫的衣飾。亦借指漁夫。
	寫作例句：他當了一輩子雨笠煙蓑的漁夫。

成語之「竹」

詩句‧出處	對應成語
我見瞞人漢，如籃盛水走。一氣將歸家，籃裡何曾有？（《全唐詩》唐‧寒山）	竹籃打水：比喻白費氣力，勞而無功。
	寫作例句：生老病死是人生的必由之路，誰想長生不老，結果只能是竹籃打水。
彈絲品竹，那堪詠月與嘲風。（〈張協狀元〉宋‧無名氏）	彈絲品竹：吹彈樂器，諳熟音樂。
	寫作例句：周幽王為褒姒造瓊臺、製美裳，召樂工鳴鐘擊鼓、彈絲品竹，令宮人歌舞進觴，只為取其歡。
尖風薄雪，殘杯冷炙，掩清燈竹籬茅舍。（〈賣花聲‧悟世〉元‧喬吉）	竹籬茅舍：常指鄉村中因陋就簡的屋舍。
	寫作例句：雖然四周高樓林立，但這裡卻是小橋流水、竹籬茅舍，真是個城市山林，別有風味。

成語之「席」

詩句‧出處	對應成語
殽仁飯義，枕典席文。（〈床几銘〉漢‧李尤）	枕典席文：以典籍為伴，勤於讀書學習。
	寫作例句：他喜歡讀書，一生枕典席文。

掃地焚香閉閣眠，簟紋如水帳如煙。（〈南堂・其五〉宋・蘇軾）紗廚如霧，簟紋如水，別有生涼處。（〈御街行・無題〉宋・辛棄疾）	簟紋如水：簟，竹席。竹席細密的紋理像清涼的水一樣，常用以形容夏夜的清涼。
	寫作例句：自從發明了空調之後，即使三伏天，也能做到簟紋如水。

成語之「針」

詩句・出處	對應成語
奪泥燕口，削鐵針頭，刮金佛面細搜求，無中覓有。（〈醉太平・譏貪小利者〉元・無名氏）	針頭削鐵：形容極力剝削搜刮。
	寫作例句：他不在乎別人怎麼鄙夷自己，針頭削鐵，燕口奪泥，凡是能撈的好處是一點也不肯少撈。
得了個紙條兒恁般綿裡針，若見玉天仙怎生軟廝禁？（《西廂記・第三本第四折》元・王實甫）	綿裡針：綿，絲棉。棉絮裡面藏著針。比喻外貌和善，內心惡毒或軟中有硬，也比喻極其珍愛。
	寫作例句：他說話總是含而不露，如同綿裡針。
近前一語忽大笑，針芥之合良非輕。（〈贈孟六玕明序〉清・方文）	針芥之合：磁石吸鐵針，琥珀能黏芥子。比喻雙方言語、性情、意見等相投合。
	寫作例句：在場嘉賓無不稱讚他們是針芥之合。

成語「撈針」

詩句・出處	對應成語
此生休想同衾枕，要相逢除非東海撈針。(《荊釵記・誤訃》元・柯丹邱)	東海撈針：從大海底下撈取一根針，形容非常難達到目的。
	寫作例句：在這麼大的城市裡尋找一個人，簡直是東海撈針。
俊兒夫似海內尋針，姻緣事在天數臨，無緣分怎的消任？直耽擱到如今。(《二郎收豬八戒・第三折》元・吳昌齡)	水底撈針：在水底下撈一根針。形容很難找到。
	寫作例句：要在城裡找到他，又毫無線索，如同水底撈針。

成語之「絲」

詩句・出處	對應成語
羔羊之皮，素絲五紽。(《詩經・羔羊》)	素絲羔羊：指正直廉潔的官吏。
	寫作例句：他雖身居要職，但臣心如水，素絲羔羊。
一絲不掛魚脫淵，萬古同歸蟻旋磨。(〈僧景宗相訪寄法王航禪師〉宋・黃庭堅)	一絲不掛：原指佛教用語，意為棄絕塵世，無牽無掛。也形容赤身露體。
	寫作例句：夏天，孩子們常常一絲不掛的在河中嬉戲。

道旁楊柳依依，千絲萬縷，抵不住、一分愁緒。（〈祝英臺近‧惜多才〉宋‧無名氏） 會少離多看兩鬢，萬縷千絲，何況新來病。（〈蝶戀花‧送祐之弟〉宋‧辛棄疾）	千絲萬縷：亦作「萬縷千絲」。千條絲，萬條線。原形容一根又一根，數也數不清，現多形容相互之間種種密切而複雜的關聯。
	寫作例句：自然界中的事物都存在著千絲萬縷的關聯。

成語之「線」

詩句‧出處	對應成語
那怕你指天畫地能瞞鬼，步線行針待哄誰？（《李逵負荊‧第二折》元‧康進之）	步線行針：比喻周密布置。
	寫作例句：警方步線行針，在事發地點設下埋伏。
說甚麼單絲不線，我著你缺月再圓。（《連環計‧第二折》元‧無名氏）	單絲不線：一條絲紡不成線。比喻單獨一個人的力量不能成大事。
	寫作例句：單絲不線，孤樹不林，只有團結一致，同心同德，才能戰勝強大的敵人。
何處風箏吹斷線，飄來落在杏花枝。（〈春閨〉清‧駱綺蘭）	斷線風箏：比喻一去不返的人或事物。
	寫作例句：他這一去，如斷線風箏，杳無音信。

成語之「氈」

詩句・出處	對應成語
才名四十年，坐客寒無氈。（〈戲簡鄭廣文虔兼呈蘇司業源明〉唐・杜甫）	坐客無氈：客人來人沒有氈子可坐，形容清貧的生活。
	寫作例句：家裡窮得都到了坐客無氈的地步。
好教我足未移心先戰，一步步似毛裡拖氈。（《金線池・第四折》元・關漢卿）	毛裡拖氈：在毛裡拖氈，行進困難。比喻畏縮不前的樣子。
	寫作例句：在困難面前不能毛裡拖氈，而應當頑強拚搏，勇往直前。

成語之「釜」

詩句・出處	對應成語
黃鐘毀棄，瓦釜雷鳴。讒人高張，賢士無名。（〈卜居〉戰國・屈原）	瓦釜雷鳴：亦作「雷鳴瓦釜」。瓦釜，沙鍋，比喻庸才。聲音低沉的沙鍋發出雷鳴般的響聲，比喻無德無才的人占據高位，威風一時。
	寫作例句：這本小說其實沒有什麼內涵，卻瓦釜雷鳴，登上了暢銷書排行榜。
羊踏寒蔬新少夢，魚生空釜久諳窮。（〈獨立〉宋・陸游）	魚生空釜：指貧窮得無糧可炊。
	寫作例句：他家已經窮得魚生空釜了。

成語之「盤」

詩句・出處	對應成語
雕盤綺食會眾客，吳歌趙舞香風吹。（〈扶風豪士歌〉唐・李白）	雕盤綺食：精美的器皿及食物。
	寫作例句：看著桌子上的雕盤綺食，他毫無食欲。
他兩個把盞兒吞，直吃的醉醺醺，吃的來東倒西歪，盡盤將軍。（《殺狗勸夫・第一折》元・無名氏）	盡盤將軍：盡，完；盤，盤子。指十分貪吃的人。
	寫作例句：一去參加宴席，你就成了盡盤將軍。

成語之「甌」

詩句・出處	對應成語
葛巾羽扇吾身健，雪碗冰甌子句清。（〈次韻甄雲卿晚登浮丘亭〉宋・范成大）	雪碗冰甌：甌，盆碗之類的器皿。形容碗、盆器皿潔白乾淨。也比喻詩文清雅。
	寫作例句：這首詩如雪碗冰甌，給予人無窮的營養。
五千貂錦張旗鼓，百二金甌資棟梁。（〈壬子感事・其三〉近代・寧調元）	百二金甌：比喻山河險固之地。
	寫作例句：清政府腐敗無能，縱有百二金甌，也只能處處割地賠款。

成語之「瓶」

詩句‧出處	對應成語
瓶之罄矣，維罍之恥。（《詩經‧蓼莪》）	瓶罄罍恥：①比喻休戚相關，彼此利害一致。②指物傷其類。
	寫作例句：我們兩家休戚相關，瓶罄罍恥。
一蓑一裘經歲，一缽一瓶終日，老子舊家風。（〈水調歌頭‧題永豐楊少游提點一枝堂〉宋‧辛棄疾）	一缽一瓶：缽、瓶，和尚的飲食器具。指和尚雲遊時的簡單食具。形容家境貧寒。
	寫作例句：家中只剩一缽一瓶了。

成語之「壺」

詩句‧出處	對應成語
何當脫屣謝時去，壺中別有日月天。（〈下途歸石門舊居〉唐‧李白）	壺中日月：舊指道家悠閒清靜的無為生活。
	寫作例句：他一直夢想過一種壺中日月、世外桃源的生活。
	壺中天地：舊指道家悠閒清靜的無為生活。
	寫作例句：芥子園雖不及三畝，但經李漁苦心經營，以達到壺中天地的意境。
世間甲子管不得，壺裡乾坤只自由。（《神仙會‧第一折》明‧朱有燉）	壺裡乾坤：舊指道家悠閒清靜的無為生活。
	寫作例句：在道觀住了這麼長時間後，他總算知道了壺裡乾坤的模樣。

成語「倉」、「箱」

詩句・出處	對應成語
乃求千斯倉，乃求萬斯箱。(《詩經・甫田》)	千倉萬箱：形容豐年儲糧之多。
	寫作例句：看著千倉萬箱的糧食，農民們開心的笑了。
	倉箱可期：倉，倉庫；箱，櫃子；期，期待。豐收大有希望。
	寫作例句：今年風調雨順，倉箱可期。

成語之「薪」

詩句・出處	對應成語
綢繆束薪，三星在天。(《詩經・綢繆》)	綢繆束薪：綢繆，緊緊纏繞；束薪，緊緊的把柴草捆成捆。古代比喻婚姻的結合。
	寫作例句：在兩家訂立婚約之後，這對戀人最終綢繆束薪。
吟風弄月各自得，覆醬燒薪空爾悲。(〈與菽園論詩〉近代・康有為)	覆醬燒薪：指著作無價值或不受重視。
	寫作例句：他出版的書，只有覆醬燒薪的價值。

成語之「繩」

詩句‧出處	對應成語
昭茲來許，繩其祖武。（《詩經‧下武》）	繩其祖武：亦作「繩厥祖武」。繩，本義為繩子，引申為繼續；武，足跡。踏著祖先的足跡繼續前進，比喻繼承祖業。
	寫作例句：目前最重要的活動是「祭祖」，目的是「繩其祖武」——繼承祖輩未竟之事業，繼續前進。
幸藍橋玉杵先投，信月書赤繩難換。（〈錦堂月〉明‧謝讜）	月書赤繩：月下老人的婚姻簿和紅繩。月下老人根據婚姻簿上的記載，把紅繩繫在男女兩方的腳上，使之結為夫妻。指婚約。
	寫作例句：他們兩家定下了月書赤繩，並挑選了一個良辰吉日為他們完婚。

成語之「鎖」

詩句‧出處	對應成語
向此免、名韁利鎖，虛費光陰。（〈夏雲峰‧歇指調〉宋‧柳永）	名韁利鎖：亦作「利鎖名韁」。比喻名利束縛人就像韁繩和鎖鏈一樣。
	寫作例句：人若能擺脫名韁利鎖的桎梏，就少了許多煩惱。
誰著你鑽頭就鎖，也怪不的咱故舊情薄。（《氣英布‧第一折》元‧尚仲賢）	鑽頭就鎖：形容自投羅網。
	寫作例句：我們得想個辦法，讓敵人鑽頭就鎖。

到來日只少個殃人禍，兒女是金枷玉鎖。（《小張屠·第二折》元·無名氏）	金枷玉鎖：枷，套在脖子上的刑具；鎖，用鐵環連接而成的刑具。比喻兒女既是父母的寶貝，又是負擔和包袱。
	寫作例句：兒女既是父母的寶貝，又是負擔和包袱，真可謂金枷玉鎖。

成語之「網」

詩句·出處	對應成語
不見籬間雀，見鷂自投羅。（〈野田黃雀行〉三國·魏·曹植）	自投羅網：投，進入；羅網，捕捉魚鳥的器具。自己投到羅網裡去。比喻自己送死。
	寫作例句：現在我們就來個守株待兔，讓歹徒自投羅網。
窮不窮甑有蛛絲塵網亂，窘不窘爐無煙火酒瓶乾。（《混江龍》元·鄭德輝）	蛛絲塵網：掛著的蜘蛛網，堆積的灰塵。形容生活窘困。
	寫作例句：他已好久沒生火做飯，家裡掛滿了蛛絲塵網。
早辦個鳳想仙緣，休等待臨淵結網，只落得月缺花殘。（《龍膏記·遊仙》明·楊珽）	臨淵結網：淵，深潭。臨到潭邊才編織漁網。比喻空懷壯志，不如實實在在的付諸行動。
	寫作例句：與其整日空想，不如臨淵結網。

鴻離魚網驚相避，無信憑誰寄與渠。（《己亥雜詩》清·黃遵憲）	鴻離魚網：鴻，鴻雁；離，通「罹」，遭受。張網捕魚，捉到的是鴻雁。比喻得到的不是自己想要的或無端受害。
	寫作例句：雖然鴻離魚網，卻也是意外驚喜。

成語之「丹」

詩句·出處	對應成語
夜來一笑寒燈下，始是金丹換骨時。（〈夜吟·其二〉宋·陸游）	金丹換骨：比喻詩人創作進入了造詣極深的頓悟境界。
	寫作例句：從你最近寫的幾首詩來看，你已經到了金丹換骨的境界。
靈丹妙藥都不用，吃的是生薑大蒜辣憨蔥。（《玩江亭·第二折》元·無名氏）	靈丹妙藥：丹，按藥方製成的顆粒狀或粉末狀的中藥，或是精煉的成藥；靈丹，靈驗；妙，指有特殊效力。能醫治百病的靈驗有效的藥。比喻能解決問題的好辦法。
	寫作例句：體育是包治百病、延年益壽、強身健體的靈丹妙藥。

成語之「藥」

詩句‧出處	對應成語
多將熇熇，不可救藥。（《詩經‧板》）	不可救藥：病重到沒有藥可以醫治，比喻事態已嚴重到無法挽救。
	寫作例句：他屢教不改，真是不可救藥。
飛龍落藥店，骨出只為汝。（〈讀曲歌〉南北朝‧無名氏）舊作琴臺鳳，今為藥店龍。（〈垂柳〉唐‧李商隱）	藥店飛龍：飛龍，指中藥龍骨。藥店裡的龍骨。比喻人瘦骨嶙峋。
	寫作例句：你都已經瘦成藥店飛龍了。

成語之「書」

詩句‧出處	對應成語
連床夜語雞戒曉，書囊無底談未了。（〈送王郎〉宋‧黃庭堅）	書囊無底：指古今書籍不可勝數。
	寫作例句：書囊無底，只要想學習，一輩子不會缺書讀的。
姓名書錦軸，朱紫佐朝廷。（〈神童詩‧勸學〉宋‧汪洙）	名書錦軸：書，書寫、記載；錦軸，史書。把名字留在史書上。
	寫作例句：文天祥英勇抗敵，名書錦軸。
海翁，命窮。百不會，千無用，知書識字總成空。（〈朝天子‧自遣〉明‧馮惟敏）	知書識字：指有文化修養。
	寫作例句：小姐知書識字，老爺太太愛如珍寶。

| 捉鼻東山關氣運，擁書南面足經綸。（〈感懷〉清‧歸莊） | 擁書南面：比喻藏書極其豐富或嗜書之深。 |
| | 寫作例句：他是一個擁書南面的知識分子。 |

成語「文房」

詩句‧出處	對應成語
文房四寶出二郡，邇來賞愛君與予。（〈九月六日登舟再和潘歙州紙硯〉宋‧梅堯臣）	文房四寶：俗指筆、墨、紙、硯。
	寫作例句：這次競賽的獎品是文房四寶。
水複山重客到稀，文房四士獨相依。（〈閒居無客所與度日筆硯紙墨而已戲作長句〉宋‧陸游）	文房四士：俗指筆、墨、紙、硯。
	寫作例句：他最珍愛的就是文房四士了。

成語之「筆」

詩句‧出處	對應成語
詞源倒流三峽水，筆陣獨掃千人軍。（〈醉歌行〉唐‧杜甫）	筆掃千軍：筆力雄健如橫掃千軍萬馬。
	寫作例句：這些年他的作品雖然數量不多，但篇篇都是筆掃千軍的力作。

忽來案上翻墨汁，塗抹詩書如老鴉。（〈示添丁〉唐・盧仝）	信筆塗鴉：信，聽憑、隨意；信筆，隨意書寫；塗鴉，比喻字寫得很拙劣，隨便亂塗亂畫。形容字寫得很潦草，也常作自謙之詞。
	寫作例句：我的文章和新詩，不過是信筆塗鴉而已，實在不值一評。
讀書一見若經誦，下筆千言能立成。（〈送豐稷〉宋・曾鞏）	下筆千言：千言，長篇大論。一動筆就寫成上千言的文章。形容文思敏捷，寫作迅速。
	寫作例句：我們寫文章要圍繞中心論點展開論證，不能下筆千言，離題萬里。
詩成半醉正陶陶，更用如椽大筆抄。（〈大字吟〉宋・邵雍）	如椽大筆：像椽子一般粗大的筆。比喻記錄大事的手筆，也比喻筆力雄健的文詞。
	寫作例句：即使在這樣黑暗的遭遇下，他還是沒有放下他那支如椽大筆，堅決保住他那顆新聞記者的良心。
筆底春風殊未老，蟠桃積核已如山。（〈瑤池春宴圖〉元・黃溍）	筆底春風：形容繪畫、詩文生動，如春風來到筆下。
	寫作例句：劉老師真是筆底春風育桃李啊！

愛他那走筆題詩，出口成章。(《青衫淚》元・馬致遠)	走筆題詩：走筆，筆動得很快，指快速的寫；題，意指寫。形容才思敏捷。
	寫作例句：王老師知識淵博，走筆題詩。

成語之「紙」

詩句・出處	對應成語
都中紙貴流傳後，海外金填姓字時。(〈和王侍郎酬廣宣上人觀放榜後相賀〉唐・元稹)	都中紙貴：猶言洛陽紙貴。晉代左思以十年時間寫成〈三都賦〉，起初不被人賞識，後得到名士皇甫謐的讚賞，親自為之作序，張載、劉逵為之作注釋，另一名流張華也大加讚嘆，於是豪貴之家競相傳寫，洛陽為之紙貴。形容別人的著作受人歡迎，廣為流傳。
	寫作例句：這本書走紅，一時間都中紙貴。
無錢將乞樊知客，名紙生毛不為通。(〈句〉五代・歐陽彬)	名紙生毛：名片紙磨得生了毛，字跡模糊了。比喻人的聲譽下降，今不如昔。
	寫作例句：多少網紅不久之後就名紙生毛了。
滕王蛺蝶江都馬，一紙千金不當價。(〈題明發高軒過圖〉宋・陳師道)	一紙千金：一紙價值千金。極言詩文價值之高。
	寫作例句：家庭檔案不少內容都有一紙千金的價值。

成語「揮毫」

詩句・出處	對應成語
張旭三杯草聖傳，脫帽露頂王公前，揮毫落紙如雲煙。（〈飲中八仙歌〉唐・杜甫）	揮毫落紙：毫，毛筆。指寫字或作畫。
	寫作例句：用過午飯，他再次揮毫落紙。
閉門覓句陳無己，對客揮毫秦少游。（〈病起荊江亭即事・其八〉宋・黃庭堅）	對客揮毫：毫，毛筆。比喻文思敏捷。
	寫作例句：憑他的才學，讓他對客揮毫，簡直小菜一碟。

成語「簡」、「編」

詩句・出處	對應成語
蠹簡遺編試一尋，寂寥前事似如今。（〈詠史〉唐・羅隱）	蠹簡遺編：泛指殘存的書籍。
	寫作例句：慘遭敵軍洗劫後的圖書館，只剩下蠹簡遺編。
身入群經作蠹魚，斷編殘簡伴閒居。（〈讀書呈幾復・其一〉宋・黃庭堅）	斷編殘簡：編，穿簡的細長皮條；簡，古代用來寫字的竹片。指殘缺不全的書籍文章。
	寫作例句：可別小看這些剛剛出土的斷編殘簡，它們可是研究西漢歷史的重要資料。
遺編墜簡文章爛，糲食粗衣歲月長。（〈入濟源寓舍〉元・元好問）	遺編墜簡：指散佚而殘缺不全的典籍。
	寫作例句：中國的很多古本文獻都只剩下一些遺編墜簡。

成語之「家」

詩句‧出處	對應成語
東家西舍同時發，北去南來不逾月。（〈江夏行〉唐‧李白）	東家西舍：指左鄰右舍。
	寫作例句：他為人厚道，與東家西舍關係極好。
烽火連三月，家書抵萬金。（〈春望〉唐‧杜甫）	家書抵萬金：比喻家信的珍貴。
	寫作例句：只有經歷了戰爭年代的骨肉分離，才會深刻體會到家書抵萬金的含義。

成語之「鄉」

詩句‧出處	對應成語
他鄉各異縣，輾轉不可見。（〈飲馬長城窟行〉漢樂府）	他鄉異縣：指遠離家鄉的外地。
	寫作例句：我年輕的時候離家外出，輾轉於他鄉異縣。
鄉書不可寄，秋雁又南回。（〈章臺夜思〉唐‧韋莊）	鄉書難寄：鄉書，家書。家書很難寄回家中，比喻與家鄉消息隔絕。
	寫作例句：如今兵荒馬亂的，鄉書難寄，不知我那幾個孩子怎樣了？
入其俗，從其令。（《莊子‧山木》）涯節物遮愁眼，且復隨鄉便入鄉。（〈秋雨快晴靜勝堂席上〉宋‧范成大）	隨鄉入鄉：到一個地方就按照這一個地方的風俗習慣生活，也比喻到什麼地方都能適應。
	寫作例句：既然已經來了，就隨鄉入鄉吧！

成語之「村」

詩句・出處	對應成語
君不聞漢家山東二百州，千村萬落生荊杞。（〈兵車行〉唐・杜甫）	千村萬落：形容眾多的村落。
	寫作例句：夕陽下，關中平原的千村萬落都染上了一層金色。
便作在家寒食看，村歌社舞更風流。（〈宿新市徐公店・其二〉宋・楊萬里）	村歌社舞：指民間歌舞。
	寫作例句：秧歌是老百姓喜聞樂見的村歌社舞。
永謝十年舊，老死三家村。（〈用舊韻送魯元翰知洺州〉宋・蘇軾）	三家村：偏僻的小鄉村。
	寫作例句：這個以前被看作是三家村的地方，現在已經開起了工廠，呈現出一片欣欣向榮的景象。

成語之「井」

詩句・出處	對應成語
君不見擔雪塞井空用力，炊沙作飯豈堪食？（〈行路難・其一〉唐・顧況）	擔雪塞井：亦作「挑雪填井」。挑雪去填塞水井。比喻徒勞無功。
	寫作例句：但是他們對物質的貪求，猶如口渴喝海水，越喝越渴；猶如挑雪填井，欲望難填，越填越累。

詩句・出處	對應成語
無波古井水，有節秋竹竿。（〈贈元稹〉唐・白居易）	古井無波：古井，枯井。比喻內心恬靜，情感不為外界事物所動。
	寫作例句：屢遭情變之後，她已然心如止水，古井無波。
金瓶落井無消息，令人行嘆復坐思。（〈寄遠・其八〉唐・李白）	金瓶落井：金瓶掉落井底，比喻一去再無音訊。
	寫作例句：一連向她寄去了三封信，如金瓶落井。
明放著花樓酒榭，丟做個雨井煙垣。（〈桃花扇・題畫〉清・孔尚任）	雨井煙垣：比喻荒涼、冷落的景象。
	寫作例句：雖說春雨貴如油，但眼前的雨井煙垣卻讓他悲傷不已。

成語之「鄰」

詩句・出處	對應成語
每因暫出猶思伴，豈得安居不擇鄰。（〈欲與元八卜鄰先有是贈〉唐・白居易）	擇鄰而居：挑選鄰居好的地方居住。
	寫作例句：覺得自己鄰居討厭的人可以搬去另一個地方擇鄰而居，但國家卻不可能想搬就搬。
東鄰西舍花發盡，共惜餘芳淚滿衣。（〈女耕田行〉唐・戴叔倫）	東鄰西舍：住在左右前後的街坊鄰居。
	寫作例句：來了客人，你不必為措手不及而發愁，東鄰西舍自會送來時令鮮菜。

詩句・出處	對應成語
海內存知己，天涯若比鄰。（〈杜少府之任蜀州〉唐・王勃）	天涯若比鄰：表達對遠方友人的情誼。
	寫作例句：資訊時代，天涯若比鄰，有心學習的話，完全可以利用各種現代傳播技術，實現「秀才不出門，而知天下事」。

成語之「田」

詩句・出處	對應成語
玉堂金馬久流落，寸田尺宅今誰耕。（〈遊羅浮山一首示兒子過〉宋・蘇軾）	寸田尺宅：比喻微薄的資產。
	寫作例句：父親留給他的，只是寸田尺宅而已。
買田陽羨吾將老，從來只為溪山好。（〈菩薩蠻〉宋・蘇軾）	買田陽羨：指辭官歸隱。
	寫作例句：蘇軾也曾買田陽羨，欲做閒人，一茶一酒，一琴一雲，終未稱心如意。

成語「桑田」

詩句・出處	對應成語
節物風光不相待，桑田碧海須臾改。（〈長安古意〉唐・盧照鄰）	桑田碧海：桑田，農田。大海變成桑田，桑田變成大海。比喻世事變化很大。
	寫作例句：面對家鄉桑田碧海的變化，他激動得一時說不出話來。

詩句‧出處	對應成語
海水桑田幾翻覆，中間此桃四五熟。（〈漢武帝雜歌‧其一〉唐‧韋應物）	海水桑田：滄海變桑田。比喻世事變遷很大。
	寫作例句：世事變化快又大，彈指間，幾番海水桑田。
不驚渤澥桑田變，來看龜蒙漏澤春。（〈送喬仝寄賀君‧其二〉宋‧蘇軾）	渤澥桑田：渤澥，渤海的古稱。大海變成桑田，桑田變成大海。比喻世事變化極大。
	寫作例句：與世間萬物的渤澥桑田相比，人的一生竟顯得如此短暫和渺小。

家居用品

詩句‧出處	對應成語
妝嫫徒費黛，磨甋詎成璋。（〈渭村退居寄禮部崔侍郎翰林錢舍人詩一百韻〉唐‧白居易）	妝嫫費黛：嫫，嫫母，相傳為黃帝第四妃，容貌醜陋。黛，古代女子畫眉用的青黑色顏料。為醜陋的女子化妝，只是白白浪費脂粉，無法使她成為美女。
	寫作例句：替她做美容簡直就是妝嫫費黛。
口不兩匙休足穀，身能幾屐莫言錢。（〈丙午新正書懷‧其四〉宋‧范成大）	一口兩匙：比喻貪多。
	寫作例句：一口兩匙也吃不出一個胖子。

似逢海若談秋水，始覺醯雞守甕天。（〈再次韻奉答子由〉宋‧黃庭堅）	甕天之見：甕天，坐在甕中觀天，見天不大。比喻短淺的見識。
	寫作例句：你的這些觀點不過是甕天之見。
掘地與斷木，智不如機舂。（〈題王黃州墨跡後〉宋‧黃庭堅）	斷木掘地：上古時代，斷木為杵，掘地為臼。雖粗拙，亦適用。
	寫作例句：這個村子還保留著斷木掘地的原始社會遺存。
杖策窺園日數巡，攀花弄草興常新。（〈窺園〉宋‧王安石）	杖策窺園：杖策，拄著拐杖。拄著拐杖也要到園中去看看。指不死讀書本，而是走上社會，研究現實。
	寫作例句：作為知識分子，杖策窺園是很重要的。
摑著手分開雲雨，騰的似線斷風箏。（《金線池‧第三折》元‧關漢卿）	線斷風箏：比喻如斷線的風箏一樣，消失得無影無蹤。
	寫作例句：不管被世事折磨得多麼面目全非，拿起他的書，立即豁然開朗，好似線斷風箏又復歸了航向。

兩個成語的出處

詩句‧出處	對應成語
蜉蝣之羽，衣裳楚楚。(《詩經‧蜉蝣》)	衣裳楚楚：裳，裙子；楚楚，鮮明整潔的樣子。形容穿戴整齊漂亮。
	寫作例句：他衣裳楚楚，在俱樂部中如鶴立雞群。
	衣冠楚楚：衣帽穿戴得整齊、漂亮。
	寫作例句：你衣冠楚楚的，要出去約會嗎？
苦恨年年壓金線，為他人作嫁衣裳。(〈貧女〉唐‧秦韜玉)	為人作嫁：原意是說窮苦人家的女兒沒有錢置備嫁衣，卻每年辛辛苦苦的用金線刺繡，替別人做嫁衣。形容白為別人勞動，徒然替他人辛苦出力。
	寫作例句：儘管別人說當編輯是在為人作嫁，但她卻十分熱愛這份工作。
	作嫁衣裳：指白白替別人操勞，自己卻一無所得。
	寫作例句：像這種作嫁衣裳的事，我再也不做了。

飲食品人生

成語之「酒」

詩句‧出處	對應成語
蕙肴蒸兮蘭藉，奠桂酒兮椒漿。（〈九歌‧東皇太一〉戰國‧屈原）	桂酒椒漿：泛指美酒。
	寫作例句：滿桌的山珍海味與桂酒椒漿，令人目不暇接。
獻酬交錯，禮儀卒度，笑語卒獲。（《詩經‧楚茨》）	獻酬交錯：獻，敬酒；酬，勸酒。主客敬酒交互錯雜。形容歡聚暢飲的情景。
	寫作例句：席間獻酬交錯，賓主盡歡。
厥味伊何，玄酒瓠脯。（〈贈傅休奕詩〉晉‧程曉）	玄酒瓠脯：玄酒，祭祀用的清水；瓠脯，以蔬菜代替的肉乾和果品。飲食只有清水和瓠乾。比喻生活清苦。
	寫作例句：他過著玄酒瓠脯的清苦生活。
且趁霜天鱸魚好，把貂裘、換酒長安市。（〈賀新郎‧送靈山馮可久通守潯陽〉宋‧張輯）	貂裘換酒：貂裘，貂皮做的大衣。用貂皮大衣換酒喝。形容富貴者放蕩不羈的生活。
	寫作例句：他就是那種放蕩不羈、貂裘換酒的人。

花解語嬌相並，且暮花魔酒病。（〈哨遍·思鄉〉元·曾瑞）	花魔酒病：指沉湎於酒色。
	寫作例句：昏庸荒淫的靈帝除了花魔酒病以外，還一味寵幸宦官，尊張讓等人為「十常侍」。
天倫樂事萃華堂，綠酒紅燈夜未央。（〈歸田瑣記·北東園日記詩〉清·梁章鉅）	綠酒紅燈：形容奢侈豪華的享樂生活。
	寫作例句：今天是星期天，熱鬧的街道，一片紙醉金迷，綠酒紅燈。

成語之「醉」

詩句·出處	對應成語
未見君子，憂心如醉。（《詩經·晨風》）	憂心如醉：心中愁苦，神智像喝醉了一樣。
	寫作例句：為了白天的事，他憂心如醉，輾轉反側。
藍橋仙路不崎嶇，醉舞狂歌容倦客。（〈玉樓春·牡丹〉宋·范成大）	醉舞狂歌：形容沉迷於聲色歌舞之中。
	寫作例句：宴會上，人們或醉舞狂歌，或促膝交談，氣氛十分歡愉。
牡丹亭畔人寂靜，惱芳心似醉如痴。（〈閨思〉元·關漢卿）	如醉如痴：醉，原指飲酒過量，神志不清，也指沉迷，過分愛好。痴，指極度迷戀某人或某種事物。形容入迷於某種事物而失去自制的神態。
	寫作例句：他如醉如痴的沉浸在美妙的音樂中。

成語「醉」、「酒」

詩句・出處	對應成語
既醉以酒，既飽以德。（《詩經・既醉》）	醉酒飽德：感謝主人宴請的客氣話。
	寫作例句：謝謝您的款待，讓我醉酒飽德。
今朝有酒今朝醉，明日愁來明日愁。（〈自遣〉唐・羅隱）	今朝有酒今朝醉：比喻過一天算一天。也形容人只顧眼前，沒有長遠打算。
	寫作例句：今朝有酒今朝醉，是一種對當下及時行樂的思維；人無遠慮，必有近憂，是一種對未來居安思危的思維；此情可待成追憶，只是當時已惘然，是一種對過去有所追憶的思維。
解嘲破惑有常言，酒不醉人人自醉。（《水滸傳・第四回》明・施耐庵）	酒不醉人人自醉：指人因喝酒而自我陶醉。
	寫作例句：這酒度數不高，可是酒不醉人人自醉呀！

成語「詩」、「酒」

詩句・出處	對應成語
但有個詩朋酒友共開尊，少不得倚玉偎香珠翠擁。（〈粉蝶兒・李爭冬有犯〉明・馮惟敏）	詩朋酒友：作詩飲酒的朋友。
	寫作例句：我與他是詩朋酒友。

同消遣，詩酒朋儕盡堪盡日盤桓。(《鸞鎞記·第二出》明·葉憲祖)	詩酒朋儕：亦作「詩朋酒儕」。儕，等輩、同類的人。作詩飲酒的朋友。
	寫作例句：整場詩會，詩酒朋儕們相互交流討論，詩意盎然，享受了一場熱情澎湃的詩歌盛宴。
粵水閩山文武會，酒龍詩虎主賓才。(〈飲鎮平都司署賞菊為題宋人所畫報捷圖〉清·丘逢甲)	酒龍詩虎：比喻嗜酒善飲、才高能詩的人。
	寫作例句：詩仙李白堪稱酒龍詩虎。
狂吟且共樓頭醉，酒虎詩龍各自豪。(〈東山酒樓次柳汀韻〉清·丘逢甲)	酒虎詩龍：比喻嗜酒善飲、才高能詩的人。
	寫作例句：參加詩會的人個個都是酒虎詩龍，大家都十分盡興。

成語之「杯」

詩句·出處	對應成語
天運苟如此，且進杯中物。(〈責子〉晉·陶淵明)	杯中物：指酒。
	寫作例句：喜歡杯中物的人士比以前多了一些辨別能力，葡萄酒的品質也有所提高。
杯殘炙冷正悲辛，仗內鬥雞催賜錦。(〈題少陵畫像〉宋·陸游)	杯殘炙冷：炙，烤肉。指殘剩的酒菜。也指權貴施捨的東西。
	寫作例句：等他回家時，餐桌上已杯殘炙冷。

成語之「樽」

詩句・出處	對應成語
拔城於尊俎之間，折衝席上者也。（《戰國策・齊策五》） 折衝樽俎間，制勝在兩楹。（〈雜詩・其七〉晉・張協）	折衝樽俎：指不用武力而在酒宴談判中制敵取勝。
	寫作例句：他是一位折衝樽俎的傑出外交家。
何時一尊酒，重與細論文。（〈春日憶李白〉唐・杜甫）	樽酒論文：一邊喝酒，一邊議論文章。
	寫作例句：樽酒論文乃詩友間的快事。
尊酒相逢十載前，君為壯夫我少年；尊酒相逢十載後，我為壯夫君白首。（〈贈鄭兵曹〉唐・韓愈）	尊酒相逢：尊，通「樽」，古代盛酒的器皿。相逢時飲一杯酒以相敬。
	寫作例句：今日難得與老友尊酒相逢，我們不醉不休。

成語之「觴」

詩句・出處	對應成語
一詠一觴成底事，慶康寧，天賦何須藥。（〈賀新郎・和吳明可給事安撫〉宋・辛棄疾）	一詠一觴：詠，吟詩；觴，古代盛酒器，借指飲酒。一邊飲酒，一邊吟詩。指文人喝酒吟詩的聚會。
	寫作例句：詩友們一詠一觴，直到天亮。

| 一個待詠月嘲風，一個待飛觴走斝，談些古是今非。(《青衫淚》元‧馬致遠) | 飛觴走斝：指頻頻傳杯。 |
| | 寫作例句：眾人重新欣然歸席，群情激昂，酒膽開張，推杯換盞，飛觴走斝，酣暢淋漓，興會盎然。 |

成語之「茶」

詩句‧出處	對應成語
朝陽軒外一枝斜，待客清茶淡話。(〈西江月〉元‧侯善淵)	清茶淡話：清，清淡。喝著清茶隨意閒聊，形容待客親切隨和。
	寫作例句：他一貫以清茶淡話待客。
你浪酒閒茶，臥柳眠花，半世禁害殺，自矜自誇。(《合汗衫‧第二折》元‧張國賓)	浪酒閒茶：指風月場中的吃喝之事。
	寫作例句：他天天沉湎於浪酒閒茶，不思進取。
草野抒忠告，榷酒征茶太紛擾。(《金蓮記‧射策》明‧陳汝元)	榷酒征茶：徵收酒茶稅。亦泛指苛捐雜稅。
	寫作例句：沉重的榷酒征茶壓得百姓們喘不過氣來。

成語之「飯」

詩句・出處	對應成語
酒熟舖糟學漁父，飯來開口似神鴉。（〈放言・其二〉唐・元稹）	飯來開口：同「飯來張口」，指吃現成飯，形容不勞而獲，坐享其成。
	寫作例句：我們也有一雙手，什麼事情也會做，絕不當衣來伸手，飯來張口的寄生蟲。
鐘鼎山林各天性，濁醪粗飯任吾年。（〈清明・其一〉唐・杜甫）	濁醪粗飯：濁醪，濁酒。指簡單粗糙的飲食。
	寫作例句：雖然只是一些濁醪粗飯，李先生依然津津有味的吃著。
君不見擔雪塞井空用力，炊沙作飯豈堪食？（〈行路難・其一〉唐・顧況）	炊沙作飯：亦作「炊沙成飯」。煮沙子作飯，比喻徒勞無功，白費氣力。
	寫作例句：沒有技術，沒有資源，硬要白手起家，這實際上是炊沙作飯，白費力氣。
炊沙作糜終不飽，鏤冰文章費工巧。（〈送王郎〉宋・黃庭堅）	炊沙作糜：煮沙子作飯。比喻徒勞無功，白費氣力。
	寫作例句：不要去做炊沙作糜的傻事。
風雨蕭條，衡門暫留，黃齏白飯度春秋。（《金蓮記・焚券》明・陳汝元）	黃齏白飯：指粗惡的飯食。
	寫作例句：她不求榮華富貴，只求黃齏白飯就行了。

成語之「餐」

詩句・出處	對應成語
棄捐勿復道，努力加餐飯。(〈古詩十九首・行行重行行〉)	努力加餐飯：努力多吃些飯。
	寫作例句：看你瘦骨嶙峋，當努力加餐飯。
餐霞漱瀣壽千秋，世不求仙何所由。(〈長歌行〉近代・景耀月)	餐霞漱瀣：餐食日霞，吸飲沆瀣。指超塵脫俗的仙家生活。
	寫作例句：我們這類凡夫俗子，是不可能靠餐霞漱瀣來生活的。

成語之「羹」

詩句・出處	對應成語
懲於羹者而吹齏兮，何不變此志也？(〈九章・惜誦〉戰國・屈原)	懲羹吹齏：人被滾湯燙過，以後吃冷菜也要吹一下。羹，滾湯；齏，細切的肉菜，冷食品。比喻戒懼過甚。
	寫作例句：如果謹慎到懲羹吹齏的程度，就成了驚弓之鳥了。
打的來傷觔動骨，更疼似懸頭刺股，他每爺飯娘羹何曾受這般苦！(《蝴蝶夢・第二折》元・關漢卿)	爺飯娘羹：亦作「爺羹娘飯」。指在父母的庇蔭下生活。
	寫作例句：爺飯娘羹哺育我長大。

清晨采薪日入歸，殘羹冷飯難充飢。(〈孤兒行〉明·劉基)	殘羹冷飯：殘，剩餘；杯，指酒；炙，烤肉。指吃剩的酒菜，也比喻別人施捨的東西。
	寫作例句：當一個習慣了山珍海味的人，突然去吃淡而無味的殘羹冷飯，自然是無法下嚥了。

成語「酒」、「飯」

詩句·出處	對應成語
夜眠朝走不覺老，飯囊酒甕奚足云。(《酬安祕丞歌詩集》宋·王禹偁) 飯囊酒甕紛紛是，誰賞蒙山紫筍香。(〈效蜀人煎茶戲作長句〉宋·陸游)	飯囊酒甕：比喻只會吃飯喝酒，不會做事的人。
	寫作例句：像他這樣的飯囊酒甕居然能當主管，太令人不可思議了。
念區區酒囊飯包，又誰知生來命高，沒生涯，終朝醉飽，都倚著那妖嬈。(《意中緣·捲簾》清·李漁)	酒囊飯包：形容只會吃喝，不會做事的人。用於譏諷無能的人。
	寫作例句：這些人是一群酒囊飯包，成事不足，敗事有餘。

成語「茶」、「飯」

詩句・出處	對應成語
粗茶淡飯飽即休，被破遮寒暖即休。(〈四休居士詩序〉宋・黃庭堅)	粗茶淡飯：亦作「粗衣淡飯」。粗，粗糙、簡單；淡飯，指飯菜簡單。形容飲食簡單，生活簡樸。
	寫作例句：當你經濟困難淪為乞討時，也許一頓粗茶淡飯就是你最大的幸福。
茶餘飯飽邀故友，謝館秦樓，散悶消愁，惟蹴踘最風流。(〈寨兒令〉元・關漢卿)	茶餘飯後：亦作「茶餘飯飽」。品茶、吃飯之後的一段閒暇時間。多指傍晚一段時間。
	寫作例句：這些書只適合在茶餘飯後看。
霎時間雲雨暗巫山，悶無言，不茶不飯，滿口兒何處訴愁煩。(《玉簪記・秋江送別》明・胡文煥)	不茶不飯：不思飲食。形容心事重重。
	寫作例句：孩子住院了，媽媽如坐針氈，不茶不飯。

成語之「食」

詩句・出處	對應成語
呦呦鹿鳴，食野之蘋。(《詩經・鹿鳴》)	鳴野食蘋：比喻誠心待人，同甘共苦。
	寫作例句：作為管理者，應該以鳴野食蘋的態度對待下屬。

退食自公，委蛇委蛇。（《詩經·羔羊》）	退食自公：減膳以示節儉，指操守廉潔。
	寫作例句：目前公司經濟困難，我這個當總經理的只能退食自公了。
	逶迤退食：從容謙退，公正廉潔。
	寫作例句：相信大人您有逶迤退食之節。
下驛窮交日，昌亭旅食年。（〈白下驛餞唐少府〉唐·王勃）	昌亭旅食：寄食南昌長亭處，借指寄人籬下。
	寫作例句：昌亭旅食的生活真不是滋味。

成語「衣」、「食」

詩句·出處	對應成語
衣宵食旰，食旰餐三懼。（〈執契靜三邊〉唐·李世民）	衣宵食旰：天未明就穿衣起身，天黑了才進食。常用以稱諛帝王勤於政事。
	寫作例句：這個昏君對著群臣，愁眉苦臉，裝出一副衣宵食旰的樣子。
我願鄰曲謹蓋藏，縮衣節食勤耕桑。（〈秋獲歌〉宋·陸游）	節衣縮食：亦作「縮衣節食」。省吃省穿，泛指生活節儉。
	寫作例句：這陣子突然花掉了一大筆積蓄，只好過起節衣縮食的生活。

錦衣肉食非吾樂，槁操冰心豈自堅。(〈生日邃庵太宰貺以長律用韻自述並答雅懷〉明・李東陽)	錦衣肉食：精美的衣著和飲食。形容豪華奢侈的生活。
	寫作例句：她生在首富之家，錦衣肉食，出門都有保鑣隨行。

成語之「肉」

詩句・出處	對應成語
費心姑息是一役，肥肉大酒徒相要。(〈嚴氏溪放歌行〉唐・杜甫)	肥肉大酒：肥，富饒、富足；大酒，美酒。指美好豐盛的飲食。
	寫作例句：粗茶淡飯雖然難以下嚥，卻比肥肉大酒更有益於養生。
弱之肉，強之食。(〈送浮屠文暢師序〉唐・韓愈) 有生不幸遭亂世，弱肉強食官無誅。(〈秦女體行〉明・劉基)	弱肉強食：原指動物中弱者被強者吞食。比喻弱的被強的吞併。
	寫作例句：人與人之間應該和平共存，而非弱肉強食。

成語之「瓜」

詩句・出處	對應成語
綿綿瓜瓞，民之初生，自土沮漆。(《詩經・綿》)	綿綿瓜瓞：亦作「瓜瓞綿綿」。綿綿，連續不斷；瓞，小瓜。指周朝開國的歷史如瓜瓞般歲歲相繼不絕，至太王遷岐地，才奠定了王業。後用來祝頌子孫繁衍昌盛。
	寫作例句：燕趙大地，自古慷慨仁義，綿綿瓜瓞。

485

君子防未然，不處嫌疑間。瓜田不納履，李下不正冠。（〈君子行〉三國‧魏‧曹植）	避李嫌瓜：表示避免嫌疑。
	寫作例句：在財務工作中，我們應主動避李嫌瓜。
煮豆持作羹，漉菽以為汁。其在釜下燃，豆在釜中泣。本是同根生，相煎何太急？（〈七步詩〉三國‧魏‧曹植） 種瓜黃臺下，瓜熟子離離。一摘使瓜好，再摘使瓜稀。三摘猶自可，摘絕抱蔓歸。（〈黃臺瓜辭〉唐‧李賢）	煎豆摘瓜：喻親屬相殘。
	寫作例句：親人之間應避免煎豆摘瓜的悲劇。
	抱蔓摘瓜：摘完瓜連瓜蔓也抱去。比喻濫加株連，斬盡殺絕。
	寫作例句：宮廷爭鬥就是成王敗寇，勝利的一方還要抱蔓摘瓜。

成語「桃李」

詩句‧出處	對應成語
桃生露井上，李樹生桃旁。蟲來齧桃根，李樹代桃僵。（〈雞鳴〉漢樂府）	李代桃僵：僵，枯死。李樹代替桃樹而死。謂以桃李能共患難，喻弟兄應能同甘苦。後轉為以此代彼或代人受過。
	寫作例句：這件事明明是老王的錯，你為什麼要李代桃僵，為他頂罪？

詩句・出處	對應成語
桃 之 夭 夭，灼 灼 其 華。（《詩經・桃夭》）何 彼 襛 矣，華 如 桃 李。（《詩經・何彼襛矣》）	夭桃穠李：①以桃李之花興新人之美。後多以為讚頌新人年少俊美之辭。②茂盛豔麗的桃花、李花。
	寫作例句：那是一個夭桃穠李的煙花三月，我們初次見面。
一日聲名遍天下，滿城桃李屬春官。（〈宣上人遠寄和禮部王侍郎放榜後詩因而繼和〉唐・劉禹錫）	滿城桃李：桃李，比喻學生。城中到處都有自己的學生。比喻學生很多。
	寫作例句：王教授滿城桃李，譽滿全國。
桃李精神鸚鵡舌，可堪虛度良宵。（〈何滿子〉唐・和凝）	桃李精神：形容妖豔嬌媚的神態。
	寫作例句：花園裡百花齊放，滿是桃李精神。

成語「美味」

詩句・出處	對應成語
山珍海錯棄藩籬，烹犢炰羔如折葵。（〈長安道〉唐・韋應物）	山珍海味：亦作「山珍海錯」。山野和海裡出產的各種珍貴食品，泛指豐富的菜餚。
	寫作例句：市長看到滿桌都是山珍海味，扭頭就走。
道高物備，食多方。山膚既善，水豢良。（〈隋元會大饗歌・其八〉隋・牛弘等奉詔作）	山膚水豢：本指山上水中出產的美味食物，後泛稱美味。
	寫作例句：宴會上金漿玉醴，山膚水豢，令赴宴者大飽口福。

豈知灌頂有醍醐，能使清涼頭不熱。(〈行路難‧其三〉唐‧顧況)	醍醐灌頂：醍醐，酥酪上凝聚的油。用純酥油澆到頭上，佛教指灌輸智慧，使人徹底覺悟。比喻聽了高明的意見使人受到很大啟發，也形容清涼舒適。
	寫作例句：他的生動發言讓我感到醍醐灌頂，頓時我的心情變得豁然開朗起來。
鼎鑊甘如飴，求之不可得。(〈正氣歌〉宋‧文天祥)	鼎鑊如飴：飴，麥芽糖、糖漿。受酷刑像吃糖一樣。形容無所畏懼，視死如歸。
	寫作例句：古來忠烈，鼎鑊如飴，萬古流芳。

成語之「齋」

蘇晉長齋繡佛前，醉中往往愛逃禪。(〈飲中八仙歌〉唐‧杜甫)	長齋繡佛：長齋，終年吃素；繡佛，刺繡的佛像。吃長齋於佛像之前，形容修行信佛。
	寫作例句：他年紀在五十歲以上，長齋繡佛。
	長齋禮佛：終年吃素，恭敬佛祖。
	寫作例句：她長齋禮佛，從沒有一天延誤。

成語「糧食」

詩句・出處	對應成語
握粟出卜，自何能穀？（《詩經・小宛》）	握粟出卜：指祈求神明護佑，去凶賜吉。
	寫作例句：每當遠行之前，他都握粟出卜。
一落泥途跡愈深，尺薪如桂米如金。（〈次韻鄭介夫・其一〉宋・蘇軾）	薪桂米金：薪，柴草；桂，木名。把柴草看得像桂木，把糧食看得像金子。比喻生活極度貧苦。
	寫作例句：由於天災人禍，農作物歉收，因而薪桂米金，飢民成群。
君看隨陽雁，各有稻粱謀。（〈同諸公登慈恩寺塔〉唐・杜甫）	稻粱謀：謀，謀求。禽鳥尋找食物。比喻人謀求衣食。
	寫作例句：寫作都是用心血澆築而成的，即便只為稻粱謀，我也不敢不花心血。
若要咱稱了心，則除是要到家，學知些柴米油鹽價，恁時節悶減愁消受用殺。（《粉蝶兒・思情》元・蘭楚芳）	柴米油鹽：泛指必需的生活用品。
	寫作例句：婚姻雖然說是柴米油鹽，但是也需要保鮮。

成語之「飢」、「饑」

詩句‧出處	對應成語
儋石不儲，飢寒交至。顧爾儔列，能不懷愧！（〈勸農〉晉‧陶淵明）	飢寒交迫：衣食無著，又餓又冷，形容生活極端貧困。
	寫作例句：賣火柴的小女孩在飢寒交迫中死去了。
飢來驅我去，不知竟何之。（〈乞食〉晉‧陶淵明）	飢驅叩門：指為飢餓驅使，叩門求食。
	寫作例句：飢驅叩門的他，卻遭到了無情的拒絕。
天降喪亂，饑饉薦臻。（《詩經‧雲漢》）	饑饉薦臻：饑饉，饑荒；薦臻：接連到來。連年災荒不斷。
	寫作例句：這些年來，饑饉薦臻，民不聊生。
鴻雁于飛，哀鳴嗷嗷。（《詩經‧鴻雁》）	嗷嗷待哺：迫於飢餓而急於求食的樣子。
	寫作例句：她丟下嗷嗷待哺的孩子，去了遠方。

兩個成語的出處

詩句‧出處	對應成語
眾人皆醉，何不餔其糟而歠其醨？（〈漁父〉戰國‧屈原）	餔糟歠醨：①吃酒糟，喝薄酒。指追求一醉。②比喻屈志從俗，隨波逐流。③比喻文字優美，令人陶醉。
	寫作例句：讀此詩如餔糟歠醨，令人陶醉。
	哺糟歠醨：亦作「哺糟啜醨」，比喻效法時俗，隨波逐流。
	寫作例句：藝術貴在創新，如果只是哺糟歠醨，做什麼模仿、贗品，那藝術還有什麼生命力？
秋風起兮佳景時，吳江水兮鱸魚肥。三千里兮安未歸，恨難得兮仰天悲！（〈思吳江歌〉晉‧張翰）	蓴羹鱸膾：蓴，蓴菜；膾，切得很細的肉。比喻懷念故鄉的心情。
	寫作例句：北方雖是故鄉，蓴羹鱸膾，牽惹遊魂，但哪裡回得去啊？
	蓴鱸之思：比喻懷念故鄉的心情。
	寫作例句：眼見秋風又起，怎能沒有蓴鱸之思呢？

三年為刺史，飲冰復食檗。（〈三年為刺史‧其二〉唐‧白居易）	飲冰食檗：喝冷水，吃苦味的東西。形容生活清苦，為人清白。
	寫作例句：和他談話，如飲冰食檗一樣，不知不覺就受到了他的感染。
	飲冰茹檗：茹，吃；檗，俗稱黃柏，味苦。喝冷水，吃苦味的東西。比喻處境困苦，心情憂鬱。也形容生活清苦。
	寫作例句：他這幾年一直過著飲冰茹檗的日子。

建築會說話

成語之「房」

詩句・出處	對應成語
蕩子行不歸，空床難獨守。（〈古詩十九首・青青河畔草〉漢）	獨守空房：獨，獨自；守，守候。獨自居住在房子裡。
	寫作例句：獨守空房很久的她終於盼來了夫妻團聚的這一天。
到晚來月射的破窯明，風刮的蒲簾響，便是俺花燭洞房。（《破窯記・第一折》元・王實甫）	花燭洞房：花燭，彩色蠟燭；洞房，深邃的房，指新婚夫婦的臥室。深室裡點燃有龍鳳圖案裝飾的蠟燭。形容結婚的歡樂景象。
	寫作例句：他倆在花燭洞房之夜，相約要白頭偕老。

成語之「屋」

詩句・出處	對應成語
相在爾室，尚不愧於屋漏。（《詩經・抑》）	不愧屋漏：原指獨處於室時，亦慎守善德，使無愧於心。後轉指心地光明，在幽暗之處也不起邪念、做壞事。
	寫作例句：為人應該光明磊落，不愧屋漏。

詩句・出處	對應成語
生存華屋處，零落歸山丘。（〈箜篌引〉三國・魏・曹植）	華屋秋墟：亦作「華屋山丘」、「華屋丘墟」。壯麗的建築化為土丘。比喻興亡盛衰的迅速。
	寫作例句：當年的瓊樓玉宇、雕欄玉砌、萬頃琉璃，現在已是華屋秋墟。
落月滿屋梁，猶疑照顏色。（〈夢李白・其一〉唐・杜甫）	落月屋梁：比喻對朋友的懷念。
	寫作例句：我們已經十幾年未見過面，現在讀著他的文章，更加引動了我心中的落月屋梁之思。
侍婢賣珠回，牽蘿補茅屋。（〈佳人〉唐・杜甫）	牽蘿補屋：蘿，女蘿，植物名。拿藤蘿補房屋的漏洞。比喻生活貧困，挪東補西，後多比喻將就湊合。
	寫作例句：在鄉下的那幾年裡，借住的小屋千瘡百孔，只能牽蘿補屋，將就著有個住處罷了。

成語之「亭」

詩句・出處	對應成語
何處是歸程？長亭更短亭。（〈菩薩蠻〉唐・李白）	長亭短亭：古時設在路旁的亭舍，常用為餞別處。也指旅程遙遠。
	寫作例句：遇晚先投宿，雞鳴早看天，一程一程，長亭短亭，不覺間就走了兩百餘里。

翠微寺本翠微宮，樓閣亭臺數十重。（〈翠微寺〉宋・張俞）	樓閣亭臺：亭，有頂無牆的建築物。泛指高大富麗的建築群。
	寫作例句：一座座樓閣亭臺遍布水上，房舍儼然平整，闊大豪華。

成語之「臺」

詩句・出處	對應成語
層臺累榭，臨高山些。（〈招魂〉戰國・屈原）	層臺累榭：層，重複，接連不斷；累，重疊；榭，建在臺上的房屋。形容建築物錯落有致。
	寫作例句：京城中心的區域佇立著一座富麗堂皇的樓閣，碧瓦朱簷，層臺累榭。
歌臺舞榭，月殿雲堂。（〈雲中古城賦〉唐・呂令問） 舞榭歌臺，風流總被雨打風吹去。（〈永遇樂・京口北固亭懷古〉宋・辛棄疾）	舞榭歌臺：亦作「歌臺舞榭」。指歌舞場所。
	寫作例句：封建王朝遺留下的舞榭歌臺，已成為供人參觀的遺址。
閬苑瑤臺風露秋，整鬟凝思捧觥籌，欲歸臨別強遲留。（〈浣溪沙〉宋・晏殊）	閬苑瑤臺：閬，空曠；瑤，美玉；瑤臺，雕飾華麗、結構精巧的樓臺。廣大的園林，華美的樓臺。
	寫作例句：院內的靜室幽居直至閬苑瑤臺之下。

成語之「樓」

詩句・出處	對應成語
昔人已乘黃鶴去，此地空餘黃鶴樓。黃鶴一去不復返，白雲千載空悠悠。（〈黃鶴樓〉唐・崔顥）	人去樓空：人已離去，樓中空空。比喻故地重遊時睹物思人的感慨，表達面對舊居懷念故人之意。
	寫作例句：久別歸來，人去樓空，詩人對景傷情，暗暗垂淚。
玉樓巢翡翠，金殿鎖鴛鴦。（〈宮中行樂詞・其二〉唐・李白）	玉樓金殿：美玉砌成的樓房，金子建成的宮殿。形容宮殿樓閣富麗堂皇。
	寫作例句：千年的古都風景秀麗，引人入勝，舉目盡是玉樓金殿。
我欲乘風歸去，又恐瓊樓玉宇，高處不勝寒。（〈水調歌頭〉宋・蘇軾）	瓊樓玉宇：亦作「玉宇瓊樓」。原指仙界中的樓臺或月中宮殿。形容建築華麗堂皇。
	寫作例句：你看那冰雕，真像瓊樓玉宇，晶瑩瑰麗。
朱樓碧瓦何年有，榱桷連空欲驚矯。（〈寄題郢州白雪樓〉宋・王安石）	朱樓碧瓦：指華麗的樓房。
	寫作例句：這些巍峨聳立、朱樓碧瓦的古建築，曾為長安的歷史繪上了濃墨重彩的一筆。

松偃舊亭，城高故國，空餘舞榭歌樓。（〈望海潮〉宋·沈唐） 他每待強巴劫深宅大院，怎知道摧折了舞榭歌樓？（《救風塵·第二折》元·關漢卿）	舞榭歌樓：榭，建築在高臺上的房屋。為歌舞娛樂而設立的堂或樓臺，泛指歌舞場所。
	寫作例句：這府內的豪華，自不用細說，舞榭歌樓，亭廊荷池，一應俱全。
念生長在香閨繡幃，念出入在龍樓鳳池。（《浣紗記·送錢》明·梁辰魚）	龍樓鳳池：指禁省、皇宮。
	寫作例句：住在這小屋裡的人，不敢奢望龍樓鳳池。

成語「樓臺」

詩句·出處	對應成語
近水樓臺先得月，向陽花木易逢春。（〈句〉宋·蘇麟）	近水樓臺：靠近水邊的樓臺。比喻由於接近某人或者事物，而搶先得到某種利益或便利。
	寫作例句：一些主管利用職權，近水樓臺，為自己謀私利。
洞庭窄，誰道臨水樓臺，清光最先得。（〈祝英臺近·中秋〉宋·湯恢）	臨水樓臺：靠近水邊的樓臺。比喻由於地處近便而獲得優先的機會。
	寫作例句：小明臨水樓臺，頻獻殷勤，終於獲得小美的芳心。

行盡高山天欲半，不知平地有樓臺。（〈遊大梅山護聖寺・其二〉宋・樓鑰）	平地樓臺：比喻原來沒有底子而白手建立起來的事業。
	寫作例句：這家公司是他白手起家建成的，真是平地樓臺呀！

成語之「閣」

詩句・出處	對應成語
忽聞海上有仙山，山在虛無縹緲間。樓閣玲瓏五雲起，其中綽約多仙子。（〈長恨歌〉唐・白居易）	仙山瓊閣：仙山，指蓬萊、方丈、瀛洲三神山；瓊閣，精美的樓閣。傳說中神仙居住的地方，現在也比喻虛無縹緲的美妙幻境。
	寫作例句：來到此地，就像置身於仙山瓊閣之中。
雲窗霧閣事恍惚，重重翠幕深金屏。（〈華山女〉唐・韓愈）	雲窗霧閣：為雲霧繚繞的窗戶和居室，借指高聳入雲的樓閣，亦指建於極高處的樓閣。
	寫作例句：來到頂樓觀景臺，只見雲窗霧閣，撼人心魄。
鶯閨燕閣年三五，馬邑龍堆路十千。（〈塞垣瑞鷓鴣・檃括唐詩以補唐曲〉明・楊慎）	鶯閨燕閣：指婦女的閨閣。
	寫作例句：他以磨鏡為生，行走於大戶人家的鶯閨燕閣之中。

成語「樓」、「閣」

詩句・出處	對應成語
空中結樓殿，意表出雲霞。(〈遊法華寺〉唐・宋之問)	空中樓閣：懸在半空中的閣樓。比喻虛幻的事物或脫離實際的空想。
	寫作例句：你提出來的構想就像空中樓閣，不切實際。
鳳閣龍樓連霄漢，玉樹瓊枝作煙蘿，幾曾識干戈？(〈破陣子〉南唐・李煜)	鳳閣龍樓：帝王居住的樓閣。
	寫作例句：圓明園中曾經有金碧輝煌的殿堂，也有玲瓏剔透的鳳閣龍樓。

成語之「宮」

詩句・出處	對應成語
夢繞神州路，悵秋風、連營畫角，故宮離黍。(〈賀新郎・送胡邦衡待制赴新州〉宋・張元幹)	故宮離黍：故宮，從前的宮殿；黍，指糧食作物。比喻懷念故國的情思。
	寫作例句：故宮離黍，勾起了他的故國情懷。
蟾宮扳桂折高枝，書香還有繼，天道豈無知。(《四喜記・鄉薦榮歡》明・謝讜)	蟾宮扳桂：蟾宮，指月宮。科舉時代比喻應試及第。
	寫作例句：在古代，蟾宮扳桂是人生盛事之一。

成語之「闕」

詩句・出處	對應成語
清都絳闕，我自經行慣。(〈驀山溪・和清虛先生皇甫坦韻〉宋・張孝祥)	清都絳闕：神話傳說中天帝所居之宮闕。
	寫作例句：隱隱霞光透過鱗次櫛比的亭臺樓閣緩緩流瀉，近在眼前的永壽主殿便如同清都絳闕般籠上了淡淡的紫色光環。
丹桂飄香清思爽，人在瑤臺銀闕。(《琵琶記・中秋望月》元・高明)	瑤臺銀闕：裝飾華麗的樓臺宮闕。多指神仙居處。
	寫作例句：這座宮殿面積雖然不大，但珠光耀眼、色彩斑斕如瑤臺銀闕一般，周圍的牆壁被各式各樣的珍珠、寶石點綴著。
心瞻魏闕常意懸，游魚戀餌吞線。(《飛丸記・盟尋泉石》明・張景)	心瞻魏闕：魏闕，古代天子和諸侯宮外的樓觀，其下懸布法令，因以代稱朝廷。指臣民心在朝廷，關心國事。
	寫作例句：他是一位心瞻魏闕的忠臣。

成語「樓」、「闕」

詩句・出處	對應成語
洛岸秋晴夕照長，鳳樓龍闕倚清光。（〈和集賢侯學士分司丁侍御秋日雨霽之作〉唐・韋莊）	鳳樓龍闕：形容華美的宮闕樓臺。
	寫作例句：這些光彩豔麗的房屋，好像鳳樓龍闕一樣。
龍樓鳳闕鬱崢嶸，深宮不聞更漏聲。（〈鵪鶉詞〉宋・歐陽修）	龍樓鳳闕：帝王宮闕。
	寫作例句：這些龍樓鳳闕般的皇家園林，現在都成了公園。
曾記得、春風雨露，玉樓金闕。（〈滿江紅・題驛壁〉宋・王清惠）	玉樓金闕：美玉砌成的樓房，金子建成的宮殿。形容宮殿樓閣富麗堂皇。
	寫作例句：他建的那棟房子，從裡到外豪華無比，用玉樓金闕來形容也毫不過分。

成語之「塔」

詩句・出處	對應成語
雁塔新題墨未乾，去年燈火向秋闈。（〈次韻奉酬趙校書子直〉宋・林光朝）	雁塔新題：舊時考中進士的代稱。
	寫作例句：在科舉時代，雁塔新題是許多讀書人夢寐以求的事情。

乃至童子戲，聚沙為佛塔。（《妙法蓮華經・方便品》）	聚沙成塔：亦作「積沙成塔」。聚，聚集。把細沙堆積成高塔。比喻積少成多。
	寫作例句：知識的累積如聚沙成塔，積少成多。

成語之「廈」

詩句・出處	對應成語
安得廣廈千萬間，大庇天下寒士俱歡顏，風雨不動安如山？（〈茅屋為秋風所破歌〉唐・杜甫）	廣廈萬間：廈，大屋子。有很多寬敞的屋子。形容受到保護、得到周濟的人很多。
	寫作例句：縱然能坐擁廣廈萬間，你我也只能夜臥七尺；縱然能買下良田萬頃，你我也只能日食三餐。
親戚同高樓大廈，朋友共肥馬輕車。（《九世同居・第一折》元・無名氏）	高樓大廈：指高大豪華的房屋建築。
	寫作例句：今天，人們的生活起了翻天覆地的變化，高樓大廈代替了昔日的茅屋草棚。
我一身去國常回顧，若使齊事了便歸鄉土，只怕大廈將傾，一木怎扶！（《浣紗記・論俠》明・梁辰魚）	大廈將傾：高大的房屋即將倒塌。比喻即將崩潰的形勢。
	寫作例句：民怨沸騰，內部傾軋，內外交困已使這個國家大廈將傾了。

成語之「門」

詩句·出處	對應成語
衡門之下，可以棲遲。（《詩經·衡門》）	散帶衡門：指退官閒居或過隱居生活。
	寫作例句：他辭官之後，就過起了散帶衡門的日子。
侯門一入深如海，從此蕭郎是路人。（〈贈去婢〉唐·崔郊）	侯門似海：王公貴族的門庭像大海那樣深邃。舊時豪門貴族、官府的門禁森嚴，一般人不能輕易進入。也比喻舊時相識的人，後因地位懸殊而疏遠。
	寫作例句：父親反對女兒嫁到富人家中去的理由是侯門似海，猶如把她賣掉一般。
杜門謝客恐生謗，且作人間鵬鷃遊。（〈東園〉宋·蘇軾）	杜門謝客：閉門謝絕賓客。指不與外界來往。
	寫作例句：這位老人退休後就杜門謝客，一個人在屋裡練字習畫。
北門管鑰賴將軍，虎節重臣親拜疏。（〈馮將軍歌〉清·黃遵憲）	北門管鑰：比喻軍事要地或守禦重任。
	寫作例句：金兵為奪取這一北門管鑰，集結重兵進攻陝西。

成語之「窗」

詩句‧出處	對應成語
欣然為我解東閣，明窗淨几舒華茵。(〈寄范文景仁〉宋‧蘇轍)	窗明几淨：几，小桌。窗戶明亮，桌子乾淨，形容屋裡明亮整潔。
	寫作例句：愛乾淨的媽媽將家裡打掃得窗明几淨。
老身曲直不足言，冷窗凍壁作春溫。(〈謝趙使君〉宋‧陳師道)	冷窗凍壁：表示非常貧寒。
	寫作例句：家裡冷窗凍壁，吃了上頓沒下頓。
迨天之未陰雨，徹彼桑土，綢繆牖戶。(《詩經‧鴟鴞》)	綢繆牖戶：綢繆，緊密纏縛；牖，窗。在沒有下雨前，就要修繕好門窗。比喻事先做好準備工作，防患未然。
	寫作例句：我們要準確的掌握天氣變化的情況，才能做到綢繆牖戶。

成語之「牆」

詩句‧出處	對應成語
我身分自當，枉殺牆外漢。(〈慕容垂歌辭‧其一〉隋‧無名氏)	牆外漢：指非局中之人，不屬於某專業或不專於某門知識或藝術的人。
	寫作例句：牆外漢常常見笑於大方之家。

詩句‧出處	對應成語
牆頭馬上遙相顧，一見知君即斷腸。(〈井底引銀瓶〉唐‧白居易)	牆頭馬上：指男女愛慕。
	寫作例句：二人在牆頭馬上眉目傳情，最後終成眷屬。
禍興蕭牆內，萬里防禍根。(〈長城〉唐‧鮑溶)	禍興蕭牆：蕭牆，古代宮室內當門的小牆，比喻內部。指禍亂發生在內部。
	寫作例句：到了後期，太平天國君臣猜忌，禍興蕭牆，終於導致了它的失敗。

成語之「柱」

詩句‧出處	對應成語
千鈞勢易壓，一柱力難支。(〈代書詩一百韻寄微之〉唐‧白居易)	一柱難支：大樓將要倒塌，不是一根木頭能夠支撐得住的。比喻崩潰的形勢不是一個人所能挽救的。
	寫作例句：做任何事都要依靠團體的智慧和力量，因為一柱難支，個人的力量畢竟有限。
擎天之柱著功勳，包羅大海佐明君。(《雲笈七籤‧卷一〇三》宋‧張君房)	擎天之柱：亦作「擎天玉柱」。支撐天的柱子。古代神話傳說崑崙山有八柱擎天，後用以比喻能擔負重任的人。
	寫作例句：總工程師是這項工程的擎天之柱。

西山古淵人莫測，一柱承天萬牛力。（〈李士弘枯木風竹圖〉元‧袁桷）	一柱承天：一根柱托住天。比喻人能擔當天下重任。
	寫作例句：在廣場的正中央，是根一柱承天的紀念碑。
乾坤正，看玉柱擎天又何用？（《琵琶記‧新進士宴杏園》明‧高明）	玉柱擎天：指棟梁之材可任天下大事。
	寫作例句：這些山峰氣勢奇特，或怪石嶙峋，或玉柱擎天，或懸崖絕壁。

成語之「瓦」

詩句‧出處	對應成語
孤城西北起高樓，碧瓦朱甍照城郭。（〈越王樓歌〉唐‧杜甫）	碧瓦朱甍：碧，青綠色；甍，屋脊。形容建築物的華麗美觀。
	寫作例句：雕梁畫棟，碧瓦朱甍，飛閣流丹，玉砌雕欄，整棟建築無處不呈現著精巧華麗。
平地風波二千尺，一家兒瓦解星飛。（《魯齋郎‧第二折》元‧關漢卿）	瓦解星飛：如瓦破碎，如星飛散。比喻人心渙散，各奔東西。
	寫作例句：敵人的軍心已經瓦解星飛，我軍可趁勢追擊。

成語「建築」

詩句・出處	對應成語
穫之挃挃，積之栗栗。其崇如墉，其比如櫛，以開百室。(《詩經・良耜》)	鱗次櫛比：櫛，梳篦的總稱。像魚鱗和梳子齒那樣有次序的排列著，多用來形容房屋或船隻等排列得很密很整齊。
	寫作例句：現代化的大都市高樓鱗次櫛比。
長安甲第高入雲，誰家居住霍將軍。(〈長安道〉唐・崔顥)	甲第連天：甲第，富豪顯貴的宅第。形容富豪顯貴的住宅非常多。
	寫作例句：臨著河岸新建的豪宅甲第連天。
雕欄玉砌應猶在，只是朱顏改。(〈虞美人〉南唐・李煜)	雕欄玉砌：砌，臺階。用彩畫裝飾成的欄杆，用玉石砌成的臺階。指富麗堂皇的建築。多指宮殿。
	寫作例句：王府裡雕欄玉砌，氣派不凡。
莫問清都紫府，長教綠鬢朱顏。(〈西江月・代五三弟為老母壽〉宋・張孝祥)	清都紫府：神話傳說中天帝所居之宮闕。
	寫作例句：各路神仙都住在清都紫府裡。

	宗廟丘墟：宗廟，天子諸侯祭祀祖宗的地方；丘墟，廢墟。宗廟廢成廢墟。比喻國家衰亡。
城市中喧喧嚷嚷，村野間哭哭啼啼，可惜車駕奔馳，生民塗炭，宗廟丘墟。（《幽閨記·罔害蟠良》元·施惠）	寫作例句：《明史》是清時人修的，這些人大抵是明朝舊臣，國破家亡，宗廟丘墟。

成語之「城」

詩句·出處	對應成語
滿城風雨近重陽（〈題壁〉宋·潘大林）	滿城風雨：城裡到處颳風下雨，形容重陽節前的雨景。藉以比喻消息傳播很廣，一經傳出，就到處轟動，議論紛紛。
	寫作例句：即使你知道了這個祕密，也沒有必要鬧得滿城風雨。
黑雲壓城城欲摧，甲光向日金鱗開。（〈雁門太守行〉唐·李賀）	黑雲壓城城欲摧：原意為黑雲密布城的上空，好像要把城牆壓塌似的。後比喻惡勢力造成的緊張局面或惡勢力一時的囂張氣焰。
	寫作例句：在黑雲壓城城欲摧的日子裡，正義人士被殘害得不計其數。

兩個成語的出處

詩句・出處	對應成語
畫棟朝飛南浦雲，珠簾暮卷西山雨。（〈滕王閣詩〉唐・王勃）	雨棟風簾：形容高敞華美的樓閣。
	寫作例句：這些新建築雨棟風簾，看起來美輪美奐、無與倫比。
	雨簾雲棟：形容高敞華美的樓閣。
	寫作例句：幻想者頭腦裡只有空中樓閣，實幹家胸中才有雨簾雲棟。

永遠在路上

成語之「道」

詩句・出處	對應成語
如彼築室于道謀，是用不潰于成。(《詩經・小旻》)	築室道謀：道，道路；謀，諮詢、商量。自己造房子，卻跟過路的人商量，比喻做事沒有主見。
	寫作例句：廣泛徵求意見是對的，但築室道謀，沒有自己的主見，也是辦不好事情的。
	作舍道邊：在路旁築室，和過路人商量。比喻各有各的說法，眾謀難成。
	寫作例句：這件事，如果讓別人來拿主意，就成了作舍道邊，不如我們自己做決定。
	道傍之築：比喻無法成功的事。
	寫作例句：如果我們總是做道傍之築的事，那將一事無成。
道遠知驥，世偽知賢。(〈矯志詩〉三國・魏・曹植)	道遠知驥，世偽知賢：路途遙遠才可以辨別良馬，世間的虛偽狡詐才能鑑別賢才。
	寫作例句：道遠知驥，世偽知賢，與他相處久了才知道他的人品。

成語之「路」

詩句・出處	對應成語
朝發軔於蒼梧兮，夕餘至乎縣圃。（〈離騷〉戰國・屈原）	雲程發軔：雲程，青雲萬里的路程；發軔，啟車行進，比喻事業的開端。舊時祝人前程遠大的頌辭。
	寫作例句：諸君攜母校殷殷之望，方才雲程發軔，萬里可期。
相逢狹路間，道隘不容車。（〈相逢行〉漢樂府）	狹路相逢：在很窄的路上相遇，沒有地方可讓。後多用來指仇人相見，彼此都不肯輕易放過。
	寫作例句：孫悟空和白骨精狹路相逢，在山前大戰起來。
柴荊寄樂土，鵬路觀翱翔。（〈入衡州〉唐・杜甫）	鵬路翱翔：鵬路，遠大前程；翱翔，飛翔。比喻人奮進在遠大前程上。
	寫作例句：當代的年輕人只有掌握了科學技術，才能夠展翅高飛，鵬路翱翔。
曲徑通幽處，禪房花木深。（〈題破山寺後禪院〉唐・常建）	曲徑通幽：曲，彎曲；徑，小路；幽，指深遠僻靜之處。彎曲的小路，通到幽深僻靜的地方。
	寫作例句：順著這條小路向前走，轉過幾個彎，有一片桃樹林，真可謂是曲徑通幽呀！

「行路」成語

詩句・出處	對應成語
獨行踽踽，豈無他人，不如我同父。（《詩經・杕杜》）	踽踽獨行：踽踽，孤零的樣子。孤零零的獨自走著，形容非常孤獨。
	寫作例句：他沒有朋友，不管去哪裡，他總是踽踽獨行，形單影隻。
秦時明月漢時關，萬里長征人未還。（〈出塞〉唐・王昌齡）	萬里長征：征，遠行。上萬里路的遠行。形容極搖遠的征程。
	寫作例句：這只是萬里長征的第一步。
尋幽殊未歇，愛此春光發。（〈春陪商州裴使君遊石娥溪〉唐・李白）	尋幽探勝：亦作「尋幽探奇」、「尋奇探幽」、「探幽選勝」。探，尋求。勝，勝地，風景優美的地方。遊覽山水時尋找、搜索幽雅的勝地。
	寫作例句：這裡美麗的自然風光，吸引了無數前來尋幽探勝的旅遊者。
故人不見五春風，異地相逢嶽影中。（〈春日喜逢鄉人劉松〉唐・李咸用）	異地相逢：異地，他鄉。在他鄉相遇。
	寫作例句：這次異地相逢，又都是為同一個目的趕考來的，自然是又多了幾分親熱，相互勉勵。
船緩進，水平流。（〈汎小艆・其二〉唐・白居易）	平流緩進：本指船在緩流中慢慢前進。後比喻穩步前進。
	寫作例句：本以為會驚心動魄的事，就這樣平流緩進的過去了。

浪跡浮蹤，水遠山重。（《梧桐雨・第四折》元・白樸）	浪跡浮蹤：到外漫遊，行蹤不定。
	寫作例句：他一生浪跡浮蹤，四海為家。

行路之「風」

詩句・出處	對應成語
長風破浪會有時，直掛雲帆濟滄海。（〈行路難・其一〉唐・李白） 乘風破浪非吾事，暫借僧窗永日眠。（〈偶作・其一〉宋・李洪）	乘風破浪：指船隻乘著風勢破浪前進。比喻志向遠大，不畏艱險，勇往直前。
	寫作例句：願你畢業後，乘風破浪，做一番對社會有貢獻的事業。
露宿風餐六百里，明朝飲馬南江水。（〈將至筠先寄遲適遠三猶子〉宋・蘇軾） 遇勝即徜徉，風餐兼露宿。（〈遊山呈通判承儀寫寄參寥師〉宋・蘇軾） 飢飯困眠全體懶，風餐露宿半生痴。（〈元日〉宋・范成大）	風餐露宿：亦作「露宿風餐」、「餐風露宿」。形容旅途或野外生活的艱苦。
	寫作例句：在我們穿越高原的行程中，風餐露宿，備受艱辛。
吏人莫見參軍面，水宿風餐鬢髮焦。（〈還京口〉元・薩都剌）	水宿風餐：水上住宿，臨風野餐。形容旅途生活艱苦。
	寫作例句：如果不是萬不得已，我們又怎麼會在外面水宿風餐呢？

行路之「雨」

詩句・出處	對應成語
雨淋日炙野火燎，鬼物守護煩撝呵。（〈石鼓歌〉唐・韓愈）	雨淋日炙：炙，烤。雨裡淋，太陽晒。形容旅途或野外工作的辛苦。
	寫作例句：他主動請纓，帶領團隊雨淋日炙、風餐露宿，連續在山上奮戰了 100 多天。
祝融峰下兩逢春，雨宿風餐老病身。（〈四明人董嶧久居是嶽市，乞詩〉宋・范成大）	雨宿風餐：雨地裡住宿，風口處吃飯，形容生活飄泊無定。
	寫作例句：他們一行人是雨宿風餐、夜住曉行。

行路「風」、「雨」

詩句・出處	對應成語
風餐江柳下，雨臥驛樓邊。（〈舟中〉唐・杜甫）	風餐雨臥：亦作「雨臥風餐」。風口處吃飯，雨地裡住宿，形容生活飄泊無定。
	寫作例句：為了能找到新油田，我們風餐雨臥，以苦為樂。
人歸人去我何心，雨沐風餐人自老。（〈石翁姥〉宋・劉宰）	雨沐風餐：形容在外奔走勞苦，生活不得安定。
	寫作例句：地質勘探隊員雨沐風餐，歷盡辛苦，找到了不少新礦藏。

行路艱辛

詩句・出處	對應成語
載馳載驅，歸唁衛侯。驅馬悠悠，言至於漕。大夫跋涉，我心則憂。（《詩經・載馳》）	跋山涉水：亦作「跋山涉川」。形容遠道奔波之苦。
	寫作例句：唐僧師徒一路跋山涉水，百折不撓，終於取得真經。
匏有苦葉，濟有深涉。深則厲，淺則揭。（《詩經・匏有苦葉》）	深厲淺揭：厲，連衣涉水；揭，撩起衣服。涉淺水可以撩起衣服，涉深水撩起衣服也沒有用，只得連衣服下水。比喻處理問題要因地制宜。
	寫作例句：遇事不要太死板，深厲淺揭才是正確的。
人生亦有命，安能行嘆復坐愁？（〈擬行路難・其四〉南北朝・鮑照）	坐愁行嘆：坐著發愁，走著嘆息。形容終日愁苦，鬱鬱寡歡。
	寫作例句：一路上，他坐愁行嘆，讓同行者很無奈。

行路遇阻

詩句・出處	對應成語
安有巢中鷇，插翅飛天陲。（〈寄崔二十六立之〉唐・韓愈）	插翅難飛：插上翅膀也飛不了，比喻難以逃脫。
	寫作例句：敵人被圍得水泄不通，插翅難飛。

使君從南來，五馬立踟躕。使君遣吏往，問是誰家妹。（〈陌上桑〉漢樂府）	踟躕不前：遲疑不決，不敢前進。
	寫作例句：做人如果優柔寡斷，踟躕不前，往往會坐失良機。
愛而不見，搔首踟躕。（《詩經・靜女》）	搔首踟躕：搔首，用手撓頭。踟躕，來回走動。形容心情焦急、惶惑或猶豫。
	寫作例句：他總能夠在眾人搔首踟躕的時候，一鳴驚人，創造奇蹟。

成語之「步」

詩句・出處	對應成語
寸步千里兮不相聞，思公子兮日將曛。（〈獄中學騷體〉唐・盧照鄰）	寸步千里：寸步，指距離非常短。雖然相距只有寸步，卻如同千里之隔。比喻相見非常困難。
	寫作例句：他們雖是鄰居，但彼此不相往來，真可謂寸步千里。
卬頭闊步塵濛濛，不似緩耕泥汩汩。（〈十九日出曹門見水牛拽車〉宋・梅堯臣）	卬頭闊步：指抬頭大步前行。
	寫作例句：一隊駱駝在沙漠上卬頭闊步的向前走去。

成語之「車」

詩句・出處	對應成語
復此隨車雨，民天知可安。（〈從駕喜雨詩〉南北朝・庾肩吾）	甘雨隨車：車行到哪裡，及時雨就下到哪裡。舊時稱頌地方官的政治措施的話。
	寫作例句：他為官一任，甘雨隨車，深受百姓愛戴。
戎車既安，如輊如軒。（《詩經・六月》）	軒輊不分：軒輊，古代車子前高後低叫軒，前低後高叫輊。不分高下、輕重，比喻對待二者的態度或看法差不多。
	寫作例句：從攻防的陣勢上看，兩支球隊的實力軒輊不分。

成語「車」、「馬」

詩句・出處	對應成語
風車雨馬不持去，蠟燭啼紅怨天曙。（〈燕臺・冬〉唐・李商隱）	風車雨馬：指神靈的車馬。也比喻迅疾、快速。
	寫作例句：兩人穿房越脊，風車雨馬的來到了後院。
詰旦九門傳奏章，高車大馬來煌煌。（〈偶成轉韻七十二句贈四同舍〉唐・李商隱）	高車大馬：高車，車蓋很高的車。四匹馬駕駛的、車蓋很高的車。形容高官顯貴的闊綽。
	寫作例句：別看這人衣著隨便，行頭與高車大馬無緣，但人家可是真正的學富五車，一輩子享用不完。

寶馬橫來下建章，香車卻轉避馳道。（〈長安道〉唐・韋應物）	寶馬香車：亦作「香車寶馬」。名貴的良馬，華麗的車子，借指富貴之家外出的排場。
	寫作例句：一個人胸無點墨，縱有寶馬香車，也是酒囊飯袋一個。
馬足車塵知己少，繁弦急管正聲稀。（〈申江題壁〉清・秋瑾）	馬足車塵：比喻四處奔波，生活動盪不定。
	寫作例句：與其馬足車塵，高官厚祿，不如行扁舟，賞垂柳。

四個成語的出處

詩句・出處	對應成語
戰戰兢兢，如臨深淵，如履薄冰。（《詩經・小旻》）	如臨深淵：臨，靠近；淵，深水坑。如同處於深淵邊緣，比喻存有戒心，行事極為謹慎。
	寫作例句：人活在世上永遠如臨深淵，其實這世上從來就沒有回頭二字，最多也只是重新開始。
	如履薄冰：履，踐、踩在上面。像走在薄冰上一樣，比喻行事極為謹慎，存有戒心。
	寫作例句：這任務關係著幾千人的身家性命，我們如履薄冰，哪容有絲毫的疏忽大意？
	履薄臨深：比喻身處險境，必須十分謹慎。
	寫作例句：究其題中之義，就是告誡官員須恪守本分、履薄臨深、不可逾矩。
	如履如臨：形容做事極為小心謹慎。
	寫作例句：個中心態，形容為如履如臨，並不為過。

第5章
字詞妙趣

數字大集合

成語之「一」

詩句・出處	對應成語
相憐相念倍相親，一生一代一雙人。（〈代女道士王靈妃贈道士李榮〉唐・駱賓王）	一生一代：指一輩子。
	寫作例句：人性是最有趣的書，一生一代看不完。
九派江分從此去，煙波一望空無際。（〈蝶戀花〉宋・秦觀）	一望無際：際，邊。一眼望不到邊。形容非常遼闊。
	寫作例句：蔚藍的大海一望無際。
唯有春風最相惜，一年一度一歸來。（〈梅花〉宋・王安石）	一年一度：每年一次。
	寫作例句：為了迎接一年一度新春佳節的到來，街上早已張燈結綵。
我本三生人，疇昔一念差。（〈次韻致政張朝奉仍招晚飲〉宋・蘇軾）	一念之差：差，差錯。一個念頭的差錯。
	寫作例句：曾經的一念之差，令他追悔莫及。
一鱗片甲乃倖存，其字其詩遂不朽。（〈題黃陶庵手書詩冊〉清・趙翼）	一鱗片甲：比喻零星片段的事物。
	寫作例句：這件事在史書中只留下了一鱗片甲的線索。

成語之「二」

詩句‧出處	對應成語
士也罔極，二三其德。(《詩經‧氓》)	二三其德：二三，有時二有時三，經常改變；德，操守、心志。意為三心二意不專一，沒有一定的操守，藉以形容心意不專，反覆無常。
	寫作例句：他的孤忠耿耿羞辱了二三其德的江南士大夫。
頭上金釵十二行，足下絲履五文章。(〈河中之水歌〉南北朝‧蕭衍)	十二金釵：本用以形容美女頭上金釵之多，後喻指眾多的妃嬪或姬妾。
	寫作例句：畫堂前十二金釵，吹彈歌舞；玉階上三千珠履，進退逢迎。

成語之「兩」

詩句‧出處	對應成語
十有二拍兮哀樂均，去住兩情兮難具陳。(〈胡笳十八拍〉漢‧蔡琰)	去住兩難：去也不好，留也不好，左右為難。
	寫作例句：這件事讓我感到去住兩難。
行不獨自去，三三兩兩俱。(〈神弦歌‧嬌女詩〉魏晉‧無名氏)	三三兩兩：三個兩個的在一起。形容人數不多。
	寫作例句：傍晚時，漁船三三兩兩的回到了碼頭。

| 送的人四分五落，兩頭三緒。（〈醉春風〉元・白樸） | 兩頭三緒：形容心煩意亂。 |
| | 寫作例句：越是在兩頭三緒的時候就越要輕聲細語，這樣才能有大將風範。 |

成語之「三」

詩句・出處	對應成語
三旬九遇食，十年著一冠。（〈擬古・其五〉晉・陶淵明）	三旬九食：旬，十天叫一旬。三十天中只能吃九頓飯，形容家境貧困。
	寫作例句：他已經窮得只能三旬九食了。
岸上誰家遊冶郎，三三五五映垂楊。（〈採蓮曲〉唐・李白）	三三五五：三個一群，五個一夥。形容零散的樣子。
	寫作例句：工人們三三五五的回家，就連天上的鳥兒也是。
洞庭瀟湘意渺綿，三江七澤情洄沿。（〈當塗趙炎少府粉圖山水歌〉唐・李白）	三江七澤：泛指江河湖澤。
	寫作例句：三江七澤給予我們舟楫和灌溉之利。
三平二滿過即休，不貪不妨老即休。（〈四休居士詩序〉宋・黃庭堅）	三平二滿：亦作「二滿三平」。比喻生活過得去，很滿足。
	寫作例句：看著懷裡白胖的兒子，她露出三平二滿的笑容。

張三腿口窄，李四帽簷長。（〈擬寒山拾得·其八〉宋·王安石）	張三李四：假設的名字，泛指某人或某些人。
	寫作例句：無論張三李四，還是王五趙六，都應該一視同仁，平等相待。

成語之「四」

詩句·出處	對應成語
四時八節還拘禮，女拜弟妻男拜弟。（〈短歌行贈四兄〉唐·杜甫）	四時八節：四時，指春夏秋冬四季；八節，指立春、春分、立夏、夏至、立秋、秋分、立冬、冬至。泛指一年四季中各個節氣。
	寫作例句：憑窗眺覽青山一片，四時八節景物不同，隨心裁取，皆成畫幅。
四荒八極踏欲遍，三十二蹄無歇時。（〈八駿圖〉唐·白居易）	四荒八極：四面八方極偏遠之地。
	寫作例句：奔走在四荒八極的風啊，請你停下不羈的漂泊。
則道是孤鴻伴影，幾時吃四馬攢蹄。（《調風月·第二折》元·關漢卿）	四馬攢蹄：指兩手兩腳被捆在一起。
	寫作例句：四周湧上無數陸軍，將太史慈四馬攢蹄一般捆個結實。

成語之「五」

詩句・出處	對應成語
昔在長安醉花柳，五侯七貴同杯酒。（〈流夜郎贈辛判官〉唐・李白）	五侯七貴：泛指達官顯貴。
	寫作例句：附近古墓舊塚極多，上至春秋戰國，下至明清兩代，埋葬著無數王侯將相和五侯七貴。
五陵年少爭纏頭，一曲紅綃不知數。（〈琵琶行〉唐・白居易）	五陵年少：指豪俠少年、貴家公子。
	寫作例句：五陵年少和凡夫俗子一樣，也得有飯吃有衣穿。
今歲今宵盡，明年明日催。寒隨一夜去，春逐五更來。氣色空中改，容顏暗裡回。風光人不覺，已著後園梅。（〈應詔賦得除夜〉唐・史青）	五步成詩：唐代史青能五步成詩，唐玄宗即以「除夕」為題，命他作來。史青不假思索，脫口而出，就是被收入《全唐詩》的〈應詔賦得除夜〉。後用以比喻才思敏捷。
	寫作例句：曹植七步成詩世人皆知，但唐代詩人史青五步成詩卻鮮為人知。
十日畫一水，五日畫一石。（〈戲題王宰畫山水圖歌〉唐・杜甫）	十日一水，五日一石：比喻作畫構思精密，不輕易下筆。
	寫作例句：這位國畫家作畫非常認真細膩，可謂十日一水，五日一石。

詩句・出處	對應成語
結客五陵英少，脫手黃金一笑，霹靂應弓弦。（〈水調歌頭・寄徐二義尊大梁〉清・龔自珍）	五陵英少：指豪俠少年、貴家公子。
	寫作例句：他本就模樣俊俏，雖衣衫破舊，卻瑕不掩玉，活脫脫的五陵英少。
三山五嶽渺何許？雲煙汗漫空竛竮。（〈舟中望惠山舉酒調培山〉清・曹寅）	三山五嶽：三山，黃山、廬山、雁蕩山；五嶽，泰山、華山、衡山、嵩山、恆山。泛指名山或各地。
	寫作例句：中國的三山五嶽都成了旅遊勝地。

成語之「六」

詩句・出處	對應成語
回眸一笑百媚生，六宮粉黛無顏色。（〈長恨歌〉唐・白居易）	六宮粉黛：六宮，古代皇帝有六個寢宮；粉黛，化妝品，借指美女。指宮內皇后、妃嬪及宮女。
	寫作例句：中國自古以來皇帝都是三宮六院七十二妃，再加上三千佳麗，六宮粉黛。

他他他把六朝金粉收拾去，單單單留下寫恨幾行書。（〈醉花陰・秋懷〉元・無名氏）	六朝金粉：六朝，南朝吳、東晉、宋、齊、梁、陳六個朝代；金粉，舊時婦女妝飾用的鉛粉，常用以形容繁華綺麗。亦形容六朝的靡麗繁華景象。
	寫作例句：悠悠流水，載走了六朝金粉，載走了錦繡繁華。
孔明六出祁山前，願以隻手將天補。(《三國演義・一二零回》明・羅貫中)	六出祁山：三國蜀漢諸葛亮攻魏的戰事。相傳西元 228 年～西元 234 年，諸葛亮六次出祁山（今甘肅禮縣東）攻擊曹魏，第一次因馬謖戰敗而退兵，後五次因供給不繼等原因不果。實際上，諸葛亮率軍出祁山僅兩次。
	寫作例句：諸葛亮六出祁山未果，最後在五丈原陽壽殆盡。

成語之「七」

詩句・出處	對應成語
煮豆持作羹，漉菽以為汁。其在釜下燃，豆在釜中泣。本是同根生，相煎何太急？（〈七步詩〉三國・魏・曹植）	七步成詩：指人才思敏捷。
	寫作例句：曹植以七步成詩名聞天下。
	七步成章：指人才思敏捷。
	寫作例句：古人作詩也是需要構思推敲的，像曹植那樣七步成章者，也是鳳毛麟角。
	七步之才：指敏捷的文才。
	寫作例句：他很有文學才華，上高中時就被同學們稱為七步之才。
	七步奇才：有七步成詩的才能。比喻人有才氣，文思敏捷。
	寫作例句：我雖無七步奇才，但寫點雜感還是得心應手的。
	才高七步：形容才思敏捷。
	寫作例句：一個人要是時運不濟，縱然才高七步，也難有成就。
	七步八叉：相傳曹植七步成詩，溫庭筠凡八叉手而賦成八韻，後用「七步八叉」形容才思敏捷。
	寫作例句：只要在日常生活中注意累積，寫文章時就能做到七步八叉。

成語之「八」

詩句・出處	對應成語
萬乘旌旗分一半，八方風雨會中央。（〈郡內書情獻裴度侍中留守〉唐・劉禹錫）	八方風雨：四面八方風雨聚會。比喻形勢動盪不安，驟然變幻。
	寫作例句：少年為了完成自己的重要使命，在八方風雨中艱難成長。
四戶八窗明，玲瓏逼上清。（〈賦得彭祖樓送楊宗德歸徐州幕〉唐・盧綸）	八面玲瓏：亦作「八窗玲瓏」。①四壁窗戶軒敞，室內通澈明亮。②形容物體外觀挺秀。③形容圓活、靈秀。④形容人世故圓滑，面面俱到，或善於應酬，各方面的關係都能應付。
	寫作例句：作為一名推銷員，必須練就一身八面玲瓏的本事。

成語之「九」

詩句・出處	對應成語
亦余心之所善兮，雖九死其猶未悔。（〈離騷〉戰國・屈原）劉良注：雖九死無一生，未足悔恨。	九死一生：九，表示極多。形容經歷很大危險而倖存，也形容處在生死關頭，情況十分危急。
	寫作例句：他們是從九死一生的搏鬥中衝殺出來的鋼鐵戰士。
	九死未悔：縱然死上九回也不後悔。形容意志堅定，不論經歷多少危險，也絕不動搖退縮。
	寫作例句：為解國家之困，縱使刀山火海，九死未悔。
	九死不悔：縱然死很多回也不後悔。形容意志堅定，不論經歷多少危險，也絕不動搖退縮。
	寫作例句：我雖不是你們江湖人，但也知道一諾千金，九死不悔。

成語之「十」

詩句・出處	對應成語
親結其縭，九十其儀。(《詩經・東山》)	九十其儀：九、十，虛數，形容多；儀，儀表。舊時指女子出嫁時，父母反覆叮嚀要注意儀容舉止。現指禮儀非常多，也指誇獎新婦的儀態很美。
	寫作例句：舊式婚禮九十其儀，浪費金錢、時間。
十有八九負薪歸，賣薪得錢應供給。(〈負薪行〉唐・杜甫)	十有八九：指絕大多數，大致不差，差不離。
	寫作例句：能抓住眼前機會的人，十有八九都會成功。
半白不羞垂領髮，軟紅猶戀屬車塵。(〈次韻蔣穎叔錢穆父從駕景靈宮・其一〉宋・蘇軾)	軟紅十丈：形容都市的繁華。
	寫作例句：軟紅十丈，物欲橫流，我卻只想做回那一個我。

成語之「百」

詩句・出處	對應成語
為復強視息，雖生何聊賴。(〈悲憤〉漢・蔡文姬)	百無聊賴：精神空虛，無所寄託。
	寫作例句：百無聊賴時我會去健身中心學習健美操。

一似舊時春意思，百無是處老形骸，也曾頭上帶花來。（〈浣溪沙·漫興作〉宋·辛棄疾）	百無是處：全都是錯的，沒有一點對的地方。
	寫作例句：我在他眼裡百無是處，怎麼做也不對。
百尺竿頭五兩斜，此生何處不為家。（〈商人〉唐·吳融）	百尺竿頭：桅杆或雜技長竿的頂端。比喻極高的官位和功名，或學問、事業有很高的成就。
	寫作例句：我對他一再求全責備，也是希望他能百尺竿頭，更進一步。
十有九人堪白眼，百無一用是書生。（〈雜感〉清·黃景仁）	百無一用：毫無用處。
	寫作例句：他暗暗自怨自艾：「我真是百無一用！」

成語之「千」

詩句·出處	對應成語
何意百鍊剛，化為繞指柔？（〈重贈盧諶〉晉·劉琨）	千錘百鍊：形容對詩文多次加工潤色，精益求精，也比喻經過多次爭鬥和考驗。
	寫作例句：鋼鐵般的意志要經得起千錘百鍊。

長川豁中流，千里瀉吳會。（〈贈從弟宣州長史昭〉唐‧李白）	一瀉千里：瀉，水往下直注。形容江河奔流直下，流得又快又遠。也比喻文筆或樂曲氣勢奔放，或形容價格猛跌不止。
	寫作例句：瀑布緊貼著懸崖咆哮而下，滔滔不絕，一瀉千里。
躋攀分寸不可上，失勢一落千丈強。（〈聽穎師彈琴〉唐‧韓愈）	一落千丈：原指琴聲陡然降落，後用來形容聲譽、地位或經濟狀況急劇下降。
	寫作例句：比賽失利後，他的情緒一落千丈。
含情咫尺千里，況聽家家遠砧。（〈隔漢江寄子安〉唐‧魚玄機）	咫尺千里：比喻距離雖近，但很難相見，像是遠在天邊一樣。
	寫作例句：這一對情侶有緣無分，咫尺千里，難以相聚。
有家無食違高枕，百巧千窮只短檠。（〈早起〉宋‧陳師道）	百巧千窮：指有才能之人的境遇反而不好。
	寫作例句：由於時運不濟，很多志士仁人的命運都是百巧千窮。
我這裡千迴百轉自彷徨，撇不下多情數椿。（〈金殿喜重重‧風雨秋堂套〉元‧范居中）	千迴百轉：形容反覆迴旋或進程曲折。
	寫作例句：他在那裡千迴百轉，終於想出一個主意。

成語之「萬」

詩句・出處	對應成語
君曰卜爾，萬壽無疆。(《詩經・天保》)	萬壽無疆：疆，界限。萬年長壽，永遠生存，用於祝人長壽。
	寫作例句：孫子們祝奶奶福壽康寧，萬壽無疆。
離別河邊縮柳條，千山萬水玉人遙。(〈寄維陽故人〉唐・張喬) 萬水千山路，孤舟幾月程。(〈送耿處士〉唐・賈島)	萬水千山：亦作「千山萬水」。萬道河，千重山，形容路途艱難遙遠。
	寫作例句：他們越過了萬水千山，歷盡艱難險阻，終於到達了目的地。
團辭試提挈，掛一念萬漏。(〈南山詩〉唐・韓愈)	挂一漏萬：列舉不周，選了一個，必多遺漏。一般用於自謙。
	寫作例句：我的匯報難免挂一漏萬，請大家補充。
萬籟此俱寂，但餘鐘磬音。(〈題破山寺後禪院〉唐・常建)	萬籟俱寂：籟，從孔穴中發出的聲音；萬籟，自然界中萬物發出的各種聲響；寂，靜之意。形容周圍環境非常安靜，一點聲響都沒有。
	寫作例句：下雪的冬夜，大地萬籟俱寂。

賴有明朝看潮在，萬人空巷鬥新妝。(〈八月十七復登望海樓〉宋·蘇軾)	萬人空巷：街道巷弄裡的人全部走空。指家家戶戶的人都從巷裡出來了，多形容慶祝、歡迎等盛況。
	寫作例句：這雄壯的隊伍在大街上走過，路兩旁擠滿了歡迎的人們，幾乎萬人空巷。
天與多情絲一把，誰廝惹，千條萬縷縈心下。(〈漁家傲〉宋·歐陽修)	千條萬縷：形容條縷繁多。
	寫作例句：兩道流泉從崖頂奔瀉下來，散成千條萬縷。

兩個成語的出處

詩句·出處	對應成語
天門蕩蕩驚跳龍，出林飛鳥一掃空。(〈題王逸少帖〉宋·蘇軾)	一掃而空：一下子便掃除乾淨，全部沒有了。
	寫作例句：他一聽到這個天降的喜訊，心中的憂愁立即一掃而空了。
	一掃而光：一下子就掃除乾淨，也指一下子把食物吃個精光。
	寫作例句：他餓極了，把桌上的飯菜狼吞虎嚥的一掃而光。

生活調色板

成語之「紅」

詩句‧出處	對應成語
魴魚赬尾，王室如燬。（《詩經‧汝墳》）	倦尾赤色：比喻十分困苦。
	寫作例句：到了臨行之時，那人倦尾赤色，衣衫襤褸。
李白桃紅滿城郭，馬融閒臥望京師。（〈山閣聞笛〉唐‧羊士諤）	李白桃紅：桃花紅，李花白，指春天美好宜人的景色。
	寫作例句：街心公園李白桃紅，景色宜人。
見朱顏綠鬢，玉帶金魚，相公是，舊日中朝司馬。（〈洞仙歌‧為葉丞相作〉宋‧辛棄疾）	朱顏綠鬢：朱，紅色。形容青春年少。
	寫作例句：願你朱顏綠鬢，永遠美麗漂亮。

成語之「綠」

詩句‧出處	對應成語
心之憂矣，視丹如綠。（〈贈嵇康詩‧其一〉三國‧魏‧郭遐叔）	視丹如綠：丹，紅之意。把紅的看成綠的。形容因過分憂愁而目視昏花。
	寫作例句：這次意想不到的打擊，使我一下子頭昏目眩，視丹如綠，深一腳淺一腳的也不知道走到什麼地方了。

狂風落盡深紅色，綠葉成陰子滿枝。（〈嘆花〉唐・杜牧）	綠葉成陰：指綠葉繁茂覆蓋成蔭。比喻女子青春已逝，兒女成行。
	寫作例句：公園裡綠葉成陰，景色迷人。
綠鬢朱顏，道家裝束，長似少年時。（〈少年遊〉宋・晏殊）	綠鬢朱顏：形容年輕美好的容顏，借指年輕女子。
	寫作例句：幾名女生從遠處歡笑而來，燕語鶯聲，綠鬢朱顏，使得這幅絕美的畫面更添幾分靈氣。
朱顏綠髮出塵土，長纓高蓋生清風。（〈七言送句諶通判潁川〉宋・沈遘）	朱顏綠髮：指青春年少。
	寫作例句：他雖然朱顏綠髮，卻總是一副老氣橫秋、無精打采的樣子。
袒呼不辨王與李，施緋拖綠鬢眉張。（〈呼盧歌〉清・曹寅）	施緋拖綠：形容衣衫不整。
	寫作例句：二人剛剛做完體力勞動，施緋拖綠。

成語「紅」、「綠」

詩句・出處	對應成語
綠暗紅稀出鳳城，暮雲樓閣古今情。（〈暮春滻水送別〉唐・韓琮）	綠暗紅稀：形容暮春時綠陰幽暗、紅花凋謝的景象。
	寫作例句：正是暮春天氣，那一路上，只見山明水秀、綠暗紅稀，十分可愛。

自春來，慘綠愁紅，芳心是事可可。（〈定風波〉宋·柳永） 愁紅慘綠今宵看，恰似吳宮教陣圖。（〈鷓鴣天·賦牡丹〉宋·辛棄疾）	愁紅慘綠：亦作「慘綠愁紅」。經風雨摧殘的敗花殘葉。
	寫作例句：大雨過後，愁紅慘綠，一片淒涼。
紅情綠意知多少，盡入涇川萬樹花。（〈約春〉宋·文同）	紅情綠意：形容豔麗的春天景色。
	寫作例句：大地回春，紅情綠意，一片生機。
更憑青女留連得，未作愁紅怨綠看。（〈窗前木芙蓉〉宋·范成大）	愁紅怨綠：經風雨摧殘的敗花殘葉。
	寫作例句：我也喜歡想像，雨水中，哪一處遠方綠肥紅瘦、愁紅怨綠，或者是小樓一夜，深巷明朝賣杏花。
想一年好處，砌紅堆綠。（〈滿江紅·思歸寄柳州〉宋·張孝祥）	砌紅堆綠：形容春日花木繁榮的景象。
	寫作例句：春日的花園裡，到處鶯歌燕舞，砌紅堆綠。
心憔，難聽他綠慘紅銷。（《紫釵記·醉俠閒評》明·湯顯祖）	綠慘紅銷：指婦女的種種愁恨。
	寫作例句：巾幗世界的綠慘紅銷，她早已司空見慣。

成語「紅」、「紫」

詩句・出處	對應成語
若並如今是全活，紆朱拖紫且開眉。（〈歲暮寄微之・其三〉唐・白居易）	紆朱拖紫：亦作「紆朱曳紫」。朱、紫，指高官所佩印綬之顏色。形容地位顯貴。
	寫作例句：這個宰相一妻七妾，紆朱拖紫，漿酒霍肉，窮奢豪極。
等閒識得東風面，萬紫千紅總是春。（〈春日〉宋・朱熹） 人間得意，千紅百紫，轉頭春盡。（〈水龍吟・載學士院有之〉宋・辛棄疾）	萬紫千紅：亦作「千紅萬紫」。形容百花齊放，色彩豔麗，也比喻事物豐富多彩。
	寫作例句：植物園裡百花競放，萬紫千紅。
幕天無日地無塵，百紫千紅占得春。（〈越人以幕養花因遊其下・其一〉宋・王安石） 百紫千紅過了春，杜鵑聲苦不堪聞。（〈定風波・杜鵑花〉宋・辛棄疾）	百紫千紅：形容繁花似錦，色彩繁多。
	寫作例句：花園中鮮花盛開，百紫千紅，十分好看。
原來姹紫嫣紅開遍，似這般都付與斷井頹垣。（〈皂羅袍〉明・湯顯祖）	姹紫嫣紅：形容各種花朵嬌豔美麗。
	寫作例句：看到滿園姹紫嫣紅的鮮花，她莞爾一笑，臉上多日的陰霾終於一掃而空了。

成語「紅」、「翠」

詩句．出處	對應成語
處處踏青鬥草，人人眷紅偎翠。（〈內家嬌〉宋‧柳永）	眷紅偎翠：形容對春色的依戀。
	寫作例句：暮春時節，眷紅偎翠的她不禁傷感起來。
是處紅衰翠減，苒苒物華休。（〈八聲甘州〉宋‧柳永）	紅衰翠減：紅花衰敗，綠葉減少。形容春盡花殘或初秋百花凋謝的景象。
	寫作例句：夏秋之交，中國山西懸甕山麓的晉祠賓館，泉流潺繞，紅衰翠減。
	翠消紅減：形容女子姿容減退。
	寫作例句：現在富裕起來了，這個胖子也厭倦了自己的妻子已經翠消紅減。

成語之「黃」

詩句‧出處	對應成語
黃髮臺背，壽胥與試。（《詩經‧閟宮》）垂髫總髮（〈藉田賦〉晉‧潘岳）	黃髮臺背：黃髮，指老年人頭髮由白轉黃；臺背，「臺」通「鮐」，指老年人背上生斑如鮐魚背。指長壽的老人，後亦泛指老年人。
	寫作例句：再見到父親時，他已是一個黃髮臺背的老人了。
	黃髮垂髫：黃髮，老年人頭髮由白轉黃；垂髫，古時童子未冠者頭髮下垂。指老人與兒童。
	寫作例句：我們到了喜馬拉雅山麓的小村，只見黃髮垂髫，怡然自得。
飛黃騰踏去，不能顧蟾蜍。（〈符讀書城南〉唐‧韓愈）	飛黃騰達：飛黃，古代傳說中的神馬名，跑得很快。騰達，高跳的樣子。原形容駿馬奔騰飛馳，現比喻驟然得志，官職升得很快。
	寫作例句：這個人很快就仗著父親而飛黃騰達了。
姚黃魏紫開次第，不覺成恨俱零凋。（〈綠竹堂獨飲〉宋‧歐陽修）	姚黃魏紫：亦作「魏紫姚黃」。姚黃，千葉黃花牡丹，出於姚氏民家；魏紫，千葉肉紅牡丹，出於魏仁溥家。原指宋代洛陽兩種名貴的牡丹品種，後泛指名貴的花卉。
	寫作例句：這牡丹花會姹紫嫣紅，如姚黃魏紫這等名貴品種亦在其中，真是看得人眼花繚亂。

成語「黃」、「綠」

詩句・出處	對應成語
綠兮衣兮，綠衣黃裡。(《詩經・綠衣》)	綠衣黃裡：綠、黃，古時以黃色為正色，綠為閒色。以綠色為衣，用黃色為裡。舊喻尊卑反置，貴賤顛倒。
	寫作例句：日後你對他們要尊卑有別，賞罰分明，不能綠衣黃裡。
回黃轉綠無定期，世事返復君所知。(〈休洗紅〉晉・無名氏)	回黃轉綠：樹葉由綠變黃，由黃變綠。原指時令的變遷，後比喻世事的反覆。
	寫作例句：世事反覆，回黃轉綠，真叫人不知所措。
一年好景君須記，最是橙黃橘綠時。(〈贈劉景文〉宋・蘇軾)	橙黃橘綠：指秋季景物。
	寫作例句：那是一個橙黃橘綠的季節，北京最好的天氣，風輕輕的，雲淡淡的。

成語之「青」

詩句・出處	對應成語
唯要主人青眼待，琴詩談笑自將來。(〈春雪過皇甫家〉唐・白居易)	青眼相看：亦作「青眼相待」、「青眼待」。青眼：眼睛正視，黑眼珠在中間，比喻對人尊重或喜歡。形容以看得起的態度相待。
	寫作例句：她也能感應到他對自己的愛護和青眼相看。

況白頭能幾，定應獨往，青雲得意，見說長存。（〈沁園春·戊申歲奏邸忽騰報謂余以病掛冠因賦此〉宋·辛棄疾）	青雲得意：比喻人仕途得意，步步高升。
	寫作例句：自從他巴結上了局長後，官運可謂青雲得意，步步高升。
渭城朝雨三年別，平地青雲萬里程。（〈送端甫西行〉元·元好問）	平地青雲：平，平穩；青雲，高空。比喻境遇突然變好，順利無阻的一下子達到很高的地位。
	寫作例句：他少年及第，平地青雲，前程無量。

成語之「碧」

詩句·出處	對應成語
誰知心眼亂，看朱忽成碧。（〈夜愁示諸賓〉南北朝·王僧孺）	看朱成碧：朱，大紅色；碧，翠綠色。將紅的看成綠的，形容眼睛發花，視覺模糊。
	寫作例句：武則天權傾天下，也不禁看朱成碧，潸然淚下。
上窮碧落下黃泉，兩處茫茫皆不見。（〈長恨歌〉唐·白居易）	碧落黃泉：碧落，天界；黃泉，地下。泛指寰宇的各個角落。
	寫作例句：生命的終點，她許下願望：「碧落黃泉，我們來世再見，下一世換我來愛你。」

詩句·出處	對應成語
嫦娥應悔偷靈藥，碧海青天夜夜心。（〈嫦娥〉唐·李商隱）	碧海青天：原是形容嫦娥在廣寒宮夜夜看著空闊的碧海青天，心情孤寂淒清，後比喻女子對愛情的堅貞。
	寫作例句：原本碧海青天、海不揚波的水面上，突然有火苗閃現。
水碧山青知好處，開顏一笑問何人。（〈洛中逢韓七中丞之吳興口號·其四〉唐·劉禹錫）	水碧山青：亦作「水綠山青」、「山青水綠」。水色碧綠、山景青翠。形容景色優美豔麗如畫。
	寫作例句：回首遠望，山巒環繞，水碧山青，美不勝收。
萬里碧空如洗，寒浸十分明月，簾卷玉波流。（〈水調歌頭〉宋·張元幹）	碧空如洗：碧空，淺藍色的天空。藍色的天空明淨得像洗過一樣。形容天氣晴朗。
	寫作例句：來到海邊，碧空如洗，湛藍的大海吐著潔白的浪花，海水清澈無比，令人心曠神怡。

成語之「白」

詩句·出處	對應成語
不遣髭鬚一莖白，擬為白日上升人。（〈贈丘先生〉唐·賈島）	白日上升：道教謂人修煉得道後，白晝飛升天界成仙，後比喻驟然受到任用而顯貴。
	寫作例句：這個人一無功，二無勞，名不見經傳，怎麼就白日上升，一下冒到高位了？

卿士庶人，黃童白叟，踴躍歡呀。（〈元和聖德詩〉唐・韓愈）	黃童白叟：黃髮兒童，白髮老人。泛指老人與孩子。
	寫作例句：傳說那裡有良田茂樹，四季如春，黃童白叟，人們和諧歡樂，無紛爭，無勞苦，無仇恨——這裡是一個人間天堂。
晨遊百花林，朱朱兼白白。（〈感春・其三〉唐・韓愈）風風雨雨又春窮，白白朱朱已眼空。（〈又和風雨〉宋・楊萬里）	朱朱白白：亦作「白白朱朱」。形容各色花木。
	寫作例句：竹林深處，有百年常青之樹，有四時爭豔之花，朱朱白白，色彩斑斕。
風清月白偏宜夜，一片瓊田。（〈採桑子〉宋・歐陽修）	風清月白：亦作「風清月皎」。微風清涼，月色皎潔。形容夜景幽美宜人。
	寫作例句：今晚風清月白，正適合賞月聽風，二位好雅致！
才子詞人，自是白衣卿相。（〈鶴沖天〉宋・柳永）	白衣卿相：古時指進士。唐代人極看重進士，宰相多由進士出身，故推重進士為白衣卿相，是說雖是白衣之士，但享有卿相的資望。
	寫作例句：別小看他，他可是白衣卿相式的人物。

盡令俗客不妨來，白眼相看勿分剖。（〈都下和同舍客李元老承信贈詩之韻〉宋·楊萬里）	白眼相看：看別人時眼睛朝上或旁邊，現出白眼珠，表示輕蔑，不屑一顧，對人不禮貌。
	寫作例句：我不喜歡被人這樣白眼相看。

成語之「黑」

詩句·出處	對應成語
變白以為黑兮，倒上以為下。（〈九章·懷沙〉戰國·屈原）	顛倒黑白：把黑的說成白的，白的說成黑的。比喻歪曲事實，混淆是非。
	寫作例句：在正義與真理面前，指鹿為馬，顛倒黑白的人終究是要受到懲罰的。
你戀著紅裙翠袖，折倒的你黃乾黑瘦。（《羅李郎·第一折》元·張國賓）	黃乾黑瘦：面容憔悴的樣子。
	寫作例句：因營養缺乏，他顯得黃乾黑瘦。

近義詞聚會

成語「天地」

詩句・出處	對應成語
天翻地覆誰得知，如今正南看北斗。（〈胡笳十八拍〉唐・劉商）	天翻地覆：覆，翻過來。形容變化極大，也形容鬧得很凶。
	寫作例句：公司因為改組，所以經歷了一場天翻地覆的人事調動。
天昏地黑蛟龍移，雷驚電激雄雌隨。（〈龍移〉唐・韓愈）	天昏地暗：亦作「天昏地黑」。昏，天黑。天地昏黑無光。形容刮大風時漫天沙土的景象。也比喻政治腐敗，社會黑暗。
	寫作例句：這場大風刮得天昏地暗。
天旋地轉回龍馭，到此躊躇不能去。（〈長恨歌〉唐・白居易）天旋地轉日再中，天子卻坐明光宮。（〈望雲雅馬歌〉唐・元稹）	天旋地轉：天在旋，地在轉。形容大腦眩暈時的感覺，比喻世局大變或亂後而復治。
	寫作例句：她用力憋氣擠出了車廂，只覺得天旋地轉似的，怎麼也站不起來了。

親密關係

詩句・出處	對應成語
以膠投漆中，誰能別離此。(〈古詩十九首・客從遠方來〉漢)	如膠似漆：亦作「如膠投漆」、「如膠如漆」。①形容感情深厚，難解難分。②形容易於結合。
	寫作例句：那兩隻天鵝形影相隨，如膠似漆的在湖面上嬉戲。
黃梅雨，燕儔鶯侶，那解芳心苦。(〈點絳唇・贈妓〉元・胡祗遹)	燕儔鶯侶：比喻年輕的女伴，也比喻相愛的年輕男女。
	寫作例句：一來二去兩人走到一起，共為燕儔鶯侶，同結連理。

成語「離」、「別」

詩句・出處	對應成語
離鸞別鳳煙梧中，巫雲蜀雨遙相通。(〈湘妃〉唐・李賀)	離鸞別鳳：比喻夫妻離散。
	寫作例句：歷經千辛萬苦，這對離鸞別鳳的夫妻終於破鏡重圓了。
離情別恨多少，條條結向垂楊縷。(〈梁州令〉宋・歐陽修)	離情別緒：分離前後惜別、相思的愁苦情緒。
	寫作例句：送別詩與留別詩都是以表達離情別緒為主的詩歌創作，但由於作者的身分、心境不同，因此在表達感情時各有側重。

形容人的成語

詩句‧出處	對應成語
不稼不穡，胡取禾三百廛兮？（《詩經‧伐檀》）	不稼不穡：既不耕種又不收割之意，指那些不勞動的人。
	寫作例句：奴隸主不稼不穡，卻過著奢侈的生活。
既方既皂，既堅既好，不稂不莠。（《詩經‧大田》）	不稂不莠：本指田中沒有野草，後比喻不成材或沒出息。
	寫作例句：這個人半輩子不稂不莠，工作中也沒有做出什麼成績。
綠黛紅顏兩相發，千嬌百念情無歇。（〈雜曲〉南北朝‧徐陵）	千嬌百媚：形容女子姿態美好。
	寫作例句：楊貴妃是個千嬌百媚的美人。
千淘萬漉雖辛苦，吹盡狂沙始到金。（〈浪淘沙‧其八〉唐‧劉禹錫）	千淘萬漉：比喻清白正直的人雖然一時被小人陷害，歷盡辛苦之後，他的價值還是會被發現的。
	寫作例句：經歷了一番千淘萬漉的磨難之後，他更加有自信了。

形容做事的成語

詩句‧出處	對應成語
弗躬弗親，庶民弗信。（《詩經‧節南山》）	必躬必親：凡事都要自己經手。
	寫作例句：真正的領導者不是要必躬必親，而在於他要指出路來。

千呼萬喚始出來，猶抱琵琶半遮面。（〈琵琶行〉唐·白居易）	千呼萬喚：形容再三催促。
	寫作例句：任憑你千呼萬喚，他總是置若罔聞。
遷者追回流者還，滌瑕蕩垢清朝班。（〈八月十五夜贈張功曹〉唐·韓愈）	滌瑕蕩垢：亦作「滌瑕蕩穢」。滌，清除；瑕，玉上的斑點；蕩，清除；垢，汙垢。指清除舊的惡習。
	寫作例句：一些接觸過負面訊息的網友說，透過這種滌瑕蕩垢的爭論，真正做到了「正氣存於心，邪氣難浸身」。
呼盧喝雉連暮夜，擊兔伐狐窮歲年。（〈風順舟行甚疾戲書〉宋·陸游）	呼盧喝雉：呼、喝，喊叫；盧、雉，古時賭具上的兩種顏色。泛指賭博。
	寫作例句：警察來到地下室，見一夥人正在吆五喝六，呼盧喝雉，賭興正濃。
不認忘名默悟，只解分門別戶。（〈巫山一段雲·勸世〉元·尹志平）	分門別戶：分、別，分辨、區別；門，一般事物的分類；戶，門戶。指在學術上根據各自的格調或見解劃清派別，各立門戶。
	寫作例句：在這個問題上，他們觀點對立，分門別戶。
甚年來行役，交情契闊，東奔西走，水送山迎。（〈沁園春·留別張周卿韻〉元·魏初）	東奔西走：為生活所迫或為某一目的四處奔走活動。
	寫作例句：這幾年來我生活很不安定，東奔西走，四海為家。

祭祀活動

詩句・出處	對應成語
三年不得消息，各自拜鬼求神。（〈三臺〉唐・王建）	求神拜鬼：亦作「拜鬼求神」。向鬼神叩拜祈禱，求其保佑。
	寫作例句：官員求神拜鬼，大師前赴後繼，往大處說是「觀念」出了問題，往小處說是人們對自身的認識還不夠。
罨畫溪頭烏鳥樂，呼雨喚風不能休。（〈罨溪行〉宋・孔覿）	呼風喚雨：舊指神仙道士的法力。現比喻人具有支配自然的偉大力量，也可形容反動勢力猖獗。
	寫作例句：有些人利用權勢來呼風喚雨，隨心所欲。

含近義詞的成語

詩句・出處	對應成語
吉日兮辰良，穆將愉兮上皇。（〈九歌・東皇太一〉戰國・屈原）	良辰吉日：亦作「吉日良辰」。美好的時辰，吉利的日子，後常用以稱宜於成親的日子。
	寫作例句：今日姐姐大婚，在此良辰吉日，親朋好友都以禮相待，歡聚一堂。

紛總總其離合兮，斑陸離其上下。（〈離騷〉戰國・屈原）	斑駁陸離：斑駁，指一種顏色中混雜有其他顏色。陸離，色彩繁雜。形容顏色雜亂的樣子。
	寫作例句：太陽光穿過樹葉照在林間的草地上，顯得斑駁陸離。
鴛鴦于飛，嘯侶命儔。（〈四言贈兄秀才入軍詩〉三國・魏・嵇康）	嘯侶命儔：指召喚同伴。
	寫作例句：天色剛黃昏，城裡各地的百姓就開始往主要大街上移動，偕老帶小，嘯侶命儔，三五成群的出來觀賞花燈。
況有狂朋怪侶，遇當歌、對酒競留連。（〈戚氏〉宋・柳永）	狂朋怪侶：行為狂放不循常軌的朋友。
	寫作例句：每天放學後，他就和那群狂朋怪侶到處遊蕩。
衾寒枕冷，夜迢迢、更無寐。（〈爪茉莉・秋夜〉宋・柳永）	衾寒枕冷：衾，被子。被枕俱冷。形容獨眠的孤寂淒涼。
	寫作例句：趙飛燕聽到了風聲，便有一種失落感，害怕失寵，衾寒枕冷，於是，也如法炮製的想要吸引她的皇帝丈夫。
心如焦，彩箋難寄，水遠山遙。（〈憶秦娥〉宋・汪元量）	水遠山遙：路程遙遠。
	寫作例句：愛情必須有一顆溫婉的心，那才會有面對水遠山遙和悲歡離合的勇氣。

兩個成語的出處

詩句・出處	對應成語
維桑與梓，必恭敬止。(《詩經・小弁》)	畢恭畢敬：十分恭敬。
	寫作例句：他畢恭畢敬的把小說放回了正面裝有玻璃的書架。
	恭敬桑梓：亦作「敬恭桑梓」。恭敬，尊敬、熱愛；桑梓，桑樹和梓樹，古時家宅旁邊常栽的樹木，比喻故鄉。熱愛故鄉和尊敬故鄉的人。
	寫作例句：我們不會因為背井離鄉而淡化對家鄉的思念與感情，反而是拳拳赤子心，恭敬桑梓，濃濃故鄉情一往情深，對家鄉的情誼比千年陳酒還要濃。

反義詞 PK

形容人的成語

詩句‧出處	對應成語
人亦有言，進退維谷。(《詩經‧桑柔》)	進退維谷：谷，比喻困境。無論是進還是退，都是處在困境之中。形容進退兩難。
	寫作例句：他被敵人逼到了懸崖上，陷入了進退維谷的境地。
人亦有言，柔則茹之，剛則吐之。(《詩經‧烝民》)	吐剛茹柔：亦作「茹柔吐剛」、「柔茹剛吐」。吐出硬的，吃下軟的，比喻怕強欺軟。
	寫作例句：對吐剛茹柔的人，我們的態度應強硬一點。
儉存奢失今在目，安用高牆圍大屋。(〈杏為梁〉唐‧白居易)	儉存奢失：儉，節儉。存，留存。奢，奢侈。節儉的人就是能留存下來，奢侈的人必然敗亡。
	寫作例句：儉存奢失，儉以養德，儉以養廉，然後儉可累積財富！勤儉之道，成功之道。

兩朝出將復入相，五世迭鼓乘朱輪。(〈江畔老人愁〉唐‧崔顥)	出將入相：文武雙全，出戰領兵為將，入閣理事為相，也泛指官居高位。
	寫作例句：自古以來，能出將入相的人並不多。
欲把西湖比西子，淡妝濃抹總相宜。(〈飲湖上初晴後雨‧其二〉宋‧蘇軾)	淡妝濃抹：亦作「淡汝濃抹」。妝，化妝；抹，抹粉。指淡雅和濃豔兩種不同的妝飾打扮。
	寫作例句：這女孩長得勻稱，皮膚潔白細膩，淡妝濃抹都楚楚動人。

成語之「人」

詩句‧出處	對應成語
其室則邇，其人甚遠。(《詩經‧東門之墠》)	室邇人遠：室，房屋；邇，近。房屋就在近處，可是房屋的主人卻離得遠了。多用於思念遠別的人或悼念死者。
	寫作例句：本是他和父親一起居住，現在卻室邇人遠，心中更添傷感，不覺又潸然淚下。
安能終老塵土下，俯仰隨人如桔槔。(〈送李公恕赴闕〉宋‧蘇軾)	俯仰隨人：一舉一動都隨人擺布。
	寫作例句：我們寄人籬下，也只好俯仰隨人了。

成語「兒」、「女」

詩句·出處	對應成語
昔別君未婚，兒女忽成行。（〈贈衛八處士〉唐·杜甫）	兒女成行：可將兒女排成一行行，形容子女很多。
	寫作例句：他認為她一定過著自己的生活，擁有了自己的家庭，已經兒女成行。
巧拙豈關今夕事？奈痴兒呆女流傳謬。（〈賀新郎〉宋·宋自遜）	痴兒呆女：指天真無知的少男少女。
	寫作例句：這一部描寫痴兒呆女的小說有相當高的文學價值。

成語「真」、「假」

詩句·出處	對應成語
弄假像真終是假，將勤補拙總輸勤。（〈弄筆吟〉宋·邵雍）	弄假成真：①以假作真，後指原意作假結果變成真事。②變假為真。
	寫作例句：他們倆在舞臺上經常扮演夫妻，後來弄假成真，真的結婚了。
憒憒俗間，不辨偽真，願欲披心自說陳。（〈當牆欲高行〉三國·魏·曹植）	不辨真偽：不能辨別真假。
	寫作例句：我們不能不辨真偽，把糟粕當精華，大肆宣揚傳統中的反面事物。

成語「新」、「舊」

詩句・出處	對應成語
新愁舊恨真無奈，須就鄰家甕底眠。（〈三月〉唐・韓偓）	新仇舊恨：新仇加舊恨，形容仇恨深。
	寫作例句：對敵人的新仇舊恨，一齊湧上心頭。
送舊迎新也辛苦，一番辛苦兩年閒。（〈宿城外張氏莊早起入城・其三〉宋・楊萬里）	送舊迎新：送走舊的，迎來新的。
	寫作例句：學校裡每年都有送舊迎新的工作。
憐新厭舊妾恨深，為君試奏白頭吟。（〈新弦曲〉明・高啟）	憐新厭舊：愛憐新的，拋掉舊的。多指喜愛新歡，冷落舊寵。
	寫作例句：當今世上，像陳世美那樣憐新厭舊的，也不乏其人。
得新忘舊，到前丟後，妄想處一味驕矜，滿意時十分馳驟。（〈前腔〉明・胡文煥）	得新忘舊：得，得到。得到新的，忘掉舊的。多指愛情不專一。
	寫作例句：他是一個得新忘舊的人，剛進城不久就把未婚妻拋棄了。
舊識新交遍天下，可如親戚話依依。（〈鄉人以余遠歸爭來詢問〉清・黃遵憲）	舊識新交：識，相識；交，結交。老相識新朋友。形容朋友很多。
	寫作例句：回到家鄉，看到舊識新交，心情非常激動。

成語「前」、「後」

詩句・出處	對應成語
瞻前而顧後兮，相觀民之計極。(〈離騷〉戰國・屈原)	瞻前顧後：瞻，向前看；顧，回頭看。看看前面，又看看後面。形容做事之前考慮周密慎重，也形容顧慮太多，猶豫不決。
	寫作例句：他一向要求完美，做起事來總是瞻前顧後，顧慮較多，讓人覺得有些畏首畏尾。
予其懲，而毖後患。(《詩經・小毖》)	懲前毖後：指批判以前所犯的錯誤，吸取教訓，使以後謹慎些，不致再犯。
	寫作例句：刑罰的目的是懲前毖後，而非趕盡殺絕。

成語「來」、「去」

詩句・出處	對應成語
弟走從軍阿姨死，暮去朝來顏色故。(〈琵琶行〉唐・白居易)	暮去朝來：黃昏過去，清晨又到來，比喻時光流逝。
	寫作例句：日出日落，暮去朝來，一個月很快就過去了。
東來西去人情薄，不為清陰減路塵。(〈關門柳〉唐・李商隱)	東來西去：從東邊來的，往西邊去的。形容人來人往，互不相識。
	寫作例句：在這個交通要道上，每天南來北往、東來西去的行人、車輛絡繹不絕。

否去泰來終可待，夜寒休唱飯牛歌。（〈湘中作〉唐・韋莊）	否去泰來：指厄運過去，好運到來。
	寫作例句：我相信噩運已過，今後否去泰來，必將一切順利。
還記得、眉來眼去，水光山色。（〈滿江紅・贛州席上呈太守陳季陵侍郎〉宋・辛棄疾）	眉來眼去：最初是用來比喻觀賞景色，無貶義，後形容用眉眼傳情，多指不正當的勾搭。
	寫作例句：這對年輕人不應該在公共場合打情罵俏、眉來眼去的。

成語「生」、「死」

詩句・出處	對應成語
抵死漫生要見，偷方覓便求歡。（〈西江月〉宋・向滈）	抵死漫生：竭盡思慮，千方百計。
	寫作例句：這本書是他花了十幾年時光，抵死漫生寫成的。
世俗人沒來由，爭長競短，你死我活。（《度柳翠・第一折》元・無名氏）	你死我活：不是你死，就是我活。形容爭鬥非常激烈。
	寫作例句：戰場上，雙方拚得你死我活。
一生九死客，兩代六朝人。（〈疇昔〉明・劉道開）	一生九死：指經歷多次生命危險而倖存。
	寫作例句：這兩人被圍困於火災中，在一生九死之際，竟然從窗口爬出來，逃出了險境。

成語「朝」、「暮」

詩句・出處	對應成語
朝真暮偽何人辨，古往今來底事無？（〈放言・其一〉唐・白居易）	朝真暮偽：事情早上這樣說，晚上那樣說，沒有定說。
	寫作例句：歷史上那些朝真暮偽的演出，足以讓你眼花繚亂。
畫棟朝飛南浦雲，珠簾暮卷西山雨。（〈滕王閣詩〉唐・王勃）	朝飛暮卷：朝，早晨；暮，傍晚。形容天氣的變化和景色的優美。
	寫作例句：山村的朝飛暮卷都那麼令人陶醉。

成語「夙」、「夜」

詩句・出處	對應成語
肅肅宵征，夙夜在公，寔命不同。（《詩經・小星》）被之僮僮，夙夜在公。（《詩經・采蘩》）	夙夜在公：從早到晚，勤於公務。
	寫作例句：張校長幾十年如一日，夙夜在公，把全部精力都獻給了教育事業。
夙興夜寐，靡有朝矣。（《詩經・氓》）	夙興夜寐：早起晚睡，形容勤奮。
	寫作例句：我記憶中的父親，總是夙興夜寐，盡心盡力照顧著全家。

夙夜匪解，以事一人。（《詩經・烝民》）	夙夜匪懈：夙夜，早晚、朝夕；匪，不；懈，懈怠。形容日夜謹慎工作，勤奮不懈。
	寫作例句：他讀書夙夜匪懈，所以才多識廣。

自然風物

詩句・出處	對應成語
涇以渭濁，湜湜其沚。（《詩經・谷風》）	清渭濁涇：亦作「涇濁渭清」、「濁涇清渭」。古以為渭水清，涇水濁，比喻兩相比較，是非好壞分明。也比喻界限分明。
	寫作例句：這一區分並非清渭濁涇那樣明顯。
甘瓜抱苦蒂，美棗生荊棘。（〈古詩〉漢・無名氏）	甘瓜苦蒂：甜瓜的蒂是苦的，比喻沒有十全十美的事物。
	寫作例句：俗話說甘瓜苦蒂，物無全美，世界上不存在完美的東西。
妾心藕中絲，雖斷猶牽連。（〈去婦〉唐・孟郊）	藕斷絲連：藕已折斷，但還有許多絲連接著未斷開。比喻沒有徹底斷絕關係，多指男女之間情思難斷。
	寫作例句：既然已經決定分手，那就不要藕斷絲連，牽扯不清。

科斗拳身薤倒披，鸞飄鳳泊拏虎螭。(〈峋嶁山〉唐・韓愈)	鸞飄鳳泊：亦作「鳳泊鸞飄」、「飄鸞泊鳳」。①形容書法的筆勢神奇飄逸。②比喻夫妻或情侶離散，天各一方。亦泛指身世淪落，漂泊不定。
	寫作例句：他們夫婦倆十年離散，鸞飄鳳泊，終於團聚，實為人生大幸。
乍暖還寒時候，最難將息。(〈聲聲慢〉宋・李清照)	乍暖還寒：形容冬末春初氣候忽冷忽熱，冷熱不定。
	寫作例句：小剛近日情緒時高時低，就像這早春二月的天氣，乍暖還寒。
知否，知否？應是綠肥紅瘦。(〈如夢令〉宋・李清照)	綠肥紅瘦：綠葉茂盛，花漸凋謝。指暮春時節，也形容春殘的景象。
	寫作例句：風雨過後，綠肥紅瘦，落英繽紛，誰能說這不是另一種奇景呢？

含反義詞的成語

詩句・出處	對應成語
君若清路塵，妾若濁水泥。(〈七哀詩〉三國・魏・曹植)	清塵濁水：清塵，飛揚的塵土，指他人。濁水，汙濁的水流，指自己。比喻聚會無期。
	寫作例句：旅途中遇到的人，多是清塵濁水，後會無期。

進善懲奸立帝功，功成揖讓益溫恭。（〈唐虞門・虞舜〉唐・周曇）	進善懲奸：進用善良，懲治奸惡。
	寫作例句：一雙慧眼是非明辨，一腔熱血為民代言，一付鐵肩擔當道義，一支利筆進善懲奸。
弄巧成拙，為蛇畫足。（〈拙軒頌〉宋・黃庭堅）	弄巧成拙：本想耍弄聰明，結果做了蠢事。
	寫作例句：他本來想給大家一個驚喜，沒想到卻弄巧成拙了。
短長肥瘦各有態，玉環飛燕誰敢憎。（〈孫莘老求墨妙亭詩〉宋・蘇軾）	環肥燕瘦：亦作「燕瘦環肥」。形容女子形態不同，各有各好看的地方。也借喻藝術作品風格不同，而各有所長。
	寫作例句：幾個女孩子是環肥燕瘦，各有各的特點。
紅瘦綠肥春暮，腸斷桃源路。（〈桃源憶故人・春暮〉宋・吳禮之）	紅瘦綠肥：綠葉茂盛，紅花凋謝。形容暮春景色。
	寫作例句：花園裡紅瘦綠肥，我讓她乾脆去摘些肥大的綠葉來，插在瓶裡，每天換一下，也可養眼解暑。

兩組反義詞

詩句・出處	對應成語
人有悲歡離合，月有陰晴圓缺，此事古難全。（〈水調歌頭〉宋・蘇軾）	悲歡離合：泛指人世間聚合、別離、歡樂、悲傷的種種遭遇。
	寫作例句：人生總是在演繹太多的榮辱成敗，悲歡離合。
會少離多看兩鬢，萬縷千絲，何況新來病。（〈蝶戀花・送祐之弟〉宋・辛棄疾）	會少離多：相會少，別離多。感慨人生聚散無常或別離之苦。
	寫作例句：兩人要總是聚少離多，那維持一段婚姻可不是件容易的事。
一個待詠月嘲風，一個待飛觴走斝，談些古是今非。（〈鬥鵪鶉〉元・馬致遠）	古是今非：古代、現在的是非得失。指評論從古到今的功過曲直。
	寫作例句：理想中的受教育者，不一定要學富五車，但要能夠明辨古是今非，憎惡分明。
休道咱小民呵，隋江山生扭做唐世界，也則是興亡成敗。（〈么篇〉元・馬致遠）	興亡成敗：興盛、衰亡、成功、失敗。泛指世事變遷。
	寫作例句：歷史的發展雖然漫長，但一個國家、一支軍隊的興亡成敗，往往存在一個風雲際會的關鍵歷史節點。
遠紅塵是非，省藏頭露尾。（〈點絳唇・翻歸去來辭・哪吒令〉元・張可久）	藏頭露尾：亦作「露尾藏頭」。形容言行遮遮蓋蓋，怕露真相。
	寫作例句：他說話老是不痛快，常常藏頭露尾，讓人摸不透。

兩個成語的出處

詩句・出處	對應成語
靡不有初，鮮克有終。 （《詩經・蕩》）	靡不有初，鮮克有終：人們不是沒有（良好的）初心，但很少有人能夠有很好的結局。
	寫作例句：靡不有初，鮮克有終，我們一定要善始善終。
	有初鮮終：鮮，少。有開始，很少有終結。指做事有頭無尾。
	寫作例句：只有形成制度並不斷完善，嚴格落實，長期堅持，才能避免有初鮮終。

方位詞集合

成語之「東」

詩句・出處	對應成語
東方千餘騎，夫婿居上頭。（〈陌上桑〉漢樂府）	東方千騎：①本為詩中女主角羅敷誇其夫婿顯貴出眾之詞，後因以「東方千騎」、「東方騎」指代新婿。②泛指身分顯赫者。
	寫作例句：她決心要為女兒尋找東方千騎。
世人聞此皆掉頭，有如東風射馬耳。（〈答王十二寒夜獨酌有懷〉唐・李白）	東風射馬耳：亦作「東風吹馬耳」，簡作「東風馬耳」、「馬耳東風」。東風很快的吹過馬耳，比喻把別人的話當作耳邊風，充耳不聞，無動於衷。
	寫作例句：我的話對你來說還不是東風射馬耳。
生事應須南畝田，世情盡付東流水。（〈封丘縣〉唐・高適）	付之東流：亦作「付諸東流」。把它投入東流的水中，一去不復返。比喻希望落空，成果喪失，前功盡棄，好像隨著流水沖走了一樣。
	寫作例句：他的努力付之東流，沒有得到大家的承認。

浩蕩東風裡，裴回無所親。（〈春日〉唐・李咸用）	東風浩蕩：東風，春風。形容春風吹拂大地，大地即將萬象更新，面貌煥然。
	寫作例句：人氣、財氣、福氣將不斷集聚在這塊東風浩蕩、香氣瀰漫的寶地。
忽聞河東獅子吼，拄杖落手心茫然。（〈寄吳德仁兼簡陳季常〉宋・蘇軾）	河東獅吼：比喻悍妒的妻子對丈夫大吵大鬧。
	寫作例句：他不能再喝了，不然喝醉了回家後就得忍受河東獅吼了。

成語之「西」

詩句・出處	對應成語
向西日沒處，遙瞻大悲顏。目淨碧海水，身光紫金山。（〈金銀泥畫西方淨土變相贊〉唐・李白）	西方淨土：西方之極樂世界，即佛國。
	寫作例句：在印度的原始佛教當中，有著「西方淨土」之說，也稱為西方極樂世界。
世事幾番新局面，看底卻高三著，況轉首、西山日薄。（〈賀新郎〉宋・洪咨夔）	西山日薄：亦作「西山日迫」。薄，逼近。太陽快要落山。比喻事物接近衰亡或人近老年。
	寫作例句：我雖已是西山日薄的人，但古人不是說夕陽無限好嗎？

	西風斜陽：西風，秋風；斜陽，夕陽。形容衰敗的景象，比喻腐朽沒落的趨勢。
則你那途路迢遙，趁西風斜陽古道，催幾鞭行色匆勞。（《千里獨行·第三折》元·無名氏）	寫作例句：這一地區一度很繁華，如今已是西風斜陽。

成語「東」、「西」

詩句·出處	對應成語
三星各在天，什伍東西陳。（〈三星行〉唐·韓愈）	什伍東西：什伍，縱橫錯雜。原指南斗六星，牽牛六星，箕四星等分布得雜亂無章。後多形容事物錯雜紛亂。
	寫作例句：迷宮裡的道路什伍東西，沒有嚮導很難走出去。
與道殊懸運，拆西補東爾。（〈詩〉唐·寒山） 小家厚斂四壁立，拆東補西裳作帶。（〈次韻蘇公西湖徙魚·其三〉宋·陳師道）	拆東補西：拆掉這裡去補那裡。比喻臨時勉強應付。
	寫作例句：如果你是中盤商，你的出價必須與市場一致，否則就只能拆東補西。
笑殺槿籬能耐事，東扶西倒野酴醾。（〈過南蕩·其一〉宋·楊萬里）	東扶西倒：從東邊扶起，卻又倒向西邊。比喻顧此失彼，也形容壞習氣太多，糾正了這一點，那一點又冒頭了。
	寫作例句：在生活中，我們可不能做東扶西倒的事呀！

俺也曾西除東蕩，把功勞立下幾椿椿。（《伍員吹簫・第一折》元・李壽卿）	西除東蕩：蕩，蕩平。到處征剿敵人。
	寫作例句：當年，他帶領部隊馬不停蹄的西除東蕩，打了一個接一個的勝仗。
卷塵飛，東奔西撞，嬌兒拆散知何往？（《玉簪記・依親》明・高濂）	東奔西撞：形容無固定目標，到處亂闖。
	寫作例句：一個真正的企業家，不能只靠膽大妄為東奔西撞，也不可能是在學院的課堂裡說教出來的。他必須在市場經濟的大潮中摸爬滾打，在風雨的錘鍊中長大。

成語之「南」

詩句・出處	對應成語
如南山之壽，不騫不崩。（《詩經・天保》）	南山之壽：南山，終南山。壽命像終南山那樣長久。
	寫作例句：誰都希望自己的父母有南山之壽。
	壽比南山：壽命像終南山那樣長久，用於祝人長壽。
	寫作例句：祝您老人家福如東海，壽比南山！

金朝那解番狼將，血濺東南半壁天。(《幽閨記·虎狼擾亂》元·施君美)	東南半壁：半壁，半邊。指長江中下游及其以東、以南的半邊江山。
	寫作例句：宋高宗以納貢稱臣為代價，換回了東南半壁的統治權。
地北天南蓬轉，巫雲楚雨絲牽。(〈桃花扇·題畫〉清·孔尚任)	地北天南：四處，到處。
	寫作例句：今天我們歡聚一堂，明天我們將赴地北天南。

成語之「北」

詩句·出處	對應成語
胡馬依北風，越鳥巢南枝。(〈古詩十九首·行行重行行〉漢)	北風之戀：比喻對故土的懷念。
	寫作例句：北風之戀為文人們鑄就了故土難離的戀鄉情結。
地出南關遠，天回北斗尊。(〈送沙門弘景道俊玄奘還荊州應制〉唐·李乂)	北斗之尊：北斗星的位置近於天的中心。比喻地位非常尊貴。
	寫作例句：他堪稱這個領域的北斗之尊。

成語「南」、「北」

詩句・出處	對應成語
南去北來人自老，夕陽長送釣船歸。（〈漢江〉唐・杜牧）	南去北來：指來來往往。
	寫作例句：鳥兒們總是不管不顧，千百年來走著同一條路線，南去北來。
南枝日照暖，北枝霜露滋。（〈鷓鴣〉唐・李嶠）	南枝北枝：南枝向暖，北枝受寒，比喻彼此處境的苦樂不同。
	寫作例句：別人都祝賀我這次獲得的成功，其實南枝北枝、冷暖自知，個中滋味只有我自己知道。
北騎達山嶽，南帆指江湖。（〈送從叔校書簡南歸〉唐・孟郊）	南船北馬：南方人善於駕船，北方人善於騎馬。指各人均有所長。
	寫作例句：襄樊城當漢水之曲，上通秦隴，下控荊楚，形勢扼要，自古為兵家攻守必爭之地。古時南船北馬，即以處為分界。

賀蘭山下果園成，塞北江南舊有名。（〈送盧潘尚書之靈武〉唐·韋蟾）	塞北江南：原指古涼州治內賀蘭山一帶，後泛指塞外富庶之地。
	寫作例句：讓我們滿懷信心邁開前進的步伐，穿越春夏秋冬，飛越塞北江南。
南北東西，只有相隨無別離。（〈採桑子〉宋·呂本中）	南北東西：指四方、到處、各地或方向；也指到處飄泊，行蹤不定。
	寫作例句：早在清朝同治初年，天津地界由於鄰近都城北京，又是南北東西交匯的通衢大邑，因此，戲曲活動相當發達。
咫尺的天南地北，霎時間月缺花飛。（〈沉醉東風〉元·關漢卿） 天南地北雙飛客，老翅幾回寒暑。（〈摸魚兒·雁丘詞〉金·元好問）	天南地北：①形容距離遙遠，也指相距遙遠的不同地方。②形容說話漫無邊際。
	寫作例句：遇見了多年未見的老朋友，便天南地北的聊了起來。

成語「左」、「右」

詩句‧出處	對應成語
左之左之，君子宜之。右之右之，君子有之。(《詩經‧裳裳者華》)	左宜右有：宜，適宜、適合。形容多才多藝，什麼都能做。
	寫作例句：小孫既懂專業，又懂外語，讓他到科技情報室工作真是左宜右有，最合適不過。
參差荇菜，左右采之。(《詩經‧關雎》)	左右采獲：左手右手都有收穫。比喻研究學問，多採資料。
	寫作例句：李老師寫文章左右采獲，又言簡意賅。
左旋右抽，中軍作好。(《詩經‧清人》)	左旋右抽：旋，迴旋。左邊的御者迴旋車馬，右邊的勇士拔刀刺殺。形容作戰時的氣勢。
	寫作例句：他拔出寶劍，身先士卒，衝鋒陷陣，左旋右抽，令敵膽寒。
春憂水潦秋防旱，左右枝梧且過年。(〈太息‧其一〉宋‧陸游)	左右枝梧：支，支撐。撐住左邊，擋住右邊。形容處境困難，窮於應付，顧此失彼。
	寫作例句：市政建設要全面考慮，不應左右枝梧。

成語之「上」

詩句・出處	對應成語
無日高高在上，陟降厥士，日監在茲。（《詩經・敬之》）	高高在上：原指玉皇大帝處在極高的位置，後泛指身處高位，含有脫離群眾、不了解下情之意。
	寫作例句：命運像水車的輪子一樣旋轉著，昨天還高高在上的人，今天卻屈居人下。
馬上牆頭，縱教瞥見，也難相認。（〈水龍吟・詠月〉宋・晁端禮）	馬上牆頭：指年輕男女相戀的地方。
	寫作例句：二人青梅竹馬，馬上牆頭，終成眷屬。

成語之「中」

詩句・出處	對應成語
中冓之言，不可道也。（《詩經・牆有茨》）	中冓之言：中冓，內室。於內室談論關於淫邪之事的私房話，也指有傷風化的醜話。
	寫作例句：不窺人閨門之私，不聽聞中冓之言。
悲從中來，不可斷絕。（〈短歌行〉漢・曹操）	悲從中來：悲痛之感從內心湧出。
	寫作例句：看到父親生前所使用的物品，他總不免觸景生情，悲從中來。

萬事盡從忙裡錯，一心須向靜中安。（〈處世〉宋・戴復古）	忙中有錯：亦作「忙中有失」。在慌張忙亂中照顧不周而發生差錯。
	寫作例句：事不三思，恐怕忙中有錯；氣能一忍，方知過後無憂。

成語之「下」

詩句・出處	對應成語
君子防未然，不處嫌疑間。瓜田不納履，李下不正冠。（〈君子行〉三國・魏・曹植）	瓜田李下：喻指容易使人誤解的地方。
	寫作例句：這事本與我無關，只因瓜田李下，招惹了許多閒言閒語。
晝聽笙歌夜醉眠，若非月下即花前。（〈老病〉唐・白居易）	花前月下：亦作「月下花前」。本指遊樂休息的環境，後多指談情說愛的處所。
	寫作例句：愛情不在花前月下，而是在風雨同舟時、柴米油鹽間。

成語之「裡」

詩句・出處	對應成語
春水船如天上坐，老年花似霧中看。（〈小寒食舟中作〉唐・杜甫）	霧裡看花：本形容年老視力差，老眼昏花，後比喻對事物看不真切。
	寫作例句：這篇文章寫事太籠統，不明確，讀起來就像霧裡看花似的。

人生政自無閒暇，忙裡偷閒得幾回。(〈和答趙令同前韻〉宋·黃庭堅)	忙裡偷閒：在忙碌中抽出一點時間來做別的無關緊要的事，或者消遣。
	寫作例句：王先生忙裡偷閒，放下了工作，陪孩子到郊外玩了一天。
色不迷人人自迷，情人眼裡出西施。(〈集杭州俗語詩〉清·黃增)	情人眼裡出西施：比喻由於有感情，覺得對方無一處不美。
	寫作例句：他硬要說他的女朋友最美，那也無可厚非，畢竟情人眼裡出西施。

成語之「外」

詩句·出處	對應成語
金河一去路千千，欲到天邊更有天。(〈長城俠客·其四〉唐·敦煌曲子詞)	天外有天：亦作「山外有山」、「峰外有峰」。指某一境界之外更有無窮無盡的境界。多用來表示人的眼界受客觀條件的限制，認識的領域需要不斷擴大，也表示美好的境界閱歷不盡。
	寫作例句：天外有天，人外有人，你豈敢如此妄自尊大？
超以象外，得其環中。(〈雄渾〉唐·司空圖)	超以象外：亦作「超然象外」。以，用法等同「於」。超脫於物象之外。形容詩文意境雄渾、超脫，也比喻置身世外，脫離現實的空想。
	寫作例句：這首詩讓人有超以象外之感。

修潔孤高，凌霜傲雪，蕭然塵外丰姿。（〈聲聲慢‧和韻賦江梅〉宋‧李曾伯）	蕭然塵外：形容極為超脫，不為俗情雜務所煩擾。
	寫作例句：他微微張著眼睛，一副將自己置身世外的模樣。
君看橘中戲，妙不出局外。（〈象弈一首呈葉潛仲〉宋‧劉克莊）	局外之人：局外，原指棋局之外，引申為事外。指與某件事情沒有關係的人。
	寫作例句：偽裝的歡笑，偽裝的陽光與開朗，也許可以迷惑很多局外之人，只是騙不了自己。

文字對對碰

「AABB」式

詩句・出處	對應成語
媒人下床去，諾諾復爾爾。（〈孔雀東南飛〉漢樂府）	諾諾爾爾：爾爾，如此如此。是，就這樣辦。
	寫作例句：做人要有原則，不能老是諾諾爾爾的。
人生翕歘雲亡，好轟轟烈烈做一場。（〈沁園春・題張許雙廟〉宋・文天祥）	轟轟烈烈：轟轟，巨大的聲響；烈烈，火焰熾盛的樣子。事業興旺，形容聲勢浩大、氣魄宏偉。
	寫作例句：他發誓今生要做出一番轟轟烈烈的事業來。
梧桐更兼細雨，到黃昏、點點滴滴。（〈聲聲慢〉宋・李清照）	點點滴滴：一點一滴的落下，形容數量非常少。
	寫作例句：燕子嘴上的春泥，別看只是點點滴滴，築不成大廈，卻能壘起幸福之巢。
陶陶兀兀，尊前是我華胥國。（〈醉落魄〉宋・黃庭堅）	陶陶兀兀：形容沉湎於酒，放縱傲慢。
	寫作例句：這群年輕人在酒吧裡喝得陶陶兀兀。

自言身在此山中，暮暮朝朝看不足。（〈訪李道士‧其二〉宋‧李綱）	暮暮朝朝：日日夜夜。形容延續的時間長。
	寫作例句：但願我的歌聲能陪伴你們暮暮朝朝。
風風雨雨清明，鶯鶯燕燕關情。（〈普天樂‧憶鑑湖〉元‧張可久）	風風雨雨：不斷的颶風下雨，比喻障礙重重，又比喻時代動盪、謠言紛傳。
	寫作例句：這座古老的建築經歷了幾千年的風風雨雨。

《詩經》中的「AABB」式成語

詩句‧出處	對應成語
戰戰兢兢，如臨深淵，如履薄冰。（《詩經‧小旻》）	戰戰兢兢：戰戰，恐懼的樣子；兢兢，小心謹慎的樣子。形容非常害怕而微微發抖的樣子，也形容小心謹慎的樣子。
	寫作例句：由於闖了大禍，小強戰戰兢兢的等著父母的責罵。
兢兢業業，如霆如雷。（《詩經‧雲漢》）	兢兢業業：兢兢，形容小心謹慎；業業，畏懼的樣子。形容做事謹慎、勤懇，認真踏實。
	寫作例句：要想成功就得腳踏實地，兢兢業業，不要想一步登天。

明明在下，赫赫在上。(《詩經・大明》)	明明赫赫：形容光亮奪目，聲勢顯赫。
	寫作例句：《紅樓夢》中的賈家曾明明赫赫，揮金如土，在被抄以後，萬貫家私化為烏有。
委委佗佗，如山如河，象服是宜。(《詩經・君子偕老》)	委委佗佗：雍容自得的樣子。
	寫作例句：美麗的臉龐像綻放的曇花花朵皎潔飽滿，光彩奪目，顯得那樣委委佗佗。
四牡騑騑，周道倭遲。(《詩經・四牡》) 方叔率止，乘其四騏，四騏翼翼。(《詩經・采芑》)	匪匪翼翼：匪匪，馬行走不停的樣子；翼翼，有次序的樣子。形容車馬行走時陣容整齊、威武。
	寫作例句：迎面走來一支匪匪翼翼的軍隊。

「AABC」式

詩句・出處	對應成語
木欣欣以向榮，泉涓涓而始流。(〈歸去來兮辭〉晉・陶淵明)	欣欣向榮：欣欣，形容草木生長旺盛；榮，茂盛。形容草木長得茂盛。比喻事業蓬勃發展，興旺昌盛。
	寫作例句：這座新興的城市，到處呈現出一派欣欣向榮的景象。

大弦嘈嘈如急雨，小弦切切如私語。(〈琵琶行〉唐‧白居易)	竊竊私語：亦作「切切私語」。竊竊，聲音細微。語，說話。背著人小聲交談。
	寫作例句：他們倆湊在一旁竊竊私語，不知談論些什麼。
諸公袞袞登臺省，廣文先生官獨冷。(〈醉時歌〉唐‧杜甫)	袞袞諸公：袞袞，連續不斷，引申為眾多。眾多身居要職的官僚。
	寫作例句：看今日，袞袞諸公，堂堂高坐，抓權不放，做盡荒唐事。
依依向我不忍別，誰似峨嵋半輪月？(〈舟中對月〉宋‧陸游)	依依惜別：依依，留戀的樣子；惜別，捨不得分別。形容十分留戀，捨不得分開。
	寫作例句：我和朋友依依惜別的情景，至今記憶猶新。
回首洛陽花世界，煙渺黍離之地。(〈賀新郎‧西湖〉宋‧文及翁)	花花世界：指繁華的、吃喝玩樂的地方，也泛指人世間。
	寫作例句：面對花花世界，年輕人一定要頭腦清醒，防止上當受騙。
雪屋燈青客枕孤，眼中了了見歸途。(〈客意〉金‧元好問)	了了可見：了了，了然、清楚。清清楚楚，完全可以看得見。
	寫作例句：整個會場的情況了了可見。

《詩經》中的「AABC」式成語

詩句‧出處	對應成語
蜉蝣之羽，衣裳楚楚。 （《詩經‧蜉蝣》）	楚楚動人：楚楚，鮮明整潔的樣子。形容姿容美好，動人心神。
	寫作例句：她穿上這條裙子，越發楚楚動人了。
耿耿不寐，如有隱憂。 （《詩經‧柏舟》）	耿耿於懷：形容令人牽掛或不愉快的事難以忘記，牽縈於懷。
	寫作例句：上次我沒有滿足他的無理要求，他一直耿耿於懷。
此令兄弟，綽綽有裕。 （《詩經‧角弓》）	綽綽有餘：形容房屋或錢財非常寬裕，用不完。
	寫作例句：這些錢對我來說，已經綽綽有餘了。
誨爾諄諄，聽我藐藐。 （《詩經‧抑》）	諄諄教導：諄諄，懇切、耐心的樣子。懇切、耐心的教導。
	寫作例句：長輩們的諄諄教導，晚輩們當耳聽心受。
氓之蚩蚩，抱布貿絲。 （《詩經‧氓》）	蚩蚩者民：蚩蚩，無知的樣子。無知識的就是老百姓，舊時統治階級蔑視人民的說法。
	寫作例句：更可貴的是他心中有悲憫，對人間苦難有深切的同情，雖是寫蚩蚩者民，仍能看到他出自內心的敬意。

| 我瞻四方，蹙蹙靡所騁。（《詩經・節南山》） | 蹙蹙靡騁：局促，無法舒展。 |
| | 寫作例句：面對著一屋子的陌生人，他感到蹙蹙靡騁。 |

「ABCC」式

詩句・出處	對應成語
從昏飯牛薄夜半，長夜漫漫何時旦。（〈飯牛歌〉春秋・甯戚）	長夜漫漫：漫漫，無邊際的樣子。漫長的黑夜無邊無際。
	寫作例句：長夜漫漫，夢不完的是你甜美的笑靨。
小弟聞姊來，磨刀霍霍向豬羊。（〈木蘭詩〉北朝民歌）	磨刀霍霍：霍霍，磨刀聲。形容急速且響亮的磨刀聲，也形容準備動刀殺人，現多形容敵人在行動前頻繁活動。
	寫作例句：這次事件提醒了我們，敵人依然存在，他們正磨刀霍霍，想要傷害我們。
水灑不著春妝整整，風吹的倒玉立亭亭。（〈七夕贈歌者〉元・喬吉）	玉立亭亭：玉立，比喻身長而美麗；亭亭，高聳直立的樣子。形容女子身材細長，也形容花木等形體挺拔。
	寫作例句：只見她十五、六歲年紀，玉立亭亭，長髮披肩，肌膚勝雪，嬌美無比。

便有那波濤滾滾長江限，假若是無敵手戰應難。(《楚宮》元‧鄭廷玉)	波濤滾滾：滾滾，大水奔流的樣子。形容江河奔流而來或迅猛發展的潮流。
	寫作例句：我對你的思念，像一條波濤滾滾的江河，日日夜夜奔騰不息。
辭親別弟到山陽，千里迢迢客夢長。(《古今小說‧范巨卿雞黍死生交》明‧馮夢龍)	千里迢迢：亦作「迢迢千里」、「千里迢遙」。迢迢，遙遠。形容路途遙遠。
	寫作例句：他千里迢迢從家鄉來到了學校。

《詩經》中的「ABCC」式成語

詩句‧出處	對應成語
風雨淒淒，雞鳴喈喈。(《詩經‧風雨》)	風雨淒淒：淒淒，寒冷。風雨交加，清冷淒涼。
	寫作例句：風雨淒淒中，她思前想後，新愁舊恨都湧上了心頭。
信誓旦旦，不思其反。(《詩經‧氓》)	信誓旦旦：信誓，表示誠意的誓言；旦旦，誠懇的樣子。誓言說得真實可信。
	寫作例句：他們曾經信誓旦旦，海誓山盟，如今竟到了要分手的地步。

誨爾諄諄，聽我藐藐。（《詩經·抑》）	誨爾諄諄，聽我藐藐：教誨不倦的樣子。藐藐，疏遠的樣子。講的人不知疲倦，聽的人若無其事。形容徒費唇舌。
	寫作例句：我說了這麼多，卻是誨爾諄諄，聽我藐藐。

「ABAC」式

詩句·出處	對應成語
設使國家無有孤，不知當幾人稱帝，幾人稱王。（〈讓縣自明本志令〉漢·曹操） 劉項稱王稱霸，關張無命無功。（〈讀史〉宋·汪元量）	稱王稱霸：王，帝王；霸，古代諸侯聯盟的首領。比喻憑藉權勢橫行一方，或狂妄的以領導者自居。
	寫作例句：他憑著自己身高體胖，有些力氣，就在同學面前稱王稱霸。
飾牲舉獸，載歌且舞。（〈大禘圜丘及北郊歌辭·昭夏樂〉隋·無名氏）	載歌載舞：亦作「載歌且舞」。邊唱歌，邊舞蹈。
	寫作例句：節日裡，人們載歌載舞，盡情歡樂。
自去自來堂上燕，相親相近水中鷗。（〈江村〉唐·杜甫）	相親相近：形容彼此親愛和好。
	寫作例句：我要與你攜手共度人生，相親相近，白頭偕老。

無窮無盡是離愁，天涯地角尋思遍。（〈踏莎行〉宋·晏殊）	無窮無盡：窮，完。沒有止境，沒有限度。
	寫作例句：知識是無窮無盡的，你永遠學不完。
允文允武，昭假烈祖。（《詩經·泮水》）	允文允武：形容能文能武。
	寫作例句：總結李存勖的前半生，真是允文允武，能征善戰，真命天子。
得過一日且一日，安知今吾非故吾？（〈雜詠·其二〉宋·陸游）	得過且過：過一天算一天。形容胸無大志，苟且偷安。也指對工作敷衍了事，不負責任。
	寫作例句：得過且過的態度使他與成功擦肩而過。
糟床過竹春泉句，他日人云吾亦云。（〈槽聲同彥高賦〉金·蔡松年）	人云亦云：云，說。人家怎麼說，自己也跟著怎麼說，形容沒有主見。
	寫作例句：人云亦云是沒有主見的表現。

《楚辭》、《詩經》中的「ABAC」式成語

詩句‧出處	對應成語
此孰吉孰凶？何去何從？（《楚辭‧卜居》戰國‧屈原）	何去何從：去，離開；從，跟隨。離開哪裡，走向哪裡。多指在重大問題上選擇什麼方向。
	寫作例句：誰是誰非，何去何從，你現在該做出選擇了。
泛泛楊舟，載沉載浮。（《詩經‧菁菁者莪》）	載沉載浮：在水中上下沉浮。
	寫作例句：願我倆就是那對白鷗，在浪花上載沉載浮。
無拳無勇，職為亂階。（《詩經‧巧言》）	無拳無勇：拳，力氣、力量。沒有武力，也沒有勇氣。
	寫作例句：我們這幾個人無拳無勇，若在這荒山野嶺裡遇上土匪，那就糟了。

兩個成語的出處

詩句‧出處	對應成語
桃之夭夭，灼灼其華。之子于歸，宜其室家。桃之夭夭，有蕡其實。之子于歸，宜其家室。桃之夭夭，其葉蓁蓁。之子于歸，宜其家人。（《詩經‧桃夭》）	桃之夭夭：①喻事物的繁榮興盛。②形容逃跑。桃，諧音「逃」。有時含詼諧義。
	寫作例句：愛是美的力量，愛你年少時的桃之夭夭，更愛你年老時的白髮蒼蒼。
	逃之夭夭：表示逃跑，是詼諧的說法。
	寫作例句：南郭先生弄虛作假，冒充吹竽手，最後落得個逃之夭夭、貽笑大方的下場。

三個成語的出處

詩句・出處	對應成語
尋尋覓覓，冷冷清清，淒淒慘慘戚戚。（〈聲聲慢〉宋・李清照）	尋尋覓覓：覓，找尋。指反覆尋求探索。形容六神無主，像是找尋失掉的東西似的。
	寫作例句：她多年為愛尋尋覓覓，卻發現如大海撈針。
	冷冷清清：死氣沉沉，冷落、淒涼、寂寞。
	寫作例句：沒有理想的人，他的生活如荒涼的戈壁，冷冷清清，沒有活力。
	淒淒慘慘：形容淒涼悲慘的局面。
	寫作例句：經歷風風雨雨，走過坎坎坷坷，不再淒淒慘慘，只剩暮暮朝朝，願君平平安安。

三字有成語

成語動物

詩句・出處	對應成語
回看雙鳳闕，相去一牛鳴。（〈與蘇盧二員外期遊方丈寺而蘇不至因有是作〉唐・王維）	一牛鳴：指牛鳴聲可及之地。比喻距離較近。
	寫作例句：這兩個村子不過一牛鳴的距離。
舊作琴臺鳳，今為藥店龍。（〈垂柳〉唐・李商隱）	藥店龍：藥店裡的龍骨。比喻人瘦骨嶙峋。
	寫作例句：看你吃藥吃的，都成了藥店龍了。
一為馬前卒，鞭背生蟲蛆。（〈符讀書城南〉唐・韓愈）	馬前卒：舊時在馬前吆喝開路的兵卒差役，現比喻為人奔走效力的人。
	寫作例句：父親當了將軍，兒子還是馬前卒。

成語植物

詩句・出處	對應成語
溪田雨漲禾生耳，原野鶯啼黍熟時。（〈閒出書懷〉南唐・李建勳）	禾生耳：耳，耳狀物。禾頭長出牙蘗，莊稼就報廢。災年的象徵。
	寫作例句：今年又是一個禾生耳的災年。

| 荷盡已無擎雨蓋，菊殘猶有傲霜枝。（〈贈劉景文〉宋・蘇軾） | 傲霜枝：比喻堅貞不屈、百折不撓的人。 |
| | 寫作例句：人淡如菊，經寒猶有傲霜枝。 |

成語之「人」

詩句・出處	對應成語
平生自是個中人，欲向漁舟便寫真。（〈李頎秀才善畫山以兩軸見寄仍有詩次韻答之〉宋・蘇軾）	個中人：指曾親歷其間或深明其中情理的人。
	寫作例句：這種酸楚，不是個中人，真難體會。
孟生江海士，古貌又古心。（〈孟生詩〉唐・韓愈）	江海士：指志在江海不肯做官的隱士。
	寫作例句：他寧願當一個歸隱山林的江海士。

人體部位

詩句・出處	對應成語
百歲有涯頭上雪，萬般無染耳邊風。（〈贈題兜率寺閒上人院〉唐・杜荀鶴）	耳邊風：在耳邊吹過的風，比喻聽了不放在心上的話。
	寫作例句：你把我的話當作耳邊風了嗎？

新人迎來舊人棄，掌上蓮花眼中刺。（〈母別子〉唐・白居易）	眼中刺：形容最痛恨、最厭惡的人。
	寫作例句：如今各處藩王擁兵自重，天下不久就會大亂，你我更是朝廷的眼中刺，若不能用必然殺之。
平生不學口頭禪，腳踏實地性虛天。（〈臨終詩〉宋・王楙）	口頭禪：原指和尚常說的禪語或佛號，現指經常掛在口頭上而無實際意義的詞句。
	寫作例句：在淺薄的愛情觀中，誓言只是一句口頭禪。

成語「心思」

詩句・出處	對應成語
望邦畿兮千里曠，悲遙夜兮九回腸。（〈應令詩〉南北朝・蕭綱）	九回腸：回腸，形容內心焦慮不安。形容迴環往復的憂思。
	寫作例句：這個壞消息對她的打擊太大了，她傷心的哭了，從沒有這種九回腸的感覺。
為報年來殺風景，連江夢雨不知春。（〈次韻林子中春日新堤書事〉宋・蘇軾）	殺風景：損壞美好的景色。比喻在大家高興的時候，突然出現使人掃興的事物。
	寫作例句：那幾個年輕人在電影院中喋喋不休的交頭接耳，很殺風景。

成語「事物」

詩句·出處	對應成語
光華閃壁見神鬼，赫赫炎官張火傘。（〈遊青龍寺贈崔太補闕〉唐·韓愈）	張火傘：張，展開；火傘，比喻烈日。形容夏天烈日當空，酷熱難耐。
	寫作例句：驕陽宛如張火傘，灼熱的空氣就像流動的火焰。
多謝中書君，伴我此幽棲。（〈試筆〉宋·蘇軾）	中書君：毛筆的別稱。
	寫作例句：他書房裡，中書君最多。
安樂窩中快活人，閒來四物幸相親。（〈安樂窩中四長吟〉宋·邵雍）	安樂窩：泛指安靜舒適、小巧溫暖的住處。宋代詩人邵雍自號安樂先生，隱居蘇門山，名其居為「安樂窩」，後遷洛陽天津橋南仍用此名。
	寫作例句：夫婦倆一直夢想著為自己建立一個安樂窩。

兩個成語的出處

詩句・出處	對應成語
在天願作比翼鳥，在地願為連理枝。（〈長恨歌〉唐・白居易）	比翼鳥：傳說中的一種雌雄在一起飛的鳥。比喻恩愛夫妻。
	寫作例句：你們是一對相親相愛的比翼鳥，在歲月的天空中飛翔了五十載。
	連理枝：不同根的草木、枝幹連生在一起。比喻恩愛夫妻或至死不渝的愛情。
	寫作例句：比翼鳥飛多高，雲知道；連理枝靠多緊，風知道；愛你有多深，我知道。

多字亦成語

五字成語

詩句・出處	對應成語
君子以思患而豫防之（《周易・既濟》） 君子防未然，不處嫌疑間。（〈君子行〉三國・魏・曹植）	防患於未然：簡作「防患未然」。患，災禍；未然，沒有這樣，指尚未形成。防止事故或禍害於尚未發生之前。
	寫作例句：只有防微杜漸，才能防患於未然。
天意憐幽草，人間重晚晴。（〈晚晴〉唐・李商隱）	人間重晚晴：本指人們珍視晚晴天氣，後多用以比喻社會上尊重德高望重的老前輩。
	寫作例句：人間重晚晴，老人的境況如何，是衡量一個社會文明程度的尺度。
明河可望不可親，願得乘槎一問津。（〈明河篇〉唐・宋之問） 白雲在青天，可望不可即。（〈登臥龍山寫懷二十八韻〉明・劉基）	可望不可即：即，接近。能望見，但達不到或不能接近。常比喻目前還不能實現的事物。
	寫作例句：這首詩只是象徵其政治理想的追求，可望不可即，有如虛無縹緲的蓬萊仙境。

皇天無老眼，空谷滯斯人。（〈聞惠二過東溪特一送〉唐‧杜甫）	皇天無老眼：皇天，上天。老天爺沒有長著眼睛，不能公正對待世事。
	寫作例句：只恨皇天無老眼，讓那昏君當道，以至廟堂之上，朽木為官，殿陛之間，禽獸食祿。
讀書破萬卷，下筆如有神。（〈奉贈韋左丞丈二十二韻〉唐‧杜甫）	讀書破萬卷：破，突破，引申為盡、通；卷，書籍的冊數或篇章。刻苦而認真的學習，翻破了萬卷書。形容讀書很多，學識淵博。
	寫作例句：讀書破萬卷，好的書籍是最貴重的珍寶。
	下筆如有神：指寫文章下筆時如有神力相助，形容善於寫文章或文章寫得好。
	寫作例句：有的考生一拿試卷就下筆如有神，似乎有一種神奇的力量在幫助他們一樣。

六字成語

詩句‧出處	對應成語
謂天蓋高，不敢不局。謂地蓋厚，不敢不蹐。（《詩經‧正月》）	跼高天蹐厚地：本指蜷曲不敢伸展，後常指小心謹慎，惶懼不安。
	寫作例句：因為這個實驗不容出錯，所以大家跼高天蹐厚地的，不敢大意。

須知一尺水，日夜增高波。（〈君子勿鬱鬱士有謗毀者作詩以贈之·其一〉唐·孟郊）	一尺水十丈波：比喻說話誇張，不真實。
	寫作例句：他的話都是一尺水十丈波，言過其實。
起倒不供聊應俗，高低莫可只隨緣。（〈宿柴城〉宋·陳師道）	高不成低不就：高者無力得到，低者又不屑遷就，多形容謀求職業或婚配上的兩難處境。
	寫作例句：現在大學生找工作難，高不成低不就，你能這麼不辭勞苦的來我們店裡工作，也是難得。

七字成語

詩句·出處	對應成語
天生我材必有用，千金散盡還復來。（〈將進酒〉唐·李白）	天生我材必有用：上天生下我，一定有需要用到我的地方。
	寫作例句：天生我材必有用，誰都不會是一無是處。
獨在異鄉為異客，每逢佳節倍思親。（〈九月九日憶山東兄弟〉唐·王維）	每逢佳節倍思親：倍，更加；思，思念。每到節日更加思念家鄉的親人。
	寫作例句：每逢佳節倍思親，這是遊子的共同感受。

衰蘭送客咸陽道，天若有情天亦老。（〈金銅仙人辭漢歌〉唐·李賀）	天若有情天亦老：倘若上天也有感情，也會隨著歲月蹉跎而老去的。形容強烈的傷感情緒，也指自然法則是無情的。
	寫作例句：天若有情天亦老，假如天有情，如果夢會靈，就讓我的心愛到徹底。
為人性僻耽佳句，語不驚人死不休。（〈江上值水如海勢聊短述〉唐·杜甫）	語不驚人死不休：形容作詩或寫文章極力追求尋覓驚人的佳句。
	寫作例句：「為求一字穩，耐得五更寒」，好的譯者還需要像詩聖杜甫那樣具有「語不驚人死不休」的精神與毅力。
人皆養子望聰明，我被聰明誤一生。（〈洗兒〉宋·蘇軾）	聰明反被聰明誤：自以為聰明，反而被聰明所耽誤或坑害。
	寫作例句：耍小聰明的人，往往聰明反被聰明誤，常常把事情弄糟。
恁時節，船到江心補漏遲，煩惱怨他誰。（《救風塵》元·關漢卿）	船到江心補漏遲：船到江心才想到補漏洞，為時已遲了。比喻事先沒及早防備，臨時補救，無濟於事。
	寫作例句：殷鑑不遠，莫待臨崖勒馬收韁晚；今事可追，何須船到江心補漏遲。

八字成語

詩句・出處	對應成語
夫尺有所短，寸有所長，物有所不足，智有所不明，數有所不逮，神有所不通。（〈卜居〉戰國・屈原）	尺有所短，寸有所長：可濃縮為「寸長尺短」。比喻人或事物各有其長處和短處。
	寫作例句：尺有所短，寸有所長，大家各自有優點和不足，應該互相取長補短，共同進步。
好言自口，莠言自口。（《詩經・正月》）	好言自口，莠言自口：莠言，壞話。好話出自他的口，壞話也出自他的口。指人說話反覆無常。
	寫作例句：此人說話反覆無常，好言自口，莠言自口。
翻手作雲覆手雨，紛紛輕薄何須數。（〈貧交行〉唐・杜甫）	翻手為雲，覆手為雨：可濃縮為「翻手雲覆手雨」、「翻雲覆雨」、「覆雨翻雲」。比喻反覆無常或玩弄手段。
	寫作例句：他的為人翻手為雲，覆手為雨，心機頗深，你要多提防著點。
黃金無足色，白璧有微瑕。求人不求備，妾願老君家。（〈寄興〉宋・戴復古）	金無足赤，人無完人：足赤，足金、純金。沒有純而又純的金子。比喻沒有十全十美的事物。也比喻不能要求一個人沒有一點缺點錯誤。
	寫作例句：金無足赤，人無完人，你別把他的缺點放在心上。

成語「數字」

詩句・出處	對應成語
欲窮千里目，更上一層樓。（〈登鸛雀樓〉唐・王之渙）	更上一層樓：原意是要想看得更遠，就要登得更高，後比喻使已獲得的成績再提高一步。
	寫作例句：希望你繼續努力，更上一層樓，爭取更好的成績。
風蕭蕭兮易水寒，壯士一去兮不復還。（《史記・刺客列傳》）	一去不復返：離去便不再回來。後用以形容人離去後音訊全無或事物消逝無蹤。
	寫作例句：外國侵略者在中國土地上橫衝直撞的時代已經一去不復返了。
讀書不覺已春深，一寸光陰一寸金。（〈白鹿洞・其一〉唐・王貞白）	一寸光陰一寸金：一寸光陰和一寸長的黃金一樣昂貴，比喻時間十分寶貴。
	寫作例句：人生真的是一寸光陰一寸金。
自古驅民在信誠，一言為重百金輕。（〈商鞅〉宋・王安石）	一言為重，百金為輕：嚴守自己諾言比百兩黃金還珍重。指信守諾言可貴。
	寫作例句：他是一個一言為重，百金為輕的俠士。

百丈竿頭不動人，雖然得入未為真。百尺竿頭須進步，十方世界是全身。（《景德傳燈錄·卷十》宋·釋道原）	百尺竿頭，更進一步：學問、成績等達到很高程度後繼續努力，爭取更大進步。佛教比喻道行修養的極高境界。
	寫作例句：已獲得的成績確實令人高興，但還要百尺竿頭，更進一步，以獲取更好的成績。
劍閣崢嶸而崔嵬，一夫當關，萬夫莫開。（〈蜀道難〉唐·李白）	一夫當關，萬夫莫開：一個人把守著關口，一萬個人也打不進來，形容地勢十分險要。
	寫作例句：居庸關地勢十分險要，是個一夫當關，萬夫莫開的地方，因此歷代軍事家都很重視它。

自然風物

詩句·出處	對應成語
羌笛何須怨楊柳，春風不度玉門關。（〈涼州詞〉唐·王之渙）	春風不度玉門關：春風吹不到玉門關外，比喻安居於繁華帝都的最高統治者不關心征人的生活，對於遠出玉門關戍守邊境的士兵不給予一點溫暖。
	寫作例句：「春風不度玉門關」表達了戍邊士兵們的艱苦生活和思鄉之愁。

溪雲初起日沉閣，山雨欲來風滿樓。（〈咸陽城東樓〉唐・許渾）	山雨欲來風滿樓：比喻重大事件發生前的跡象、氣氛等緊張情勢。
	寫作例句：國際形勢處於山雨欲來風滿樓的時刻，我們一定要提高警惕，不可掉以輕心。
風乍起，吹皺一池春水。（〈謁金門〉南唐・馮延巳）	吹皺一池春水：原形容風兒吹拂水面，波浪漣漪。後與「干卿底事」連用為歇後語，形容事不關己而好管閒事。
	寫作例句：草長鶯飛，微風輕撫，吹皺一池春水。
山外青山樓外樓，西湖歌舞幾時休。（〈題臨安邸〉宋・林升）	山外青山樓外樓：山外有青山，樓閣外還有樓閣。比喻優秀之中有優秀，先進之中有先進。
	寫作例句：山外青山樓外樓，強中自有強中手，你要謙虛一些啊！

兩個多字成語的出處

詩句‧出處	對應成語
久旱逢甘雨，他鄉遇故知。洞房花燭夜，金榜題名時。（〈喜〉宋‧汪洙）	久旱逢甘雨：指乾旱了很久，忽然遇到一場好雨。形容盼望已久終於如願的欣喜心情。
	寫作例句：學校分配宿舍了，這對長期住在辦公室的王老師來說，真是久旱逢甘雨呀！
	他鄉遇故知：在遠離家鄉的地方碰到了老朋友，指使人高興的事。
	寫作例句：漂泊在外，聽到鄉音，一定會有他鄉遇故知的感覺。
世溷濁而不清，蟬翼為重，千鈞為輕；黃鐘毀棄，瓦釜雷鳴；讒人高張，賢士無名。（〈卜居〉戰國‧屈原）	蟬翼為重，千鈞為輕：認為蟬的翅膀是重的，三萬斤的重量卻是輕的。比喻是非顛倒，真偽混淆。
	寫作例句：那是一個蟬翼為重，千鈞為輕的昏庸朝代。
	黃鐘毀棄，瓦釜雷鳴：黃鐘被砸爛並被拋置一邊，而把泥製的鍋敲得很響。比喻有才德的人被棄置不用，而無才德的平庸之輩卻居於高位。
	寫作例句：奸臣當道，朝野上下黃鐘毀棄，瓦釜雷鳴，民不聊生。

603

詩詞成語，一舉兩得學寫作：
自然地理 × 人文歷史 × 生靈萬物 × 衣食住行 × 字詞妙趣，2000 多句詩詞與對應成語，古典作品抵過千言萬語！

編　　著：張祥斌

發 行 人：黃振庭

出 版 者：崧燁文化事業有限公司

發 行 者：崧燁文化事業有限公司

E-mail：sonbookservice@gmail.com

粉 絲 頁：https://www.facebook.com/
　　　　　sonbookss/

網　　址：https://sonbook.net/

地　　址：台北市中正區重慶南路一段六十一號八
　　　　　樓 815 室

Rm. 815, 8F., No.61, Sec. 1, Chongqing S. Rd.,
Zhongzheng Dist., Taipei City 100, Taiwan

電　　話：(02)2370-3310

傳　　真：(02)2388-1990

印　　刷：京峯數位服務有限公司

律師顧問：廣華律師事務所 張珮琦律師

定　　價：780 元

發行日期：2023 年 11 月第一版

◎本書以 POD 印製

Design Assets from Freepik.com

國家圖書館出版品預行編目資料

詩詞成語，一舉兩得學寫作：自然
地理 × 人文歷史 × 生靈萬物 ×
衣食住行 × 字詞妙趣，2000 多句
詩詞與對應成語，古典作品抵過千
言萬語！/ 張祥斌 編著 . -- 第一版 .
-- 臺北市：崧燁文化事業有限公司，
2023.11
面；　公分
POD 版
ISBN 978-626-357-774-9(平裝)
1.CST: 詩詞 2.CST: 成語
831.999　112016774

電子書購買

臉書

爽讀 APP